Amor nas ENTRELINHAS

LAUREN ASHER

Amor nas ENTRELINHAS

BILIONÁRIOS DE DREAMLAND

TRADUÇÃO:
Guilherme Miranda

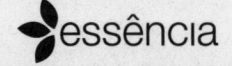

essência

Copyright © Lauren Asher, 2021
Copyright © Editora Planeta do Brasil, 2022
Copyright da tradução © Guilherme Miranda
Todos os direitos reservados.
Título original: *The Fine Print*

Preparação: Ligia Alves
Revisão: Renato Ritto e Bárbara Parente
Projeto gráfico, diagramação e adaptação de capa: Beatriz Borges
Capa: Books and Moods
Imagens de miolo: David Maier/Unsplash e Farah Sadikhova/Shutterstock

Dados Internacionais de Catalogação na Publicação (CIP)
Angélica Ilacqua CRB-8/7057

Asher, Lauren
  Amor nas entrelinhas / Lauren Asher; tradução de Guilherme Miranda. - São Paulo: Planeta do Brasil, 2022.
  368 p.

  ISBN 978-65-5535-905-3
  Título original: The Fine Print

  1. Ficção norte-americana I. Título II. Miranda, Guilherme

  22-4495   CDD 813

Índice para catálogo sistemático:
1. Ficção norte-americana

Ao escolher este livro, você está apoiando o manejo responsável das florestas do mundo

2022
Todos os direitos desta edição reservados à
EDITORA PLANETA DO BRASIL LTDA.
Rua Bela Cintra, 986 – 4º andar
01415-002 – Consolação
São Paulo-SP
www.planetadelivros.com.br
faleconosco@editoraplaneta.com.br

PLAYLIST

⏪ ▷ ⏸ ▢ ⏩

- Ain't No Rest for the Wicked – *Cage the Elephant*
- Oh, What a World – *Kacey Musgraves*
- My Own Monster – *X Ambassadors*
- Cloudy Day – *Tones And I*
- Flaws – *Bastille*
- Rare Bird – *Caitlyn Smith*
- Lasso – *Phoenix*
- Bubbly – *Colbie Caillat*
- Believe – *Mumford & Sons*
- Take a Chance On Me – *ABBA*
- From Eden – *Hozier*
- Could Be Good – *Kat Cunning*
- R U Mine? – *Arctic Monkeys*
- 34+35 – *Ariana Grande*
- Ho Hey – *The Lumineers*
- Can't Help Falling in Love – *Haley Reinhart*
- Wildfire – *Cautious Clay*
- White Horse (Taylor's Version) – *Taylor Swift*
- Need the Sun to Break – *James Bay*
- Landslide (Remastered) – *Fleetwood Mac*
- Missing Piece – *Vance Joy*
- Dreams – *The Cranberries*

*Às meninas que sonham em conhecer um príncipe,
mas acabam se apaixonando pelo vilão incompreendido.*

CAPÍTULO UM
Rowan

A última vez que fui a um funeral, terminei com um braço quebrado. A história apareceu nas manchetes depois que me joguei na cova aberta da minha mãe. Faz duas décadas, e embora eu tenha mudado completamente como pessoa desde aquele dia, minha aversão ao luto não mudou. No entanto, por causa das minhas responsabilidades como o parente mais jovem do meu falecido avô, tenho que manter a cabeça erguida e o ar sereno durante o velório dele. É quase impossível, e minha pele coça como se eu estivesse usando um terno barato de poliéster.

Minha paciência se esvai com o passar das horas, enquanto centenas de funcionários e parceiros comerciais da Kane prestam suas condolências. Se tem algo que eu odeio mais do que funerais é falar com pessoas. São poucos os indivíduos que eu tolero, e meu avô era um deles.

E agora ele se foi.

A queimação no meu peito se intensifica. Não sei por que isso me perturba tanto. Tive tempo para me preparar enquanto ele estava em *coma*, mas a sensação estranha na parte de cima da minha caixa torácica volta com força quando penso nele.

Passo a mão no meu cabelo escuro para ter algo a fazer.

— Sinto muito pela sua perda, filho. — Um convidado desconhecido interrompe meus pensamentos.

— Filho? — Essa única palavra sai da minha boca com tanta fúria que o homem se encolhe.

O homem ajeita a gravata diante do peito com as mãos hesitantes.

— Eu... bom... hm.

— Perdoe meu irmão. Ele está sofrendo com o luto. — Cal coloca uma mão no meu ombro e aperta. Seu hálito de vodca e hortelã atinge meu rosto, me fazendo fechar a cara. Meu irmão do meio pode parecer trajado a rigor com um terno bem passado e o cabelo loiro perfeitamente penteado, mas seus olhos vermelhos contam uma história bem diferente.

O sujeito murmura algumas palavras que nem me preocupo em ouvir antes de se dirigir à saída mais próxima.

— Sofrendo com o luto? — Embora eu não goste da ideia do falecimento do meu avô, não estou *sofrendo* com nada além de uma azia incômoda hoje.

— Relaxa. É o tipo de coisa que as pessoas dizem em funerais. — Suas sobrancelhas loiras se unem enquanto Cal me encara de cima a baixo.

— Não preciso de desculpas para o meu comportamento.

— Não, mas precisa de um motivo para ter assustado nosso maior investidor hoteleiro de Xangai.

— Merda. — Tem um motivo para eu preferir a solidão. Conversa fiada exige esforço e diplomacia demais para o meu gosto.

— Dá para *tentar* ser mais simpático por uma hora? Pelo menos até as pessoas importantes saírem?

— *Isso* sou eu tentando. — Meu olho esquerdo se contrai enquanto aperto os lábios.

— Bom, tente com mais força. Por ele. — Cal inclina a cabeça na direção da foto acima da lareira.

Solto uma respiração trêmula. A fotografia foi tirada durante uma viagem de família a Dreamland quando meus irmãos e eu éramos crianças. Vovô sorri para a lente apesar dos meus bracinhos ao redor do pescoço dele lhe dando um mata-leão. Declan está em pé ao lado do nosso avô, revirando os olhos enquanto Cal ergue dois dedos atrás da cabeça dele. Meu pai exibe um raro sorriso sério enquanto coloca um braço ao redor do ombro do nosso avô. Se eu me esforçar, consigo imaginar a risada da minha mãe enquanto tirava a foto. Embora a lembrança do rosto dela seja difusa, consigo me lembrar do seu sorriso se tentar bastante.

Uma irritação estranha na garganta torna difícil engolir em seco.

Alergia causada pela primavera na cidade. Só isso.

Limpo a garganta irritada.

— Ele teria odiado esse tipo de espetáculo. — Embora vovô *estivesse* na indústria do entretenimento, ele não gostava de ser o centro das atenções. A ideia de toda essa gente viajando até os arredores de Chicago por ele o teria feito revirar os olhos se ainda estivesse aqui.

Cal dá de ombros.

— Mais do que qualquer pessoa, ele sabia o que esperavam dele.

— Um evento de networking disfarçado de funeral?

O canto dos lábios de Cal se ergue em um pequeno sorriso antes de voltar a se fechar em uma linha reta.

— Tem razão. Vovô estaria horrorizado, porque sempre dizia que domingo era dia de descansar.

— Não há descanso para os maus.

— Muito menos para os ricos. — Declan para do meu outro lado. Ele encara a multidão com uma expressão de fúria implacável. Meu irmão mais velho sabe intimidar as pessoas como ninguém, tanto que todos evitam seu olhar sombrio. O terno dele combina com o cabelo escuro, o que contribui para seu ar de mistério.

Tenho uma certa inveja de Declan porque as pessoas normalmente conversam comigo primeiro, partindo do princípio de que sou o filho mais bonzinho só porque sou o caçula. Posso ter nascido por último, mas definitivamente não nasci ontem. O único motivo pelo qual os convidados se dão ao trabalho de falar conosco é porque querem que os vejamos com bons olhos. Esse tipo de tratamento falso é o esperado. Ainda mais quando todas as pessoas com quem trabalhamos têm uma bússola moral apontada o tempo todo para o inferno.

Um casal desconhecido se aproxima de nós. A mulher tira um lenço da bolsa para passar nos olhos secos enquanto o companheiro nos oferece a mão para apertar. Encaro essa mão como se ele pudesse transmitir uma doença.

Suas bochechas ficam vermelhas enquanto ele volta a colocar a mão no bolso.

— Gostaria de oferecer minhas condolências. Sinto muito pela sua perda. Seu avô...

Paro de prestar atenção com um aceno. Vai ser uma noite longa.

Essa é para você, vovô.

* * *

Fico olhando para o envelope branco. Meu nome está escrito na frente na letra cursiva elegante do meu avô. Eu o viro, vendo que está lacrado com o selo de cera característico dele, do Castelo da Princesa Cara de Dreamland.

O advogado termina de distribuir as cartas para meus dois irmãos.

— Vocês devem ler suas cartas individuais antes que eu apresente as disposições testamentárias do sr. Kane.

Sinto um aperto na garganta enquanto rompo o selo e tiro a carta. A data é exatamente uma semana antes do acidente do vovô, que o deixou em coma três anos atrás.

Ao meu querido pequeno Rowan,

Seguro o riso. *Querido* e *pequeno* são as últimas palavras que eu usaria para me descrever, já que sou tão alto quanto um jogador da NBA e tenho a capacidade emocional de uma pedra, mas meu avô era ingênuo. Essa era a melhor e a pior coisa nele, dependendo da situação.

Embora já seja um homem, você sempre será o mesmo rapazinho aos meus olhos. Ainda me lembro como se fosse ontem do dia em que sua mãe teve você. Você era o maior dos três, com aquelas bochechas gordinhas e a cabeça cheia de um cabelo escuro da qual senti uma inveja triste. Você tinha um par de pulmões e tanto e não parou de chorar até o entregarem para sua mãe. Era como se tudo no mundo estivesse certo quando você estava nos braços dela.

Releio o parágrafo duas vezes. É estranho ouvir meu avô falar sobre minha mãe com tanta naturalidade. O assunto se tornou um tabu na família até eu mal conseguir me lembrar do rosto ou da voz dela.

Sei que andei ocupado com o trabalho e que não passo mais tanto tempo com vocês quanto deveria. Era fácil botar a culpa na empresa pela distância física e emocional nos meus relacionamentos. Quando sua mãe morreu, eu não sabia o que fazer nem como ajudar. Com o afastamento do seu pai, me dediquei ao trabalho até me anestesiar de todo o resto. Isso funcionou quando minha esposa morreu e funcionou quando sua mãe encontrou um fim parecido, mas percebo que levou seu pai ao fracasso. E, ao fazer isso, falhei também com todos vocês. Em vez de ensinar Seth a tocar a vida depois de uma grande perda, mostrei a ele como se apegar ao desespero, e isso só trouxe mágoa a você e seus irmãos no fim das contas. Seu pai agiu da única forma que sabia, e a culpa é minha.

Claro, vovô justifica as ações do meu pai. Meu avô estava ocupado demais para prestar atenção suficiente no verdadeiro monstro que seu filho se revelaria.

Enquanto escrevo estas palavras, estou morando em Dreamland, tentando me reconectar comigo mesmo. Algo vem me incomodando nos últimos anos e só fez sentido quando me abriguei aqui para reavaliar minha vida. Encontrei uma pessoa que me abriu os olhos para meus erros. Conforme a empresa crescia, fui perdendo contato com o motivo pelo qual comecei isso tudo. Percebi que estava cercado por tantas pessoas felizes, mas nunca tinha me sentido tão sozinho na vida. E, embora meu nome fosse sinônimo da palavra "felicidade", eu sentia tudo menos isso.

Um sentimento incômodo aperta meu peito, pedindo para ser libertado. Houve um tempo sombrio da minha vida em que eu conseguia me identificar com seu comentário. Mas calei essa parte do cérebro quando me toquei de que ninguém além de mim mesmo poderia me salvar.

Balanço a cabeça e volto a concentrar minha atenção.

Envelhecer é uma coisa peculiar, porque coloca tudo em perspectiva. Esse testamento atualizado é minha forma de me redimir depois da minha morte e de corrigir meus erros antes que seja tarde demais. Não quero essa vida para vocês três. Não a quero nem mesmo para o seu pai. Então, vovô está aqui para salvar o dia no verdadeiro estilo de um príncipe de Dreamland (ou vilão, mas isso vai depender da sua perspectiva, não da minha).

Cada um de vocês recebeu uma tarefa para completar a fim de receber sua porcentagem da empresa depois da minha morte. Você esperava menos do homem que escreve contos de fada para ganhar a vida? Não posso simplesmente DAR a empresa a vocês. Portanto, a você, Rowan, o sonhador que parou de sonhar, peço uma coisa...

Tornar-se o diretor de Dreamland e trazer a magia de volta.

Para receber seus dezoito por cento da empresa, você terá que se tornar o diretor e liderar um projeto único para mim por seis meses. Quero que você identifique os pontos fracos de Dreamland e desenvolva um plano de renovação digno do meu legado. Sei que você é o homem certo para esse trabalho porque não há ninguém em quem eu confie que ame mais criar, embora você tenha perdido o contato com essa parte sua ao longo dos anos.

Eu *amava* criar. Ênfase no tempo pretérito, porque eu nunca voltaria a desenhar, que dirá trabalhar de livre e espontânea vontade em Dreamland.

Um grupo independente será chamado para votar nas suas mudanças. Se elas não forem aprovadas, sua porcentagem da empresa será dada ao seu pai de maneira permanente. Sem segundas tentativas. Sem chance de comprar a parte dele. É assim que a banda toca, rapazinho. Precisei trabalhar para tornar o nome Kane o que ele é hoje, e cabe a você e seus irmãos garantir que isso dure para sempre.
Com todo o amor,
Vovô

Fico encarando a tinta até as palavras se turvarem. É difícil me concentrar no advogado quando ele discute a divisão dos bens. Nada disso importa agora. Essas cartas adiam todos os planos.
Declan leva o advogado até a saída antes de voltar para a sala.
— Que palhaçada. — Pego a garrafa de uísque da mesa de centro e encho meu copo até o topo.
— O que você tem que fazer? — Declan se senta.
Explico a tarefa recebida.
— Ele não pode exigir isso de nós. — Cal se levanta da poltrona e começa a andar de um lado para o outro.
Declan passa a mão na barba por fazer.
— Você ouviu o advogado. Ou concordamos, ou minha chance de virar CEO já era.
Os olhos de Cal ficam ainda mais desvairados a cada respiração nervosa.
— Merda! Não vou conseguir.
— O que poderia ser pior do que perder a sua porcentagem da empresa? — Declan alisa o paletó.
— Perder minha dignidade?
Olho para ele de cima a baixo.
— Ela ainda existe?

Cal me mostra o dedo do meio.

Declan se recosta na poltrona enquanto dá um gole de seu copo.

— Se tem alguém que tem o direito de ficar bravo, sou eu. Sou eu que preciso me casar e engravidar a pessoa para virar CEO.

— Você sabe que os bebês são gerados fazendo sexo, certo? Será que o seu software interno é capaz de aprender como se faz? — Cal está puxando uma briga que nunca poderá vencer. Declan se orgulha de sua reputação como o solteiro mais intocável dos Estados Unidos por um motivo que não tem nada a ver com sair transando por aí.

Declan pega a carta de Cal do chão e passa os olhos entediados nela.

— Alana? Interessante. Por que será que o vovô achava que seria uma boa ideia que vocês se reencontrassem?

Alana? Faz anos que não ouço esse nome. O que nosso avô queria que Cal fizesse com ela?

Estendo a mão para pegar a carta de Declan, mas Cal a tira da mão dele antes que eu tenha a chance.

— Vai se foder. E não fale mais sobre ela — Cal rosna, furioso.

— Se quiser brincar com fogo, então se prepare para ser cremado. — Declan aponta seu copo para Cal. Seu olhar alterna entre nós dois. — Quaisquer que sejam os nossos pensamentos pessoais sobre o assunto, não temos escolha senão obedecer aos termos do nosso avô. Muita coisa está em jogo.

Nunca vou permitir que nosso pai obtenha nossas ações da empresa. Esperei a vida toda pela chance de controlar a Companhia Kane com meus irmãos e não pretendo perder para o meu pai. Não quando somos movidos por algo muito mais forte do que a necessidade de dinheiro. Se tem uma lição que aprendemos com Seth Kane é que o amor vem e vai, mas o ódio dura para sempre.

CAPÍTULO DOIS
Rowan

Minha nova assistente, Martha, é uma veterana de Dreamland que já trabalhou para todos os diretores do parque temático, incluindo meu avô. Ela tem facilidade para lidar com transições. O fato de saber tudo sobre todo mundo é um bônus, me fazendo respirar com mais tranquilidade considerando minha mudança para a Flórida.

Graças às informações cruciais de Martha, sei como encontrar a maioria dos funcionários de Dreamland em um só lugar para me apresentar. Consigo garantir o assento que escolho porque tomo o cuidado de ser o primeiro a chegar à reunião matinal. Pego o lugar perfeito no fundo do auditório, onde as luzes fluorescentes não alcançam, me abrigando na escuridão tão desejada. Ficar longe dos olhares curiosos vai me permitir observar como a equipe interage e como os gerentes resolvem problemas.

Dez minutos antes da reunião, todos vão entrando no auditório e ocupam as inúmeras fileiras de assentos. Qualquer que seja a energia que emano faz os funcionários evitarem a última fileira e dar preferência aos lugares na frente e no meio. Apenas uma pessoa se aventura no assento à minha frente. O senhor mais velho me encara como se eu o estivesse incomodando ao me sentar no território dele, mas o ignoro.

Os holofotes na frente do salão focalizam Joyce, a gerente diurna e madrinha de Dreamland. Ela tem um capacete de cabelo branco e olhos azuis que observam todo o salão feito uma sargenta. Não sei bem como ela encontra minha localização, mas seus olhos encontram os meus e ela acena com a cabeça e pressiona os lábios.

Joyce bate na prancheta.

— Certo, pessoal. Vamos começar. Temos muito a tratar e pouco tempo até os primeiros visitantes chegarem. — Ela estabelece a pauta e responde às inúmeras perguntas com confiança. Mal respira enquanto discute o cronograma de julho e seus desfiles, festivais e celebridades visitando o parque.

A porta atrás de mim se abre com um rangido. Eu me viro na cadeira e olho por sobre o ombro. Uma moça de cabelos escuros mais jovem entra pela pequena abertura antes de fechá-la delicadamente atrás de si.

Olho para meu relógio.

Quem é ela e por que está vinte minutos atrasada?

Ela abraça um pequeno skate Penny rosa-néon no braço marrom-dourado enquanto observa o salão cheio. Aproveito sua distração para dar uma avaliada nela. É tão bonita que fica difícil eu voltar a me concentrar na conversa à frente do salão.

Odeio isso, mas não consigo desviar o olhar. Meus olhos traçam as curvas do seu corpo, desenhando um trajeto da garganta delicada às coxas grossas. O ritmo do meu coração acelera.

Cerro os dois punhos, sem gostar da falta de controle que sinto sobre meu corpo.

Componha-se.

Respiro fundo algumas vezes para fazer meu coração bater mais devagar.

Um cacho de cabelo escuro cai na frente dos olhos dela. Ela o ajeita atrás da orelha enfeitada com piercings dourados. Como se sentisse meu olhar, seus olhos pousam em mim – ou, mais exatamente, no assento vazio perto de mim.

A mulher sai da entrada iluminada e se dirige ao corredor envolto pela escuridão. Ela dá uma olhada na disposição de lugares como se quisesse encontrar uma maneira de chegar à cadeira ao meu lado com o mínimo de contato possível.

— Oi. Com licença. — Sua voz é delicada com um pouco de sotaque. Ela respira fundo enquanto se aproxima centímetro por centímetro do meu espaço pessoal.

Não digo uma palavra enquanto aperto os braços do assento. Tenho a chance de olhar de perto para sua bunda, destacada pelo traje justo de jeans e camiseta proibido pelo regulamento.

Há um motivo para o uniforme ser obrigatório nas dependências da empresa, e estou olhando diretamente para ele. Minha nuca se aquece, e os braços do assento rangem com a pressão das minhas mãos. Seu perfume atinge meu nariz. Meus olhos se fecham com o cheiro inebriante – um misto de flores, frutas cítricas e algo que não consigo identificar direito.

Ela se atrapalha ao passar em volta das minhas pernas compridas com a elegância de uma girafa recém-nascida.

Querendo pôr logo um fim nisso, dou um pouco de espaço a ela e me ajeito no assento. Meu movimento súbito a faz tropeçar nos meus pés. Uma das mãos dela acerta meu colo para se equilibrar, escapando de encostar no meu pau por poucos centímetros. A eletricidade sobe pela minha perna esquerda até a virilha.

Merda. Desde quando o toque de alguém me causa esse tipo de reação?

Seus olhos amendoados e arregalados encontram os meus, exibindo cílios grossos e castanhos. Ela pisca algumas vezes, provando que tem alguma forma de funcionamento cognitivo.

— Desculpa. — Seus lábios se abrem enquanto ela olha fixamente para a própria mão que está no meu colo. Ela se assusta e tira a mão da minha coxa, levando junto o calor e a sensação estranha.

Um membro mais velho da equipe olha por sobre o ombro.

— Dá para sentar logo? Quase não consigo ouvir a Joyce com esse seu estardalhaço de sempre.

Estardalhaço de sempre? Bom saber que isso é recorrente.

— Tudo bem. Sim — ela balbucia.

Encaro como um milagre a capacidade dela de se sentar na cadeira ao meu lado sem outro acidente. Ela solta a mochila no chão com um estrondo alto, causando mais uma distração. O metal chacoalha e ressoa enquanto ela se curva e abre o zíper da mochila.

Fecho os olhos e respiro pelo nariz para acalmar a dor funda que lateja nas minhas têmporas. Mas acabo inspirando mais perfume a cada respiração, tornando impossível me esquecer dela.

Seu braço roça na minha perna durante a busca. Uma faísca semelhante desce pela minha espinha com o contato, como uma onda de calor pedindo para ir a *algum lugar*.

Qualquer lugar menos *lá*, porra.

— Dá para parar? — digo entre dentes.

— Desculpa! — Ela se enrijece enquanto finalmente pega o caderno e volta a assumir a posição sentada. O skate Penny escapa do seu colo e bate nos meus sapatos de dois mil dólares.

Tem um motivo para essa coisa maldita ter sido proibida no parque há décadas. Chuto o objeto ilegal para longe de mim, bem na direção dos tornozelos do mesmo homem que a repreendeu antes.

— Poxa, Zahra. — O homem vira a cabeça e lança um olhar fulminante para ela.

Zahra. Seu nome combina com o frenesi do qual tive apenas um gostinho.

— Desculpa, Ralph — ela murmura.

— Pare de pedir desculpas e comece a chegar cedo para variar.

Contenho o impulso de sorrir. Não tem nada de que eu goste mais do que gente levando bronca por palhaçadas como essa.

Ela se inclina e coloca a mão delicada no ombro do homem.

— Posso compensar você com um pão fresquinho que a Claire e eu fizemos ontem?

Pão? É sério que ela está oferecendo comida para esse homem depois de ele se irritar com ela?

Ralph encolhe os ombros.

— Se você incluir uns cookies, não vou reclamar para a Joyce por você ter chegado atrasada de novo.

Pestanejo para o senhor ranzinza à minha frente.

— Eu sabia que você tinha um fraco por mim. As pessoas dizem que você é chato, mas eu não acredito em uma palavra. — Ela empurra o ombro dele com intimidade.

Já entendi o que ela está fazendo aqui. De algum modo, ela enrolou o velho Ralph com nada além de um sorriso e uma promessa de pães e doces.

Essa mulher é perigosa – feito uma mina terrestre que você não vê até ser tarde demais. Zahra pega um pacote da mochila e o coloca nas mãos ansiosas de Ralph.

Ralph entreabre um sorriso, revelando um dente da frente lascado.

— Não deixe ninguém saber do nosso segredo. Eu não saberia lidar com as consequências.

— Claro. Eu não me atreveria. — Ela solta um riso baixo que reverbera pelo meu peito como se alguém batesse uma porcaria de um gongo com uma marreta dentro dele. O calor se espalha pelo meu corpo, o que me faz me cagar de medo.

Seus dentes brancos se destacam no escuro quando ela abre um sorriso radiante para Ralph. Algo na expressão do rosto dela faz meu coração acelerar. *Linda. Despreocupada. Inocente.*

Como se realmente fosse feliz com a vida em vez de estar fingindo como o resto de nós.

Meus dentes se batem enquanto solto um suspiro agitado.

— Já acabaram? Tem gente aqui tentando prestar atenção.

O branco dos olhos de Ralph se alarga antes de ele se virar na cadeira, deixando Zahra sozinha.

— Desculpa — ela murmura baixo.

Ignoro o pedido de desculpas dela e volto a me concentrar em Joyce.

— Algumas grandes mudanças estão acontecendo no Corporativo que vamos examinar na próxima semana. Eles vão ficar de olho em nós neste trimestre.

— Ótimo. Exatamente o que a gente precisava — Zahra murmura baixo enquanto anota no caderno.

— Você tem algum problema com o Corporativo? — Não sei bem o que espero ouvir nem por que me importo.

Ela ri consigo mesma, e sou atingido por mais um sentimento estranho na minha caixa torácica.

— A verdadeira pergunta é: quem não tem um problema com o Corporativo?

— Por quê?

— Porque o Conselho da Companhia Kane é cheio de um bando de velhos que ficam falando sobre quanto dinheiro ganharam em vez de discutir os assuntos que importam de verdade.

— E desde quando você é especialista em reuniões de conselho?

— Não precisa ser nenhum gênio para tirar conclusões com base em como tratam a gente aqui.

— E como eles tratam vocês?

— Como se a gente não tivesse importância desde que faça eles ganharem bilhões de dólares por ano.

Se ela nota meu olhar de fúria, não parece se incomodar.

— Os funcionários não são pagos para não reclamar?

Ela volta o sorriso para mim.

— Desculpa, mas isso custaria mais para a empresa, e, como a maioria de nós ganha uma mixaria, o silêncio não está incluído no contrato.

— Sua voz é leve e bem-humorada, o que só me irrita mais.

— Deveria ser, pelo menos para impedir você de falar tanta besteira.

Ela inspira fundo e volta a atenção ao caderno, finalmente me dando o silêncio que eu queria.

— Esse próximo trimestre vai ser diferente do último. — Os olhos de Joyce brilham. Alguns membros da equipe resmungam baixo. — Ah, gente. É verdade.

Zahra faz um barulho no fundo da garganta. Ela anota algumas coisas no caderno, mas não consigo identificar as palavras no escuro.

— Você não acredita nela? — *O que está fazendo, cara? Ela finalmente calou a boca e agora você fica puxando assunto?*

Ela volta a cabeça na minha direção, mas não consigo identificar sua expressão.

— Não, porque nada de bom pode acontecer agora que o Brady se foi de verdade. — Sua voz embarga.

Meus molares se apertam. Quem ela pensa que é para chamar meu avô de *Brady*? É ofensivo.

— O parque teve um desempenho melhor do que nunca no último ano, por isso acho a sua afirmação infundada.

Os joelhos dela se agitam com irritação.

— Nem tudo se resume a lucro. Claro, o parque teve um desempenho melhor, mas a custo de quê? Salários baixos? Planos de saúde mais vagabundos para os funcionários e dias de férias não remunerados?

Se ela está tentando apelar para minha humanidade, vai morrer tentando. Pessoas na minha posição não lideram com o coração porque nunca nos satisfaríamos com algo tão ridículo.

Não buscamos tornar o mundo melhor.

Buscamos tornar o mundo *nosso*.

Eu me ajeito na cadeira para olhar para ela.

— Disse a pessoa que não sabe nada sobre dirigir uma empresa multibilionária. Não que eu esteja surpreso. Você trabalha nela, afinal.

Ela estende a mão e belisca meu braço. Seus dedos pequenos não têm força para machucar de verdade.

— Que porcaria é essa? — respondo.

— Estava tentando ver se era um pesadelo. Mas toda esta conversa ridícula é *muito* real.

— Se encostar em mim de novo, você vai ser demitida na hora.

Ela congela.

— Em que departamento você disse mesmo que trabalha?

— Eu não disse.

Ela bate com a mão na testa enquanto mistura inglês e uma língua estrangeira que não reconheço.

— Em que departamento *você* trabalha? — rebato.

Ela se empertiga com um sorriso largo como se eu não tivesse acabado de ameaçar demiti-la um segundo atrás. *Bizarro.*

— Sou esteticista no Salão A Varinha Mágica.

— Ótimo. Então pelo menos você não faz nada importante a ponto de sentirem a sua falta.

A cadeira range embaixo dela enquanto se encolhe.

— Nossa, você é muito escroto.

Joyce não poderia ter planejado melhor minha entrada. Ela chama meu nome e todos os rostos se voltam na direção do nosso canto escuro.

Eu me levanto do assento e olho para Zahra com a sobrancelha erguida. Sua cabeça está baixa, e seu peito treme. *De rir?*

Como assim? Ela deveria estar pedindo desculpas e implorando pelo seu emprego.

Joyce chama meu nome, e minha cabeça se volta na direção do palco.

Eu me viro na direção da multidão e para longe de Zahra. Só tem uma coisa em que preciso me concentrar, e meu objetivo não tem nada a ver com a mulher que se atreveu a me chamar de escroto e ainda por cima rir disso.

CAPÍTULO TRÊS
Zahra

Bato a porta do meu armário com força.

— O que deu em você? — Claire se senta no banco à minha frente e calça as sapatilhas. Seu cabelo escuro na altura do ombro cai em volta do rosto e ela o joga para trás.

— Conheci o maior babaca hoje de manhã durante a reunião. E você não vai acreditar em quem ele era.

— Quem?!

— Rowan Kane.

— Puta que pariu! — Os olhos castanhos da minha amiga, que mora comigo, se arregalam.

Alguns rostos se voltam na nossa direção. A sra. Jeffries mexe no colar com o pingente de cruz enquanto nos encara.

— *Claire* — resmungo.

— Ele é da realeza de Dreamland. Desculpa meu espanto.

— Acredite em mim. Tem coisas que é melhor deixar para a imaginação.

Todas as histórias bonitinhas que Brady compartilhou sobre o neto caçula não passavam de fantasia. Os boatos que circulavam em Dreamland estavam certos. Rowan ganhou a fama de executivo implacável, conhecido por provocar o mesmo nível de felicidade que uma eutanásia animal. Ele ganhou notoriedade depois de ser o voto de desempate contra o aumento do salário mínimo dos funcionários. Por causa dele, a Companhia Kane continua a pagar centavos pelo trabalho árduo dos funcionários. Seu reinado de terror se solidificou ao longo dos anos. Ele cortou os dias de férias remuneradas, trocou nosso plano de seguro-saúde por um que faz mais mal do que bem e dispensou milhares de empregados.

Rowan pode ter carinha de anjo, mas o resto dele é pura maldade.

Claire puxa meu vestido.

— Então, conta aí! Ele é tão cheiroso quanto é bonito?

— Não. — *Sim*. Mas não vou contar isso para Claire.

Não apenas Rowan tem um cheiro incrível como sua foto corporativa não faz jus a ele. Rowan é bonito de uma forma meio inacessível. Como uma estátua de mármore cercada por uma corda de veludo vermelha, me deixando tentada a entrar em território proibido para tocá-la uma única vez. Suas maçãs do rosto são tão afiladas que poderiam cortar, ao mesmo tempo que seus lábios parecem tão delicados que dão vontade de beijar. E, com base na parte em que belisquei e na coxa que toquei, ele é pura massa muscular magra. O cara parece perfeito, o retrato do menino bonito com seu cabelo castanho perfeitamente penteado, terno engomado e olhos cor de caramelo escuro.

Isto é, até abrir a boca.

— Certo, vamos ignorar o fato de que ele é um babaca e falar mais sobre se ele é solteiro ou não. — Ela bate os cílios.

— Até onde eu sei, ele não faz o seu tipo. — Empurro o ombro dela, sabendo que não dá a mínima para rapazes. Ela se assumiu lésbica no ensino médio e nunca mais nem piscou para um homem.

— Estou falando para você, sua louca, não para mim.

Passo a mão na minha fantasia roxa da Renascença.

— Considerando que ele disse que o meu trabalho não é importante o bastante para sentirem a minha falta, não tenho interesse. Sem contar que ele é nosso *chefe*. — Embora Dreamland não tenha nenhuma regra contra relacionamentos entre colaboradores, classifiquei Rowan oficialmente como alguém fora de cogitação. Já passei por isso. Meu ex já preencheu minha cota de babacas para a vida.

— Cara. Que cretino.

— Nem me fale. Não acredito que ele é nosso novo diretor. Foi tudo tão repen...

— Chamada! — Regina, a gerente do salão, grita no andar principal.

Claire e eu entramos no andar do salão e fazemos fila junto com o resto da equipe. Ficamos cercadas por um mar de cadeiras vazias coloridas e penteadeiras iluminadas esperando para abrigar crianças que sonham se fantasiar de princesas e príncipes durante seu tempo em Dreamland.

Todos os funcionários se posicionam para suas tarefas antes de preparar as estações.

— Pronta? — Claire olha para mim na penteadeira ao lado.

Pego meu modelador de cachos e o empunho como uma espada.

— Nasci pronta.

Henry, o responsável pelo andar hoje, abre as portas e deixa uma multidão de crianças e pais entrarem. Meu coração se aquece com os pequenos de sorrisos brilhantes e olhos deslumbrados que observam todas as fantasias em volta das paredes.

Henry empurra uma garotinha numa cadeira de rodas para minha estação.

— Oi, Zahra. Essa é Lily. Ela está ansiosa para que você a deixe parecida com a princesa Cara hoje.

Eu me inclino e estendo a mão para Lily.

— Tem certeza de que precisa de uma transformação?

Ela faz que sim e sorri.

— Tem certeza de que já não é uma princesa?

Lily abafa a risadinha com a outra mão. Seu cabelo loiro liso cai sobre o rosto, escondendo os olhos verdes de mim.

Aperto o nariz franzido dela.

— Você vai tornar meu trabalho tão fácil que minha chefe vai achar que eu tenho superpoderes.

Lily ri. O som é tão doce que não consigo não rir também.

— Gostei do seu botton. — Ela mostra o ponto acima do meu crachá.

— Obrigada. — Sorrio para a frase *Seja felizzzzzzzz* cobrindo uma abelha de desenho animado. Minha pequena rebelião contra o código de uniforme é um sucesso com os pequenos.

Começo a trabalhar no cabelo de Lily. Suas mechas lisas resistem com teimosia a segurar os cachos clássicos da princesa Cara, mas não desisto até ela ficar perfeita.

Um formigamento estranho desce pela minha espinha. Eu me viro para a penteadeira sem tomar cuidado com as mãos e mancho a bochecha de Lily com sombra roxa.

— Ei! — Ela ri.

— Ai, Deus.

— Que foi?

Rowan está ao lado da recepção. Seu olhar pesado no espelho faz minha pele esquentar e meus olhos ameaçam saltar para fora das órbitas. Um rubor se espalha pelas minhas bochechas, e dou as costas para a estação de maquiagem para esconder minha reação.

— Ahh, você está ficando vermelha. Mamãe fica assim com o papai. — Os olhos de Lily se iluminam.

— Hmm. — *O que ele está fazendo aqui? Vou ser demitida?*

Lily me pega olhando fixamente para o reflexo de Rowan no espelho.

— Você gosta dele?

— *Shh!* Não! — Limpo a maquiagem da bochecha dela.

— É um segredo? — ela sussurra.

— Sim! — Vou dizer qualquer coisa para fazê-la calar a boca.

Dou mais uma olhada por sobre o ombro. Os olhos do babaca de Armani continuam cravados em mim, aumentando minha ansiedade com uma simples encarada.

Henry vem até minha penteadeira sob o pretexto de oferecer uma caixinha de suco para Lily.

— Então, se importa de contar por que o sr. Kane está perguntando sobre você?

— Porque eu talvez o tenha irritado mais cedo?

Os olhos de Henry se franzem com preocupação.

— Eu quis te avisar de que ele está enchendo a Regina de perguntas sobre você.

Torço para Regina guardar para si a antipatia pessoal que tem contra mim. Por mais que ela adorasse reclamar sobre mim, meu desempenho fala por si. Minhas gorjetas são quase o dobro das de todos os outros, o que só estimula sua birra comigo. Não entendo o problema dela. Foi a filha dela que teve um caso com o meu agora *muito* ex-namorado enquanto ainda estávamos juntos. Estou longe de ser uma ameaça, porque não encostaria nele nem se estivesse vestindo um traje de proteção contra homens tóxicos, que dirá reatar.

Endireito a coluna. Pensar em Lance e Tammy só piora meu humor. Volta a me colocar em um péssimo estado mental, e me recuso a ser reduzida àquela menina que achava que se casaria com o namoradinho de faculdade. Esse futuro se espatifou depois que descobri a vida dupla de Lance com Tammy.

Deixe pra lá. Mostre que eles não acabaram com você, por mais perto que tenham chegado disso.

— Ele é seu príncipe? — Lily sorri.

Volto a atenção para a conversa.

Henry encolhe os ombros.

— Vamos ter que esperar para ver se ele vai levá-la para o reino dele.

O único reino em que esse homem reside é o inferno, e não estou interessada em fazer nenhuma visitinha. Ele é um demônio em um terno de grife com uma personalidade igualmente infernal.

— Boa sorte! Você vai precisar. — Henry sai depois de me dar um tapinha na cabeça como se eu fosse uma criança.

Toda vez que dou uma espiada no espelho, os olhos castanhos e insensíveis de Rowan encontram os meus. Sinto um calafrio sob seu olhar, apesar das luzes quentes da penteadeira.

Durante toda a transformação, consigo manter o rosto sério, embora meu coração esteja batendo forte. Invisto toda a energia em ignorar meu novo chefe enquanto transformo Lily na princesa mais bonita deste parque.

Quando chego perto da hora de ela se ver, viro a cadeira para o centro do salão e para longe do espelho. Completo os toques finais antes de girar a cadeira de volta para o espelho para a grande revelação. Seus olhos lacrimejam quando ela olha para o próprio reflexo.

— Você está linda. — Eu me abaixo e dou um pequeno abraço nela.

— Obrigada. — Ela franze a testa para a cadeira.

Meu coração se aperta, uma vontade de poder fazer mais por crianças como Lily. Elas sempre me parecem deixadas de lado.

Coloco o braço em volta do ombro da menina e sorrio para o espelho.

— Você ficou uma mocinha linda. Aposto que alguém vai confundir você com a verdadeira princesa Cara assim que sair daqui.

— *Sério?* — O rosto inteiro dela se ilumina de novo.

Aperto seu nariz.

— Pode apostar. E eu sei que as crianças vão ficar com inveja das suas rodinhas maneiras quando os pés delas começarem a doer.

Ela ri.

— Você é engraçada.

— Se pedirem uma carona, tem que cobrar. Promete?

— Prometo. — Ela ergue o dedinho para mim. Entrelaçamos os mindinhos e apertamos.

Eu me viro para chamar os pais de Lily. Meus olhos encontram os de Rowan. O calor brota em meu estômago, espalhando-se rapidamente pela pele apenas com esse olhar.

Será que estou ficando com febre? Eu sabia que aquela menina catarrenta na minha estação ontem não tinha só alergia.

Os pais de Lily se aproximam e elogiam a transformação da menina. Enquanto o pai se ajoelha para falar com ela, sua mãe se vira e aperta minha mão de forma trêmula.

— Muito obrigada por cuidar bem da minha filha. Ela estava com medo de não se encaixar aqui como as outras meninas, mas você se esforçou muito para tornar o dia dela especial. — Ela me envolve em um abraço, que eu retribuo.

— O prazer foi meu. Mas Lily ajudou, porque vocês têm uma filha linda, por dentro e por fora.

O pai de Lily fica vermelho enquanto a mãe sorri. Depois de um último olhar no espelho, eles levam Lily embora.

Eu me viro para a área onde Rowan e Regina estavam conversando, mas encontro o lugar vazio. Sinto um frio na barriga.

Continuo nauseada pelo resto do dia. Por mais crianças sorridentes que saiam da minha cadeira, não consigo deixar de lado essa sensação estranha dentro de mim. Não sei o que Rowan está tramando, mas preciso ficar de olho. Houve um tempo em que ignorei minha intuição, e me recuso a cometer esse erro novamente.

CAPÍTULO QUATRO
Rowan

Dreamland pode ganhar dinheiro vendendo contos de fadas, mas não me traz nada além de pesadelos e *flashbacks* dolorosos. A energia que cerca este lugar me sufoca tanto quanto a umidade da Flórida. Apesar do sol intenso de verão, um calafrio percorre minha espinha sempre que ergo os olhos para o Castelo da Princesa Cara. A monstruosidade arquitetônica que colocou o parque do meu avô no mapa há quase cinco décadas me faz lembrar de uma vida passada que esqueci há muito tempo.

Vê se supera, seu bostinha imprestável. Concentre-se no que importa.

Não sei por que meu avô me incumbiu de consertar um parque temático que funciona sem sustos há quarenta anos. Os ingressos estão sempre esgotados, e atingimos a capacidade máxima todo santo dia. Com o desempenho do parque se superando a cada trimestre, não sei que tipo de melhoria eu poderia implementar.

Em poucas palavras, este lugar é perfeito. Quase perfeito *demais*. Eu enfrentava mais problemas em um dia como presidente da nossa subsidiária de streaming do que este parque enfrenta em um ano. Mas, com minhas ações de vinte e cinco bilhões de dólares em jogo, vou mover cada pedra neste lugar até expor as fraquezas de Dreamland e reforçar seus pontos fortes. Não tenho outra opção. Meus irmãos estão contando comigo para fazer minha parte para garantir nosso futuro, e não pretendo decepcioná-los.

Abandono meu posto na ponte levadiça de madeira. Minha respiração vai ficando mais tranquila quanto mais me afasto do castelo.

Pense em como a vida vai ser melhor quando você cair fora desta cidade.

Esse é o pensamento que me mantém são em um mundo construído a partir de nada além de memórias mal-assombradas e sonhos destruídos.

* * *

Minha paciência está se esgotando a cada obstáculo que encontro. Depois de uma reunião inútil atrás da outra com funcionários de Dreamland, estou louco para ter notícias sobre onde o parque está indo mal. Não aprendi nada muito relevante desde que cheguei, há quarenta e oito horas.

No papel, Dreamland está batendo novas metas a cada trimestre financeiro. A demanda por *mais* é o único tema em comum que ouvi dos funcionários. Mais brinquedos. Mais áreas. Mais hotéis. Mais *espaço*.

Há apenas uma equipe que pode me ajudar com esse tipo de expansão de grande escala. O departamento de Criação de Dreamland é mundialmente renomado no ramo de parques temáticos. Toda e qualquer atração, lugar, suvenir ou experiência de cliente em Dreamland teve o dedinho dos criadores em sua elaboração. É por isso que eles são as pessoas com quem planejo trabalhar nos próximos seis meses. Meu estilo de microgerenciamento vai ser uma mudança significativa comparada com a atitude relaxada do diretor anterior, mas, para ser franco, não estou nem aí. Isso me ajudou a transformar uma startup de streaming em um império bilionário, e vai me ajudar aqui também.

Entro no escritório e fecho a porta atrás de mim. Os dois chefes de Criação se sobressaltam na cadeira antes de recuperarem a compostura. Sam, o homem que tem o bom senso de misturar uma camisa xadrez com uma gravata de bolinha, mal consegue me olhar nos olhos. O alto de seu cabelo encaracolado castanho é a única imagem que vejo enquanto ele escreve em seu caderno. Jenny, a corresponsável de cabelo preto, senta-se mais ereta do que uma agulha ao lado dele, como se um erro em sua postura pudesse me incomodar.

Eu me sento.

— Vamos começar.

Eles fazem que sim ao mesmo tempo.

— Preciso elaborar um novo plano para o parque que identifique as nossas fraquezas. Juntos, nós vamos avaliar o desempenho das atrações de Dreamland e determinar como podemos servir melhor aos nossos visitantes. Isso inclui reformar os brinquedos atuais, criar áreas novas, atualizar esquetes e desfiles de carros alegóricos de modo a aumentar a taxa de retorno sobre investimento de Dreamland em pelo menos cinco por cento.

Os olhos de Sam conseguem dobrar de tamanho, enquanto o rosto de Jenny continua estoico.

— Com base na minha análise preliminar, nossa concorrência está ficando mais acirrada ao longo dos anos. E, por mais que Dreamland tenha um desempenho acima da média a cada trimestre, o que eu quero é destruir os nossos concorrentes e roubar a margem de lucro deles.

Sam engole em seco enquanto Jenny anota no caderno. Aprecio o silêncio deles, considerando meu tempo limitado entre reuniões com cada departamento.

— Projetos como esse levam anos para sair do papel e se transformar em brinquedos reais. Dito isso, o que eu espero é que as suas duas equipes desenvolvam os planos iniciais que vou apresentar para um conselho daqui a seis meses.

Foi ideia de Declan manter em segredo o verdadeiro motivo para eu estar aqui. Ele acredita que, se eu revelasse minhas intenções nada altruístas para um projeto dessa magnitude, as pessoas poderiam me sabotar em troca do suborno certo. Então ninguém vai desconfiar da minha posição temporária aqui por seis meses. Para eles, vou ser o diretor com quem sempre sonharam. Na realidade, não vejo a hora de sair deste buraco e voltar para Chicago para substituir Declan como CFO.

— Seis meses? — Jenny diz, com a voz rouca. Suas bochechas perdem toda a cor.

— Imagino que isso não será um problema.

Ela balança a cabeça, mas sua mão segurando a caneta estremece.

— Estou procurando vender essa ideia toda como uma celebração do aniversário de cinquenta anos e gerar um burburinho que apele para a emoção das pessoas. O projeto deve atrair tanto as novas gerações como as mais velhas que cresceram com personagens de Dreamland. Eu quero que reproduza tudo que meu avô amava neste parque ao mesmo tempo que nos guie para um futuro melhor e mais moderno.

Sam e Jenny não param de assentir com a cabeça, prestando atenção em cada palavra enquanto anotam em seus cadernos.

— Então, tudo que precise ser feito, façam. O tempo não é nosso aliado.

— Qual é o nosso orçamento? — Os olhos de Sam brilham.

— Não exagerem, então mais ou menos uns dez bilhões para todo o parque. Se precisarem de mais, meus contadores vão analisar os números.

Sam quase engasga com a própria língua.

— Eu espero resultados. Senão, é melhor vocês tentarem uma vaga em algum parquinho itinerante.

Jenny me encara enquanto Sam baixa os olhos para o carpete.

— Senhor, posso falar com franqueza? — Jenny bate a caneta no caderno de uma forma muito irritante.

Olho para o relógio.

— Se achar absolutamente necessário.

— Com base no seu cronograma curto, eu queria saber se podemos adiantar as propostas anuais dos colaboradores este ano. Assim, os criadores poderiam trabalhar com ideias novas em vez de começar do zero.

Fico olhando para a cara dela. As propostas anuais não passam de uma dor de cabeça para elevar a motivação dos funcionários. Temos muitos criadores que já trabalham em Dreamland há décadas. Eles não precisam das opiniões de funcionários mal remunerados que não sabem nada sobre como projetar um parque.

Mas e se alguém sugerir alguma coisa que os criadores atuais não consideraram?

Julgo os prós e contras antes de concluir que não tenho muito a perder.

— Abra as inscrições por duas semanas apenas. Eu quero que você analise pessoalmente as propostas e coloque apenas as melhores na minha mesa.

Jenny faz que sim.

— Claro. Tenho certeza de que temos uma boa ideia do que você está buscando.

Duvido, mas não me dou ao trabalho de gastar saliva corrigindo a mulher.

— Mãos à obra.

Jenny e Sam saem às pressas, me deixando sozinho para responder e-mails e me preparar para a próxima reunião do dia.

* * *

— Filho.

Me arrependo na hora de ter atendido a rara ligação pessoal do meu pai. Uma curiosidade idiota tomou conta de mim porque ele não havia dito nada sobre a história toda de Dreamland. Algo no silêncio dele me faz querer saber o que está planejando por baixo dos panos.

Eu me sento em um sofá de couro à frente da minha mesa.

— Pai. — Nossos títulos não passam de uma fachada desenvolvida ao longo dos anos para manter as aparências.

— Como estão as coisas em Dreamland? Imagino que você vá participar da nossa reunião do conselho na segunda, independentemente dos planos que tenha aí. — Seu tom continua leve e indicativo da fachada calma que aperfeiçoou ao longo das décadas.

Meus molares rangem.

— Por que você se importa?

— Porque estou intrigado com o seu interesse súbito em se tornar diretor depois da morte do seu avô.

Ele menospreza tanto assim minha inteligência?

É claro que sim. Ele não faz nada além de zombar de você a vida inteira.

— Esta ligação tem alguma finalidade? — pergunto, com falsa indiferença.

— Estou curioso sobre o seu progresso depois de analisar o pedido de financiamento que você fez. Dez bilhões de dólares não é coisa pouca.

Todos os músculos ficam rígidos em meu corpo.

— Não preciso do seu conselho.

— Que bom. Eu não estava oferecendo.

— Deus o livre de agir como um pai alguma vez na sua vidinha patética.

— Escolha interessante de palavras vinda do meu filho mais fraco.

Meu punho se cerra em volta do celular. Foi burrice atender a ligação dele por simples curiosidade. Eu devia ter imaginado que nada mudaria, mesmo depois da morte do meu avô. O único interesse do meu pai é me lembrar de como me acha incompetente.

Ele está tentando mexer com a sua cabeça. Nada além disso.

— Preciso desligar. Tenho uma reunião para a qual não posso me atrasar. — Encerro a ligação.

Respiro fundo algumas vezes para baixar a pressão. Não sou mais aquele menino perdido que queria desesperadamente uma relação de verdade com o pai. Por causa dele, transformei minha mente em uma arma em vez de uma fraqueza. Por mais que ele se esforce para me provocar, sempre vou sair por cima, porque a criança que ele conhecia não existe mais. Cuidei muito bem disso.

CAPÍTULO CINCO
Zahra

Claire se senta no sofá e põe o laptop no meu colo.

— Essa é sua chance!

— O quê?

Ela pausa a TV, interrompendo minha maratona de *O duque que me seduziu*.

Leio o e-mail antes de colocar o laptop dela em cima da mesa de centro.

— De jeito nenhum. Não vai rolar.

— Me escuta...

— Não.

— Sim! Você vai ouvir o meu argumento sem me interromper. Você me deve isso como sua melhor amiga e sua chef particular. — Ela balança o dedo da mesma forma que minha mãe faz.

— Meu estômago pode amar você, mas minhas coxas não. — Ela não responde e me olha feio. Cruzo os braços. — Tá. Vou te dar uma chance.

Ela ajeita o coque minúsculo.

— Certo, eu entendo que você está hesitante. Eu também estaria se alguém tivesse me traído como o Lance.

— Precisa mesmo mencionar o Lance? — Uma sensação fria se infiltra em meu peito, gelando minhas veias. É difícil superar uma traição como aquela.

O sorriso de Claire vacila.

— Só estou falando dele porque esse é o passo final no processo de deixar aquele homem para trás. — Ela aponta para o laptop como se fosse resolver todos os problemas do mundo.

— Já segui em frente.

— Eu sei que já, mas ainda tem uma partezinha sua que tem medo de correr atrás dos sonhos que ele arrancou das suas mãos. — Foram muitos os sonhos que ele roubou de mim.

Meus olhos ardem.

— Inventar não é mais o meu sonho.

— As merdas que ele falou das suas habilidades foram só uma distração para impedir que você apresentasse a mesma proposta que ele. Você sabe disso, né?

— Mas...

— Não tem mas nem meio mas. Lance mentiu porque queria segurar você por tempo suficiente para roubar a sua ideia.

Faz sentido na teoria, mas ainda não tenho tanta certeza.

Claire pega minha mão e a segura com firmeza.

— Essa é a sua chance de provar para si mesma que nada que os outros dizem define quem você é. Só as suas ações te definem.

Sinto um aperto no peito.

— Não sei se...

Ela segura minha mão com mais força.

— Vamos lá. Manda só um projetinho. Só isso. O que de pior pode acontecer?

— Bom, por onde eu começo? Tipo...

Claire cobre minha boca com a palma da mão.

— Foi uma pergunta retórica!

Ergo uma sobrancelha.

— Por que você está insistindo tanto para eu participar?

— Porque é para isso que servem as amigas. A gente precisa ajudar a outra a sair da zona de conforto. Porque, se você não está com medo...

— ... é porque não está crescendo. — Retribuo o sorriso.

— Então o que você me diz?

Tiro o celular do bolso e abro um e-mail que recebi na semana passada.

— Por falar em zona de conforto... Eu queria comentar isso com você, e agora parece o momento perfeito. Porque, se você não está com medo... — provoco.

— Ah, não.

Meu sorriso se alarga.

— Se eu apresentar uma proposta, você vai se candidatar para a vaga de aprendiz no Castelo Real. Eles abriram uma vaga na cozinha que é a sua cara.

O sorriso de Claire se fecha.

— Não sou eu o assunto da conversa.

— Nós somos uma dupla. Se for para eu me forçar até o meu limite, você vem comigo.

Essa é minha chance de ajudar Claire. Não era sua ideia ficar para sempre no Salão A Varinha Mágica, mas ela nunca criou coragem para tentar de novo a vaga para a qual foi rejeitada lá no início.

— Não posso me candidatar a essa vaga. Eles têm uma estrela Michelin!

— Mais um motivo para se candidatar.

— Mas eu não sou formada em nenhuma escola chique de culinária francesa! — Dando um salto, ela se levanta do sofá.

— Não, mas você *é* formada e ganhou muita experiência trabalhando em restaurantes durante o ensino médio e a faculdade.

Ela joga os braços para o ar.

— Na semana passada eu queimei uma fornada de cookies.

— Só porque eu esqueci de colocar o timer. — Rio.

— O prédio todo precisou evacuar por causa do alarme de incêndio. Ninguém nunca confiaria em mim numa cozinha depois disso.

Dou risada.

— Não seja tão dramática.

Ela se joga no sofá e deita a cabeça no meu colo.

— Não era para você me chantagear.

— Para que servem as amigas?

— Ah, sei lá, qualquer coisa *menos* crimes?

Sorrio.

— Vamos lá. O que você me diz?

— Digo que você está irritante de tão animada para alguém que era contra essa ideia toda há cinco minutos.

— Estou aproveitando uma oportunidade.

— Só para você saber, eu vou aceitar porque não vejo mal nenhum em ser rejeitada se isso significar ver você voltar a correr atrás dos seus sonhos.

Meu sorriso vacila.

— Claro. Assim como eu só vou concordar com o seu plano porque prefiro ver você tentar. Senão, você vai acabar como a sra. Jeffries, trabalhando no salão até se aposentar com noventa anos.

Ela suga os lábios.

— Agora você está sendo cruel de propósito.

Juntas, nos matamos de rir até selarmos nosso acordo.

* * *

Folhear as páginas surradas do meu caderno de ideias me enche de lembranças tristes e doces. Traço a letra cursiva de Brady cobrindo as páginas onde juntamos ideias de como seria a Terra Nebulosa se ela se tornasse uma área nova dentro do parque.

Eu e ele passamos semanas nisso depois que ele rejeitou minha proposta inicial e me falou que eu poderia fazer melhor. O segredo? Ele seria meu orientador. Juntos, formulamos uma proposta enquanto desenvolvíamos uma breve mentoria.

A Terra Nebulosa seria o projeto que me transformaria em uma criadora. No entanto, depois do acidente de Brady, pareceu errado enviar a proposta, por isso me segurei. Fiquei surpresa ao ler sobre minha ideia na newsletter da empresa depois de saber que Lance tinha roubado as partes principais, que eu havia revelado para ele em particular.

O que Brady pensaria de Lance manipulando nossa ideia? O brinquedo não se parece em nada com nosso plano original. Meus pulmões ardem com a respiração pesada que solto, e meus olhos se enchem de lágrimas enquanto passo o dedo em um desenho que Brady fez.

Criticar a ideia de Lance não vai ajudar em nada você a apresentar a sua.

Ligo o laptop, faço login na minha conta de funcionária e abro o portal de propostas anuais para Dreamland. O cursor piscante na caixa de texto vazia tira sarro de mim, mas me recuso a desistir. Claire acredita em mim, e talvez seja hora de finalmente parar de deixar Lance me impedir de acreditar em mim mesma.

* * *

Foi uma péssima ideia. Depois do meu primeiro rascunho fracassado, decidi que vinho e um coração partido eram uma boa combinação para minha segunda tentativa.

Atualização: não eram.

Ainda não estou nem perto de ter uma proposta pronta. Tudo sobre o que escrevo parece desinteressante e sem minha paixão habitual. Dou mais um gole direto da garrafa de um jeito que deixaria minha mãe horrorizada.

E se trabalhar nos seus sentimentos negativos sobre o brinquedo da Terra Nebulosa ajudasse a abrir a sua mente para ideias mais criativas?

Sim! Vai ver é isso que está me faltando. Deleto tudo da caixa de texto e começo do zero. No topo, escrevo *A verdadeira Terra Nebulosa que deixaria Brady Kane orgulhoso*. Meus dedos voam pelas teclas enquanto boto para fora todas as ideias que tenho para o projeto. Cansei de ficar em silêncio e de fingir que o brinquedo não me incomoda.

Quando eu estava com Lance, esse foi o tipo de pessoa que fiquei confortável em me tornar. O tipo silencioso e recatado que não quer criar caso porque eu priorizava a felicidade dele. No fim, foi tudo em vão. Abri mão de quem eu era por um homem que não conseguia dar conta da mulher que nasci para ser.

Sinto cãibra em todos os dedos de tanto digitar. É empoderador meter o pau em uma coisa que me dilacerou. Quando termino, minha visão está um pouco turva e minha coordenação não é das melhores.

Como beber e digitar não é o que eu quero para minha vida, decido clicar no botão *Salvar rascunho* no pé da página e fecho o laptop por hoje.

***

— Ah, não! — *Ah, não, não, não.* — Merda! Merda! Meeeerda!

Claire entra no meu quarto.

— O que foi?

Fico olhando para o portal de propostas.

Não pode ser verdade. Belisco o braço com tanta força que me contraio. As letras verdes brilhantes zombam de mim de uma forma que faz meu estômago ameaçar se revirar.

Sua proposta foi enviada.

Claire olha para a tela por sobre meu ombro.

— Você enviou uma proposta sem me pedir para revisar? Quem é você e o que você fez com a verdadeira Zahra?

— Foi um acidente! — Eu me jogo na cama, cubro o rosto com um travesseiro e grito.

Claire acaricia meu braço trêmulo.

— E se você mandar um e-mail para o sr. Kane e os criadores explicando o erro? Tenho certeza de que eles vão entender.

Tiro o travesseiro da minha cara.

— Está me zoando?! O que eu vou dizer? "Foi mal, fiquei um pouco bêbada e mandei uma proposta metendo o pau no brinquedo mais caro de vocês"?

Ela tira meu cabelo do rosto.

— Vai ver não é tão ruim quanto você pensa.

— Eu chamei o brinquedo do Lance de um monte de bosta de metal que faria Brady Kane se revirar na cova.

Ela se encolhe.

— Ah, bom. Então. Sim. Você sempre teve jeito com as palavras. Pelo menos está usando bem o seu diploma de Letras.

— *Argh* — resmungo. — Não acredito que cliquei no botão errado. Nunca deveria beber e trabalhar. Onde eu estava com a cabeça?

A cama afunda sob seu peso quando ela se senta ao meu lado. Os braços dela me envolvem no melhor dos abraços.

— Bom, esse foi o primeiro grande passo para deixar o passado para trás. Vai ver precisava acontecer dessa forma.

— Ontem você falou que o destino era uma desculpa idiota para evitar os planos.

O peito dela treme com uma risada silenciosa.

— Só porque você adora falar de destino para todo mundo. Qual é, você só acredita em destino quando as coisas acontecem do seu jeito? Que bela lógica, hein?

Sugo os lábios.

— É, mas e se eu for demitida? Não é o primeiro erro que cometo. Primeiro chamei Rowan de escroto e tirei sarro do conselho dele, e agora isso? Vou ter sorte se me deixarem recolher o lixo quando tudo isso acabar.

Claire afaga minha mão.

— É tarde demais agora. Não tem como voltar atrás. — Ela aponta para a fonte verde na tela.

Suspiro.

— Vamos torcer pelo melhor?

O que está feito está feito. Não tenho como mudar a proposta que enviei, e houve uma espécie de catarse em botar todos os meus sentimentos para fora.

Vai ver é coisa do destino mesmo.

CAPÍTULO SEIS
Zahra

A semana passada foi um inferno. Precisei de toda a força de vontade para aguentar meus turnos no salão, porque estou cansada de tanto me preocupar. Estou à espera do inevitável, porque é questão de tempo até os criadores chamarem minha atenção por causa da proposta que mandei.

Meu pior pesadelo se concretizou no momento mais inesperado quando recebi uma malfadada convocação de Rowan Kane. Seu e-mail de uma única linha não revelou muita coisa.

Sua presença se faz necessária em meu escritório amanhã às 8 horas em ponto. R. G. K.

Não sei bem o que é mais chocante. O fato de ele me mandar um e-mail exigindo minha presença em um *sábado* de manhã ou a maneira como assinou de maneira tão informal, com três iniciais.

Ligo para Regina para explicar por que vou me atrasar para chegar. Ela me diz que já está ciente da minha reunião e desliga.

Nossa. Estou completamente ferrada.

Faço minha rotina matinal às pressas e ando de skate pelas Catacumbas para conseguir chegar a tempo.

Meus tênis rangem enquanto entro correndo no vestíbulo do escritório particular de Rowan. Fica escondido atrás de janelas espelhadas que dão para a Rua História e o Castelo da Princesa Cara.

A porta da sala de Rowan continua fechada. A secretária dele, Martha, aponta para uma cadeira vazia ao lado da mesa dela. Eu a reconheço das minhas visitas a Brady.

Meu vestido com estampa de moranguinho cai ao meu redor quando me jogo na cadeira. Escolhi para hoje um visual *inocente até que se prove o contrário.*

Martha me oferece um copinho d'água.

— É a você que devo agradecer pelo bom humor dele hoje?

Levo a mão ao peito fingindo choque.

— Não me diga que está se referindo ao sr. Kane. Ele não saberia o que é bom humor nem se exagerasse na dose de Diazepam. — Dou um gole na água para refrescar minha garganta seca.

Os olhos dela brilham.

— Você é uma encrenqueira.

— E está *atrasada* — Rowan grita.

Eu me viro na cadeira, fazendo a água no meu copo espirrar. Estou prestes a corrigi-lo sobre o fato de que é *ele* que está atrasado, mas, não sei como, esqueço todas as palavras quando olho para ele.

Rowan de terno é meu tipo de criptonita corporativa. Hoje, o tecido azul royal envolve seu corpo como se tivessem costurado o material em volta dele. O cabelo castanho-escuro está penteado sem um fio fora do lugar e ele não tem nenhuma barba por fazer a esta hora da manhã. O material azul profundo destaca as curvas de cada músculo, como ondas em que eu quero me afogar.

Solto um suspiro baixo que faz a secretária dele sorrir para a tela do computador.

Toda a atração se esvai de mim assim que seu olhar empedernido colide com o meu. As sombras de seus olhos apagam a pequena chama em meu peito.

Tiro o celular do bolso do vestido.

— Cheguei na hora. Não cheguei? — Olho para Martha em busca de aprovação.

Ela continua em silêncio enquanto concentra toda a atenção em limpar a caixa de spam. *Traidora*.

— Venha comigo. — Rowan se afasta da porta para me dar espaço para entrar.

Eu me levanto da cadeira e pego a mochila do chão. O olhar dele se demora sobre as mangas bufantes de tule antes de observar o resto do meu vestido como se quisesse botar fogo no tecido. E a careta se intensifica quando os olhos dele pousam nos meus tênis vermelho-cereja.

Bato os calcanhares um no outro duas vezes com um sorriso.

Seus olhos se voltam para os meus. Minhas bochechas se aquecem com a expressão em seu rosto.

É desejo no olhar dele ou aversão intensa?

Vamos torcer para que seja o primeiro, já sabendo que deve ser o segundo.

O que quer que perdure em seus olhos desaparece quando ele pisca e remove qualquer traço de emoção. Ele se vira de repente, me proporcionando uma visão privilegiada da sua bundinha firme. Paro e olho porque, afinal, corre sangue nas minhas veias.

Nenhum homem em posição de poder deveria ter um corpo como *esse*. Deveria ser considerado um crime corporativo ficar tão bonito de terno.

Balanço a cabeça e o sigo para dentro do seu domínio. O escritório de Rowan é um completo contraste em relação à personalidade dele. O espaço vintage reflete o charme romântico de Dreamland, com sancas e paredes amarelo-claras. Me faz lembrar de algo que eu encontraria em um dos meus romances da regência, com lambris brancos e móveis de madeira sofisticados entalhados com um toque artístico.

Rowan franze a testa, o que surge como uma nuvem de tempestade em um dia claro de verão. Ele para perto da mesa e aperta os punhos cerrados no topo.

— Sente-se. — Ele se acomoda em sua poltrona de couro.

A dominância que emana dele torna difícil respirar fundo. Eu me sento na cadeira do outro lado da mesa, cruzando e descruzando as pernas enquanto ele pega papéis de uma gaveta.

— Precisa usar o toalete? — Seu rosto continua inexpressivo.

— Quê?

— Banheiro. — Ele resmunga, apontando para uma porta no canto do escritório. — Você não para de se mexer.

— Ah, não! — Minhas bochechas se aquecem. — Só estou tentando ficar à vontade.

— Não alimente falsas esperanças.

O riso escapa de mim antes que eu tenha a chance de impedir. O canto da boca dele se ergue um quarto de centímetro antes de baixar de novo.

Sério, o que é preciso para alguém como ele sorrir? Roubar doce de criança? Sacrifícios de sangue? Assistir a transmissões ao vivo de famílias sendo despejadas? Preciso saber.

Ele empurra a pasta para mim.

— Este é o seu contrato novo. É bem parecido com o seu contrato anterior com o Salão A Varinha Mágica.

Meu queixo cai.

— Desculpa. Um contrato?!

Quando as pessoas são demitidas de Dreamland, elas recebem um contrato para não voltarem nunca mais? Como funciona isso tudo exatamente?

Ele suspira como se *eu* fosse um incômodo para *ele*.

— A partir de agora, você vai fazer parte da equipe de Criação.

A sala gira ao meu redor. Coloco uma mão na mesa dele para me estabilizar.

— Vou o quê?! Entrar para a equipe de Criação?

Ele me encara.

— Esse hábito irritante de repetir tudo que eu digo é perda de tempo e oxigênio.

— Como é que é? — retruco. — Em primeiro lugar, eu tenho todo o direito de ficar confusa. Pensei que você fosse me demitir!

Dessa vez, o rosto dele abandona a expressão neutra para assumir algo que se traduz por: *Você é a pessoa mais burra com quem já tive o desprazer de conviver.*

— Você está recebendo uma promoção.

Como foi que eu comecei falando mal do brinquedo da Terra Nebulosa e terminei recebendo uma oferta de emprego com os funcionários mais prestigiados de Dreamland? Deve ser algum tipo de retaliação por fazer todo mundo perder tempo com a minha proposta.

— Como?

A veia na testa dele faz uma aparição.

— Você sempre sente necessidade de fazer tantas perguntas?

— Você sempre sente necessidade de ser evasivo e frio em tudo que faz?

Ele prova meu argumento ficando em silêncio. Fico tentada a bater na cabeça dele como se fosse uma máquina de vendas automática com defeito até receber algumas respostas.

Ele bate no topo da pasta.

— Sua proposta sobre a Terra Nebulosa foi bastante ousada. São poucas as pessoas que se atrevem a criticar um investimento bilionário.

— Enviei quando eu estava bêbada! — exclamo sem pensar.

Ele pisca. O único barulho que escuto é o fluxo de sangue latejante nos meus ouvidos.

Ai, Deus, por que fui admitir isso?! Esfrego a palma da mão suada no rosto.

Os lábios dele se curvam. A expressão no rosto dele me faz querer deitar em posição fetal.

— Vai ser um hábito enquanto você estiver em horário de trabalho?

Balanço a cabeça tão rápido que sou atingida por uma onda de vertigem.

— Ah, não. Eu quase nunca bebo. Foi só uma ideia idiota para me ajudar a relaxar...

Ele ergue a mão.

— Me poupe do monólogo. Não dou a mínima.

Agora é minha vez de piscar. Rowan pode ser um homem de poucas palavras, mas elas atingem seu propósito de me fazer me sentir idiota sem realmente me chamar de idiota. Deve ser o superpoder dele.

Sorrio para aliviar a tensão entre nós.

— Mas imagino que tenha gostado da minha ideia, senão não estaria me oferecendo um emprego.

— Meus sentimentos gerais sobre o assunto são irrelevantes. Tomo decisões com base em fatos e anos de experiência aprimorada.

O ar escapa dos meus pulmões como um balão se desinflando. Sério, será que esse homem não foi pego no colo o bastante quando era bebê? Não existe outra explicação para a frieza dele.

Isso não é justo. Você ouviu as histórias sobre a mãe dele...

Engasgo com o nó estranho na garganta.

— Você quer que eu trabalhe como criadora permanentemente?

— Nada aqui é permanente. Seu trabalho depende do seu desempenho, portanto, enquanto atingir meus critérios, você pode se considerar empregada.

Ai, meu Deus. Isso definitivamente não fazia parte do plano de Claire. A insegurança surge, apagando minha felicidade. Era para eu apresentar uma proposta e criar coragem, não ser contratada como criadora em tempo integral. Posso ser criativa, mas não sou *tão* criativa assim.

Os criadores de Dreamland são lendários. Fizeram *história* por suas invenções e foram até convidados para visitar a Casa Branca alguns anos atrás. Não conquistei o direito de trabalhar como parte da equipe. Além disso, não me encaixo na fórmula típica dos criadores. São pessoas que se formaram em universidades caras e fizeram estágios especializados ao redor do planeta – um mix com arquitetos, artistas, engenheiros, escritores, entre outros. Sou uma mulher formada em uma faculdade barata que trabalha em um salão infantil. Não poderia fazer parte de uma equipe que tem os maiores talentos do mundo.

Eu nunca conseguiria.

— Desculpa. Não posso aceitar sua oferta.

Seus olhos se estreitam.

— Não fiz uma pergunta de sim ou não.

Meu queixo cai.

Ele empurra o contrato para meu lado da mesa.

— Pode ficar à vontade para analisar o documento, mas você não vai sair deste escritório sem assinar o contrato.

Fico olhando para minhas mãos, pensando se elas se encaixariam em volta do pescoço de Rowan, que é da grossura de um tronco de árvore.

— Estamos no século vinte e um. Você pode ser meu chefe, mas não vou deixar você me dizer o que fazer.

— Isso por si só é uma contradição.

Aperto o tecido do meu vestido para evitar cometer alguma besteira, por exemplo, socar seu rosto lindo.

— Você é sempre tão frio?

Rowan me encara em silêncio. Ele esfrega o queixo aquilino de uma forma que me dá um frio na barriga. O movimento atrai minha atenção para seus lábios fartos.

Alô! Terra chamando Zahra!

Olho feio para o contrato. Rowan tinha todo o direito de me demitir depois do meu arremedo de proposta. Em vez disso, me ofereceu o cargo mais cobiçado de toda Dreamland. Seria idiotice recusar.

Não que você tenha escolha, afinal.

Pego o contrato da mesa, derrotada.

Ele tira uma caneta do suporte de vidro.

— Assine na linha pontilhada.

Estendo a mão para pegar a caneta. Nossos dedos se tocam, e o calor sobe pelo meu braço como se chamas lambessem minha pele. Recuo e deixo a caneta cair.

Rowan baixa os olhos para minha mão como se ela o tivesse ofendido. *Ótimo. Bom saber que provoco esse tipo de expressão facial nele.*

Não que isso importe. Ele é seu chefe.

Pego a caneta da mesa e volto a concentrar minha atenção no contrato. Meu coração bate forte quando releio os números realçados no alto até se turvarem.

Viro a página para ele e aponto para o salário.

— É um erro de digitação?

— Pareço o tipo de homem que comete erros de digitação?

— Mas tem um aumento de dez mil dólares.

— Pelo menos a sua visão não é tão prejudicada quanto o seu discernimento.

Eu deveria ficar brava pelo insulto, mas só consigo dar risada. Fico impressionada pelo tipo de coisa que ele diz na cara dura, e não consigo evitar me sentir estranhamente atraída por seu ar incisivo. A culpa é da minha exposição a *Orgulho e preconceito* quando eu ainda era jovem e impressionável.

Ele me encara com os olhos arregalados. Sua expressão me faz ter outro ataque de riso. Há algo em romper a fachada fria de Rowan que acho divertido. Não sei bem qual é meu problema, mas acho os comentários objetivos dele engraçados em vez de desconcertantes. São desajeitados e pomposos, como se ele não se sentisse à vontade em fazer nada além de gritar ordens.

É. *Definitivamente,* tem alguma coisa errada comigo.

CAPÍTULO SETE
Rowan

Aproveito a oportunidade para observar Zahra enquanto ela está distraída lendo o contrato. Essa sensação estranha no meu peito não parou desde que ela entrou no meu espaço, e a maneira como ela olha para mim me deixa em alerta.

Seus pés balançam a poucos centímetros do carpete, com as pontas dos tênis roçando o piso de uma maneira irritante. Desde o tecido com estampa de moranguinhos de seu vestido ao jeito como ela ri, fico um tanto desarmado por sua presença.

Odeio isso. Tudo que eu quero é que ela saia do meu campo visual e olfativo.

Puxo a gravata em volta do colarinho para aliviar um pouco a tensão no pescoço. Baixo os olhos para o botton idiota sobre a curva do seu seio.

Floresça mesmo quando o sol não brilha.

Ela é um ponto de brilho incômodo em meu escritório, e sinto a tentação de enxotá-la porta afora.

Zahra franze a testa para a página. O gesto traz minha atenção ao batom vermelho em seus lábios. A cor se destaca contra sua pele marrom-dourada, e me vejo concentrado pensando como ela coloca a língua para fora para traçar o contorno do lábio superior. Calor escorre pela minha espinha enquanto imagino esses lábios fazendo outra coisa.

Mas que merda é essa? Não. Bufo, ignorando o calor que se espalha em meu corpo.

Seu nariz se franze diante de algo que ela lê.

— Algum problema? — digo entre dentes.

Ela nem se mexe.

— Não.

— Você já releu a mesma página duas vezes.

Ela inclina a cabeça e olha para mim de uma forma que faz os pelos da minha nuca se arrepiarem.

— Fico lisonjeada que esteja prestando tanta atenção em mim.

Eu me seguro para não resmungar. Qualquer que seja a expressão que ela nota em meu rosto a faz sorrir consigo mesma.

Ela bate no papel com a caneta.

— Contratos como esse têm toda a minha atenção. Não vou assinar nada antes de conseguir ler as entrelinhas.

— Você não é especial a ponto de ter alguma entrelinha.

Ela não parece nem um pouco ofendida pelo meu comentário, o que só me irrita mais. O que tem nessa mulher, e por que ela não entra na linha como todos os outros? É como se ela cagasse purpurina e se alimentasse de arco-íris. Não sei ao certo em que tipo de floresta de contos de fada ela foi criada, mas ninguém pode ser tão otimista assim em relação a tudo.

— Você não é nada como o seu avô descreveu.

Os braços de madeira gemem sob meu aperto firme.

— O que você disse? — O único motivo pelo qual minha voz sai inexpressiva e desinteressada são os anos de prática.

Ela encara meus dedos brancos.

— Esquece o que eu falei. Escapou.

Não dá para esquecer uma coisa assim. Fico dividido entre exigir respostas e fingir que não estou incomodado pelo comentário dela.

— O que o meu avô disse de passagem para uma desconhecida não passa de conversa casual.

Ela ri consigo mesma, mas não responde nada. Minha pele coça para saber mais, mas ela continua calada enquanto volta a atenção para o contrato.

É isso?

— Como foi que calhou de você ter uma conversa com o meu avô? — solto sem pensar.

Ela dá de ombros para meus olhos arregalados.

— Destino. E foram *conversas*. No plural.

Ótimo. Estou apostando toda a minha fortuna em alguém que acredita em destino.

— E o que acontecia durante essas conversas?

— Isso é entre mim e Brady.

Brady? É a segunda vez que a escuto chamá-lo assim.

Ela interrompe meus pensamentos com um sorriso de quem sabe muito.

— Ele falava bastante de você.

O aperto em meu peito se intensifica.

— Parte de mim não quer saber.

O sorriso dela se alarga.

— Mas parte de você não consegue evitar a curiosidade.

Reviro os olhos, o que só faz o rosto dela se iluminar como os malditos fogos de artifício de Dreamland. Nunca vi alguém olhar para mim assim antes. É estranho. Como se ela tivesse um interesse genuíno na minha companhia, e não na ideia de tirar alguma coisa de mim.

Minha pele coça sob o olhar dela.

— Não se preocupe. Ele não falava tanto assim sobre você. Só dizia que era o sonhador entre os três netos dele. E ele estava ansioso para você assumir o cargo de diretor um dia. Dizia que era sua vocação, então tenho certeza de que ele estaria feliz em te ver na sala dele, destruindo a poltrona favorita dele. — Ela aponta para os braços da poltrona, que aperto como se fossem uma boia. Solto a mão e estralo os dedos.

— Só isso?

— Praticamente. Desculpe te desapontar. Estávamos sempre ocupados trabalhando em outras coisas, mas lembro que ele falava muito bem dos netos.

A queimação em meu peito fica dez vezes maior. Respiro fundo algumas vezes para aliviar a tensão nos músculos.

Zahra assina no pé da página e devolve o documento para mim. Faço questão de passar os dedos nos dela enquanto pego o contrato. A mesma sensação estranha de antes faísca entre nós, me fazendo parar. Zahra inspira fundo e recua, enfiando a mão sob as camadas do vestido.

Interessante. Parece que nossa conexão não foi uma coisa que aconteceu uma vez e pronto.

— Quando eu começo? — Ela se levanta da cadeira e passa a mão ao longo do vestido.

Desvio os olhos da curva da sua cintura de volta para o rosto.

— Segunda. Esteja aqui às nove em ponto.

— Obrigada pela oportunidade. Sério. Eu devia estar em choque antes quando disse não, mas agradeço de verdade. Não pretendo desapontar você. — Um rubor se espalha pela superfície de suas bochechas marrons.

Acho interessantes as reações dela às coisas mais simples. O que mais a faria corar? Uma imagem de seus lábios vermelhos em volta de algo completamente indecente passa pela minha cabeça.

Ela é sua funcionária. Controle-se, cacete. Franzo a testa com a reação incontrolável que se espalha pelo meu corpo feito uma fileira de dominós caindo. Nunca fui o tipo que sente atração por quem trabalha para mim.

O que tem de diferente nela e como eu posso impedir isso?

Solto uma expiração tensa.

— Pode sair. — Pego o contrato dela e o adiciono à pilha de papéis para Martha cuidar.

Zahra pega a mochila do chão. Ela se levanta e dá meia-volta, o que me permite ver cinquenta bottons diferentes em seu bolso.

Qual é a história por trás dos bottons, e por que ela os carrega para todo canto?

Paro de respirar quando me concentro em um em particular. Ele prende minha atenção não porque seja ousado, mas porque é muito diferente de todos os outros. Nenhuma pessoa normal notaria esse botton entre tantos outros, mas estou familiarizado demais com o símbolo e o que ele representa.

Talvez a Senhorita Esfuziante seja mais do que aparenta ser, e algo me diz que isso tem a ver com o botton preto discreto de ponto e vírgula.

***

— Como vão as coisas? — Declan diz para a câmera.

— Minha agenda está lotada de reuniões das nove às nove, mas finalmente acho que tenho uma ideia do que preciso fazer. — *Tudo graças a Zahra.*

— Pelo menos um dos meus irmãos está levando isso a sério. — Declan lança um olhar para Cal.

O maxilar dele se cerra.

— Estou esperando o momento certo.

— Parece uma desculpa. — Encolho os ombros.

Ele coça a sobrancelha com o dedo do meio.

Declan suspira.

— Rowan, vamos nos concentrar em seu plano primeiro. Depois eu cuido do Cal.

— Não preciso de você em cima de mim. Confie um pouco no meu processo e me deixe fazer isso do meu jeito. Já provei minha capacidade.

Declan passa a mão pela barba rala.

— Tem muito mais em jogo nesse projeto. Se um de nós falhar...

Meus molares rangem.

— ... todos nós falhamos. Entendi isso nas primeiras cinco vezes que você mencionou. Só me dê espaço para resolver isso tudo. Ninguém me vê correndo atrás de você para ver se já arranjou uma esposa que atenda os seus parâmetros fora da realidade.

— Não tem parâmetros nesse processo porque é uma obrigação contratual. Para mim, basta encontrar uma mulher que seja prática, fértil e que tenha um rosto considerado proporcional o bastante para ser julgada atraente.

Cal sorri.

— Com esse tipo de charme, aposto que você vai subir rapidinho ao altar.

Declan lança um olhar fulminante para a câmera.

— Vou ser seu padrinho? Antes de decidir, pense um pouco. Rowan não saberia nada sobre planejar uma despedida de solteiro. Diversão para ele é fumar charutos na sua casa.

— É porque é divertido.

— Pense um pouco. Estou falando de Vegas. Bufês. Clubes de *strip*. Cassinos. — Cal vai listando com os dedos.

— Se está tentando me convencer, você me perdeu em Vegas.

Dou risada.

— O lugar favorito de Declan são as quatro paredes da casa dele.

Cal esfrega a barba rala no queixo.

— Tá. Vou ceder e levar Vegas até você.

— Nenhum de vocês vai ser meu padrinho porque eu vou me casar escondido.

Cal bufa.

— Você e Rowan são tão sem graça que dá para entender por que se dão tão bem. Só você para trocar uma festança por um casamento discreto.

Declan exibe o leve sorriso que reserva para nós.

— Está com ciúme.

— Sr. Kane. O sr. Johnson está esperando na linha um. Já vou logo avisando: ele está com um humor péssimo. — O microfone de Declan capta a voz de Iris.

— O velho Johnson ainda está dando trabalho para Iris? — Cal se inclina para a frente.

— Ele ameaçou você de novo? — Ele deixa o microfone no mudo. Seja lá o que Iris responde, faz a veia do pescoço de Declan saltar.

Declan balança a cabeça e tira o microfone do mudo depois de um minuto.

Cal franze a testa.

— Você ainda vai se arrepender de fazer a Iris trabalhar nos fins de semana. Os melhores anos da vida dela estão passando enquanto ela cuida de um velho rabugento que nem você.

O maxilar de Declan se cerra.

— Semana que vem. Mesmo horário. — Ele encerra a videoconferência, me deixando com nada além de uma tela preta para olhar.

Em vez de ir para casa e preparar o jantar para mim, acesso a ficha eletrônica de Zahra. Algo em seu comentário sobre meu avô está me incomodando desde que ela saiu da minha sala. Eu seria um idiota se confiasse em qualquer coisa que ela falasse sobre ele.

Nada na busca preliminar revela muita coisa além do fato de que ela era uma funcionária dedicada do salão desde seu estágio universitário.

Frustrado com a escassez de resultados, mergulho mais fundo na ficha dela, examinando tudo, desde a primeira entrevista em Dreamland até o histórico da faculdade. Acabo clicando em uma proposta antiga, de mais de três anos atrás, e desço a tela até o final. Há uma nota adesiva virtual, assinada e datada por meu avô dois meses antes do acidente.

Agendar reunião com a srta. Gulian para discutir rejeição e aprimoramentos.

Reviso a papelada de novo. *Zahra apresentou uma proposta sobre a Terra Nebulosa?* Que estranho, considerando que a proposta que ela entregou criticava o brinquedo.

Acesso a proposta da Terra Nebulosa aceita pelos criadores dois anos atrás e comparo essa versão com a de Zahra. Alguém chamado Lance

Baker apresentou a ideia com algumas firulas a mais comparada com a proposta mais básica de Zahra. Como os dois foram ter ideias parecidas? Será que eles eram parceiros de criação que entraram em uma disputa?

As dúvidas continuam a crescer, sem nenhuma resposta de verdade que sacie minha curiosidade. Busco outras propostas na ficha de Zahra mas não encontro. Ela não apresentou nada depois daquela que meu avô avaliou antes deste ano.

O que a fez parar? E quem é esse tal de Lance Baker?

CAPÍTULO OITO
Zahra

— Eu entendi direito? Você vai virar uma criadora? Como foi que você escondeu isso de mim *o dia todo*? — O garfo de Claire cai sobre o prato.

Eu me segurei para não contar a novidade porque queria compartilhá-la com a família toda no jantar semanal de sábado. Meus pais são o verdadeiro motivo pelo qual todos trabalhamos juntos em Dreamland, por isso queria celebrar com eles também.

Ani salta da cadeira, fazendo seus cachos morenos voarem ao redor da cabeça. Ela me envolve em seus braços:

— Parabéns! Você conseguiu!

Retribuo o abraço da minha irmã, adorando sua demonstração de afeto. Significa muito para mim mostrar a ela que nada pode atrapalhar seu caminho, mesmo com o diagnóstico de síndrome de Down. E, em outros sentidos, ela me incentiva a dar o melhor de mim todos os dias com sua alegria contagiante.

— Precisamos comemorar! — Os olhos cor de avelã de minha mãe se iluminam enquanto ela corre para a cozinha.

A pele marrom em torno dos olhos do meu pai se enruga quando ele sorri de orelha a orelha.

— Estou tão orgulhoso de você! Eu sabia que, assim que as pessoas certas vissem como você é talentosa, não conseguiriam resistir.

Meu peito se aperta. Meu pai sempre me apoiou, desde que eu era uma garotinha que dizia querer ser criadora quando crescesse. Ele nunca parou de sonhar o bastante por nós dois, mesmo quando desisti de mim mesma.

Minha mãe volta da cozinha com uma garrafa de champanhe e algumas taças de plástico.

— Desde quando vocês têm champanhe guardado?

— Sua mãe ia abrir no nosso aniversário de casamento na semana que vem, mas a notícia de hoje merece. — Meu pai bate palmas.

Minha mãe coloca a mão no ombro dele e aperta.

— Esquece o nosso aniversário. A gente já teve muitos.

Vinte e oito, para ser exata. Eles estão firmes desde que meu pai arrebatou minha mãe com suas histórias sobre a Armênia e sua insistência para sair com ela, apesar das rejeições semanais que ouvia.

Minha mãe me envolve nos braços.

— Nossa filha vai ser uma criadora! Ouviu isso, Hayk?

— Difícil não escutar, porque eu estava bem aqui. — Meu pai pisca para ela.

Suspiro. Esses são meus pais. Eleitos *os mais propensos a me deixar enojada com seu amor* desde o dia em que nasci.

Minha mãe se senta ao lado do meu pai.

— Não acredito que o sr. Kane ofereceu um trabalho para você depois que disse que o brinquedo dele era decepcionante. Essa sim é nossa filha. — Ela lança um olhar astuto para meu pai.

Faço uma careta.

— Bom, não foi exatamente isso que eu falei...

— Mentira dela. Ela falou que o brinquedo representava tudo que Brady Kane odiaria se estivesse vivo. — Claire ergue o copo d'água na minha direção antes de dar um gole.

As sobrancelhas castanhas de Ani se erguem.

— Não creio.

— Talvez eu tenha extrapolado um pouco, mas é verdade. O projeto que Lance enviou era só uma fração da ideia que eu criei junto com Brady.

O sorriso do meu pai se fecha. Ele estende o braço e aperta minha mão.

— Bom, o errado foi Lance. Agora você tem um cargo novo e tem a chance de corrigir isso até ficar exatamente como você sonhou.

— Não sei se é isso que Rowan quer.

Já vou começar no emprego despreparada e subqualificada. A última coisa que quero é arranjar problemas com os criadores, especialmente depois da minha proposta acidental.

— Se ele contratou você, deve ter uma boa ideia do que está fazendo — meu pai responde.

Queria confiar tanto em minhas habilidades quanto ele confia. Desde que saí do escritório de Rowan, as preocupações se multiplicaram até se tornarem avassaladoras.

E se eu só tive uma única ideia boa, que Brady Kane ajudou a levar de mediana a incrível? E se eu só tive um grande sucesso e vou fracassar na frente de todos aqueles que admirei a vida toda?

Odeio perceber que estou entrando nessas velhas armadilhas de pensamento. Deixo Lance vencer toda vez que dou atenção a suas críticas na minha cabeça, e isso só me irrita mais.

Se você não acreditar em si mesma, ninguém vai acreditar.

Minha família me arranca dos meus pensamentos. Estouro a garrafa de champanhe e a ergo para o teto.

Saúde, Brady.

***

Chego dez minutos adiantada para impressionar Rowan com minha pontualidade recém-descoberta, mas meus esforços foram em vão. A porta dele continua fechada, então fico alugando os ouvidos de Martha. Não demora muito para virarmos amigas que criam um vínculo graças a nossa autora de romances predileta e a nosso desejo eterno por sanduíches de frango de fast-food aos domingos.

Conversar com ela ajuda a passar o tempo.

Até que Martha precisa trabalhar, então fico brincando com o tecido do meu vestido de bolinhas e mexo no celular.

A porta do escritório de Rowan se abre com um estrondo. Eu me sobressalto na cadeira e levo a mão ao coração acelerado. Não sei qual é o café que Rowan toma de manhã, mas claramente não está fazendo efeito para ele. Ele sai do escritório e olha para mim ou para a secretária.

Ela praticamente me empurra da cadeira.

— Vai!

Saio às pressas da antessala para o alcançar. Preciso dar o dobro de passos para acompanhar suas passadas longas porque esse homem é *alto*. Como ele consegue passar por um batente sem baixar a cabeça?

Enquanto continuamos a andar, o silêncio me corrói até eu não aguentar mais.

— Estou começando a achar que você não é uma pessoa muito matinal. — Não sei como, consigo acompanhar suas passadas.

Rowan resmunga baixo. Ele nos guia em direção à entrada das Catacumbas da Rua História.

— O clima está maravilhoso, não está?

Quase dá para ouvir os grilos.

— Ah, sim, Zahra, estava me perguntando de que adianta tomar banho de manhã se a umidade faz esse trabalho por mim. — Tento imitar a voz dele com um tom grave, mas não consigo, porque minha voz afina.

O canto do lábio dele se ergue um tiquinho e eu comemoro mentalmente.

Faço mais uma tentativa de resgatar a conversa.

— Está gostando da sua estada em Dreamland até agora?

— Não — ele murmura baixo.

Tropeço na ponta do tênis.

— Ah. — *Puta merda. Não achei que ele fosse responder isso.* — Tem um brinquedo favorito?

— Não.

Meus neurônios se alegram com a resposta. *Estamos chegando a algum lugar, pessoal.*

— Eu também não! São todos muito bons.

Isso tira outro resmungo dele.

— Qual é sua parte favorita de ser diretor?

— O silêncio no fim do dia de trabalho.

Perco o controle nessa hora. Meus pulmões ardem de tanto rir da resposta. Ele para de andar e me encara por um segundo antes de se recuperar.

Ele me guia através dos túneis como se fizesse isso o tempo todo. Juntos, subimos dois lances de escadas e atravessamos uma porta marcada como *Área de Trabalho dos Criadores*. Prendo a respiração quando entramos em um galpão enorme, separado em quatro seções por divisórias altas. Um certo cheiro sobe pelo ar, me fazendo lembrar de uma aula de artes do primário.

Rowan me guia por cada sala, ficando em silêncio enquanto contemplo a beleza de tudo. O primeiro espaço é cheio de animatrônicos e robôs para brinquedos, desfiles e apresentações. Passo a mão no braço frio de metal de um animatrônico. Ele se mexe e eu dou um pulo para trás batendo no peito de Rowan. Sua mão aperta meu braço para me estabilizar. Todas as células disparam em uníssono dentro de mim, ganhando vida com a delicadeza do seu toque.

Meu corpo se incendeia com o contato. Minha pele esquenta onde sua mão aperta, e me pego me aconchegando nele. Ele me solta e sai da sala como se seus sapatos fossem pegar fogo.

Acompanho o ritmo apressado dele, seguindo-o para um paraíso de designers onde as paredes estão cobertas de *storyboards* e as mesas são cheias de todo tipo de material de arte.

A sala seguinte é repleta de mesas cobertas de maquetes 3D de Dreamland, e fico impressionada com a atenção aos detalhes. Eu me inclino, vendo uma réplica exata da Terra de Contos de Fadas e do Castelo da Princesa Cara. Não consigo evitar passar o indicador em uma das torres.

Meu pescoço se eriça, e olho por sobre o ombro para encontrar Rowan olhando fixamente para minha bunda.

Ai, meu Deus. Ele sente atração por mim? Como se ele tivesse o mesmo pensamento, seus lábios se afinam. Meu bufo se torna uma gargalhada enquanto me curvo de rir. Ele pisca algumas vezes, apagando o olhar sombrio.

— Está pronta para conhecer todo mundo ou ainda está interessada em desperdiçar o tempo da empresa com seu tour? — ele questiona antes de seguir para a porta.

Não me dou ao trabalho de corrigi-lo sobre quem começou esse *tour*. Nem sei ao certo quem ele está tentando enganar aqui, porque a mim ele não ilude. Mas a verdadeira pergunta é: *por quê?* Por que me dar um momento para contemplar o ambiente dessa forma? Por que me guiar pelo galpão em vez de delegar a tarefa a alguém com mais tempo e disposição?

Lembro que Brady mencionou que Rowan adorava visitar o galpão quando era criança. Será que ele está gostando deste passeio tanto quanto eu? Se a resposta for sim, por que está tão bravo agora?

Rowan é como um código secreto que eu quero decifrar – um Fort Knox humano que tenho interesse em invadir, ao menos para descobrir um coração abobadado cheio de ouro. Ou talvez seja apenas a parte esperançosa de mim que gostaria de saber se Rowan é, na verdade, tão doce quanto Brady o descrevia.

Eu o sigo para a última sala lotada de criadores, e o salão principal parece ser um espaço de convívio cercado por fileiras de cubículos. A sala é um paraíso, com pufes, paredes de lousa e estações de simulação 3D.

Bem-vinda ao seu novo lar. Nem acredito que finalmente estou aqui. Brady tinha razão. Era questão de tempo até eu me ver trocando meu antigo crachá por um de criadora.

O que ele pensaria de mim agora?

Ele poderia ter falado para dispensar o vinho e escrever quando estivesse sóbria, mas não dá para ter tudo.

Pisco para não lacrimejar.

Rowan me apresenta aos criadores, a quem ele se refere como as equipes Alfa e Beta. Membros diferentes me dão boas-vindas ao galpão. Meu coração se aperta com o entusiasmo deles e a ideia de trabalhar ao seu lado.

Jenny, uma moça de cabelos escuros que é a chefe da equipe Beta, diz que faço parte do grupo dela quando Rowan se afasta de mim. Volto o olhar para ele a fim de confirmar se isso é parte do plano.

Rowan me lança um olhar entediado.

— Vá em frente. — Ele olha ao redor pela sala. — Voltem ao trabalho, pessoal.

Todos obedecem a seu decreto real como os soldados rasos fiéis que somos à marca Kane.

Jenny aproveita para me mostrar meu novo espaço de trabalho. Meu queixo cai quando olho dentro da minha baia. Nunca tive meu próprio escritório, e fico impressionada com a escrivaninha em L no canto, as duas telas do monitor ocupando um espaço grande. Há até um laptop novinho em folha num canto, só esperando para ser aberto.

Eu me sento na cadeira de rodinhas luxuosa e passo a mão no teclado ergonômico.

Olhe só para mim, tendo coisas de adulto como uma escrivaninha e meu próprio grampeador. Eu o aperto duas vezes para ter certeza de que não estou sonhando.

Jenny ajeita o rabo de cavalo já impecável.

— Estamos animados por ter você como parte da equipe, Zahra. Fico feliz que Sam tenha recuado tão rápido durante nossa briga por você.

— Uma briga por *mim*? — As palavras parecem ridículas ao saírem da minha boca.

Ela sorri de orelha a orelha.

— Não se preocupe. Peguei leve com ele. Derramei lágrimas de crocodilo e ele cedeu mais rápido do que uma máquina de sorvete do McDonald's.

Damos risada. Jenny é um alívio comparada à Regina.

— Fui eu que pensei que o sr. Kane precisava ler sua proposta com os próprios olhos. Sam estava um pouco hesitante considerando a natureza do conteúdo.

Eu me empertigo.

— Desculpa.

Ela abana a mão no ar.

— Por favor. Não precisa se desculpar. Estamos com o cronograma apertado demais, e não tem por que pedir desculpas por expressar como você se sente. Você é o tipo de criadora de que nós precisamos na equipe.

— Uau. Tipo... obrigada. — *As coisas correram de um jeito muito melhor do que eu pensei.*

— Vou só fazer um resumo rápido de como as coisas funcionam por aqui. Às sextas, cada criador é responsável por apresentar uma proposta nova. É um processo de seis meses em várias etapas, estabelecido para dar o máximo de opções possível para o sr. Kane escolher.

— Escolher para quê?

Jenny sorri.

— Ele está planejando uma renovação para o aniversário de cinquenta anos. Muita coisa está em jogo em um projeto dessa escala, então ele espera que as equipes deem o seu melhor.

— Pode deixar! Não vou decepcionar vocês.

— Vou deixar você se acomodar. Espero que goste de comida italiana, porque os betas planejaram um almoço de boas-vindas para você.

— Só monstros odeiam comida italiana.

Ela ri.

— Eu sabia que você se adaptaria bem. Vejo você ao meio-dia. — Ela sai do cubículo, me deixando com todos os meus brinquedinhos novos.

Talvez eu acabe desmaiando de tão gentis que todos aqui são. É uma energia muito diferente da que eu esperava, considerando as histórias que ouvi. Foram tantos comentários sobre os criadores. Minhas preocupações de antes parecem meio bobas agora.

Coloco a mochila embaixo da escrivaninha antes de dar uma girada na cadeira. Depois que a tontura passa, pego o grampeador e o aperto várias e várias vezes. Grampos caem ao meu redor como confetes comemorativos.

Sinto Rowan antes de vê-lo. Meu pescoço formiga, e olho por sobre o ombro para encontrar seus olhos trespassando minhas costas como se quisesse dar uma punhalada nelas.

— Pois não? — Abro um sorriso largo porque gosto da maneira como isso faz seu olho direito tremer.

— Se importa de guardar a arma antes de eu começar a falar? — Seus olhos se estreitam para o grampeador.

— O grande e malvado sr. Kane tem medo de um grampeadorzinho? — Eu o aperto algumas vezes na direção dele. Os grampos voam no ar antes de caírem a alguns centímetros das minhas sapatilhas.

— Eu não confiaria nem um plástico-bolha na sua mão, que dirá um grampeador.

— Tem razão. Aquele aviso de risco de asfixia deveria ser levado mais a sério.

Um estranho som entre um bufo e um gemido escapa da garganta dele, e classifico isso como uma risada. *Parece que ele tem, sim, uma personalidade, afinal.*

Coloco o grampeador de volta na mesa, onde é o lugar dele.

— Mais alguma arma que eu deva saber?

Reviro os olhos enquanto finjo pegar uma pistola invisível debaixo da mesa. Faço questão de exagerar enquanto removo o pente invisível e o coloco sobre o tampo.

Se eu estreitar os olhos, consigo classificar a leve expressão sarcástica no rosto de Rowan como um sorriso. Ele solta um suspiro exagerado e entra na minha baia.

Uau. Essa foi a tentativa dele de uma piada?

Eu o recompenso com um sorriso que não é retribuído. O espaço parece instantaneamente menor, com seu tamanho ocupando um quarto da metragem quadrada.

Quebro o silêncio.

— Posso ajudar com alguma coisa em particular?

Ele abre a boca, mas a fecha um segundo depois.

Será que ele sabe por que está aqui? Esse pensamento deixa meu peito palpitante.

Zahra, sua peste.

— O que achou dos meus novos aposentos?

— Deixam um pouco a desejar. — Seus olhos deslizam do meu rosto para as paredes cinza do cubículo.

Pestanejo. *Custaria muito ser gentil?*

Provavelmente. Volto a concentrar minha atenção na mesa. Estou empenhada em ignorá-lo até ele ir embora porque não quero que ele estrague minha festa.

Aperto todos os botões do computador duas vezes, mas essa porcaria não liga por mais que eu tente.

— Fique ali. — Ele caminha até minha mesa, trazendo sua colônia viciante consigo.

— Por quê? — digo com a voz rouca.

— Porque não dá para confiar nas suas mãos mexendo com aparelhos elétricos.

Rio e puxo a cadeira para o lado a fim de dar um pouco de espaço a ele. Ele se ajoelha com sua calça perfeitamente passada. Eu não deveria achar isso tão sexy quanto acho, mas o cubículo se esquenta quando ele ergue os olhos para mim de onde está no chão. Seu olhar fica mais sombrio quando passa pelas minhas pernas cruzadas. Meu coração bate no ritmo de uma britadeira, e fico surpresa que ele não consiga ouvir as pancadas erráticas.

O que quer que se passe entre nós desaparece quando ele entra embaixo da mesa, me dando a visão perfeita de seu corpo de quatro.

Quem é que está encarando agora?

Ignoro a voz dentro da minha cabeça e decido aproveitar o show. Rowan não é nada parecido com o meu ex. Todos os centímetros do seu corpo esguio são cheios de músculos, como se ele corresse por prazer. Suas panturrilhas musculosas estão para fora da mesa, e sua bunda firme se mexe enquanto ele ajusta os cabos lá embaixo. Preciso de todo o autocontrole em meu corpo para não estender a mão e encostar nele. Paro um momento para tentar adivinhar quanto ele calça. A única conclusão a que chego é que sou incorrigivelmente imatura e desesperadamente tarada.

É óbvio que me sinto atraída pelo meu chefe arrogante sem nenhuma habilidade interpessoal. Deve ser algum tipo de piada cruel depois de tudo por que passei. Talvez seja algum tipo de desequilíbrio químico em meu corpo ou uma atração gravitacional por babacas como Rowan.

E se eu tiver uma tara por homens escrotos?

Bom, pelo menos isso explica minha obsessão nada saudável pelo sr. Darcy.

Mal tenho tempo de controlar a respiração quando ele volta a se levantar.

Algo no jeito como ele olha para mim faz meu sangue atingir uma temperatura nova. Calafrios se espalham pela minha pele apesar do calor ardente que irradia no meu peito. É um consolo saber que meu corpo é tão contraditório quanto meu cérebro.

Por que ele? Por que eu? Meu sorriso desaparece. Sua mão se flexiona ao lado do corpo quando ele a coloca no bolso.

Jane Austen, você é minha anja da guarda agora? Ergo os olhos para o teto, mas não encontro nenhuma resposta.

— O que é que você está sussurrando?

Merda. Falei isso alto?

— O computador está funcionando agora? — É quase parecido com o que murmurei antes.

— Sim.

— Ótimo. Obrigada! Pode sair. — Uso as palavras dele contra ele, meio torcendo para conseguir algum tipo de reação. Ele não me oferece nada além de uma expressão franzida.

Bom, já é um começo.

Ele caminha em direção à entrada do cubículo, levando seu charme consigo. Talvez eu finalmente consiga voltar a pensar agora que ele saiu do meu campo de visão. Há algo nele que me tira o equilíbrio, como se eu não soubesse mais o que dizer ou fazer.

Ele se afasta da baia, me deixando com todos os pensamentos pulando na cabeça. Respiro fundo para me desintoxicar, mas acabo sendo atingida por um último sopro de sua colônia.

Por que ele tem que cheirar tão bem? Afundo a cabeça entre as mãos, abafando um resmungo frustrado.

Eu me recupero e, hesitante, aperto o botão de ligar do meu computador.

Vamos ao trabalho.

CAPÍTULO NOVE
Zahra

Reviso a apresentação uma última vez. Depois das palavras gentis de Jenny, pensei que venceria minha insegurança, mas ela decidiu revidar com força total.

Resmungo enquanto reconsidero o desenho que criei da Terra Nebulosa. Enquanto o PowerPoint reflete tudo que Brady e eu elaboramos juntos, meu desenho prova por que sou uma bacharel em letras. Se eu tentasse ser uma artista, me mudaria para Nova York com todos os outros desenhistas famintos e comeria miojo a semana inteira até ter alguma chance.

Posso mesmo apresentar isso para o grupo? Minha habilidade parece em pé de igualdade com a de uma criança de dois anos aprendendo a segurar um giz de cera pela primeira vez. Não que Rowan espere que sejamos perfeitos em tudo, mas meus desenhos estão bem longe da perfeição. E, considerando que não tenho nenhuma habilidade em nada relacionado à Adobe, só me resta confiar nas minhas duas mãos, que são bem desprovidas de talento.

Suspiro enquanto acrescento uma foto do meu desenho ao último slide da apresentação. Talvez, se eu ultrapassar o tempo reservado para mim, eu consiga me livrar de exibir essa tragédia.

Está aí uma ideia. Seco a testa úmida antes de juntar meu material.

— Lá vamos nós.

Entro na sala de reunião de cabeça erguida. Todos abrem um sorriso para mim antes de voltarem a suas tarefas, e assumo um lugar no fundo. Apesar dos almoços em grupo e das sessões de brainstorming, ainda me sinto uma forasteira. Minha inclusão na equipe não foi nada tradicional, e receio que as pessoas achem que estou sendo privilegiada porque peguei um atalho para o cargo de criadora.

Jenny entra na sala e liga o projetor.

— Certo, quem quer começar?

Algumas mãos se erguem no ar. Não me dou ao trabalho de levantar o braço porque a angústia pesa sobre ele como uma bigorna.

Jenny chama o criador mais próximo. A pessoa vai à frente da sala e manda ver em sua apresentação sobre uma renovação do Castelo da Princesa Cara. Embora sua ideia seja legal em tese, é apenas isso. *Legal*. Nada fascinante ou apaixonante, e nem mesmo Jenny consegue evitar um bocejo no meio da conversa.

A porta da sala de reunião se abre e todos se voltam para o som. A pessoa que está apresentando para no meio da frase.

Não! Como se esse dia não pudesse piorar. Rowan entra no espaço com ar despreocupado. Hoje ele veste um terno cinza que faz minha boca salivar e minhas coxas se apertarem uma contra a outra. A cor de carvão destaca a severidade de seu olhar. Seus músculos se mexem sob o tecido sofisticado enquanto ele se acomoda na cadeira na frente da sala.

— Continuem como se eu não estivesse aqui.

Seu ar de autoridade não deveria ser considerado uma característica atraente para mim, mas tem algo na maneira como ele comanda a sala que me faz desejar mais.

O resto da equipe se empertiga em suas cadeiras enquanto quem está apresentando termina sua fala. Um a um, os criadores assumem o pódio. Toda a série de ideias segue um padrão recorrente – algumas atualizações aqui, algumas experiências imersivas ali. Começo a me questionar se minha apresentação não é ousada demais para esse tipo de cenário, ainda mais com a presença de Rowan.

A cada apresentação, a testa dele se franze mais. Suas reações deixam meus nervos ainda mais à flor da pele. Eu tinha medo de falar em público quando era criança, mas não me lembro de ser tão ruim assim. Minhas mãos continuam suadas o tempo todo, e a respiração fica mais difícil a cada apresentação.

— Zahra. Sua vez — Jenny chama.

Eu me levanto com as pernas trêmulas. Como se a pressão que coloquei sobre mim não bastasse, agora ela atinge um patamar completamente novo de estresse com o olhar de Rowan fixado no meu.

— Agilize. Tenho outra reunião em vinte minutos. — Rowan bate no mostrador do relógio com determinação.

Sinto a tentação de sair correndo pela porta, mas controlo o impulso e começo a apresentação. Depois de respirar fundo, mergulho na explicação da minha ideia. Sou encorajada pelos sinais não verbais da equipe, deixando seus acenos e sorrisos aumentarem minha confiança. Minha autoestima cresce, e arraso na fala sem desmaiar. Considero a coisa toda uma grande vitória.

Quando chego ao temido slide final com o desenho, clico nele tão rápido que a tela preta surge nem um segundo depois. O *timer* de Jenny toca ao mesmo tempo, e agradeço ao cara lá de cima por me livrar dessa.

— Parece que nosso tempo acabou.

As pessoas batem palmas e Jenny olha para mim com um sorrisão enorme e um sinal de joia com a mão.

— Volte para o último slide. — A voz de Rowan me atinge como um balde de água fria.

— Ah, não é nada importante. Só um modelo. E o senhor tem uma reunião agora.

Suas narinas se alargam.

— Não foi um pedido.

Claro que não. Isso exigiria a boa educação que você não tem.

Seu maxilar se cerra.

— Agora, srta. Gulian.

Eu o xingo mentalmente em inglês, espanhol e armênio, só para garantir.

— Não é nada demais. — Escondo as mãos trêmulas atrás do pódio.

— Quem vai decidir isso sou eu.

Meus dentes batem uns contra os outros enquanto exibo o desenho. Eu não o teria incluído se não tivessem nos mandado ter algum tipo de recurso visual na proposta. E, claro, se eu não precisasse de mais um motivo para não me encaixar, sou a única dos criadores que não saberia desenhar nem se minha vida dependesse disso.

A insegurança retorna mais uma vez, corroendo a autoconfiança recém-descoberta que desenvolvi ao longo da apresentação.

Rowan passa a mão no queixo.

— Seus desenhos poderiam melhorar.

— Ah, pode deixar que vou arrumar o mais rápido possível. — Minha voz é cheia de sarcasmo.

A sala toda fica em silêncio. Queria poder levar a mão à boca e pedir desculpas.

Rowan não parece se incomodar.

— É melhor todos voltarem com ideias melhores na próxima sexta. Fiquei desapontado, para dizer o mínimo.

Merda. Os rostos da equipe toda refletem meu choque. Ninguém se atreve a se mover, provavelmente com medo demais de fazer qualquer coisa a não ser olhar para Rowan.

Ele inclina a cabeça para o projetor.

— Usem a apresentação da srta. Gulian como um exemplo do que eu espero daqui em diante. Tirando o último slide.

Minhas bochechas coram.

— Todos estão dispensados, exceto a srta. Gulian.

Algo fica quente na minha barriga com o jeito como ele diz meu nome. A chama logo se apaga pela realidade da minha situação. *Ele quer que eu fique sozinha com ele. Aqui?*

Os membros da equipe vão saindo da sala como se o chão fosse lava. Rowan só se levanta da cadeira quando o último funcionário fecha a porta atrás de si. Ele caminha até o pódio, sem me dar espaço para escapar de seu olhar carregado.

Minhas costas acertam a estrutura de madeira enquanto tento manter distância entre nós. Não quero testar meu autocontrole perto dele porque sinto que é uma batalha perdida. Depois que ele me fez passar vergonha na frente de todos, a tentação de colocar as mãos em volta do seu pescoço e apertar é forte demais para ser ignorada.

— Se você falar comigo daquele jeito de novo na frente de qualquer pessoa...

— Me deixe adivinhar. Você vai me demitir. É um pouco previsível para o meu gosto, mas eu respeito porque você é o chefão.

Ele me encara como se não conseguisse acreditar que falei assim com ele. Para ser sincera, também não acredito. E não posso exatamente botar a culpa em uma garrafa de vinho por esse nível de bravura e estupidez. Há algo nele que me faz querer apertar todos os seus gatilhos. Estou interessada em ver quem é o verdadeiro Rowan por baixo de todas as camadas de gelo e indiferença.

As sobrancelhas dele se franzem.

— Sou capaz de fazer coisa pior.

Um calafrio desce pela minha espinha.

— Tipo?

— Acho que você não vai querer descobrir.

Finjo não me incomodar com a ameaça, apesar do meu coração acelerado.

— É bom você ter um pau enorme para sustentar essa sua atitude, ou as pessoas vão ficar muito desapontadas.

— Quer ir buscar uma régua e testar a sua teoria?

— Deixei a lupa em casa, então talvez amanhã. — Tenho certeza de que o anjinho do meu ombro abandonou o prédio.

Algo muda entre nós. Os olhos dele escurecem enquanto me avaliam. Não sei se ele quer me enforcar, me demitir ou me foder até ficar quietinha.

— Você é sempre tão impossível assim?

— Não sei. Você é sempre tão escroto assim?

Em um segundo ele está me olhando de cara feia e, no outro, seus lábios estão se colando nos meus.

Espera. Quê?!

Meu cérebro fica confuso e meus olhos se fecham enquanto Rowan devora minha boca. Suas duas mãos apertam o pódio atrás de mim, prendendo meu corpo entre os antebraços grossos.

Ele beija do mesmo jeito como faz tudo – com uma precisão praticada e um poder contido. Fico tentada a deixá-lo maluco, porque toda aquela raiva reprimida deve ir para *algum lugar*. Eu teria o maior prazer em me voluntariar como tributo.

Sou um caso perdido para minhas inibições enquanto retribuo o beijo dele. Minhas mãos apertam a parte da frente de seu terno e o seguram como se eu pudesse cair se soltasse.

Isso é errado. Ele é seu CHEFE!

Rowan arranca todos os meus pensamentos com seu beijo. Nossas línguas se debatem uma contra a outra em uma batalha silenciosa. Beijar Rowan é uma experiência completamente nova. Tóxica a ponto de envenenar e erótica o suficiente para me fazer querer mais. Um beijo tão cheio de paixão que parece que ele vai morrer se parar. Já eu posso cair morta se ele continuar.

Mas que morte seria.

Rowan pressiona o corpo contra o meu. Um calafrio desce pela minha espinha quando ele acerta sua ereção contra mim. Não preciso de nenhuma ferramenta para concluir que é *grande*. Gemo e ele aspira o som. Ele empurra com mais força, e o sinto *por toda parte*.

As rodinhas do pódio giram, e a coisa toda se mexe. Perco o equilíbrio. Rowan segura meu braço antes que eu corra o risco de bater a bunda no carpete.

Livro meu braço da sua mão. Ele olha para mim com as pupilas dilatadas e os lábios inchados. Meus olhos descem para o volume em que eu estava *muito* interessada apenas poucos segundos atrás. Quase tropeço só de ver o tamanho do que ele tem escondido embaixo da calça de alfaiataria.

Não acredito que fiz *isso* com meu *chefe*. Onde eu estava com a cabeça?!

Limpo a boca como se minha mão pudesse apagar a memória de seus lábios, mas é um caso perdido. É como se ele tivesse gravado suas iniciais ali.

— Merda. — O tesão desaparece do seu rosto em um piscar de olhos. Seu peito se ergue a cada respiração arfada.

Eu escapo do seu transe. Estou em missão de fuga enquanto corro para pegar minha bolsa e sair em disparada da sala, deixando Rowan em silêncio atrás de mim.

Não sei direito o que aconteceu, mas arquivo nosso beijo na pasta *nunca mais pensar sobre isso se dou valor à vida*, localizada no canto mais escuro do meu cérebro. Bem perto das categorias *merdas idiotas que fiz quando estava bêbada* e *nudes masculinos*.

CAPÍTULO DEZ
Rowan

Merda. É só o que consigo dizer para mim mesmo em todo o caminho de volta para meu escritório. Toda vez que penso que controlei meus impulsos, a memória dos lábios de Zahra nos meus faz meu corpo todo reagir de novo.

Foi má ideia pedir para Zahra ficar depois da reunião. As coisas esquentaram quando ela me respondeu de um jeito que eu nunca tinha ouvido antes. Era para ter sido brochante. Eu nunca havia sentido atração por alguém que desrespeita autoridade, então não sei bem o que em Zahra me fascina. Em vez de ouvir a voz racional na minha mente, mergulhei de cabeça no primeiro sinal de alerta sem pensar duas vezes.

Não sei o que nela me faz parar de pensar. Ameaças não fazem efeito nela, e minhas encaradas só a fazem rir mais. E, depois da maneira como ela me tratou na reunião, eu não sabia se queria botá-la para fora de Dreamland ou comer aquela mulher até ela pedir desculpas por ter falado comigo daquele jeito.

E os barulhos que ela fazia quando minha língua deslizava sobre a dela... *Merda*. Resmungo quando o sangue volta a correr para o meu pau.

Enfio as mãos no cabelo e puxo. *Merda. Merda. Merda!*

Declan me penduraria pelas bolas no mastro da bandeira se descobrisse que beijei uma funcionária. Considero todas as minhas opções sobre como eu poderia me antecipar a essa cagada de RH, mas não há maneira de contornar isso. No fim, eu mereço qualquer que seja o processo que Zahra queira meter em mim. Fui eu que a beijei. Não importa como ela reagiu ao meu toque, é minha responsabilidade manter a postura profissional e me controlar melhor.

Em vez de voltar à minha sala, sigo para a casa que ocupo no canto de trás de Dreamland. Tiro o celular do bolso e ligo para meu piloto, querendo sair daqui por um tempo antes que faça alguma outra coisa que possa estragar minha melhor chance de esse projeto dar certo.

O beijo que dei em Zahra revelou como nossa atração é perigosa, e preciso ficar o mais longe dela quanto for humanamente possível. Ela não é nada além de perigosa. Para meu plano. Para meu futuro. E para a voz na minha cabeça que pergunta o tempo todo se as coisas não seriam tão mais explosivas entre nós se não tivéssemos parado.

* * *

Minhas primeiras vinte e quatro horas de volta a Chicago não foram nem um pouco agradáveis. Desde meu motorista me fazendo me atrasar depois de tentar trocar um pneu murcho a um funcionário aleatório derrubando café na minha camisa, foi tudo uma bosta.

As reuniões de segunda só aumentam minha irritação crescente. Sinto que estou perdendo tempo em falatórios sobre procedimentos quando meu tempo poderia ser mais bem aproveitado em Dreamland.

Giro minha abotoadura, torcendo o metal frio entre os dedos. Declan assume o comando depois do apanhado habitual do meu pai. Meu irmão fala sobre nossos números enquanto Iris cuida da apresentação de PowerPoint. A assistente de Declan tem um tipo de beleza sutil, com uma faixa colorida no cabelo que destaca os tons quentes de sua pele marrom.

Ela e Declan trabalham juntos em harmonia. Embora seja mais jovem, ela é muito boa no que faz. Ele até deixa que ela responda algumas perguntas, o que é uma raridade.

Olho para Cal, querendo saber se ele nota como os dois trabalham juntos, mas ele está concentrado em uma folha de papel na sua frente. Não é nenhuma novidade. Cal sempre lutou contra a impulsividade e tem problemas de atenção, por mais inteligente que seja. Aturar reuniões que duram horas esgota seu autocontrole.

Hoje ele decidiu ficar acordado praticando jogo da velha contra si mesmo.

Pego minha caneta e estrago o jogo dele por prazer.

— Filho da puta — ele murmura baixo.

Escrevo *PRESTA ATENÇÃO* no alto do papel. Ele desenha um dedo médio torto, e eu escrevo embaixo.

Que pau pequeno. É o seu?

Ele solta uma risada baixa.

Declan limpa a garganta, e nós dois erguemos os olhos para ele.

— Alguma novidade sobre o progresso de Dreamland, Rowan? — meu pai pergunta. Seu tom é tão neutro que me deixa tenso. Se ele não estiver rosnando, fazendo careta ou olhando feio, fico automaticamente à procura de alguma armadilha que queira colocar na minha frente.

Limpo uma poeira invisível do paletó.

— As equipes de criadores já estão reunidas e estão avançando rápido no desenvolvimento de algumas ideias.

Meu pai assente.

— Que bom. Acho que seria interessante você apresentar os resultados preliminares na nossa próxima reunião. Seu orçamento de dez bilhões de dólares é bem significativo, e tenho certeza de que o resto da diretoria está interessado em saber mais sobre a alocação dos fundos.

Filho da puta. Ranjo os dentes até o ponto de doer.

— Claro que vou fazer uma apresentação sobre meu orçamento. Tem algo em particular que gostaria de ver?

Ele faz que não.

— Estou certo de que estão todos igualmente interessados em saber mais sobre o processo de design criativo por trás de uma operação desse porte. Não há uma renovação nessa escala desde o aniversário de vinte e cinco anos.

Papo furado. Observo seus olhos, em busca de algum tipo de sinal, mas vejo que eles estão sem a vermelhidão habitual. Que bizarro. Parando para pensar, acho que nunca vi meu pai *tão* sóbrio. Ele é o pior tipo de alcoólatra funcional, tendo apenas os olhos vermelhos do dia seguinte como um sinal indicativo.

Descarto isso como uma estranha coincidência. Talvez a bebida tenha acabado ontem e ele estivesse com preguiça de sair para comprar.

— Eu teria o maior prazer em compartilhar tudo em que trabalhamos até agora.

Meu pai acendeu uma chama dentro de mim hoje. Já passou da hora de levar todos ao limite porque o melhor deles simplesmente não é bom o suficiente para mim. Não com meu pai na minha jugular, esperando pelo meu fracasso.

Vou fazer o que for necessário para garantir que os criadores tenham tudo de que precisam para chegar lá, especialmente Zahra. Ela é minha melhor chance de atingir meu objetivo e cair fora de Dreamland.

CAPÍTULO ONZE
Zahra

— Alguma notícia de Rowan desde que ele te beijou? — Claire dá um gole em seu vinho.

Fico feliz que Ani precisou faltar na nossa noite semanal das meninas porque tinha um encontro com o namorado. Eu não suportaria ter essa conversa na frente dela.

Eu me recosto nas almofadas do sofá.

— Não. E você prometeu que não me encheria mais sobre isso. — Depois que dei a notícia do beijapocalipse, Claire jurou que não comentaria mais o assunto.

Até parece.

— Eu sei. Eu sei. Mas tem uma dúvida que está me incomodando.

— O quê?

Ela sorri.

— Foi melhor do que com Lance?

Rio com escárnio.

— É como comparar um furacão com uma garoa.

Claire assobia.

— Caramba. Em que mais você acha que a boca dele é boa?

O calor sobe pelo meu pescoço.

— Nada.

Ela sorri.

— Ahh, está ficando vermelha! Admite. Você não para de pensar nele.

— *Não*. — A vermelhidão se espalha do pescoço até a testa.

— Precisamos trabalhar na sua capacidade de mentir. Você sempre fica vermelha.

É uma maldição desde que eu era criança.

— Na verdade, nem pensei nele. Estou feliz, inclusive, que ele está passando a semana fora. — Sua viagem me deu tempo de solidificar meu lugar entre os criadores, ao mesmo tempo que fortaleço minhas barreiras mentais contra ele.

Embora sua ausência seja bem-vinda, fico com receio de que ele desapareça porque acha que eu possa fazer alguma maluquice do tipo denunciá-lo para o RH. Considerei isso pelo tempo total de dois segundos até decidir que não é justo. Ele pode ter começado o beijo, mas eu estava disposta a participar. *Mais* do que disposta, para ser sincera.

— Qual é o seu plano para controlar essa atração?

Suspiro.

— Não tem plano nenhum.

— Assim como não houve um beijo? — Ela sorri.

Pisco.

— Exatamente.

Claire revira os olhos.

— Se você tivesse que adivinhar, qual era mesmo o tamanho do pau dele?

Separo as mãos devagar para avaliar o tamanho. Um travesseiro acerta minha cara, me fazendo parar.

— Sinto muito por dizer, mas, se você ainda lembra do tamanho do pau dele, é porque está pensando no cara.

Só resmungo em resposta.

***

— Você só pode estar de brincadeira.

Rowan está sentado no canto da minha mesa como se tivesse todo o direito ao espaço. Depois de uma semana em que me deixou em paz, fiquei mal-acostumada com sua ausência. Pensei que tivesse tudo sob controle. No entanto, assim que ele olha para mim, minhas pernas tremem e minha temperatura corporal dispara.

A lembrança de nosso beijo enche meu cérebro. O jeito como sua língua dominava. A sensação de seu peito duro e forte sob as palmas das minhas mãos. A onda de calor que percorreu meu corpo em direção às partes baixas.

Pois é. Estou ferrada.

— O que você está fazendo aqui? — Eu me sento para esconder que meus joelhos estão batendo um no outro.

— Estou vendo como cada um está.

Faço questão de colocar a mão em volta da orelha. Nenhum som ecoa do teto porque todos já saíram do galpão para almoçar. Minha intenção era colocar o trabalho em dia porque já estou atrasada em comparação com os outros criadores, mas parece que Rowan quer estragar esse plano.

— E você decidiu que o meu escritório é um bom lugar para começar?

— Vou começar pela pessoa que me dá mais trabalho e continuar a partir daqui.

— Fico lisonjeada por merecer essa reputação.

Ele abre um sorriso tão leve que preciso estreitar os olhos para ver. Meu peito se aperta, e não consigo evitar o pânico que me percorre com a avalanche de atração.

Ele é o Diabo, Zahra.

Bom, isso explica por que Eva caiu nos truques dele. Se o Diabo for metade do que Rowan é, eu também comeria a porcaria da maçã. Danem-se as consequências.

Seu olhar pesado cai sobre mim, tirando o ar dos meus pulmões. O calor percorre minhas veias e faz um novo tipo de quentura descer para o baixo-ventre.

— Quando você fica vermelha, suas sardas se destacam. — Ele traça a ponte do meu nariz com a tampa de uma caneta vermelha. Seus olhos vão do meu rosto para sua mão, como se não conseguisse acreditar que fez aquilo. *Eu também não acredito.*

Passo a mão no nariz, ainda sentindo o ardor de seu toque fantasma.

Controle-se.

Ele abre a boca para falar, mas sinalizo que não tem importância, desesperada para terminar essa conversa.

— Tenho trabalho a fazer.

Suas sobrancelhas se franzem como se ele não conseguisse acreditar que está sendo dispensado. Ele ignora meu comentário enquanto caminha até a parede da baia, que cobri de desenhos meia-boca das minhas ideias.

Meu rosto todo fica vermelho enquanto ele passa a mão no meu desenho da princesa Nyra.

— Isto aqui era pra ser o quê?

— Uma ideia de carro alegórico que eu tive.

Ele me dispara um olhar fulminante.

— Isso eu entendi com base no formato. Mas o que eles estão celebrando?

— Está tirando sarro dos meus desenhos de novo?

— Não. Agora responda a minha pergunta.

— Custaria pedir *por favor* às vezes?

Ele pestaneja.

Solto uma respiração tensa.

— É um casamento hindu clássico.

Ele coça o queixo e encara o desenho.

— Interessante. E quando você vai apresentar para a equipe?

— Sexta.

— Hmm. — Ele contorna o *mandap*, a estrutura onde se realizam os casamentos hindus, mal desenhado. Minha tentativa terrível de dossel floral zomba de mim quando as mãos dele passam pelo boneco de palitinho que representa o príncipe da princesa Nyra. Pelo menos minha apresentação compensa o péssimo recurso visual. Até incluí fotos de verdade de casamentos indianos, já que o desenho não ficou nada profissional.

Algo no olhar fixo de Rowan me deixa à flor da pele.

— Que foi? Se for uma ideia ruim, fala de uma vez. Prefiro não passar vergonha na frente dos meus colegas de novo.

Ele balança a cabeça, tirando do rosto a expressão de melancolia.

— A ideia é boa.

Boa. A palavra se repete na minha cabeça, penetrando meu crânio feito balas. Lance sempre dizia que tudo era bom. Nossa vida sexual. Nosso relacionamento. Nosso futuro. *Bom. Bom. Bom.*

Bom deixou de ser o suficiente para mim, e definitivamente não é o suficiente para a equipe. Eu me levanto e começo a tirar o desenho da parede.

A mão enorme de Rowan cobre a minha, me impedindo de arrancar a tachinha. A corrente de energia volta com força total. Inspiro fundo quando seu polegar acaricia meus dedos.

Sua mão sai rápido demais, levando consigo o pico de atração.

— Desculpe. Isso foi inapropriado.

Rio comigo mesma.

— Acho que tocar na minha mão pode ser considerado inofensivo comparado com outras coisas.

Seu corpo todo fica paralisado.

— Quais são as suas intenções aqui?

— Intenções? Do que você está falando?

— Está tentando tirar dinheiro de mim?

— Quê? Dinheiro? — Nossa. É isso que ele realmente pensa de mim? Posso não ter as contas lá muito em dia, mas nunca faria esse tipo de coisa. Ainda mais depois que eu mesma o incentivei.

— Não seria a primeira vez que algo assim acontece — ele resmunga.

Ai, meu Deus. Ele sai por aí tendo esse problema com outras?

— Beijar funcionárias é uma coisa recorrente para você? — A pergunta sai dos meus lábios em um sussurro.

— Quê? Não. — Ele pisca duas vezes, revelando sua surpresa.

Meus músculos relaxam.

Hm. Então eu sou especial, afinal. O pensamento me faz sorrir comigo mesma.

— Eu preferiria que você me dissesse o seu preço em particular a vê-la procurar o RH para apresentar uma queixa, mas não posso impedir você. Não *vou* impedir você — ele acrescenta.

Nem sei se estou respirando neste momento.

— Não vou procurar o RH.

A maneira como ele me encara me faz sentir que estou sentada no banco dos réus, com um advogado me observando em busca de fraquezas.

— Certo. — Ele volta a se concentrar no desenho. — A ideia é boa. Ótima, na verdade.

Certo, estamos entrando em uma conversa completamente diferente. Meu cérebro dói pelo choque emocional.

Ele me lança uma expressão entediada.

— Respire. Não estou no clima de chamar uma ambulância quando você desmaiar e quebrar a cabeça.

— Eu nem ousaria considerar por um segundo que você me seguraria antes de isso acontecer.

— Para isso eu teria que me importar, e estou cagando e andando.

Solto uma gargalhada forte, e nosso ciclo se repete com ele me olhando com uma expressão estranhíssima.

— É melhor eu trabalhar.

Ele tira o desenho da parede e deixa a tachinha no canto da mesa.

— Vou levar isso.

— *Quê?* Por quê? — Eu me sento porque não sei bem se as pernas ainda conseguem me sustentar.

— Porque esse desenho não vai se corrigir sozinho.

— E *você* vai corrigir?

Algo brilha nos olhos dele. Raiva? Tristeza? Medo? Não consigo identificar a expressão misteriosa que passa pelo seu rosto porque nenhum desses sentimentos faz sentido.

Ele aperta o papel com o punho tenso.

— Não. Eu não desenho, mas conheço quem desenha.

— Sério? Você tem amigos?!

Ele pisca lentamente na minha direção.

— Não considero aqueles que trabalham para mim como amigos — ele solta.

Certo, então. Continuando...

— Acha que essa pessoa vai me ajudar?

Seus olhos se erguem dos meus lábios de volta para os meus olhos.

— Ao menos para me poupar de ver você passar vergonha de novo.

Minha risada toma conta, fazendo o peito todo tremer.

— Eu topo. — *Mas...* — Você confia que essa pessoa não vai compartilhar a ideia com ninguém?

Sua cabeça se inclina.

— Por quê?

Baixo os olhos.

— Quero ter certeza de que vai continuar sendo um segredo até eu apresentar. Só isso.

— Eu confio nessa pessoa. — Ele faz cara de quem quer me perguntar algo completamente diferente.

Pressiono os pés no chão para me impedir de pular para cima e para baixo.

— Obrigada! — O sorriso faz minhas bochechas doerem.

Rowan me encara, fazendo minha pele esquentar sob seu exame atento. Ele dá meia-volta, levando meu desenho e minha sanidade mental consigo.

CAPÍTULO DOZE
Rowan

Não hesitei ao pegar o desenho meia-boca da baia de Zahra. Nem pensei duas vezes quando comprei uma caixa de lápis de cor e papel de desenho na papelaria da região. Na realidade, a parte mais difícil de tudo foi forçar Martha a tirar o resto do dia de folga para ter um pouco de privacidade.

A mão que segura um lápis número dois treme. Com o braço duro, pressiono a ponta no papel. A ponta se quebra e sai rolando para longe de mim, me deixando sem nada além de um pedaço inútil de madeira.

— O que você está fazendo, cara? — resmungo enquanto solto o lápis e enfio as mãos no cabelo. — Sendo um imbecil de merda por algum motivo misterioso.

Os desenhos dela são uma bosta e você sabe disso. Ela quase chorou durante a apresentação quando você chamou a atenção dela por isso, e foi doloroso ver como ficou nervosa.

E você se importa porque...

Porque uma Zahra feliz significa uma Zahra criativa, e uma Zahra criativa significa que posso dar o fora daqui o quanto antes.

Meus neurônios maus e meus neurônios burros demais para sobreviver travam uma batalha entre si. Deslizo o desenho de Zahra que está embaixo da folha em branco e o examino. Sua ideia é bem construída. Ela optou por dar destaque aos nossos personagens com mais representatividade em vez das nossas princesas mais populares.

É esse pensamento que me ajuda a pegar o apontador e tentar mais uma vez. Ele me mantém firme apesar da velocidade rápida do meu coração enquanto reconstruo a ideia de Zahra.

Não demora muito para as palmas das minhas mãos ficarem suadas. Minhas emoções estão turbulentas e quase voláteis. Tiro o paletó e arregaço as mangas da camisa, desesperado para me aliviar da temperatura alta do corpo. É como se eu estivesse transpirando meus demônios, um traço de lápis de cada vez.

Desenhar é um passatempo inútil. Homens de verdade não desenham, a voz do meu pai sussurra. Aperto o lápis com mais firmeza com a lembrança dele rasgando um dos meus desenhos da aula de artes.

A madeira amarela se lasca enquanto o lápis se parte ao meio.

— Merda. — Jogo os pedaços quebrados na lixeira e limpo a poeira restante no papel.

O que é que eu tinha na cabeça quando fingi que conhecia alguém que poderia ajudar Zahra? Eu nunca seria capaz de fazer isso.

Minha cadeira rola para trás enquanto me levanto de um salto e limpo a testa com a mão trêmula. Pego o papel e o rasgo em pedaços. Fragmentos brancos caem na lixeira como flocos de neve do meu fracasso, pousando em cima do lápis quebrado.

Penso que vou sentir algum alívio, mas tudo que resta em mim é o enjoo no estômago e um coração acelerado que ainda não se acalmou. Meus olhos descem dos punhos cerrados para o balde cheio dos restos esfarrapados do meu desenho.

Não há ninguém aqui para gritar comigo ou me fazer me sentir imprestável. Sou um adulto que consegue lidar com tudo que surge em meu caminho, incluindo um maldito desenho inofensivo.

Eu consigo. Se não por mim, pelo futuro com que meus irmãos sonharam. Em vez de me concentrar no passado, eu me lembro do futuro. Um futuro em que Declan se torna o CEO e eu trabalho como seu CFO. Cal finalmente encontrando seu lugar dentro da empresa depois que assumirmos o controle.

Eu me sento, pego uma folha de papel em branco e um lápis e começo a trabalhar.

***

Paro na entrada do cubículo de Zahra e aproveito o momento para observá-la. Ela balança a cabeça ao som de algo que toca em seus fones brancos enquanto digita no teclado. Seu botton do dia brilha sob a luminária do teto. O escolhido de hoje exibe um saleiro e um pimenteiro com a frase *O tempero das festas* escrito embaixo.

Quem se odiaria a ponto de usar uma coisa tão terrível?

Meu olhar perpassa o corpo dela antes de pousar na curva do pescoço. A pele suave é feita para provocar. Para beijar e marcar enquanto ela é comida até desmaiar de prazer. Há muitas coisas que eu gostaria de fazer com esse pescocinho lindo se tivesse a chance.

Só que isso não é possível.

Aquele momento de fraqueza não vai acontecer de novo. Ela pode dizer que não vai me denunciar para o RH, mas não cheguei até aqui confiando em qualquer pessoa além de mim mesmo. Suas opções são infinitas, e ela tem a oportunidade de arrancar dinheiro de mim até não me restar muita coisa. Só o que ela ganharia com a mídia poderia antecipar sua aposentadoria para a tenra idade de vinte e três anos. O pensamento me deixa um gosto amargo na boca, tornando minha língua seca e a garganta apertada.

Vou até a mesa dela e coloco o desenho sobre o tampo.

Ela dá um pulo na cadeira antes de se reacomodar no assento.

— Oi! Dá para anunciar sua presença como uma pessoa normal?

Não respondo porque tenho medo de respirar quando estou tão perto dela. Basta cheirar seu perfume para meu sangue desviar do cérebro para o pau.

Felizmente, tenho controle suficiente sobre meus impulsos para recuar e dar um passo para trás.

Ela inclina a cabeça para mim.

— Qual é o seu problema?

Ajeito o nó já perfeito da gravata.

— Nenhum.

— *Então tá.* — Ela se volta para o desenho e o encara.

Será que ela gostou?

É óbvio que ela gostou, seu babaca inseguro. Quem não gostaria?

Seus olhos se arregalam quando ela traça o desenho com a ponta do dedo.

— Ficou incrível.

Solto o ar que nem me toquei que estava prendendo. Pelo menos ainda tenho parte do talento para o desenho, como vovô dizia. Devo essa a ele. Ele estava certo, afinal, quando comentou que o talento não desaparece – a paixão sim.

Minha garganta se aperta. *Foco na tarefa de agora.*

Embora tenham sido necessárias várias tentativas e mais de vinte e quatro horas para terminar, o processo de recriar o desenho de Zahra foi fácil. *Fácil demais.* Quando me dei conta de que havia completado o produto final uma hora atrás, uma sensação estranha de vazio tomou conta de mim. Meus dedos coçaram para continuar a buscar aquela sensação arrebatadora em que o mundo se fechava ao meu redor.

Odeio querer mais. Me faz me sentir fraco e como se estivesse à beira de perder o controle.

— Preciso ir. — Dou um passo em direção à entrada do cubículo.

— Espera! — Ela se levanta de um salto.

— Quê? — Será que ela sabe que fui eu que desenhei?

Merda. Como ela pode saber?

Ela balança a mão.

— Está faltando a assinatura.

— Onde?

— No desenho.

Paraliso e considero minhas palavras com o máximo de cuidado possível durante esse tipo de circunstância.

— E? — *Boa.*

— E acontece que a pessoa que desenhou merece o crédito pelo trabalho. É a coisa certa a fazer. — Seus olhos baixam para o chão.

Interessante. Essa é a segunda vez que seus problemas de confiança vêm à tona. Será que é porque Lance Baker enviou uma proposta parecida com a dela? Ou tem alguma outra coisa que afeta sua capacidade de confiar nos outros?

Em vez de me sentir satisfeito com minha avaliação, um sentimento sombrio se esgueira pelo meu peito. Posso ser muitas coisas, mas não sou ladrão.

Deixo esse sentimento de lado.

— O artista é um contato meu do Departamento de Animação. É um trabalho meia-boca feito às pressas, então não se preocupe em dar crédito à pessoa.

— Pode me dar o número da pessoa para eu poder agradecer?

Franzo a testa.

— A pessoa quer se manter anônima.

— Certo, que tal dar meu número para o desenhista então? Se ele ou ela não quiser me mandar mensagem, não precisa. Sem ressentimentos. — Ela suspira.

Um cacho escuro de cabelo cai na frente dos seus olhos. Ela o ajeita atrás da orelha coberta por uma fileira de brincos diferentes. Dou um passo à frente para examinar os modelos, mas recuo quando ela respira fundo.

Meu gemido felizmente fica preso na garganta.

— E o que você ganha com essa conversa?

Ela olha para mim com as sobrancelhas franzidas.

— Você é sempre tão cético sobre as intenções das pessoas?

— Sim.

Seus olhos reviram.

— Expressar gratidão não é exatamente um programa de troca.

— Fale por si.

Ela ri enquanto se curva sobre a mesa, me proporcionando uma visão privilegiada de sua bunda dura e firme enquanto escreve algo em um Post-It. O calor se espalha do meu peito para lugares que não deveriam estar excitados agora.

Por algum motivo misterioso, estou sofrendo de algum tipo de doença física na presença dela que me faz agir como um lunático em abstinência sexual. Meus dedos batem contra a coxa para controlar as mãos.

Você deveria estar de olho nas motivações dela, não no corpo.

Há alguma coisa nela que não bate. Talvez sua gentileza seja uma fachada para algo sob a superfície. Não acredito por um segundo sequer que ela não tenha pensado em me explorar por causa da minha posição depois que a beijei. Qualquer pessoa no tipo de situação financeira dela pensaria.

Ela se vira e me passa o papelzinho cor-de-rosa.

— Toma.

Não pegue. Diga não e saia antes que cometa um grande erro.

Minha mão avança e tira o Post-It da mão dela antes que eu pense duas vezes.

CAPÍTULO TREZE
Rowan

Paro na lixeira perto da entrada do galpão. Aceitar o bilhete idiota de Zahra foi apenas uma estratégia para apaziguá-la e me poupar do constrangimento de dizer não.

Certo. Porque agora de repente você se importa muito em deixar os outros felizes.

Paro perto da lixeira, olhando fundo para o Post-It cor-de-rosa como se ele carregasse meu destino. *Olha só quem está acreditando em destino agora, seu babaca melancólico hipócrita.*

A caligrafia cursiva delicada prende minha atenção.

Eu adoraria dizer obrigada se você estiver a fim de me mandar uma mensagem (isto é, se Rowan não for irritante a ponto de jogar isto fora antes de você receber). – Zahra Gulian

O Post-It se amassa sob meu punho. Por que é tão difícil jogar fora? Ela nunca descobriria. Já cuidei de tudo e fiz questão de que ela entendesse que o animador valoriza sua privacidade e é ocupado, o que é a mais pura verdade.

Você poderia encontrar alguém para trabalhar com ela em um piscar de olhos. Uma solução até boa, mas a ideia deixa um gosto amargo na minha boca por algum motivo misterioso.

Guardo o Post-It no bolso e me afasto da lixeira. A caminhada pelas Catacumbas é uma trilha razoável. Cada vez menos funcionários passam por mim conforme me aproximo do portão de entrada do túnel que vai para a antiga casa do vovô. Quando era criança, eu achava a coisa mais divertida do mundo explorar os túneis com meus irmãos à noite. Nosso pai transformava isso num jogo, com ele e minha mãe fazendo barulhos sinistros. Era a tentativa frustrada dele de nos assustar para nunca mais fazermos isso, mas só funcionava até nossa visita seguinte a Dreamland.

Solto uma expiração trêmula, tentando apagar o peso intenso sobre meus pulmões. Recordar só leva a uma coisa, e não estou interessado.

Digito o código do portão e subo a escada para a casa. É uma construção antiga em estilo colonial cercada por um pórtico. Desvio os olhos do balanço do pórtico para evitar o aperto no peito. Apesar de todos os fins de semana que disse a mim mesmo para pegar uma parafusadeira e desmontar essa porcaria, sempre encontro um motivo para deixar para depois. Seja uma nova pilha de documentos para folhear ou uma reunião de última hora com um gerente, nunca consigo confrontar o balanço.

De todas as lembranças de Dreamland, essa é a que mais odeio.

Você é fraco pra caralho. A voz enrolada do meu pai ressoa pela minha cabeça.

Enfio a chave na fechadura e abro a porta. Ela bate na parede com um estrondo antes que eu a feche. Meus passos pesados ecoam pela casa enquanto subo a escada na direção de uma das suítes que ocupei. Jogo a carteira na mesa de cabeceira e deixo o bilhete amassado ao lado. Sem nem pensar em me deter, pego o celular e adiciono o número de Zahra aos contatos antes de cometer alguma idiotice do tipo rasgar o bilhete.

Meu cérebro entra em guerra, avaliando os pontos positivos e negativos de me comunicar com ela.

Qual é o mal de mandar uma mensagem de texto?
Sobre o que você planeja falar? O clima?

Não que eu não tenha prática em falar com mulheres. Só estou mais cauteloso em relação ao desejo ardente que sinto por Zahra comparado com meus encontros insossos ao longo dos anos. Foram simples e fáceis, com poucas expectativas. Mas, com Zahra, a ideia de mandar uma mensagem parece algo *mais*. Mais o quê, ainda não sei. Só sei que é algo sobre o que eu deveria tomar cuidado.

Talvez Declan tenha me influenciado de mais maneiras do que eu imaginava. Meu irmão nos cobra muito, tomando cuidado para nunca fazermos papel de idiota em público. Ele incutiu em nós desde pequenos o sentimento de que nosso nome tem poder, e com o poder vem a responsabilidade de não fazer merda.

Mesmo assim, você beijou sua funcionária porque o calor da Flórida eliminou todos os seus neurônios funcionais.

Se Zahra planejasse me denunciar, já teria feito isso.

Bom... a menos que ela esteja ganhando tempo para extorquir você.

O pensamento me faz parar. Será que pode ser esse o caso? Ou talvez ela queira me fazer cometer um erro ainda maior para garantir um pagamento maior no fim.

Você é sempre tão cético sobre as intenções das pessoas? A voz dela entra nos meus pensamentos como se esse fosse o lugar dela.

Comparado com meus irmãos, sempre fui o mais reservado e desconfiado, desde pequeno. Situações na minha vida amplificaram essa sensação, transformando um moleque esperançoso em um adulto amargurado.

Furos em camisinhas. Tentativas fracassadas de extorsão. Pessoas querendo ser meus amigos com o único objetivo de aproveitar os benefícios associados ao meu sobrenome.

A lista é infinita, com uma lição universal. *Não confie em ninguém.*

Jogo o celular na cama. Buscando um momento para organizar meus pensamentos e solidificar meu raciocínio para não entrar em contato com Zahra, saio para uma corrida vespertina.

Minha pele encharca depois de poucos minutos graças ao ar úmido do verão. Mantenho um ritmo regular e me concentro no som dos meus tênis batendo no pavimento. Apesar dos meus esforços para desligar o cérebro, ele não entende o recado. Quando termino a corrida, já elaborei uma lista de prós e contras sobre enviar uma mensagem para Zahra que me ajuda a chegar a uma conclusão racional.

Eu deveria mandar uma mensagem para ela e descobrir quais são suas verdadeiras intenções. Duvido que só esteja interessada em escrever para expressar sua gratidão. Ninguém é tão puro assim – nem mesmo a Senhorita Esfuziante. Posso usar nossas conversas como uma oportunidade de sondar e descobrir o que ela realmente sente a meu respeito.

Volto para casa, tomo uma ducha e caio na cama. Abro o aplicativo de voz do Google no celular porque quero usar um número falso que ela não tenha como rastrear.

Eu: Ei. Rowan me deu seu número.

Certo. Não ficou tão ruim. Simples e direto ao ponto.

O celular vibra um segundo depois. *Como é que ela consegue digitar tão rápido?*

> **Zahra:** Oi! Não vou mentir pra você. Na verdade achei que ele não iria te entregar o meu bilhete.

Reviro os olhos.

> **Eu:** Bom, ele deu.

Não brinca. Você está mandando mensagem para ela. Passo a mão no rosto.

> **Zahra:** Que bom que você me escreveu!!!

Quem em nome de Deus usa tantos pontos de exclamação? Deveria ser considerado ilegal.

> **Zahra:** Só queria agradecer... 1. Obrigada por me ajudar, porque eu não saberia desenhar nem se a minha vida dependesse disso. 2. Como posso retribuir?

Ela quer *me* recompensar? Esse não pode ser o verdadeiro motivo do interesse em me escrever.

> **Zahra:** Estou dura de verdade, então será que você aceita dinheiro do Banco Imobiliário?

Oficialmente preciso descobrir que tipo de fada da floresta criou essa mulher, porque ela não tem como ser fruto do mundo real.

> **Zahra:** Ou eu posso te convidar pra jantar? Por minha conta?

> **Eu:** Eu passo. Não tenho interesse em sofrer uma intoxicação alimentar num lugar que aceite notas do Banco Imobiliário como pagamento.

Ai, Deus. Releio a piada e me encolho.

Ela responde com três emojis gargalhando porque não tem sutileza nenhuma.

> **Zahra:** Sem problemas.

> **Zahra:** Eu poderia fazer um jantar pra gente como um gesto de gratidão.

Minha resposta demora dois segundos.

> **Eu:** Prefiro que a gente não se encontre.

> **Zahra:** Tudo bem, então. Você é tímido. Entendo.

Não era chamado de tímido desde que era criança.

> **Zahra:** Não tem problema. Quem sabe um dia.

> **Eu:** Você é sempre tão esperançosa assim em relação às coisas?

> **Zahra:** Claro. Por que não?

> **Eu:** Porque a vida não é nenhum mar de rosas.

> **Zahra:** Com certeza não. Mas como podemos dar valor ao sol todas as manhãs se não tivermos passado pela escuridão?

Que tipo de droga ela usa?
Meu celular vibra de novo, como se o silêncio a assustasse.

> **Zahra:** Como você se chama? Sabe, pra eu poder associar um nome ao rosto.

Estou passando pelo meu inferno particular. Zahra se revelou uma viciada em mandar mensagens sem parar.

> **Eu:** Mas você não tem o meu rosto.

Bom trabalho ao dizer o óbvio. Minha tentativa medíocre de piada cai por terra, e me lembro mais uma vez do motivo pelo qual nem me dou ao trabalho de fazê-las.

> **Zahra:** Dã. Por enquanto vou imaginar você como um James Dean jovem.

Porra, James Dean? Que tipo de velharia Zahra assiste? Quem falava de James Dean era meu avô.

Meus dedos voam pela tela antes que eu considere as repercussões de ter uma conversa sobre um assunto que não tem nada a ver com trabalho.

> **Eu:** Desculpa. Quantos anos você tem?

> **Zahra:** HAHA.

Sou tomado por uma certa ternura com a ideia de fazê-la rir. Franzo a testa para essa sensação.

> **Zahra:** Em minha defesa, meus pais curtem umas coisas antigas e icônicas dos Estados Unidos. Era o sonho deles se mudar pra cá quando eram jovens, então, sinto dizer, James Dean é só a ponta do iceberg. Não vou nem começar a falar sobre meu amor por brechós e Elvis Presley.

Está aí algo com que me identifico. Meu avô sentia o mesmo pela cultura pop americana. Ele sempre foi obcecado por isso desde que imigrou da Irlanda para cá sem nada além de uma mala e o sonho de desenhar.

> **Zahra:** Até aprendi sozinha a tocar ukulele pra impressionar meus pais.

> **Zahra:** Mas sou péssima, pra decepção do meu pai.

Eu me dou conta de que estou confiando minha subsistência nas mãos de alguém que por acaso é a pessoa mais bizarra que já conheci. Zahra é um risco na mesma medida em que é um investimento. Como colocar um milhão de dólares em ações que não valem nada e torcer para não me foder ao final.

> **Zahra:** ... então, você pretende me dizer o seu nome agora ou vai me fazer adivinhar?

> **Zahra:** Posso abrir um site de nomes de bebês e tentar descobrir. Podemos até transformar num jogo.

Meu Deus, não. Vai saber que tipo de mensagem eu me abriria a receber assim?

> **Eu:** Pode me chamar de Scott.

Scott? Que merda você está fazendo?

Saio da conversa antes que tenha a chance de dizer mais alguma coisa. Isso já foi loucura demais para mim. Não sou o tipo de pessoa que faz algo tão espontâneo e estúpido quanto criar um alter ego para falar com alguém. Isso sim é patético.

Mas é isso que você sempre foi. Uma decepção que nunca mereceu o sobrenome Kane.

Viro de lado e enfio um travesseiro no ouvido como se isso pudesse apagar a voz do passado.

Já faz muito tempo. Você não é mais aquele menino rejeitado.

Porém, por mais que eu repita isso para mim mesmo, nada é bom o suficiente aos meus olhos. Toda vez que executo uma tarefa difícil, já estou em busca do próximo obstáculo para superar. Para mostrar ao meu pai e a quem quer que duvide de mim que transformei minhas fraquezas em força.

Tímido? Escolho minhas palavras com cuidado, transformando-as em uma arma temida.

Fraco? Dispensei milhares de funcionários para aumentar nosso lucro.

Patético? Construí uma reputação no mundo corporativo que não tem nada a ver com meu sobrenome. Pode não ser uma reputação agradável, mas é exclusivamente minha, e nada que meu pai disser ou fizer pode tirar isso de mim.

Não sou mais uma decepção. Nem hoje e definitivamente nunca no futuro.

Há apenas uma ponta solta que pode impedir que meu tempo em Dreamland corra tranquilo e sem escândalos. E eu planejo ficar de olho nela.

* * *

Dou uma olhada nas minhas mensagens de manhã. Pensei que talvez encontraria uma ou duas de Zahra, mas ela me surpreendeu de novo com um total de seis mensagens.

> **Zahra:** Scott. Certo. Um pouco comum, mas gostei.

A mensagem seguinte foi mandada dez minutos depois da anterior.

> **Zahra:** Eu entendo que posso ter assustado você. Não tem problema. Minha mãe me disse que, se você colocar comida para os gatos vira-latas, eles voltam.

> **Zahra:** Não que eu veja você como um gato vira-lata.

Ela inclui um emoji com um tapa na testa em seguida.

> **Zahra:** Enfim, já ficou bem claro que eu sou esquisita e que tem um motivo para eu não me dar bem em aplicativos de relacionamento! Então, não culpo você por fugir. O único ponto positivo de toda essa conversa é que eu não faço ideia de como você é. Se por acaso

> conhecer alguém com o meu nome, me faça o favor de fingir que não faz ideia de que sou eu. Blz valeu!

Acho seu constrangimento estranhamente divertido.

A última mensagem veio catorze minutos depois da outra. É como se ela quisesse terminar tudo em um tom positivo porque é um maldito raio de sol estragando meu dia perfeitamente sombrio.

> **Zahra:** Tenha uma boa vida!

Considero minha situação. A opção fácil seria ignorar todas as mensagens dela e classificá-la como a pessoa mais estranha com quem já tive contato. Chega a ser perturbador o quanto ela é simpática e confia em alguém que nem conhece.

Quem é você para chamá-la de estranha? Você considera dez palavras ou menos uma boa conversa.

Apenas porque eu sou o cara que prefere ficar nas sombras, deixando que meu trabalho fale por si.

A curiosidade sobre o lado oculto de Zahra vence meu argumento sensato. Digito uma resposta antes de desistir e fazer algo digno do meu tempo.

> **Eu:** Você sempre fala sozinha?

As bolhas aparecem e desaparecem duas vezes antes de uma mensagem nova surgir no meu celular. Não que eu tenha esperado sentado olhando para a tela ou coisa assim.

> **Zahra:** Bom, vamos fingir que ESSA parte não aconteceu. Beleza? Beleza.

Pela primeira vez em muito tempo, um sorriso se abre no meu rosto antes que eu tenha a oportunidade de fechá-lo.

CAPÍTULO CATORZE
Zahra

Minha mãe sempre me alertou para que não confiasse em estranhos. Mas ela também me ensinou a ser gentil com todo mundo, então estou lidando com conselhos conflitantes no momento.

Será que Rowan daria meu número a alguém perigoso? Claro que não.

Tá bom, talvez. Mas definitivamente *espero* que não.

Decido continuar trocando mensagens com Scott e ver aonde nossa conversa vai dar. Não que seja difícil. E, depois de todas as mensagens que mandei para ele ontem à noite, pensei que ele fugiria para as montanhas. E isso não é dizer pouco considerando que a Flórida é um dos estados mais planos deste país.

Pelo menos ele voltou.

Até eu fiquei surpresa com isso. Segundo minha mãe, tenho a sutileza de um relâmpago e a personalidade dos fogos de artifício. Ela me dizia que seria preciso um homem igualmente forte para apreciar esse tipo de força da natureza.

Estou esperando sentada, mãe. Não sei bem onde eu encontraria esse *homem forte*, mas não tive sorte nenhuma nos aplicativos de relacionamento em que Claire me cadastrou. A culpa é minha. Sou uma sonhadora que ainda acredita em contos de fadas e na possibilidade de um duque surgindo para se casar comigo.

Coloco a cabeça entre as mãos e suspiro.

— Estou fazendo você trabalhar demais?

Engasgo com o ar. Rowan para na entrada da minha baia. Ele está… *nossa.* A Sexta-Feira Casual cai bem para cacete nele. Está com aquele ar de clube de campo, usando uma polo de marca e calça cáqui. Fico me perguntando como seria ter tanto dinheiro que eu poderia mandar uma camiseta de gola para a lavanderia em vez de carregar em todas as bolsas uma caneta para disfarçar manchas. É assim que os ricos vivem?

Solto um suspiro.

— Não. Não dormi muito esta noite.

— Não conseguiu dormir por algum motivo? — O canto da boca dele se ergue.

— Não comece a me fazer perguntas pessoais. Posso fazer alguma coisa maluca como pensar que você se importa comigo.

— Guarde os contos de fadas para suas propostas.

Sorrio.

— Você fala sobre alguma coisa além de trabalho?

— Por que eu falaria? Minha vida é trabalho. — Ele olha para mim como um cientista com um microscópio.

— Isso é triste, Rowan. Até para você.

— Não vejo por quê.

— O que você gosta de fazer para se divertir?

— As pessoas ainda fazem coisas para se divertir?

Isso foi... uma piada? Se tiver sido, o tom dele poderia melhorar um pouco.

Rio para incentivar outras.

— Você precisa encontrar um hobby que não inclua assistir ao mercado de ações.

— Não dá para simplesmente "assistir ao mercado de ações".

Reviro os olhos.

— Não acredito que você falou isso com a cara séria. Pela maneira como você age, vai acabar morto antes de ter seu primeiro fio branco de tão viciado em trabalho.

Seu olhar penetra minha falsa confiança.

— Não pedi sua opinião.

— Não. Mas você não pode me demitir por fazer um comentário.

— Pelo menos não enquanto você for meu bilhete premiado.

Bilhete premiado? Acho que nunca se referiram a mim como algo tão... especial.

Meus ombros se curvam. Como sou patética! Meus padrões baixaram tanto depois de Lance que estou ficando obcecada por elogios casuais do meu chefe.

Um chefe que te beijou como você nunca foi beijada antes.

Mesmo assim é meu chefe.

Desfaço qualquer que seja a expressão em meu rosto.

— Algum motivo em particular para passar no meu escritório?

— É assim que se chamam os cubículos do tamanho do meu chuveiro hoje em dia?

Mostro o dedo do meio para ele por baixo da mesa.

— Esconder a mão anula a intenção do seu gesto.

Por que ele fala como se tivesse crescido tomando leite materno em xícaras de porcelana? E, ainda mais estranho, por que eu gosto?

— Meu pai me ensinou que, se você não tem nada de bom para dizer, é melhor não dizer nada.

— Essa regra não deveria se estender a gestos ofensivos?

Ergo uma sobrancelha para ele.

— Por que você virou o tipo de pessoa que se ofende agora?

Sua careta não combina com o brilho nos olhos.

— Os relatórios sobre você nunca mencionaram esse problema sobre responder a figuras de autoridade.

Eu me empertigo.

— Você andou lendo sobre mim.

— Costumo pesquisar sobre meus investimentos.

Sei que a intenção dele não era me fazer sentir quentinha e aconchegada por dentro, mas meu coração dá um pulo mesmo assim.

Não somos um investimento, meu cérebro feminista grita.

Mas o homão rabugento passa tempo pesquisando sobre mim, a romântica incorrigível grita em resposta.

Sorrio comigo mesma. Quando ergo os olhos, Rowan está me encarando com uma expressão franzida.

— Que foi?

Ele balança a cabeça.

— Nada. — Ele se vira e sai do meu cubículo do tamanho de um box de banheiro, me deixando com uma sensação estranha que continua comigo pelo resto do dia.

* * *

Acrescento o desenho que Rowan deixou ontem ao último slide da minha apresentação. Ele capturou tudo que sonhei mostrar, mas não tinha o talento para executar.

Hoje me sinto muito mais nervosa sobre a apresentação. Apesar do desenho incrível do mandap que Scott fez, ainda me sinto insegura em exibir minha primeira ideia que não tem a aprovação de Brady Kane. Eu poderia ter escolhido uma das propostas que debatemos juntos, mas decidi me testar.

Agora não sei ao certo se foi a melhor ideia. E se as pessoas odiarem?
Mas Rowan disse que era ótima.

Jogo os ombros para trás enquanto fecho o laptop. Há um motivo por que Rowan me vê como um investimento, então talvez seja hora de começar a agir como um. O pior que pode acontecer é Jenny me dar um não ou Rowan concluir que a ideia não é tão boa quanto pensou a princípio.

Portanto, de novo entro na sala de reunião de cabeça erguida.

A cadeira de Rowan continua vazia enquanto a sala vai se enchendo de criadores. Assumo meu lugar na ponta da mesa, onde escrevo anotações longe de olhares curiosos.

Jenny começa a reunião apesar da ausência de Rowan. Fico olhando a hora no celular enquanto os expositores se levantam um a um para discutir sua ideia da semana. Quando Jenny chama meu nome, eu me levanto e subo ao pódio.

Abro meu PowerPoint e ignoro a sensação estranha no peito quando meus olhos pousam na cadeira vazia de Rowan. Por que ele não está aqui? Ele não mencionou nada quando passou na minha baia.

Balanço a cabeça e entro no modo apresentadora. A energia animada na sala contrabalança o nervosismo dentro de mim, e minha confiança se fortalece. Estou sem fôlego quando acabo. Minha pele está corada e o ritmo errático do meu coração ainda não diminuiu.

Uma pessoa batendo palma se transforma na sala inteira sorrindo e me parabenizando pelo trabalho bem-feito.

Tudo que consigo fazer é sorrir. Se é essa a sensação de acreditar em mim mesma, gostaria de ter feito isso um pouquinho antes. Antes de as minhas ideias serem roubadas e de a minha coragem ser destruída.

Cansei de ser essa mulher. De agora em diante, me recuso a deixar que a insegurança acabe comigo. Sou a Zahra dois ponto zero agora. A mulher que não pensa muito no passado porque está olhando apenas para o futuro.

Lance pode ter roubado minha primeira ideia, mas aquela definitivamente não foi a última, e a reação de todos me diz que a única pessoa para quem preciso provar alguma coisa sou eu mesma.

* * *

Claire se joga em cima de mim assim que abro a porta do apartamento.

— Zahra! — Seus braços me envolvem e ela começa a pular para cima e para baixo.

— Quê!?

— Arranjei um emprego!

— Sério?! No Royal Chateau? — Puta merda. Eu sabia que Claire era talentosa, mas uau.

Ela franze a sobrancelha escura.

— Bem, não.

— Estou muito confusa.

— Me deixa explicar. — Claire me leva até o sofá, onde já tem uma garrafa de vinho barato esperando por nós. — Sabe, eu fui um completo desastre durante a entrevista inteira.

Meu sorriso se fecha.

— Ah, não.

Ela faz que não é nada.

— Tudo que poderia dar errado deu. Queimei o frango, e o peixe saiu cru. Daí o suflê murchou antes mesmo que eu tivesse a chance de empratá-lo e eu queimei a mão com uma assadeira. — Ela exibe a faixa.

Eu me encolho.

— Foi tão constrangedor. A sous chef me dispensou no meio da entrevista depois de gritar comigo por fazê-la perder tempo. Ela me fez me sentir deste tamanhinho. — Claire mostra uns centímetros de espaço entre o indicador e o polegar.

Todos os músculos do meu corpo ficam tensos.

— Sinto muito, Claire. Eu me sinto responsável por pressionar você a isso antes de você estar pronta. Pensei...

— Não! Graças a você, acabei arranjando algo ainda melhor.

— Como assim?

Ela pega uma taça de vinho cheia e a passa para mim.

— Dei de cara com o chef do lado de fora do restaurante.

— Como você soube que era o chef?

— Aí é que está. Eu não sabia quem ele era na hora. Ele me viu como um bichinho machucado.

— Não creio. — Levo a mão à boca para impedir que minha risada escape.

— Sim — ela diz. — Acho que ele não estava preparado para a caixa de Pandora que abriu quando perguntou se eu estava bem. Todas as emoções saíram com tudo de dentro de mim. Ele foi ótimo. Ficou em silêncio enquanto eu desatei a contar que tinha estragado a entrevista mais importante da minha carreira.

— *E?*

— E então ele me fez algumas perguntas sobre as coisas que eu gostava de cozinhar antes de me pedir para fazer a comida predileta dele!

Meu queixo caiu.

— Não pode ser.

— Foi como num filme! Então eu preparei o melhor queijo quente e a melhor sopa de tomate que aquele homem já experimentou na vida. Palavras dele, não minhas.

— A comida favorita de um chef é queijo quente? Não parece um pouco... básico?

— Não tem espaço para gente básica aqui. — Claire pega minha mão e me guia até a cozinha. Podemos não ter nada de tamanho gourmet, mas Claire faz nosso espaço pequeno trabalhar a favor dela. Ela pega os ingredientes e começa a preparar tudo no pequeno balcão.

Meu estômago ronca na hora. O almoço leve de hoje mal me manteve em pé, ainda mais porque trabalhei até mais tarde do que de costume, já que estava animada e não queria parar.

Claire aponta para a banqueta e eu me sento.

— E aí, o que aconteceu? — Tiro minha faixa de cabelo vintage e faço uma massagem na lateral da cabeça.

— Ele me ofereceu uma segunda entrevista depois que quase teve um orgasmo com a minha comida.

Rio baixo.

— Ah, para!

— Tá, isso foi um pouco de exagero, até para mim. Mas ele revirou um tiquinho os olhos. — Ela sorri.

— Então qual é o seu trabalho novo?

— O chef principal vai ser transferido para um projeto de restaurante novo com o sr. Kane, então ele não vai mais trabalhar no The Royal Chateau. E eu vou fazer parte da equipe do chef! Ainda não tem um nome nem nada, mas eu tenho uma vaga garantida na cozinha.

— Claire! Que demais!

Todo o rosto dela se ilumina com um sorriso.

— E não é?!

— Precisamos de vinho! — Volto para a sala e pego nossas taças cheias e brindamos.

— Sem você para me pressionar a tentar, eu nunca teria bombado na entrevista. E, sem chorar perto da lixeira, eu não teria dado de cara com uma oportunidade ainda melhor! Então, agora eu acredito em destino. Você estava certa todos esses anos. — Ela volta a atenção para a frigideira no fogão.

— Então me conhecer já não convenceu você de que o destino existia?

Claire revira os olhos.

— Não. Achei que você era só uma pessoa irritante que bateu no meu carro porque queria roubar a vaga no estacionamento.

— O acidente de um é o destino do outro.

— Fala isso para a minha seguradora.

Nós duas choramos de rir antes de ligar para meus pais e contar a boa-nova para eles.

Claire nos serve o queijo quente mais incrível que já comi, não apenas porque suas habilidades são incríveis, mas por tudo que um simples sanduíche representa.

CAPÍTULO QUINZE

Rowan

A princípio eu tinha planejado voltar para Chicago no sábado para a reunião de segunda do conselho. No entanto, depois do meu momento de fraqueza perto de Zahra, liguei para o piloto e pedi para ele se preparar para a decolagem quando saí da baia. Eu nunca deveria ter parado para visitá-la. Não precisava de nada dela, mas não consegui me conter depois da reunião com Jenny e Sam. Foi como uma sirene me chamando, me guiando rumo à minha desgraça.

Ela é uma anomalia que ainda não consigo categorizar, o que só aumenta meu interesse. Tudo nela é estranho. Desde as roupas vintage aos bottons, ela não se encaixa na categoria típica de profissionais com que estou acostumado.

Odeio que ela me interesse, na mesma medida em que detesto como fico agindo como um babaca insensato perto dela. Somando meu pseudônimo e a maneira como Zahra se infiltra na minha cabeça, preciso me afastar de qualquer que seja a merda que me impede de pensar com objetividade.

Uma sensação de alívio me atinge assim que entro na cobertura com vista para o rio Chicago. É meu mundo silencioso aqui em cima, longe de mulheres perturbadoras com bottons esmaltados e funcionários que não entendem o sinal não verbal universal de vai se foder. Dizem que o lar é onde seu coração está, mas eu discordo. O lar é onde não me enchem o saco. Essa é a verdadeira paz para mim.

Tomo banho, como um delivery e abro uma cerveja enquanto sintonizo em um jogo de futebol americano de sexta à noite.

Meu celular vibra e eu o pego na mesa de centro.

Zahra: Eu sei que você não curte nenhum tipo de gratidão porque é tímido e tal, mas o seu desenho ficou INCRÍVEL. Acabei de sair da reunião depois de ser aplaudida de pé.

Lá se vai meu plano de evitar pensar em Dreamland por alguns dias. Começo a colocar o celular de volta na mesa, mas outra mensagem surge antes que eu tenha a chance.

> **Zahra:** Tá, isso foi um exagero. Mas TODO MUNDO bateu palma.

Mordo a bochecha como se isso pudesse conter o impulso de sorrir.

> **Eu:** Alguém já te disse que você é ridícula?

> **Zahra:** Claro. Ridiculamente Incrível é meu nome do meio.

> **Eu:** Estou meio convencido de que você é maluca.

A mensagem seguinte surge antes que eu tenha a chance de respirar.

> **Zahra:** Meio convencido? Preciso melhorar, porque não faço nada pela metade.

Não consigo conter o riso que escapa de mim. É um som áspero que não estou acostumado a escutar.

> **Eu:** Deu para entender por que o Rowan te contratou.

Vou mesmo fingir que sou outra pessoa?

> **Zahra:** E eu entendo por que ele te contratou.

Sim, vou.

> **Zahra:** Não sou nada sutil, se me permite dizer.

Sorrio com ironia. Era por essa que eu estava esperando, porque sabia que ela era boa demais para ser verdade.

Zahra: Caso você não tenha percebido a dica, esse é o momento em que eu te faço uma proposta indecente.

Eu: Acho que você não pensou bem em como isso soaria.

Minha mensagem me faz ganhar um GIF de alguém rindo na xícara de café. Estou tão acostumado às pessoas rirem porque acham que têm que rir que me esqueci como era divertir alguém de verdade.

O celular vibra na minha mão.

Zahra: Então, o que acha de nós fazermos algum tipo de parceria?

Minha resposta é instantânea.

Eu: Não.

Zahra: Poxa. Você ainda nem ouviu minha proposta.

Eu: Desculpa. Meu banco não aceita dinheiro do Banco Imobiliário.

Aperto a parte de cima do nariz. Que piada tosca foi essa?

Não sei como, mas meu comentário recebe um trio de emojis gargalhando.

Zahra: Você até que é engraçado.

Eu: Acho que nunca me chamaram de engraçado na vida.

Resmungo enquanto leio a mensagem uma segunda vez. Estou transformando meu alter ego em um verdadeiro fracassado, muito parecido comigo.

Zahra: Que estranho, Scott. Talvez você precise encontrar novos amigos que apreciem seu tipo de humor.

Amigos? Que amigos? Quanto mais uma pessoa sobe na escada do sucesso, mais difícil é se identificar com alguém lá embaixo. Talvez seja esse o motivo de eu gostar de conversar com Zahra. Não é por causa dela especificamente, mas pela ideia de me soltar e ser eu mesmo.

> **Zahra:** Então, esquece a ideia do dinheiro do Banco Imobiliário. Vou fazer melhor. Estou disposta a pagar com comida, bebida ou o que você quiser.

Antes que eu tenha a chance de pensar numa resposta, sua mensagem seguinte se acende no meu celular.

> **Zahra:** Giz de cera de alta qualidade é considerado uma moeda valiosa no seu departamento?
> Tenho um cupom da papelaria perto de casa que peguei emprestado da minha mãe.

Algo no meu peito se aperta e, embora não seja exatamente incômodo, dispara um alarme. Mesmo assim, não ouço o alerta enquanto mando outra mensagem.

> **Eu:** Como se pega um cupom emprestado?

> **Zahra:** Então, quando você fala nesses termos... considere que é uma doação.

Será que ela existe mesmo? E, mais importante, por que estou sorrindo para o celular? Tiro o sorriso do rosto e ranjo os molares uns contra os outros.

> **Eu:** Não posso te ajudar. Estou cheio de trabalho.

Boa. Saia dessa antes que seja tarde demais.

> **Zahra:** Ah. Beleza. Entendo. Rowan comentou que os animadores estão trabalhando muito em alguns filmes novos. Você está participando?

Há uma sensação estranha dentro de mim que não tem nada a ver com algo que comi. Não sei direito por que acontece, mas tudo me diz para evitá-la.

> **Eu:** Preciso ir. Pede para o Rowan arranjar outra pessoa para te ajudar.

Há uma determinação nas minhas palavras que espero que seja transmitida pela mensagem. Aumento o volume da TV para abafar os pensamentos na minha cabeça.

Meu celular vibra contra a coxa alguns minutos depois.

> **Zara:** Volto amanhã com uma proposta melhor depois que der um jeito em tudo.

> **Eu:** Não vá vender um rim.

Puta que pariu. Parece que não tenho autocontrole perto dela.

> **Zara:** É claro que não. Esse é o plano E. Ainda tenho três opções melhores até chegar nele.

Solto um palavrão olhando para o teto, me perguntando como é que vim parar aqui, fazendo piadas com alguém que nem sabe quem eu sou de verdade.

E, pior, por que estou começando a gostar?

* * *

Minha apresentação para o conselho corre perfeitamente bem. Nem mesmo meu pai tem nada a comentar além de questões logísticas básicas sobre o cronograma. Eu esperava mais dele, então sua fachada calma só faz me preparar para o pior.

Ele está tramando alguma coisa. Só não sei o quê.

— Tem alguma coisa de errado com o nosso pai. — Declan se senta à mesa dele.

— Também notei. Hoje foi diferente daquilo para que eu vim preparado. — Eu me sento na diagonal perto dele. Sou obrigado a encontrar Declan sozinho porque Cal faltou mais uma vez.

— Ele está quieto demais sobre o testamento, o que só me diz que está escondendo alguma coisa de nós. Não sei o que pensar disso, mas vou ficar de olho nele. É questão de tempo até ele colocar as cartas na mesa. — Declan esfrega o lábio inferior.

Iris abre a porta com um cotovelo enquanto equilibra dois cafés e um saco de delivery com nosso café da manhã.

— Precisa comer tanto, sr. Kane? Seu médico disse para cuidar do colesterol agora que está ficando mais velho.

Declan pode estar beirando os trinta e seis, mas está longe de ser velho. Seus olhos se estreitam.

— O que eu disse sobre você ler o meu arquivo pessoal?

Iris me passa meu café e meu sanduíche.

— Bom, como é que eu vou reunir um pacote de informações para todas as suas pretendentes em potencial sem nenhuma informação pessoal?

— Fácil. É só não incluir — ele responde secamente.

— Como vai a busca pela esposa? — pergunto.

Iris sorri enquanto coloca o café da manhã de Declan na frente dele. Apesar dos esforços do meu irmão para se manter profissional, seus olhos alternam entre mim e a saia de Iris.

Iris nem nota.

— Posso dizer que tive mais encontros com mulheres no último mês do que o seu irmão teve em todo o tempo desde que trabalho para ele.

Os olhos de Declan se mantêm focados na secretária enquanto ela coloca os utensílios envoltos em plástico na frente dele. *E eu aqui me sentindo mal por ter beijado Zahra.*

Eu tusso, e Declan sai de qualquer que seja o transe em que estava.

— Iris está fazendo uma pré-avaliação das mulheres antes que eu as encontre.

— E ainda dizem que o romance está morto.

— O que você quer que eu faça? Me apaixone à moda antiga? — Declan ri com escárnio.

A ideia é ridícula. Depois de tudo que passamos com nosso pai depois da morte da mamãe, nenhum de nós tem qualquer intenção de se apaixonar. Porque, se aprendemos alguma coisa, é que as emoções inúteis deixam as pessoas fracas e impotentes. Prejudicam o discernimento e conseguem destruir tudo.

Meu pai apaixonado era o melhor tipo de homem. Mas meu pai sofrendo com o coração partido? Repulsivo. Patético. Tão perdido no próprio sofrimento que arruinou os próprios filhos porque não conseguia suportar vê-los mais felizes do que ele.

Não, obrigado. Prefiro me arriscar casado com o trabalho. O índice de divórcios é bem mais generoso.

Iris se senta na cadeira ao meu lado.

— O sr. Kane não tem tempo a perder, então eu sou a segunda melhor opção.

— Você o conhece melhor do que ninguém depois de tantos anos. — Dou de ombros.

Declan pega o saco de papel do meio da escrivaninha e tira a caixa de delivery de Iris. Ele a coloca na frente dela.

De todas as coisas estranhas que já vi hoje, essa deve ser a mais estranha até agora.

— Então, pare com essa baboseira e me conte o que está acontecendo de verdade em Dreamland — Declan fala com a voz dura.

Volto o foco de Iris para meu irmão, encontrando os ombros dele tensos sob o terno. O que em Dreamland o incomoda tanto?

Provavelmente o mesmo que incomoda você.

Começo a falar, compartilhando meu relatório real da última semana, exceto a parte da atração cada vez maior pela minha funcionária.

CAPÍTULO DEZESSEIS

Rowan

O celular vibra no canto da minha mesa. Eu o pego e abro a mensagem sem olhar de quem é. Só tem uma pessoa que me manda mensagem durante o horário de trabalho, e definitivamente não são meus irmãos.

Fico surpreso que Zahra consiga dar conta de suas tarefas com tantas interrupções. Eu questionaria sua ética profissional, mas, com base em alguns dos horários de suas mensagens, ela fica acordada até depois que vou para a cama.

Zahra: SOS!!!

Zahra: Tenho outra reunião na sexta e meus desenhos parecem tirados do mural do jardim de infância.

Eu: Não seja injusta com as crianças. Os desenhos delas não são tão ruins assim.

Eu me recosto na cadeira e espero, segurando um sorriso sarcástico.

Zahra: Lembra que você comentou que nunca tinha sido chamado de engraçado na vida?

Eu: Sim.

Zahra: Na verdade, todo mundo estava certo. Você é péssimo.

Eu: É assim que você pede favores para as pessoas?

Zahra: Que bom que você perguntou, porque estou com minha próxima oferta pronta.

É claro que está. Eu não esperava menos dela.

> **Zahra:** Vou comprar pizza e um pacote da sua cerveja preferida se me ajudar. Estou IMPLORANDO.

Zahra não pede permissão antes de enviar uma foto. Ela tinha razão. Seja lá o que represente o modelo que criou, é absolutamente horrendo. Mal consigo identificar que ideia ela teve originalmente.

> **Eu:** É um gato moribundo? Não é um pouco mórbido para um parque temático infantil?

> **Zahra:** Ha. Ha. Ha. Era para ser um dragão ameaçador, fique você sabendo.

> **Eu:** Pelo menos você mandou bem na parte do assustador.

Ela responde minha mensagem com um único emoji de faca.

> **Eu:** Você está ameaçando minha vida? Está aí uma coisa que o RH recriminaria.

Agora estou brincando de ameaçá-la para o RH? Estou na merda. Estou definitivamente na merda.

> **Zahra:** Meu dedo escorregou. Queria mandar este.

Ela envia uma série de mãos em oração. Passo o polegar sobre meu sorriso.

> **Eu:** Mentirosa.

> **Zahra:** Tudo bem, você está se fazendo de difícil, então aí vai o plano C.

> **Eu:** Faltam só dois para vender o seu rim.

> **Zahra:** Você está prestando atenção mesmo!!

> **Zahra:** Mas acho que você não vai conseguir resistir a esse, então meu órgão vital pode ficar são e salvo se você aceitar.

> **Zahra:** Que tal pizza, cerveja e um ano de acesso ilimitado a todas as minhas contas de streaming? Não vou nem mudar a senha daqui a alguns meses pra te irritar.

Uma leve risada escapa de mim. Sua oferta é ridícula, ainda mais considerando que fui eu que comprei todo e qualquer serviço de streaming que vale a pena assinar. É meu maior orgulho.

Mesmo assim, fico impressionado pela perseverança dela apesar de todas as minhas recusas.

> **Zahra:** Aceita o desafio?

> **Eu:** Me fala mais sobre a ideia e vou pensar a respeito.

Todas as sirenes na minha cabeça disparam em uníssono, me alertando para ficar longe dela. Mesmo assim, não consigo encontrar forças para enviar uma mensagem na sequência revogando a oferta.

Ela envia uma enxurrada de mensagens explicando sua ideia de uma nova montanha-russa com a princesa Cara. É um entusiasmo tão intrigante que me vejo me perdendo um pouco em seu mundo.

Zahra tem um jeito de sonhar que acho inebriante. Me faz querer criar junto com ela e desenhar algo que traga sua visão à vida. E isso por si só já é aterrorizante.

Eu deveria afastá-la de uma vez por todas, mas gosto que ela pense que sou apenas um cara que desenha coisas aleatórias. Meu codinome está se tornando um vício, apesar dos riscos de me aproximar dela. O problema é que não consigo apontar um animador para trabalhar com ela, por mais que eu devesse fazer isso. Há algo na maneira como ela fala comigo que me faz esquecer meu sobrenome por um tempo.

Porque ela não faz ideia de que você é o chefe dela.

Uma sensação ácida ocupa espaço no meu estômago, mas não tenho coragem de mudar a situação e admitir quem eu sou. Não me sinto *tão* culpado assim.

* * *

O profissionalismo voa pela janela quando passo para entregar o desenho de *Scott*. Há apenas um motivo para essa perda de controle, e a culpa é toda da bunda curva de Zahra.

Eu deveria limpar a garganta e chamar a atenção dela. Que nada. Eu deveria dar as costas e voltar quando ela não estivesse esparramada no chão, digitando no laptop com a bunda voltada para o teto como se precisasse ser abençoada por Deus.

O calor corre do meu peito para a área embaixo da fivela do cinto. Ajeito o paletó para garantir que não dê para notar nada demais, mas isso não resolve a sensação estranha que se espalha pelo meu corpo.

Chamo seu nome, mas sua cabeça continua a balançar ao som do que quer que esteja tocando nos fones de plástico.

Eu me agacho como se não estivesse usando uma calça que vale mais de um mês de aluguel. Os olhos de Zahra continuam fechados enquanto seus lábios se movem em silêncio acompanhando a música que toca. Não sei o que dá em mim para tirar um dos fones e levá-lo à minha orelha. ABBA toca pela caixinha de som minúscula.

Hm. Por essa eu não esperava.

Seus olhos se abrem, e os meus descem para seus lábios entreabertos. Sou atraído por ela como uma mariposa para uma chama. Faz sentido, considerando o fato de eu agir como um completo idiota perto dela, disposto a colocar tudo em risco por um momento da sua luz.

O jeito como olha para mim me deixa tentado a dar outro beijo nela. Qual é o mal de testar se nosso primeiro beijo abrasador não foi um mero acaso? Talvez tenha sido fruto da adrenalina acumulada e um desejo ardente de testar uma coisa que é proibida.

Eu me inclino para a frente. Apenas alguns centímetros, mas parece que estou pisando em cimento fresco para chegar perto dela.

Desde quando você se importa com o que é proibido? Meus olhos descem para seus lábios.

Estou olhando para o motivo agora.

— Rowan? — Ela fecha o laptop, me tirando do meu transe.

Deixo o tesão de lado enquanto me levanto e estendo a mão para Zahra. Ela a segura e aquela mesma energia crepita entre nós. Sua inspiração enche o pequeno espaço, e minha mão aperta a dela antes de soltar.

Ela espia a pasta de couro nas minhas mãos.

— O que é isso?

Abro a pasta e entrego o desenho para ela.

— Toma. Pediram para te entregar.

Ela o puxa da minha mão com os dedos ansiosos. Seu rosto todo se transforma em algo diferente enquanto observa o desenho. O sorriso que ela abre me faz sentir que estou olhando diretamente para o sol – uma beleza ofuscante. O calor varre meu corpo, começando pelo pescoço antes de descer até o pau.

Como pode uma simples expressão dela me fazer sentir *assim*?

Fecho a cara. A ideia de perder o autocontrole de novo me faz dar mais um passo para longe de Zahra.

Ela pega o celular da mesa e digita na tela.

— Tudo certo? — pergunto.

Seu sorriso diminui.

— Sim. Você é amigo do Scott ou coisa assim?

Minhas costas ficam rígidas.

— Por quê?

— Porque você não parece o tipo de homem que tem tempo para entregar papéis que não têm nada a ver com você. Não era para estar ocupado ou coisa assim?

— Ou coisa assim. — Rio com escárnio.

Ela revira os olhos com um sorriso.

— Tão sensível.

O insulto faz meus punhos se cerrarem ao lado do corpo.

— Você tem razão. Tenho mais o que fazer do que ser seu mensageiro particular. Se Scott não tem coragem de encarar você pessoalmente, isso é problema dele, não meu. — A mentira escapa dos meus lábios com facilidade.

— Ah, claro. Sem problemas. Eu mesma escrevo para ele. — Embora seu sorriso seja uma versão fraca do anterior, ainda assim faz meu peito se apertar.

Preciso mesmo cair fora daqui. Meus olhos se mantêm focados na saída enquanto deixo Zahra para trás sem nada além de uma série de mentiras para me fazer companhia.

CAPÍTULO DEZESSETE
Zahra

Scott não respondeu minha mensagem de *obrigada* e faz uma hora que Rowan passou aqui e quase me beijou. *E você quase deixou.* Talvez seja o jeito como os olhos dele encaram meus lábios. Ou como meu corpo todo esquenta de um jeito indecente sempre que ele chega perto demais.

Tento me distrair trabalhando na apresentação, mas minha mente divaga. É estranho passar um dia todo sem falar com Scott, e não sei direito o que pensar disso. Ele logo se tornou a primeira pessoa para quem escrevo de manhã e a última pessoa com quem falo antes de pegar no sono.

Posso não fazer ideia de como ele é fisicamente, mas sei que tem um bom coração. Sou completamente a favor de confiar nos meus sentimentos, e tem alguma coisa em Scott que me diz para continuar tentando, por mais tímido que ele seja.

Envio uma mensagem com meus logins e senhas de streaming, na esperança de chamar a atenção dele.

> **Eu:** Se você fizer um comentário que seja sobre os meus Assistidos Recentemente, juro que vou te matar durante o sono.

> **Eu:** Assim que descobrir o seu endereço de IP, claro.

Conto os segundos que passam de acordo com as batidas do meu coração.

Nada.

Desligo o som do celular e jogo o aparelho em uma das gavetas da mesa, na esperança de que os cantos escuros o engulam por inteiro.

Durante o horário de almoço, pego o aparelho e encontro novas mensagens de Scott.

Scott: Se estiver tentando descobrir minha localização, sugiro começar pelo endereço de IP.

Scott: E não vou julgar demais.

Sorrio como uma pateta para o celular.

Eu: Você está julgando pra caramba.

Scott: Eu? Jamais.

Scott: Mas você recomenda *O duque que me seduziu?*

Eu: Cala a boca.

Scott: Que deselegante.

Eu: É para fins de pesquisa.

Entre outras coisas. Eu é que não vou revelar minha obsessão por Juliana de La Rosa e pelas adaptações dos livros dela.

Meu celular vibra.

Scott: Claro. Você parece uma funcionária dedicada de Dreamland.

Algo sobre a mensagem faz minhas bochechas arderem.

Scott: Pode explicar por que você tem dezessete versões de *Orgulho e preconceito* salvas na sua lista de Assistidos Recentemente?

Eu: Pense nisso como um confortinho virtual.

Scott: Mas quem precisa de dezessete versões desse filme?

Eu: A mesma pessoa que ficaria feliz com dezoito.

Scott: Você é uma pessoa diferente.

Eu: Diferente é meu nome do meio.

Scott: O que aconteceu com Ridiculamente Incrível?

Meu coração se aperta como se Scott envolvesse o punho ao redor dele.

Eu: Você é atento.

Scott: É fácil quando você é um livro aberto.

Eu: Talvez eu devesse me fazer de difícil.

Depois que se passam minutos sem resposta, deito a cabeça na mesa. Eu o assustei no meu primeiro sinal de interesse.

O celular vibra de novo.

Scott: Fique à vontade. Eu sofro de uma forte veia competitiva.

Scott: Mas fique sabendo que eu venço toda vez.

Borboletinhas voam no meu estômago. Scott nunca flertou abertamente comigo assim antes.

Eu: Você parece confiante no próprio taco para alguém que se esconde atrás de uma tela.

Era para a mensagem transmitir um tom de flerte, mas a intenção cai por terra. Minutos se passam sem resposta e eu fico inquieta.

Será que forcei muito e fui rápido demais? Era para ser uma piada.

A resposta se torna evidente com o passar do tempo. Scott não dá sinal de vida pelo resto do dia, e fico com uma sensação de vazio.

Talvez eu o tenha feito se sentir mal por algo que ele tenha vergonha. Ele pode sofrer com problemas de imagem corporal ou ter um caso grave de ansiedade social que só estou agravando porque sou curiosa demais pensando apenas em mim. E a verdade é que estou começando a gostar da nossa amizade. Eu odiaria assustá-lo, ainda mais pelo fato de ele me deixar toda alegrinha com uma única mensagem que mostra algum interesse.

De agora em diante, juro que não vou incomodá-lo sobre sua identidade. Não importa. Além disso, estou confiante de que ele vai se abrir devagar se eu lhe der tempo para se acostumar comigo. Se eu conseguia fazer Ralph, que odeia todo mundo, sorrir, sou capaz de qualquer coisa.

* * *

Merda! Estou atrasada! Enfio o laptop e o celular na bolsa antes de sair da minha baia.

O galpão está vazio enquanto corro para a sala de reunião. Minhas respirações saem irregulares e forçadas quando abro a porta, interrompendo Jenny. Todos os rostos se voltam em minha direção, e meu corpo todo fica vermelho, da cabeça aos pés.

— Atrasos não serão tolerados. Se acontecer de novo, você vai ter que fazer hora extra para compensar. — Rowan não se dá ao trabalho de tirar os olhos do celular.

O desprezo me faz me sentir uns cinco centímetros menor.

Uma avaliação rápida da sala revela que não há assentos disponíveis exceto ao lado de Rowan. Esse é o castigo que mereço por ficar flertando em vez de trabalhar.

Ótimo. Maravilha. Como se hoje não pudesse ser melhor.

— Sente-se ou saia. — Seu tom autoritário me impacta do jeito errado.

Mantenho a cabeça erguida enquanto ocupo o lugar vazio ao lado de Rowan. O cheiro dele me atinge primeiro, como uma brisa oceânica que imagino sentir em uma viagem a algum lugar como as Ilhas Fiji. Puxo a cadeira para o mais longe possível dele sem incomodar o criador ao meu lado.

— Agora que todos estão aqui finalmente, continue. — Rowan faz um sinal para Jenny prosseguir.

Sinto um frio na barriga.

Jenny me abre um sorriso suave antes de voltar a atenção para o resto da sala.

— Quem quer ir primeiro?

O grupo fica em silêncio. Ninguém se levanta da cadeira enquanto Jenny olha ao redor pela sala. É um forte contraste comparado com nossa última reunião de sexta, e acho que isso tem tudo a ver com o homem emburrado ao meu lado.

— Vamos, pessoal. — Ela solta um riso nervoso. — Preciso sortear os nomes num chapéu?

Cri-cri-cri. Ninguém se mexe um centímetro.

— Eu vou. — Eu me levanto com pernas trêmulas que poderiam ceder a qualquer segundo. Rowan ergue os olhos para mim com sua expressão vazia de sempre antes de assentir. Seus olhos escuros me fazem lembrar do espaço: infinitos, perigosos e algo em que eu poderia me perder.

Preparo meu PowerPoint com as mãos trêmulas. O medo de falar em público melhorou um pouco desde a primeira apresentação, mas o nervosismo ainda bate, especialmente quando começo. O olhar de Rowan faz pequenos calafrios percorrerem minha espinha. Acabo clicando no arquivo errado duas vezes antes de conseguir me controlar. Preciso de algumas respirações profundas para finalmente estabilizar a frequência cardíaca.

O tempo todo em que falo, ignoro Rowan. É o que ele merece por me tratar como me tratou na frente de todos.

Os criadores batem palmas quando termino a última frase, e me sinto um pouco melhor sobre o que aconteceu mais cedo.

— Poderia ser melhor — Rowan ergue a voz.

— Em que sentido? — Cerro os punhos perto do vestido.

— E se nós mudássemos todo o *layout* do brinquedo?

— *Todo* o *layout*? — *Respira fundo, Zahra.*

— Em vez de ter carrinhos de montanha-russa para representar o dragão voando, vamos tornar o dragão parte da atração. Vamos manter sua ideia de montanha, mas quero que o brinquedo mergulhe nas cavernas escuras como se os visitantes estivessem fugindo do dragão. Quero fogo, efeitos especiais, animatrônicos e trechos de trás para a frente.

Não sei o que me confunde mais. O fato de que a ideia de Rowan faz a minha parecer fraca em comparação ou a explosão de entusiasmo na voz dele que eu nunca tinha ouvido antes. É como se alguém tivesse apertado um botão nele e ativado sua consciência. A cara feia que ele tinha antes se esvai, substituída por um levíssimo sorriso no rosto enquanto contempla o projetor. O brilho em seus olhos realça um lindo tom de mel que eu ainda não havia notado.

— De trás para a frente? Nunca tivemos um brinquedo assim antes.

— É óbvio. — Ele fala em um tom monótono que me faz sentir como se eu tivesse o QI de uma ervilha. — Sua ideia é um bom ponto de partida, mas nós precisamos elevar o nível. Próximo. — Ele me dispensa sem nada além de um aceno de mão.

Quero sentir raiva de Rowan por picotar minha ideia completamente até ser um conceito totalmente diferente, mas não consigo sentir nada além de entusiasmo. Eu nunca nem havia considerado uma montanha-russa de trás para a frente.

Ele quer que eu eleve o nível? Beleza. Mas talvez ele precise de uma escada para chegar aos níveis em que estou disposta a ir.

Ergo a cabeça e volto a me sentar ao lado de Rowan. Acabo sentada mais perto dele do que antes e a culpa é toda do criador ao meu lado, que empurrou minha cadeira o mais longe possível de si. Como se minha apresentação fracassada fosse contagiosa.

Seguro a caneta com uma força mortal durante toda a reunião. Toda vez que Rowan ajeita a perna, faíscas sobem pelo meu corpo até o coração. Fico tentada a roubar a cadeira de alguém durante o intervalo para o banheiro, mas isso seria ridiculamente imaturo da minha parte. Afinal, é só uma perna.

Então por que você sente o rosto esquentar toda vez que o corpo dele roça no seu?

Minha caneta perfura várias páginas do caderno.

Os outros expositores se levantam um a um, discutindo uma grande variedade de tópicos desde alguns brinquedos novos a um hotel baseado em um filme de Dreamland. Fico grata por ter sido a primeira porque, a cada apresentação, a testa de Rowan se franze mais. Ele faz anotações furiosamente e trata todos os expositores como se estivessem no banco dos réus com sua linha de interrogatório. O feedback que me deu não é nada comparado à severidade de seus outros comentários.

Há um suspiro coletivo de alívio quando a última pessoa termina seu discurso de encerramento.

— A apresentação foi medíocre, para dizer o mínimo. — A voz de Rowan é mais ácida que o normal. Ele se levanta e abotoa a parte da frente do paletó. — Quero que todos parem de me fazer perder tempo e venham preparados com ideias inovadoras que me deixem impressionado. Se eu continuar achando suas propostas insuficientes, vou ser forçado a encontrar pessoas dispostas a fazer o trabalho do jeito certo na primeira vez. Considerem esse o primeiro e último aviso.

Dá para ouvir o criador ao meu lado engolir em seco. Olho para ele e encontro uma camada de suor pingando da testa. Fico um pouco grata por estar sentada o mais distante possível dele graças ao cheiro que emana dali.

— Até segunda ordem, os funcionários terão que trabalhar doze horas por dia para aumentar a produtividade e a criatividade.

— Vamos receber um aumento de salário? — alguém no fundo questiona.

O olhar inexpressivo de Rowan faz um calafrio descer pela minha espinha.

— Devo recompensar vocês por serem medíocres?

Jesus do céu. Ele falou isso mesmo?

A frustração de Rowan, embora um tantinho compreensível, não é justificada. Os criadores não estão acostumados a ter ideias em um ritmo tão rápido. Apresentar um conceito novo toda sexta é difícil. Até eu estou sofrendo, não que eu vá admitir para alguém.

— Vocês precisam fazer por merecer para ganharem um aumento. — Rowan sai da sala de reunião sem se despedir.

Todos nós afundamos nas cadeiras.

Jenny limpa a garganta.

— Bom, hoje a reunião foi intensa. Alguém tem alguma pergunta?

Uma pessoa solta um resmungo e eu ergo o punho mentalmente em solidariedade.

CAPÍTULO DEZOITO

Rowan

Depois de destruir a reunião da equipe de Zahra, fiz o mesmo com a equipe Alfa de Sam. Não posso me dar ao luxo de perder tempo com ideias fracas e oportunidades perdidas.

Mas tem tempo para perder desenhando.

Desenhar me revigora de uma forma como nunca vivenciei antes – como se eu pudesse desligar o mundo e as demandas impostas sobre mim por uma hora. Não sou idiota a ponto de crer que essa poderia ser uma atividade duradoura. É apenas um meio para um fim.

Eu me deito na cama e pego o celular na mesa de cabeceira. Estou evitando Zahra desde que ela mandou a mensagem sobre eu me esconder atrás de uma tela. Me irritou mais do que eu quis admitir na hora. Não me escondo atrás de nada, muito menos atrás de um vidro idiota. Só estou observando.

Eu: Não estou me escondendo atrás de uma tela por medo.

Ela não me responde na mesma hora, como de costume. Acrescento a conta de streaming de Zahra à minha smart tv. *Se ao menos ela soubesse quem ajudou a produzir sua série de duque favorita.*

Escolho uma série aleatória para passar o tempo. Um episódio se transforma em três e, antes que eu me dê conta, Zahra ainda não respondeu minha mensagem.

Eu: Rowan está fazendo você virar a noite acordada?

Faço uma careta quando releio minha mensagem, percebendo como ela pode soar.

Penso que ela vai ficar constrangida, mas meu comentário é respondido por um GIF de gargalhada.

> **Zahra:** Não. Mas estava ocupada trabalhando em uma ideia nova!

Ótimo. É exatamente o que preciso dela. Só talvez não à meia-noite, quando era para ela estar dormindo.

Não era isso que você queria? Foi você que acrescentou quatro horas a uma jornada de oito porque estava bravo.

> **Zahra:** Por quê? Sentiu minha falta?

Minha resposta é instantânea.

> **Eu:** Não.

> **Zahra:** Eita.

> **Zahra:** Você tem um coração?

> **Eu:** Não sofro desse mal.

> **Zahra:** Quem te magoou?

Era para a pergunta dela ser uma piada, mas traz uma série de lembranças ruins à tona. Aperto o celular com uma força violenta. Levo cinco minutos para me recuperar e pensar numa resposta que seja vaga o suficiente.

> **Eu:** Quem mais poderia ser?

> **Zahra:** Uma ex escrota?

> **Eu:** Falando por experiência própria?

A pergunta deixa uma sensação amarga no meu estômago. Nunca considerei que Zahra tivesse um namorado antes, mas a ideia me faz querer jogar o celular do outro lado do quarto.

A ideia de vê-la com outra pessoa... é inquietante. Como a sensação que se tem antes da descida da montanha-russa.

> **Zahra:** Não existem palavras no dicionário humano para explicar essa história.

> **Eu:** É tão ruim assim?

Por que você se importa?

> **Zahra:** Digamos apenas que, quando uma porta se fecha, normalmente é porque bateram na sua cara.

> **Eu:** Acho que não é assim que diz o ditado.

> **Zahra:** Gosto de ver as coisas do meu jeito.

> **Eu:** Percebi.

Assim como percebi muitas coisas nela que provavelmente não deveria ter percebido.

Isso me impede de continuar nossa conversa? Deveria, mas não.

Me obriga a desligar o celular e pegar no sono? Nem um pouco.

Em vez disso, faço companhia para Zahra por mensagem enquanto ela trabalha em uma ideia, como o idiota que me tornei.

* * *

— Chegou uma encomenda para o senhor. — Martha abre a porta da minha sala com um braço. O outro treme enquanto ela segura a caixa. Eu me levanto e pego o pacote da mão dela, com medo de que seu tornozelo fraco ceda e quebre o que tem dentro da caixa antes que eu tenha a chance de usar.

Martha sai sem prestar muita atenção em mim. Dou mais e mais valor para ela a cada dia que passa porque ela consegue fazer seu trabalho enquanto garante que somente pessoas com hora marcada me incomodem.

Coloco a caixa na mesa antes de abri-la com uma tesoura. Levo alguns segundos para tirar a caixa menor de dentro do oceano de flocos de isopor.

Passo a mão no tablet de desenho Wacom na frente da embalagem. Se meu avô me visse usando um desses, me criticaria por deixar os clássicos de lado. Meu motivo inicial para comprar o tablet era enviar cópias digitais para Zahra sem passar pela baia dela.

O tablet chamou minha atenção enquanto eu fazia compras na internet. Tem todos os recursos que os designers gráficos amam ter. Abro a caixa como uma criança na manhã de Natal, rasgando o papelão de tanta pressa para tirar o dispositivo.

Meu coração bate forte enquanto aperto o botão de ligar. Sorrio comigo mesmo enquanto a tela se ilumina e o logo da empresa se acende.

Guardo a papelada que estava analisando antes e abro as mensagens que Zahra me enviou ontem à noite.

Esse é um meio para um fim.

Você vive repetindo isso. Quem sabe finalmente comece a acreditar.

***

Passo a mão na barba de fim de tarde depois de criar um e-mail com um pseudônimo e enviar a Zahra uma cópia do seu mais novo projeto. Meus olhos ardem pelas horas assistindo a tutoriais no YouTube sobre como usar um pedaço de plástico. Quase desisti no meio do caminho e deleguei um animador para ajudar Zahra, mas essa ideia me fez sentir derrotado. Não sou do tipo que desiste, e eu é que não deixaria um tablet me vencer.

Olho o celular para ver se ela respondeu duas horas depois, após passar por mais uma série de reuniões com nossos diretores estrangeiros de Dreamland.

Zahra: Estou vendo que você elevou o nível!

Zahra: Está incrível. Sério.

Eu: Gostou da alteração do projeto original?

Eu deveria ter perguntado antes de ajustar seu plano inicial. Ela queria incluir um castelo novo para uma das princesas originais, mas gostei da ideia de deixar de lado o castelo da princesa Marianna. Transformei o projeto clássico em um que combina com a cultura mexicana.

> **Zahra:** Eu amei! Rowan pode ficar impressionado.

> **Zahra:** Tá, vamos ser realistas. Nada que eu faça vai impressioná-lo, mas foi bom dizer isso.

Normalmente fico feliz em levar as pessoas até seus limites, mas a maneira como Zahra fala sobre mim me faz hesitar. *Ela pensa mesmo isso?* Ela não me dá muito tempo para ponderar.

> **Zahra:** Espera!!!

> **Zahra:** Ai, meu Deus! Acho que você me deu a melhor ideia até agora. Para tudo e me ajuda.

Passo a mão no sorriso que só aparece por causa de Zahra.

> **Zahra:** O que você acha de um brinquedo que leve os visitantes para o além no *Día de los Muertos*?

> **Zahra:** Fique à vontade para mentir e dizer que é incrível mesmo se não achar.

É claro que acho uma ideia razoável. Nunca me passou pela cabeça que um castelo poderia levar a um brinquedo inteiramente novo sobre uma princesa que consegue falar com os mortos.

Passo os trinta minutos seguintes entretendo Zahra porque estou interessado em ver até onde sua criatividade a leva. Isso não tem nada a ver com o jeito como seu entusiasmo acende algo caloroso em meu peito. Assim como falar com ela não tem qualquer correlação com a explosão súbita de energia que sinto quando pego o maldito tablet que não me deu nada além de dor de cabeça a tarde toda.

Absolutamente nada.

CAPÍTULO DEZENOVE
Rowan

Como o gato vira-lata que Zahra descreveu, passo pelo cubículo dela depois das minhas reuniões com Jenny e Sam. Se Zahra desconfia do meu interesse crescente, ela não demonstra.

Paro na parede do lado de fora da baia. Um papel branco com letras em negrito se destaca contra o fundo de tecido cinza, com tiras de papel penduradas para destacar. Todas estão lá, exceto uma.

Entre para nossa equipe de Parceiros e seja um mentor hoje! Se tiver alguma dúvida, fique à vontade para me ligar. Adoraríamos que você participasse.

O resto do texto é vago, mencionando nada mais que uma oportunidade de participar de um programa de mentoria para funcionários de Dreamland. Acho que ouvi Martha comentar sobre o assunto durante nossa pauta matinal, mas não prestei muita atenção depois que ela mencionou a palavra *voluntário*. Não tenho muito tempo no dia, e discutir alguma reunião aleatória de funcionários sobre serviço comunitário não está entre minhas prioridades.

Cada tira de papel inclui um endereço para a reunião e um número de contato que conheço bem. Há alguma coisa sobre todos terem acesso aos dados de Zahra que faz minha pele esquentar.

Uma tira das dez está faltando. Eu poderia ver os vídeos de segurança para descobrir quem a pegou, mas seria ir longe demais, até para mim.

Quem poderia ter pegado o número dela? Não há muitos criadores jovens por aqui que possam estar interessados em passar tempo com Zahra. Notei um cara loiro da equipe Beta olhando para a bunda dela uma ou duas vezes. Quando ele viu que o flagrei olhando, teve a pachorra de me abrir um sorriso presunçoso. Acabei destruindo-o durante sua apresentação.

Meus punhos se cerram ao lado do corpo. Olho para os dois lados do corredor antes de destacar os números restantes. E os guardo no bolso da calça antes que tenha a chance de me recriminar por algo tão ridículo.

Estou agindo feito um maldito maníaco.

Quem se importa com quem manda mensagens para ela?

Eu. Eu me importo.
Mas por quê?
Passo a mão no rosto e resmungo.
Zahra põe a cabeça para fora do cubículo. Seu sorriso se fecha quando os olhos pousam em mim.
— Ah, é você.
— Esperando outra pessoa? — Não me diga que ela está esperando por Chad? Ou será que é Brad? Qualquer um dos dois pode ser o fulano loiro.
Você parece um idiota ciumento falando.
Suas sobrancelhas se unem.
— Hein? Não. Só queria saber se alguém tinha alguma dúvida sobre... — Seus olhos se arregalam para o papel à minha frente. — Uau! Não imaginei que tanta gente assim se interessaria! — Seu rosto todo se ilumina como uma erupção solar. Ela brilha tanto que tudo mais parece fraco em comparação. Eu me sinto perdidamente preso em seu campo magnético, tão perto do sol que poderia pegar fogo.
Uma morte adequada, considerando a mentira que escapa de mim.
— Só tinha um quando cheguei aqui. — Eu deveria me sentir culpado por mentir, mas não consigo me importar tanto assim.
O sorriso de Zahra brilha em seus olhos.
— Quer dizer que você pegou o último?
Merda. Por que ela tem que ser tão esperta o tempo todo?
— Sim — murmuro baixo. Meu estômago revira, e sinto como se uma mão invisível segurasse minha garganta.
— Que ótimo! Esteja lá às oito *em ponto*. — Seus olhos brilham como se ela visse graça na ideia de ironizar meu pedido de pontualidade.
Franzo a testa.
— Não era para você estar trabalhando nesse horário?
— E se eu te disser que faz parte de uma ideia em que estou trabalhando?
Tiro o papel da tachinha e releio o título.
— Duvido. Não consigo me imaginar aprovando nada que envolva cupcakes e mímica. Não sei para quem você está tentando dar mentoria aqui, mas não estamos interessados em contratar criancinhas.
Seu sorriso se fecha.
— Esqueça que leu sobre isso e perca o meu número. — Ela tira o papel da minha mão e volta ao cubículo sem me olhar duas vezes.

Nunca vi Zahra tão irritada antes. O que nessa reunião em específico a fez ficar desse jeito?

Quem liga? Agora você tem um motivo para evitar ir.
Mas o que ela está escondendo?

Saio do galpão e paro na lixeira mais próxima, onde jogo fora todas as tiras de papel exceto uma.

* * *

Os olhos de Zahra encontram os meus enquanto atravesso a soleira da pequena sala de reunião. O espaço alugado que ela escolheu fica nos fundos do parque, dentro do condomínio dos funcionários. Nunca tinha visitado esta área além de uma olhada rápida no meu checklist.

Seu sorriso vacila enquanto desabotoo o paletó e me sento como se esse lugar fosse meu. Meu pescoço esquenta pela maneira como ela traça meus movimentos, seus olhos acompanhando minha mão enquanto pego um cupcake da bandeja.

Seus punhos pequeninos se cerram ao lado do corpo. Nem gosto muito de doces, mas finjo que esse é o melhor dos cupcakes.

Vamos lá. Mostre o que você realmente está escondendo por trás de todos esses sorrisos falsos e bottons inocentes. Por falar nisso, a dose ofensiva de serotonina de hoje é um fantasma ridículo usando um sombreiro com a frase *Fantasmito Amigable*. Onde ela encontra essas coisas, e por que as usa?

O olho de Zahra se contrai.

— O que está fazendo aqui?

Olho para a sala quase vazia ao redor como se a resposta fosse óbvia. A falta de quórum me preenche com uma sensação de sucesso.

— Vim para uma reunião. Pode continuar.

Ela se debruça na mesa, tentando me intimidar, mas não consegue.

— Você não manda em mim. Não é meu chefe depois do expediente.

— Enquanto estiver em propriedade da empresa, você ainda é considerada minha funcionária.

— Tudo aqui é propriedade da empresa.

— Perceptiva como sempre.

Os olhos de Zahra se estreitam enquanto suas bochechas assumem um tom interessante de vermelho que eu não tinha visto antes. Não sei por que, fico interessado em saber mais sobre essa versão de Zahra. É um forte contraste com a versão alegre e fã de bottons que ela compartilha com o mundo.

Uma moça morena mais jovem entra na sala carregando uma garrafa de refrigerante, seguida por um homem loiro. Os dois têm traços faciais suaves, o que é um sinal claro de seus diagnósticos de síndrome de Down.

Merda. Não preciso me esforçar muito para tirar conclusões sobre exatamente que tipo de programa de mentoria é esse.

Pela primeira vez em sabe Deus quanto tempo, sinto um arrependimento intenso. Não é de se surpreender que Zahra tenha se irritado tanto com meu comentário. Foi totalmente merecido, com base no tipo de programa que ela está tentando criar aqui.

Caralho. Você é tão escroto, às vezes.

Zahra sorri.

— Agora é sua chance de sair antes que seja tarde demais.

— Acho que eu quero ver isso até o final. — Eu estava falando sério quando comentei sobre desafios. Quanto mais Zahra quer me afastar, mais eu resisto.

A morena mais baixa dá uma cotovelada na costela de Zahra.

— Seja educada. Ele é gato. — Os olhos castanhos amendoados brilham e destacam a suavidade no seu rosto.

Ela se tornou oficialmente minha nova pessoa favorita.

Zahra olha feio para ela.

— Eu sou educada.

Ergo uma sobrancelha.

— Por que você está aqui, na verdade? — Zahra olha para a sala ao redor, que está vazia a não ser por nós quatro.

Eu poderia comentar sobre a falta de quórum, mas isso é culpa minha.

— Estou interessado no programa de mentoria.

Ela bufa.

— O que aconteceu com a sua falta de interesse em contratar criancinhas?

— Eu estava errado.

Ela ergue as duas sobrancelhas.

— Você... bom. Uau. Certo. Achei que não fosse capaz de admitir quando comete um erro.

— Não perca seu tempo esperando pela próxima vez. — Meu comentário é respondido com um pequeno sorriso. — Então, vai começar a reunião ou pretende ficar me encarando a noite toda?

A morena ao lado de Zahra ri baixo.

Os olhos de Zahra alternam entre a mulher e eu.

— Quer saber, Rowan? Tenho a parceira perfeita para você.

Parceira? Nunca aceitei me tornar parceiro de ninguém. Só estou aqui para observar de longe, não para me tornar um *mentor*. Acho que nunca fui mentor de ninguém na vida. Exige falar demais e trabalhar de menos, e acabo tendo que refazer o trabalho da pessoa de todo modo.

A maneira como Zahra sorri me faz me coçar.

— Ani, você vai fazer dupla com Rowan.

A morena ao lado de Zahra gargalha.

— Oba!

Puta merda. Essa risada deveria me preocupar.

* * *

— Então, minha irmã me contou tudo sobre você. — Ani e eu nos sentamos em um banco perto do condomínio. Zahra saiu com o homem, dando tempo e privacidade para que agendássemos nossa primeira saída oficial de mentoria.

— Quem é sua irmã?

Ela olha para mim como se eu fosse o homem mais burro da face da Terra.

— Zahra.

Inclino a cabeça.

— Não sabia que ela tinha uma irmã.

— Surpresa! — Ela sorri.

— Bom, é tarde demais para revogar o cargo de irmã?

Ani me olha com a sobrancelha franzida.

— Por quê?

— Porque nenhuma irmã que a amasse colocaria você para fazer dupla comigo.

— Ah, faça-me o favor. Duvido que você seja tão ruim

— E você sacou isso nos dois segundos desde que me conhece?

Ani abana a cabeça.

— Porque não são muitos os caras que viriam a uma reunião como essa. Lance nunca quis vir.

— Quem é Lance?

— O ex da Zahra.

— Ele deve ser um cuzão.

Ela me acotovela.

— Não fala palavrão.

Ergo as mãos em sinal de rendição.

Ela fica mexendo no elástico de cabelo em seu punho.

— Nunca gostei dele.

— Por quê?

— Porque ele me olhava esquisito. E às vezes eu ouvia ele falar coisas no telefone quando achava que eu não estava escutando. — Ela desvia os olhos. Sua expressão me faz ter vontade de perguntar que tipo de coisa horrível ela pode ter escutado.

— Tipo?

Ela balança a cabeça de maneira agressiva.

— Nada.

— Por que você está protegendo ele?

— Não estou. Já passou, e não quero deixar Zahra triste de novo. — Seu lábio inferior treme.

Uau. Ani se importa muito com a irmã. Embora meus irmãos me amem, duvido que eles iriam aceitar se ferir para me proteger.

Ani bate o ombro no meu.

— Então, por que você veio hoje?

— Eu estava curioso.

— Sobre minha irmã? — O sorriso dela se alarga.

— Sobre a reunião. Não sabia se ela estava planejando um golpe de estado contra mim.

Ani ri baixo.

— Não se preocupe. Seu segredo está a salvo comigo.

— Que segredo?

— Você queria ver a minha irmã. — Ela diz isso num tom cantarolado.

Roubo o cupcake dela.

— Vou pegar isso como pagamento. — Tinha esquecido como era gostar de açúcar, mas seja lá o que Zahra coloca nesses cupcakes, me faz querer mais.

— Ei! Pagamento pelo quê?! — Ela tenta tirar o cupcake da minha mão.

— Pela perturbação emocional que você vai me causar até nós terminarmos isto aqui.

— Hoje é só o primeiro dia. Você ainda tem meses pela frente.

— Então é melhor trazer muitos cupcakes.

Eu me estabilizo no papel de parceiro de Ani. Não porque Zahra mandou, mas porque meio que gosto dela.

Quem sabe Ani possa te dar uma compreensão melhor de quem Zahra realmente é?

Ranjo os dentes.

E se Zahra, talvez, for mesmo uma boa pessoa e você estiver amargurado demais para aceitar isso?

Algo nesse pensamento me perturba. Porque, se Zahra for mesmo uma boa pessoa, isso vai bagunçar minha mente.

Balanço a cabeça. Seria idiotice confiar em alguém com base em umas poucas interações.

CAPÍTULO VINTE
Zahra

Scott e eu entramos em um ritmo confortável com o passar das semanas. Ele não deixa de mandar desenhos toda semana, e também não deixa de ser a primeira pessoa para quem escrevo quase todo dia.

Porém, nas raras ocasiões em que Scott me chama primeiro, sou tomada por uma onda de alegria boba. E hoje ele estourou meu medidor de felicidade com uma única mensagem.

> **Scott:** Vi isto e pensei em você.

Meu coração acelera, revelando exatamente como eu me sinto sobre Scott *pensar em mim*. Abro o link que ele mandou. É um teste do Buzzfeed.

O teste: *Com que personagem de* Orgulho e preconceito *você se parece mais.*

Juro que quase desmaiei de emoção e caí da cadeira. Duvido que ele tenha cruzado com esse teste por conta própria. Ele devia estar procurando loucamente por um motivo para puxar conversa e achou que essa era uma opção.

Sorrio enquanto digito uma resposta.

> **Eu:** Você fez o teste?

> **Scott:** Talvez.

> **Eu:** E DEU O QUÊ?

> **Scott:** Quer a verdade ou uma mentira?

> **Eu:** Sempre a verdade.

A mensagem seguinte demora dez minutos. Fico com medo de tê-lo assustado com minha reação, mas ele volta com uma resposta pela qual eu não estava esperando.

Scott: Elizabeth Bennet.

Morro de rir até minha voz ficar rouca.

Eu: Sério, ela é a melhor personagem.

Scott: É uma mulher.

Eu: Ela é muito mais do que SÓ uma mulher.

Scott: Óbvio, senão não haveria dezesseis versões da história dela.

Scott: Embora eu tenha uma queda pela Lizzy de 2005.

Minhas bochechas ardem de tanto sorrir.

Eu: Você andou assistindo aos filmes?!

Scott: Sim.

Scott: Se você contar pra alguém, vou achar o seu endereço de HP.

Sorrio com sua tentativa de brincadeira.

Eu: Isso foi uma piada?

Scott: Se você precisou perguntar, quer dizer que eu falhei.

Solto uma gargalhada alta.

> **Eu:** Estou brincando.

Quero tirar mais informações dele. Homens como ele não assistem a *Orgulho e preconceito* sem segundas intenções, e tenho um pressentimento sobre o motivo.

> **Eu:** Por que você assistiu?

Os pontinhos surgem e desaparecem vezes e mais vezes antes de sua mensagem seguinte aparecer.

> **Scott:** Eu estava interessado em dissecá-lo de um ponto de vista puramente científico.

> **Eu:** Você é tão nerd.

Sério, com base nos poucos fatos que Scott compartilhou, passei a imaginá-lo como um nerd sexy. Afinal, ele ainda tem uma assinatura da revista *National Geographic* e assiste a programas de perguntas e respostas religiosamente antes de dormir. Se ele não soltasse algumas referências à cultura pop e não tivesse o mesmo gosto musical que eu, eu pensaria que estou sendo enganada por um idoso. Tenho total noção de que essa ainda é uma possibilidade, mas estou esperando o momento certo para pressionar Scott a me encontrar. E a conversa de hoje é o começo perfeito.

> **Eu:** Chegou a alguma conclusão?

Sua resposta é instantânea.

> **Scott:** Sim. Você é tão maluca quanto eu imaginei.

> **Scott:** Mas está no limite de ligeiramente cativante.

Em outras palavras, isso é praticamente um elogio vindo dele. O calor no peito se espalha rapidamente pelo meu corpo.

Passo o resto do dia pensando na minha conversa com Scott. É difícil não tirar conclusões sobre isso tudo, mas por que outro motivo ele assistiria aos meus filmes favoritos? Todas as *dezessete* versões?

Acho que pode ser que Scott goste de mim. Se ao menos ele tivesse coragem, como Lizzy, de me encarar.

Quem sabe um dia.

* * *

Se há uma coisa que ninguém conseguiria ficar bem usando, são sapatos de boliche. Mas é claro que o homem que usa ternos de mil dólares consegue fazer sapatos de palhaço parecerem de marca. Quando Ani sugere o boliche como nossa primeira atividade de mentoria em grupo, eu aceito com entusiasmo. Pensei que uma pista de boliche deixaria Rowan incomodado o bastante para desistir do programa.

Minhas suposições se revelaram erradas no momento em que Rowan chegou, uma hora atrás, com uma bola e sapatos próprios. Tenho quase certeza de que ele os comprou na loja da pista de boliche porque não consegue suportar a ideia de compartilhar nada com a população em geral.

Passo uma hora torcendo para que ele cometa um deslize, desejando provar que minha outra suposição está correta. Ele não tem como estar interessado de verdade em participar do meu programa piloto. *Certo?*

Errado. Cem por cento errado.

Rowan é completamente diferente do que eu imaginava. Embora ainda seja um playboy de camisa polo da Burberry, ele é simpático com minha irmã e o namorado dela. E isso me faz sentir *todo* tipo de coisa.

Ani se senta na cadeira de plástico perto de mim.

— Então, Rowan é fofo.

Lanço um olhar fulminante para ela.

— *Para.*

Uma sensação estranha brota no fundo do meu estômago com a ideia de achar Rowan fofo. Parece errado me interessar por ele ao mesmo tempo que sinto atração por Scott – como se eu estivesse sendo infiel. Isso aumenta a náusea crescente toda vez que me pego olhando para Rowan hoje.

É errado sentir atração pelo chefe, mas é desprezível me interessar por dois caras ao mesmo tempo. Nunca gostaria de magoar ninguém intencionalmente dessa forma depois de tudo por que passei.

— Mas olha para ele ensinando JP a jogar boliche. — Ela aponta para os dois lado a lado.

Acredite em mim, Ani. É exatamente isso que estou fazendo.

Rowan demonstra como lançar a bola corretamente e JP copia o movimento. Ainda não estou cansada de observá-los depois da última hora.

Balanço a cabeça.

— Não vai rolar. Então, o que quer que você esteja planejando, pode parar.

— Não estou planejando *nada*.

— Você fala dele em todas as conversas que a gente tem.

Ela sorri.

— Eu gosto dele.

— Não quer dizer que eu tenha que gostar.

— Mas você gosta de todo mundo!

Eu me ajeito no banco.

— Menos dele.

— Até parece. Você fica vermelha toda vez que ele olha para você.

— Não fico!

Ela empurra meu ombro.

— Fica sim!

— Por que você está me encarando que nem uma maluca, afinal?

— Porque é engraçado. Rowan também fica todo nervoso.

— Ah, sério? — Minha mãe é a culpada disso, por ensinar Ani a acreditar em pó de pirlimpimpim e contos de fadas desde pequena.

Ela ensinou o mesmo a você.

— O que mais você notou?

— Pensei que você não gostasse dele. — Ela ergue a sobrancelha petulante para mim.

Acabo rindo da cara que ela faz. Os olhos de Rowan encontram os meus, causando calafrios em minha pele. Ele volta a atenção para JP, que coloca a bola aos pés de Rowan. Juntos, com a ajuda de Rowan, JP lança a bola na pista.

Os pinos caem na nossa frente. Ani pula e bate palmas enquanto JP dança sem sair do lugar. A sombra de um sorriso agracia os lábios de Rowan antes de desaparecer. JP envolve Ani em seus braços e dá um beijo na bochecha dela. Isso faz meu coração derreter por todo o piso pegajoso de linóleo.

Sinto um calafrio na nuca e me viro para encontrar Rowan me encarando.

— Que foi?

Suas sobrancelhas se unem.

— Nada.

— Sua vez, Zahra! — Ani avisa. — Vai logo. Só faltam trinta minutos para o nosso tempo acabar.

Pego minha bola de boliche rosa do suporte e a jogo. Ela rola antes de virar diretamente para a canaleta, resultando em um saldo de nenhum pino derrubado.

— Seu punho estava girando antes de você lançar — Rowan fala atrás de mim.

Dou meia-volta.

— E você é especialista em boliche desde quando?

Ele encolhe os ombros.

— Joguei na equipe da escola.

A seriedade na voz dele faz com que eu me dobre de tanto rir. Quando paro, encontro o rosto de Rowan fechado como sempre.

— Que foi? — Franzo a testa.

— Esquece que eu ofereci ajuda. — Ele dá as costas e se senta perto de JP.

Ai, Deus. Ele estava falando sério? Eu nem sabia que havia equipes de boliche. Meu estômago mergulha em território perigoso, e minhas bochechas se esquentam com a ideia de fazê-lo passar vergonha.

E se ele estivesse mesmo tentando me ajudar?

Nesse caso, você acabou de pegar o galho que Rowan estendia e quebrar no meio bem na cara dele.

Tento arrumar o punho como Rowan sugeriu, mas minha bola vai parar na canaleta de novo. Ani ri enquanto se levanta para a vez dela. JP a segue como sempre, me deixando sozinha com Rowan.

— Então, equipe da escola, hein? — Tento quebrar o gelo quando me sento perto dele.

Seus braços cruzados se flexionam.

— Posso garantir que suas piadas não são nenhuma novidade para mim.

Dou uma cotovelada nele de brincadeira, mas seu corpo não cede.

— Desculpa. Foi feio rir disso.

— Foi.

— Eu não estava rindo de você.

Ele me encara e eu rio sozinha de novo. O som o faz fechar a cara ainda mais.

Ergo as duas mãos em sinal de rendição.

— Tá, eu estava rindo da situação, mas, para ser justa, nem sabia que existia boliche colegial.

— Não se martirize por isso. Já lidei com coisa pior.

Como o quê?! Quero saber tudo sobre o cara rabugento que jogou boliche na escola e entra num programa de mentoria para pessoas com deficiência, por mais que seja incrivelmente ocupado. Rowan é mais do que aparenta ser, e estou louca para descobrir sobre esse lado novo dele que nunca nem soube que existia.

Há uma estranha parte microscópica de mim que quer poupá-lo de lidar com coisa pior, seja lá o que isso quer dizer.

Uau. De onde veio esse pensamento?

Abortar.

— Até que é legal. As mulheres amam jaquetas esportivas.

— Eu valorizava demais minha reputação para usar aquela jaqueta na escola.

— Por quê?

— Porque só entrei para o time para irritar o meu pai. Ele nunca especificou em que time eu deveria entrar, então eu quis derrotá-lo no próprio jogo dele.

Pestanejo diante da confissão de caráter pessoal.

Ele continua sem parar para respirar, como se tivesse medo de parar de falar se demorasse um segundo a mais.

— Ele se irritava porque eu nunca passei nos testes dos times de "esportes de verdade" como meus irmãos. Enquanto Declan era o quarterback da escola e Cal era o capitão do time de hóquei, eu era... fraco. — Ele limpa a garganta. — Na opinião do meu pai, digo.

Meu coração fica apertado pelo menino que sofria para atender às expectativas do pai. Rowan pode ser rico, mas enfrenta o mesmo tipo de problema que o resto de nós. Expectativas dos pais. Fracassos particulares.

Quero aliviar a tensão dos seus ombros.

— Quer dizer que você não conseguiu comprar um lugar no banco? — Finjo espanto.

— Você está sacando como as coisas funcionam. — O canto do lábio dele se ergue. — Pelo contrário. Eu pagava os treinadores para me manterem fora desses times.

— Por quê? Nunca ouvi falar de ninguém tentando isso.

— Eu não tinha interesse em que me colocassem só para esquentar o banco.

— Você era tão ruim assim?

— Sim. — Um levíssimo tom de rosa enche suas bochechas e eu acho meio fofo.

Fofo? Argh, *Zahra. Não.*

— Estou meio que adorando o fato de que você não é o melhor em *tudo*.

Ele balança a cabeça.

— Uma coisa, Zahra. *Uma.*

— Então você ganhou um campeonato de boliche? — Sorrio.

Os ombros tensos de Rowan relaxam um pouco.

— Eu não perco. Nunca.

— Sua arrogância não tem limites.

Rowan não fala nada, mas o sorriso em seu rosto diz tudo. É um sorriso duro, como se ele não praticasse o movimento há algum tempo. Fico tentada a tocar para confirmar que não estou alucinando, mas mantenho as mãos ao lado do corpo.

Eu não deveria achar tão encantador quanto acho. E definitivamente não deveria querer mais sorrir desse jeito tímido besta.

Durante minha vez seguinte, chamo por Rowan.

— Pode me ajudar, por favor? Um especialista me disse que eu torço o punho.

Seu pequeno sorriso ressurge. Quero tentar tudo que estiver ao meu alcance para fazê-lo sorrir daquele jeito de novo. Agora que sei um pouquinho sobre o tipo de cara que se esconde atrás de ternos feitos de armadura, estou interessada em descobrir mais sobre ele. Danem-se as consequências.

Ele caminha com uma autoconfiança que exclama *Tenho um pau grande e sei como usar.*

Não pense no pau dele.

Rowan pega a bola do suporte e mantém um espaço respeitoso entre nós. Fico desapontada que não seja como nos filmes.

— Então, é assim que você está balançando a bola. — Ele move o braço para trás, fazendo-o girar em um ângulo diagonal esquisito. — Isso faz com que você continue a curva para a lateral e mande a bola diretamente para a canaleta.

Ele demonstra como meu braço balança em um pêndulo na direção oposta. Eu me esforço ao máximo para não cravar os olhos em suas veias enquanto ele demonstra o posicionamento correto, mas sou um caso perdido diante da maneira como seu corpo se movimenta.

— Agora tenta. — Ele me tira dos meus pensamentos.

Tento o balanço que ele fez e falho, a julgar pelo brilho em seus olhos.

— Não. Me deixa te ajudar. — Ele guarda a bola e fica atrás de mim. O calor corporal que emana dele esquenta toda a minha espinha.

Era disso que eu estava falando.

Sua mão roça no meu braço antes de rodear meu punho como uma algema. Ele a segura com um toque levíssimo que faz meu coração bater forte e deixa minha respiração descontrolada.

Sério, ele só está segurando seu punho. Qual é?

Sua voz rouca não passa de um sussurro em meu ouvido, mas eu a sinto bem no coração.

— Tenta de novo.

Movo o braço para trás. Os dedos de Rowan continuam cercando meu punho, me guiando pelo deslocamento correto. Ele repete o movimento algumas vezes.

— Agora tenta sozinha. — Ele passa os dedos pelo meu braço de novo antes de eles desaparecerem.

Faço beicinho, já que ele não consegue me ver, e erro o balanço de propósito porque sou mesquinha.

— Não, mas você foi melhor dessa vez. — Ele balança a cabeça e solta um riso baixo.

Sou recompensada pelo retorno da sua mão ao meu punho enquanto ele me mostra mais uma vez. Dessa vez, quando ele solta, tento de verdade. Meu esforço é recompensado por um de seus sorrisos discretos.

— Perfeito. É bem assim mesmo. Tá, agora tenta mais uma vez. — Ele aponta para a pista.

Dou alguns passos à frente e replico o movimento que ele me ensinou. A bola de boliche sai da minha mão e corre reta pelo piso encerado, seguindo o caminho das setinhas.

Inspiro fundo quando a bola colide com os pinos da frente, fazendo alguns voarem enquanto outros rolam em sentidos opostos. Todos os pinos caem, e um X vermelho se acende sobre o espaço vazio.

Grito e corro direto para Rowan, que encara meus pinos derrubados.
— Consegui! Consegui!

Ele fica paralisado enquanto coloco os braços ao redor da sua cintura. É difícil não notar a batida rápida do seu coração apesar da música alta e dos pinos sendo derrubados.

Seus braços continuam colados ao lado do corpo como se ele não soubesse como retribuir um abraço. Isso só me faz rir junto a seu peito.

— Ei, vocês dois! Nosso tempo está quase acabando! — minha irmã grita.

Eu desperto do momento e salto para longe de Rowan. Seu rosto continua inexpressivo, mas eu sei como o corpo dele reage quanto o toco.

E é muito bom deixar alguém como ele nervoso.

CAPÍTULO VINTE E UM

Rowan

— Então, o que você gosta de fazer nos fins de semana? — Ani rouba um pedaço de algodão-doce do meu cone antes de voltar para o seu lado do banco.

Este banco aleatório no canto de Dreamland se tornou nosso ponto de encontro semanal. Embora minha intenção original de entrar para o programa de mentoria não fosse altruísta, passei a curtir o intervalo de uma hora na minha agenda ocupada porque Ani é uma boa companhia. Nesse tempo em que a conheço, descobri que ela tem algumas das melhores qualidades de Zahra. Ela preenche a maior parte da conversa, me dando a chance de relaxar e ouvir. Graças a ela, consigo passar uma hora sem pensar em Dreamland ou nas demandas dos funcionários.

— Não faço muita coisa além de trabalhar.

Ela finge um ronco.

— Que sem graça.

— O que *você* faz nos finais de semana?

Ela abre um sorriso radiante.

— Saio com o JP. Assisto a filmes. Vou ao shopping fazer compras!

— Parece divertido — digo com a voz monótona.

Ela ri baixo.

— Você não gosta dessas coisas?

— Não. A ideia de ir ao shopping me dá calafrios.

— Zahra também odeia shopping. — Ani sorri.

— Não me diga. — Pressiono os lábios um no outro para conter o sorriso. Ani sempre encontra uma maneira de mencionar Zahra em todas as nossas conversas. No começo pensei que fosse porque ela idolatra a irmã mais velha, o que é verdade, mas suas reais intenções se tornaram claras depois de algumas poucas reuniões. Ela está armando para mim. Ani tenta ser sutil, mas só um cego não veria a forma como seus olhos se iluminam sempre que faço uma ou outra pergunta sobre Zahra em resposta. Ela mata minha curiosidade enquanto eu alimento sua pequena missão.

Ela se empertiga.

— Inclusive, você e Zahra têm muito em comum.

Improvável. Zahra é o contrário de mim em todos os sentidos possíveis. Não tenho como me comparar a uma mulher que consegue iluminar um ambiente apenas com seu sorriso. Ela é como o sol, com todos orbitando ao seu redor para se banhar em seu calor. Ao contrário de mim, que mantenho as pessoas afastadas com minha cara feia.

— Você sempre encontra um jeito de mencionar sua irmã.

Ani ajeita um cacho castanho atrás da orelha.

— Porque vocês se gostam.

— E como você sabe disso? — Minha voz mantém um tom neutro apesar do meu interesse crescente.

— Ela olha para você como se quisesse ter seus bebês.

Engasgo com minha inspiração súbita. Bato os punhos no peito enquanto respiro fundo.

— Definitivamente não acho que seja verdade.

— Você está certo. Eu queria ver a sua reação. — Ela encolhe os ombros.

Inacreditável.

— Você é uma mulher cruel. — Roubo um pedaço do pretzel dela em retaliação.

— Mas minha irmã sorri, sim, para *você*. — Ela diz, com o ar mais doce e inocente.

— Ela sorri para todo mundo — resmungo baixo.

— Como você sabe?

Merda. A pergunta de Ani parece inocente, mas mostra que eu presto atenção em Zahra. O sorriso no rosto de Ani me diz que ela também deve ter notado.

— É difícil não ver.

— Que fofo! — ela exclama. — Eu sabia!

— Sabia o quê?

— Você gosta *sim* da minha irmã.

— Não falei isso.

— Não, mas *sorriu*.

Ai, merda. Não notei isso. *Controle-se.*

— As pessoas sorriem.

Ani só dá risada e balança a cabeça.

— Você não.

— Vamos fingir que essa conversa nunca aconteceu.

— Claro, Rowan. Claro. — Ela pega outro punhado de algodão-doce como pagamento por seu sigilo.

Mas algo no sorriso dela me diz que não estou nada seguro.

* * *

Apago a luz do escritório e tiro o celular do bolso.

> **Eu:** Ei. Acabei seu desenho. Amanhã te mando.

Não havia necessidade de mandar essa mensagem para Zahra, mas parece estranho deixar um dia todo passar sem falar nada. Entre minha agenda cheia e a falta de resposta, fui ficando inquieto com o passar das horas. É um aviso de que estou ficando dependente da companhia dela. Mas não consigo reunir forças para parar.

O celular vibra na minha mão. Zahra me mandou uma foto do seu cubículo, onde ela tem uma centena de Post-Its espalhados na parede.

> **Eu:** Ainda está trabalhando? São 22h.

> **Zahra:** Sim, vovô. Tive uma ideia legal que queria terminar antes de ir pra casa.

> **Eu:** O que poderia ser melhor do que dormir?

> **Zahra:** Jantar.

Franzo a testa enquanto digito a mensagem seguinte.

> **Eu:** Você não comeu nada?

> **Zahra:** Não. Acabei com todos os meus lanchinhos faz horas.

Eu: Que dó.

Eu: Sua ética profissional me lembra Rowan.

Eu me sinto um bosta por fazer referência a mim mesmo, mas sinto certo interesse pela opinião sincera dela sobre mim.

Zahra: Ah, claro! Até parece.

Zahra: Acho que aquele homem vive de energia solar, porque duvido que ele seja humano.

Rio baixo. Seria conveniente e economizaria mais tempo do que dormir.

Eu: Faz sentido. Explicaria a necessidade dele de dar uma volta durante o horário de almoço.

Zahra: Como você sabe dessas coisas?!

Merda. É, Scott, como você sabe dessas coisas?

Eu: Todo mundo sabe que é bom evitar o estacionamento dos fundos ao meio-dia.

Zahra manda alguns emojis gargalhando e outra mensagem.

Zahra: Ah. Não sabia disso!

Eu: É porque você mora dentro de um galpão. Vai pra casa.

Zahra: Eu vou. Eu vou. Talvez daqui a uma hora.

Balanço a cabeça e coloco o celular no bolso. Embora eu fique contente que alguns dos criadores levem seu trabalho a sério como Zahra, não fico feliz em saber que ela está até tarde de barriga vazia.

O caminho para a entrada das Catacumbas não é longe do meu escritório. Enquanto atravesso o túnel, me pego diminuindo o passo perto da entrada do galpão dos criadores.

Você pode entrar e obrigar Zahra a ir para casa e voltar amanhã com a barriga cheia e uma boa noite de sono.

Subo os degraus e abro a porta sem parar para pensar. Já memorizei o caminho até o cubículo de Zahra, e me vejo parando na entrada para vê-la trabalhar. É meio que um entretenimento, com ela mordendo o lábio inferior enquanto pega um Post-It e o dobra em um quadradinho caprichado. Ela se vira e tenta atirá-lo num pote de vidro. Seu lançamento é curto demais, e o papel cai no chão.

— Belo lançamento.

Zahra dá um pulo.

— Que susto! — Ela dá meia-volta e me olha de cima a baixo. — O que você está fazendo aqui?

Fico sem palavras. *O que estou fazendo aqui?*

— Queria ver se alguém ainda estava trabalhando. — Até aí é verdade.

— Por quê? — Ela ergue uma sobrancelha.

— Queria a opinião de alguém sobre uma coisa. — *Puta que pariu. Vai para casa enquanto ainda há tempo.*

— Tá. Manda ver. — Ela sorri enquanto se recosta na mesa.

Sobre o que é que eu poderia pedir a opinião dela?

— Rowan, o que foi?

— Não sei se vale a pena manter nosso brinquedo mais antigo.

Seu rosto todo se ilumina.

— Ah, não! Não se livre dele. Eu adoro o… — O ronco do seu estômago a interrompe, transformando o tom marrom de seu rosto em um vermelho vivo.

Fecho a cara.

— Você não jantou.

— Hmm… como você sabe? — A cor em suas bochechas consegue ficar mais intensa ainda.

É, Rowan. Como você sabe? Merda. Não paro de fazer besteira hoje. Quem imaginaria que manter duas personalidades seria tão difícil?

— Você ainda está trabalhando.

— Sim. Vou acabar daqui a pouco, então só vou... — O estômago dela ronca ainda mais alto, e meu sangue se transforma em lava, correndo furiosamente no ritmo do coração.

Pego o celular.

— O que acha de comida chinesa?

Ela fica boquiaberta.

— Hmm... é boa?

Ligo para um restaurante da região que coloquei nos contatos depois de muitas noites trabalhando até tarde. Não sei do que Zahra gosta, então peço um de cada. Deve ser um exagero, mas prefiro que ela coma algo de que gosta.

Desligo e vejo Zahra ainda me encarando, de boca aberta.

— Que foi?

Ela balança a cabeça.

— Não pensei que você fosse pagar o jantar para mim.

— Estou com fome. Você pode levar o que sobrar — respondo, como se isso resolvesse tudo.

— Mas tenho quase certeza de que você pediu o restaurante inteiro.

Continuo parado em silêncio.

Suas sobrancelhas se unem antes de ela desfazer a expressão em seu rosto.

— *Certo*. Então por que você está pensando em se livrar do nosso brinquedo mais antigo? — Ela se senta no chão, onde tem toda uma variedade de Post-Its, pedaços de papel, marca-textos e outras coisas.

Certo. A opinião que eu queria.

Sigo o exemplo e me recosto na divisória de trás do cubículo.

Zahra ri consigo mesma enquanto tiro o paletó e o jogo do lado das pernas.

— Qual é a graça?

Ela aponta para meu corpo como se isso respondesse minha pergunta.

— Você está sentado no chão.

Olho para mim mesmo.

— E daí?

— É estranho. — Ela cruza as pernas.

Eu a ignoro.

— É um brinquedo antigo. Não sei se vale a pena manter.

Ela inspira fundo.

— Você deve estar brincando! Se vale a pena manter?!

Assinto, sabendo que esse tipo de pergunta pode provocar uma conversa de uma hora. E é exatamente o que acontece. Enquanto esperamos o delivery, Zahra passa o tempo explicando a história por trás do primeiro brinquedo do meu avô, como se eu já não soubesse. Ela entra em grandes detalhes, abordando todos os motivos pelos quais não deveríamos nos atrever a mudar nadinha. Eu me pego sorrindo mais do que o normal, porque o entusiasmo e a paixão dela são contagiantes.

Fico um tanto desapontado quando a comida chega, porque isso a interrompe.

— Precisava mesmo pedir o cardápio todo?

Dou de ombros.

— Não sabia do que você gostava.

Ela me olha com a expressão franzida.

— E por que não me perguntou? — Ela pega duas caixas de cartolina da sacola e as apoia no peito com um suspiro.

Fico em silêncio e tiro uma caixa de arroz frito da sacola. Zahra me passa um garfo embalado em plástico e nós começamos a comer.

Ela solta um gemidinho enquanto dá uma garfada na comida. Sinto o som ir direto para meu pau, e o sangue começa a correr para um lugar onde não deveria.

Respiro fundo.

— Por que está aqui até tarde? Sério.

Ela aponta por sobre o ombro para o pote de vidro cheio de Post-Its.

— Estava trabalhando numa ideia nova.

— E?

— E perdi a noção do tempo.

— Acontece com frequência?

Ela encolhe os ombros.

— Não tem muita coisa rolando na minha vida.

— O que você faz para se divertir? — A pergunta soa natural, como se eu me importasse com outras atividades além do trabalho. Vai ver Ani está me contagiando com seus interrogatórios.

Zahra sorri.

— Eu gosto de ler.

— Por prazer?

Ela acaba jogando a cabeça para trás de tanto rir. Meu peito todo se aquece com a ideia de fazê-la rir assim, e uma sementinha de orgulho cresce dentro de mim.

— Sim. As pessoas leem por outros motivos além do trabalho — ela fala, sem fôlego. — O que *você* faz quando não está trabalhando?

Mando mensagens para você.

— Corro.

— Faz sentido. — Ela revira os olhos.

Os pelos na minha nuca se arrepiam em sinal de alerta.

— Como assim?

Ela limpa a garganta como se pudesse esconder a maneira como suas bochechas assumem um leve tom rosado.

— Nada. Você tem corpo de corredor. — Ela olha para todos os lados, menos para meu rosto.

Hmm. Ela andou me olhando.

— Não que eu fique olhando você ou coisa assim — ela balbucia, e suas bochechas ficam ainda mais vermelhas.

Eu me empertigo, contente com essa nova revelação.

— Certo.

— Só um masoquista corre por prazer.

— Relaxa minha cabeça.

— Se você está dizendo.

Uma gargalhada escapa de mim, fazendo meus pulmões arderem pela corrente de oxigênio.

Zahra sorri.

— É uma pena que você não ria mais.

Porque não tenho muitos motivos para rir. Puxo a gravata, aliviando o aperto ao redor do pescoço.

— Não se acostume.

— Eu não me atreveria. Meio que gosto do fato de ser uma raridade porque torna ainda mais especial. — Seu sorriso é contagiante, fazendo o canto dos meus lábios se erguerem em resposta.

Ninguém nunca chamou minha risada de especial. Caramba, acho que ninguém nunca me chamou de especial em um sentido que não fosse depreciativo. Faz com que eu me sinta... *bem*. Apreciado. Valorizado em um sentido que não tem nada a ver com quanto dinheiro eu ganho ou que tipo de trabalho tenho.

Quero me ver como ela me vê. Porque, aos olhos dela, não pareço um homem carregando uma montanha inteira de expectativas sobre os ombros. Sou apenas Rowan, o tipo de cara que se senta no chão com uma calça cara, comendo delivery em uma caixa e adorando cada segundo.

Enquanto Zahra sorri para mim, me dou conta de que quero ter mais disso com ela. Preciso encontrar uma maneira de fazer isso acontecer sem chamar a atenção para o fato de que sou duas pessoas diferentes na vida dela.

Se ao menos eu soubesse como.

CAPÍTULO VINTE E DOIS
Zahra

Minha irmã está tramando alguma coisa. É o único motivo por trás do seu evento improvisado de mentoria parceira que envolve nós quatro. Rowan pode ser ocupado, mas tenho quase certeza de que minha irmã está com ele na palma da mão. Ani se acha esperta, mas estou de olho nela.

Mas como eu poderia dizer não? O objetivo desse projeto é ajudar os parceiros a se tornarem mais independentes, então eu seria uma baita hipócrita se dissesse à minha irmã que não preciso da ajuda dela.

Pareceu uma aposta segura, mas estou me arrependendo muito hoje. Desde que ela entrou no meu apartamento segurando duas abóboras e exibindo um sorriso travesso.

— Não é nada demais. As pessoas vivem esquecendo coisas. — Ela sorri, revelando um levíssimo brilho nos olhos que me faz inclinar a cabeça. Só vi esse olhar da minha irmã duas vezes, e normalmente nos levou a ficar de castigo.

— Como foi que você esqueceu duas de quatro abóboras? — Aponto para as abóboras gigantes que fazem minha cozinha parecer ainda menor do que já é.

Ela dá de ombros.

— A plantação ficou sem.

— Essa mentira está se despedaçando rapidamente. — Coloco as mãos no quadril como minha mãe.

— Não é mentira. — Seus olhos correm por toda a cozinha para evitar me olhar nos olhos.

— Eles ficaram sem abóboras no começo de outubro? — pergunto, com a voz mais seca.

— Achei estranho! Deve ser uma safra ruim.

Essa mentirosa. Nunca pensei que veria o dia em que minha irmã tentaria *me* juntar com alguém.

Olho para Rowan querendo saber o que ele pensa. Ele nem se dá ao trabalho de olhar para nós porque está totalmente distraído com o celular.

Ótimo. Ele não serve para nada mesmo.

Ani pega uma das abóboras do balcão.

— Eu e JP queremos fazer uma juntos.

— Não me diga — respondo com a voz seca. Minha irmã apaixonada costuma ser adorável e encantadora. Mas agora? É estranhamente inconveniente para mim.

JP escolhe esse momento exato para colocar o braço em volta da minha irmã e dar um beijo na testa dela.

Argh. *Quem estou tentando enganar? Eles ainda são fofos.*

— Vamos lá! — JP pega sua abóbora dos braços de Ani e a leva para a sala de jantar onde *eu* tinha combinado trabalhar com ele.

Suspiro e dou meia-volta.

Ajeito todos os materiais em uma fileira.

— Não precisa participar se tiver coisa melhor para fazer.

Ele tira os olhos do celular com as sobrancelhas franzidas.

— Eu não teria vindo se não quisesse participar.

— Por que você está aqui? — Fico olhando para a cara dele.

Seu rosto continua impassível.

— Porque sua irmã me pediu.

Meu estômago revira, derrubando meu bom humor. *Idiota, achando que ele veio para ficar com você. É óbvio que ele está aqui por causa da Ani. Ele é o mentor dela.*

— Você não devia estar trabalhando? — sondo. Talvez, se eu o lembrar de todas as suas responsabilidades, ele saia correndo pela porta para cuidar de algum e-mail que esqueceu de mandar.

— Hoje é sábado.

Fico olhando para a cara dele.

— Pensei que você trabalhasse todos os dias.

— Eu trabalho.

— A gente precisa mesmo falar sobre equilíbrio entre trabalho e vida.

— Fica fácil quando minha vida é meu trabalho. Não tem o que equilibrar.

Seguro o balcão enquanto dou risada.

— Essa é a coisa mais triste que já ouvi você dizer.

Ele olha para mim com as sobrancelhas franzidas.

— Por quê?

— De que adianta ter tanto dinheiro se você nunca tem chance de aproveitá-lo?

Ele pestaneja. Será que nunca considerou isso antes? Ele pode ser um cara inteligente, mas está precisando de algum tipo de intervenção sobre seu vício em trabalho.

Ele balança a cabeça como se precisasse apagar o que está passando por ela.

— Se o dinheiro não fosse um problema, o que você faria?

Sorrio.

— As opções são infinitas.

Ele ergue uma sobrancelha.

— Esse é um sentimento apavorante vindo de você.

— Bom, para começar, eu doaria para a caridade.

Ele franze a testa.

— Nós apoiamos instituições de caridade.

— Só porque é deduzido dos impostos. Você já foi a um evento de caridade que não incluísse champanhe e caviar?

— Não seja ridícula. Caviar é nojento. — O nariz dele se franze e eu acho uma graça.

Uma graça? Resmungo internamente.

— Bom, talvez você devesse passar um dia trabalhando em um abrigo para pessoas sem-teto. Quem sabe assim você pensaria duas vezes antes de usar sapatos que custam duas vezes mais que o aluguel de uma pessoa.

— Não achei que minha pergunta se transformaria em uma inquisição.

Encolho os ombros.

— Você perguntou. Eu respondi.

— É só isso que você faria com seu volume infinito de recursos? Doaria?

Rio comigo mesma.

— Não tudo. Eu guardaria um pouco para mim e compraria cópias das primeiras edições de todos os meus livros favoritos.

— Livros. — Ele ergue os olhos para o teto como se Deus pudesse intervir. — E seus bottons? Não gostaria de comprar mais?

Fico paralisada.

— O que você quer dizer?

Suas sobrancelhas se franzem.

— Você não compraria mais bottons?

— Não.

— Por que não?

— Porque não é assim que funciona.

— Então como funciona?

Suspiro.

— É uma longa história.

Ele olha para a cozinha vazia ao nosso redor.

— E? Nós temos tempo de sobra.

Meus músculos ficam tensos.

— E não é algo que eu queira compartilhar com você — retruco.

Porra. Meus olhos se arregalam e minha boca se entreabre, mas me contenho para não pedir desculpas.

A testa dele se franze.

— Não sabia que era um assunto delicado.

Não sei se sou eu ou minha imaginação, mas o ar entre nós fica pesado até eu desviar os olhos primeiro.

— É... só que não é um assunto sobre o qual eu converse com muita gente. — Ou ninguém além da minha família e de Claire.

— Entendi.

Não. Ele não entendeu, mas não vou soltar essa história. Alguém como ele nunca teria como entender uma pessoa como eu. Ele é centrado, enquanto eu sou... era... um caco.

Não mais. Você está melhor agora. Mais forte.

Tiro a tampa de uma caneta permanente e a levo na direção do cabo da abóbora.

— Baixe a arma. — Rowan estende a mão e interrompe meu movimento, fazendo uma onda de eletricidade subir pelo meu braço.

Sua piada alivia a tensão entre nós.

— De todas as coisas que estão no balcão, essa é a arma? — Aponto para a faca a poucos centímetros dele.

— É sim, quando você não sabe o que está fazendo.

— Como é que é? Eu ganhei o concurso de esculpir abóboras do nosso prédio no ano passado.

Ele ergue a sobrancelha.

— Tá, isso foi um exagero, mas recebi menção honrosa. Me deram uma faixa e tudo.

Ele joga a cabeça para trás e ri. É o melhor tipo de risada – áspera com um fundo chiado. Como se não conseguisse inspirar oxigênio para sustentar um evento tão raro como esse. Eu me deixo banhar pelo som, e só consigo pensar em como fazê-lo repetir isso.

Ele abre os olhos e se sobressalta.

— Que foi?

— Quem é você, e o que você fez com o verdadeiro Rowan?

As sobrancelhas dele se franzem.

— Do que você está falando?

Pego o celular rapidamente.

— Pode fazer esse negócio de novo?

— Rir?

— Sim. Preciso filmar dessa vez.

Ele perde a batalha contra esconder seu sorriso.

— Por quê?

— Porque é um evento histórico.

— Você é ridícula. — Ele vira a abóbora de ponta-cabeça.

— Ridiculamente incrível — completo para ele.

O sorriso dele evapora como se nunca nem tivesse existido.

Foi alguma coisa que eu falei?

Vai ver ele fica constrangido com pessoas se autoelogiando.

Espio o círculo completamente simétrico dele.

— O que você está fazendo?

Ele pega a faca e começa a cortar a abóbora *pela parte de baixo*.

— Não faça perguntas idiotas.

— Ei! O que aconteceu com "Não existem perguntas idiotas"?

— Quer saber quem inventou essa frase? — ele responde, seco.

Mostro o dedo para ele por trás das costas.

Seu sorriso ressurge e eu conto isso como uma pequena vitória.

— Vou reformular minha pergunta. Por que você decidiu cortar a tampa por baixo?

Ele arranca o último pedaço da abóbora antes de soltar a faca.

— Porque é o que os especialistas dizem.

— Especialistas?

— Sim. Todos os artigos que eu estudei diziam que cortar um buraco na parte de baixo impede que a abóbora ceda.

— Bom, uau. Dessa eu não sabia. — Que tipo de pessoa pesquisa como esculpir abóboras?

Rowan Ainda-Não-Sei-o-Que-o-G-Significa Kane, ele pesquisa. O cara é bastante meticuloso em tudo que faz.

— Sua irmã me enviou uma foto de você com a sua abóbora digna de menção honrosa. Achei que estaria prejudicando a turma se não viesse preparado.

— Como você sabia que nós formaríamos uma dupla?

Suas sobrancelhas se unem.

— Ela me avisou antes.

— E você decidiu vir mesmo assim? — Eu me seguro no balcão para não cair para trás.

Ele dá de ombros. Como ele consegue agir com naturalidade em um momento como esse?

— Por que você veio?

— Porque estava a fim.

Inclino a cabeça para ele. Não sei bem o que pensar de sua revelação. Por algum motivo estranho, Rowan quer estar comigo. Ele está disposto a tirar um tempo de folga.

Mas por quê? O que mudou? Embora possamos ter essa estranha reação química um em relação ao outro, não houve muita coisa de diferente entre nós além do jantar no galpão.

Mesmo assim, ele vem aqui para ficar com você.

— Sua vez. — Ele empurra a abóbora cheia para mim.

— Que nojo. É Ani quem faz essa parte. — Torço o nariz para os miolos da abóbora.

Ele suspira e pega a abóbora de volta.

— Você é incrível! — Sorrio enquanto passo um saco de lixo para ele.

Ele tenta esconder o sorriso olhando para baixo, mas eu percebo mesmo assim. Outra onda de calor me perpassa.

Juntos, Rowan e eu trabalhamos na abóbora. Quando terminamos, chego à conclusão de que gosto de verdade da companhia dele.

CAPÍTULO VINTE E TRÊS
Rowan

Mando uma mensagem antes de conseguir me conter.

> **Eu:** O que você está fazendo?

Arrumo os travesseiros atrás da cabeça enquanto me acomodo na cama para dormir. Essa é a rotina habitual agora, chegar tarde em casa e mandar mensagem para Zahra depois de comer e tomar banho. Faz poucos meses que estou em Dreamland e já entrei em um ritual confortável que só pode levar a uma coisa: dependência.

Uma foto da lição de casa de uma criança surge na tela.

> **Eu:** Está finalmente aprendendo o alfabeto? Legal.

> **Zahra:** Não. Estou dando aula para crianças.

> **Eu:** Às dez da noite? Elas não têm horário para dormir?

> **Zahra:** Têm, mas não consigo ver os meus clientes no horário normal deles com o meu horário novo.

Clientes? Nem sabia que ela dava aulas particulares além de tudo o que faz. Quando ela encontra tempo para cuidar de si mesma se vive tão ocupada ajudando todo mundo?

Alguma coisa parecida com uma pedra afunda em meu estômago. *Culpa?*

Não. Deve ser indigestão.

> **Eu:** Não te pagam o suficiente como criadora?

Zahra: Faço isso como um favor para uma mãe solo com quem eu trabalhava no salão. É só uma vez por semana, então não é nada demais.

Eu: Por quê?

Zahra: Porque ela trabalha em dois empregos e não consegue pagar uma professora particular, por isso ofereci ajuda.

Eu: De graça?

O conceito não faz sentido para mim. Quem trabalha até tarde da noite além de um emprego em tempo integral para ajudar outra pessoa?

Zahra: Claro. Ela precisa mais do dinheiro do que eu e eu gosto de ajudar.

Eu: Mas por que ela precisa trabalhar em dois empregos? Eles dão comida de graça e moradia barata para a gente.

Pensei que medidas como essas existissem para ajudar a aliviar o custo de vida.

Zahra: Nem todo mundo consegue viver com os salários deprimentes de Dreamland.

Lá vem aquela azia brutal de novo, escorrendo pelo meu peito.
Será que estou começando a me importar? Engulo em seco o desconforto.

Zahra: Mas a gente se vira.

Digito uma resposta antes que perca a coragem.

Eu: As pessoas não poderiam se demitir se estivessem descontentes com o salário?

Zahra: Talvez. Eu acharia compreensível.

Hm. Sério? Nossas pesquisas anuais sempre revelam níveis tão altos de satisfação dos funcionários.

Zahra: Mas muitas pessoas amam o trabalho. Algumas famílias até estão aqui há mais de uma geração.

Eu: Como você.

Zahra: Exatamente!

Ela inclui um coração na mensagem, o que é novo para ela. Isso me faz sorrir.
Você parece ridículo, obcecado desse jeito por algo tão pequeno.

Eu: É difícil esquecer a família que toca ukulele e ama Elvis e que por acaso trabalha aqui.

Zahra: É legal que você presta atenção nessas coisinhas.

Eu: Não baixe tanto o seu nível.

Zahra. Acredite em mim. Meu nível foi lá para baixo faz um tempo.

O ardor em meu peito se intensifica. Quero fazer alguma coisa, mas não sei o quê, então me contento com a única coisa que pode deixá-la melhor.

Eu: Quem te machucou? A gente precisa encontrar o endereço de HP dele?

> **Zahra:** Haha que engraçado. Está expandindo seus talentos pro ramo de hacker?

> **Eu:** Por você, eu consideraria.

E estou falando sério.

* * *

Sempre me orgulhei da capacidade de remover minhas emoções de qualquer decisão profissional. Foi preciso um esforço para desenvolver a habilidade, mas eu a aperfeiçoei ao longo dos anos. Fui o primeiro a sugerir demitir dez por cento dos funcionários da Companhia Kane quando a empresa perdeu milhões depois de dois filmes ruins seguidos. Sou conhecido por ser exigente e clínico, desde obrigar funcionários a trabalharem na véspera de Natal até trocar o plano de saúde para melhorar nossas finanças. Por mais que os empregados chorassem, gemessem ou gritassem, nada poderia me convencer do contrário.

Apesar desse treinamento, Zahra conseguiu mexer comigo. Sua conversa calma e controlada sobre a renda dos trabalhadores acabou me afetando. O pensamento continua na minha cabeça durante todos os encontros que tenho com funcionários de Dreamland.

Martha é a gota-d'água.

Franzo a testa para ela.

— Por que você precisa trabalhar no bar? Não te pagamos o suficiente?

Seu sorriso vacila ao mesmo tempo que seu joelho ruim, que precisa desesperadamente de atenção cirúrgica.

— Claro que sim.

— Não minta para mim, Martha. Pensei que tivéssemos uma conexão. — Até deixei que ela fosse embora mais cedo na semana passada, porra.

— Minha conexão com o senhor é mais fraca do que a internet discada da biblioteca da cidade.

Jesus. Ainda existe internet discada? Isso é quase tão triste quanto os tênis surrados que ela alterna com os mocassins.

Sinto repugnância pelo dedão aparecendo pelo buraco na frente do tênis dela.

— Por que você tem um segundo emprego? — Ela morde o lábio frágil. — Não me faça repetir a pergunta.

— Porque meu marido tem um problema cardíaco e os remédios dele custam mais do que um mês de hipoteca. — Os lábios de Martha voltam a se fechar.

— E por que o seu seguro-saúde não cobre?

A encarada que ela me lança me arrepia até os ossos. Ela sempre foi respeitosa e humilde na minha presença, mas a chama em seus olhos seria capaz de arrancar a pele de um homem mais fraco.

— Com o seguro-saúde da empresa, os copagamentos estão muito fora do orçamento.

— E você acha o seu salário insuficiente.

Ela concorda com a cabeça.

— Alguns meses são mais difíceis do que outros. Com as festas chegando e tudo… — Sua voz se perde.

Imagino o picadorzinho de gelo de Zahra batendo no meu coração gelado com a força de uma britadeira. Com a mão, esfrego o ponto ardente no peito.

— Venha comigo.

Volto a entrar no escritório com Martha arrastando os pés atrás de mim de tanto que ela manca.

— Sente-se. — Dou a volta pela mesa e me sento na cadeira.

Ela se senta à minha frente. Seus olhos alternam entre mim e o relógio de pêndulo no canto da sala.

— Não quero ser inconveniente, mas não posso chegar atrasada ao trabalho. Cada hora conta para alguém como eu, porque não ganho tanto quanto os mais novos.

Tenho quase certeza de que esse comentário a envelheceu mais dez anos.

O suspiro alto que solto faz Martha se encolher.

— Me dê um minuto do seu tempo. Desde quando o seu marido tem esse problema cardíaco?

— Ele foi diagnosticado com quarenta e cinco anos, depois que o nosso neto faleceu de repente.

Puta que pariu. Um neto?

Ela continua.

— O estresse acabou com ele. Em vez de ir ao funeral do nosso netinho, ele ficou se recuperando no hospital. Ele nunca superou, até hoje. — Os olhos dela lacrimejam, mas não escorre nenhuma lágrima.

Aperto a parte de cima do nariz. Algo em Martha trabalhar até tarde da noite com o joelho cagado porque não pago o suficiente para ela não me cai bem. É minha culpa que ela não consiga bancar essas coisas.

Não está mais se sentindo tão bem sobre melhorar as finanças da empresa, hein?

Minha pele fica vermelha sob o terno, com a temperatura corporal disparando. No momento, só consigo pensar em uma solução temporária.

Digito um e-mail para o chefe das finanças de Dreamland solicitando um bônus.

— O que você está fazendo? — Sua voz sai em um sussurro.

Viro o monitor para ela conseguir ler o e-mail.

— Pense nisso como seu bônus de Natal.

— Mas nós estamos em outubro. — Ela coloca os óculos de leitura e perde o fôlego. Seus olhos reviram para trás enquanto ela desmaia.

Puta que pariu. É por isso que não pratico boas ações.

* * *

Algo nos meus encontros com Zahra e Martha me deixa curioso para saber mais sobre os problemas ocultos do parque. Tem alguma coisa me atormentando, tirando meu sono enquanto considero a luta diária que os funcionários enfrentam. Seguro-saúde. Fundos de pensão. Poupança. Tudo isso se quebra sobre mim como ondas fortes, e sinto que estou me esforçando para me manter na superfície em meio à culpa crescente.

Parece algo que meu avô acharia importante e que valeria a pena explorar. Ele se importava com os funcionários como se fossem da família, e, embora eu não sinta o mesmo, posso fingir para conseguir o que quero.

Então, hoje de manhã, decidi seguir meu instinto e conversar com Zahra. É hora de falar sobre as preocupações dela como Rowan, o homem que consegue fazer as coisas acontecerem, e não Scott, o panaca solitário que não tem nenhuma influência em Dreamland. Se tem alguém que vai ser honesto comigo sobre os problemas dos funcionários, essa pessoa é ela.

Encontro o cubículo de Zahra vazio, e um suspiro pesado escapa da minha garganta. Demoro apenas alguns passos para chegar à sala de Jenny.

— Cadê Zahra?

Jenny tira os olhos do computador.

— Ela está fazendo um trabalho de reconhecimento. Sabe, aquela mentalidade de "trabalho de campo".

— Temos algum negócio rural que eu desconheça?

Ela entreabre um sorriso raro.

— Ela me pediu um dia de trabalho especial, e estou intrigada para ver o que ela vai criar depois disso.

— O que você quer dizer?

— Ela quer explorar o parque como uma visitante e tomar notas.

— Uma visitante — repito.

As bochechas dela coram enquanto seus olhos perpassam meu rosto como se quisesse determinar minha reação.

— Achei a ideia genial, e pretendo fazer o mesmo com a equipe inteira. Mas alguns hesitaram em abrir mão de um dos dias de folga não remunerada.

Interessante... Por que não pensei nisso antes? Quem sabe um novo olhar sobre Dreamland aumente a criatividade.

Limpo a garganta.

— Considere um dia de folga remunerada por conta da casa.

Ela arregala os olhos.

— Sério? Faz anos que não temos um desses.

Você é mesmo um bosta desalmado. Está aí mais uma coisa que é culpa sua.

Saio da sala de Jenny e mando uma mensagem para Zahra, desta vez como Rowan. Digo a mim mesmo que é só trabalho. Que só estou tentando me encontrar com ela porque quero discutir a semântica, os salários, os benefícios do seguro-saúde e os problemas dos funcionários, uma situação que só fiz agravar ao longo dos anos.

O problema é que a vozinha na minha cabeça me desmascara, sussurrando que não paro de mentir para mim mesmo.

CAPÍTULO VINTE E QUATRO
Zahra

Dou um passo à frente quando a fila avança um pouco. Meu celular vibra e o tiro da mochila.

> **Número desconhecido:** Cadê você?

Passo os olhos para ver se tem alguma mensagem anterior na conversa, mas não há nada. O celular vibra de novo antes que eu tenha a chance de guardá-lo na mochila.

> **Número desconhecido:** É Rowan.

Sério? O que ele quer?

Mantive distância dele nas últimas semanas, desde a pequena manobra de Ani de nos juntar. Tenho medo de acabar fazendo algo de que possa me arrepender. Contando o jantar que ele não precisava pagar para mim e o dia de esculpir abóboras, estou perdendo a batalha contra me manter longe dele. Além disso, me sinto culpada sobre dar mole para Scott ao mesmo tempo em que me interesso mais por Rowan.

Você vai ter que escolher um deles mais cedo ou mais tarde.

Esse pensamento azeda meu estômago. Ranjo os dentes enquanto respondo.

> **Eu:** Do que você precisa?

Adiciono o contato dele enquanto espero a resposta.

> **Lúcifer:** Onde você está?

Reviro os olhos pelo fato de ele ignorar minha pergunta.

> **Eu:** Passeando no parque.

> **Lúcifer:** Tente ser um pouco mais específica.

Alguém tosse atrás de mim e aponta para o espaço enorme que deixei aberto. Peço desculpas e aperto o passo na fila.

> **Lúcifer:** Estou perdendo a paciência.

> **Eu:** Então vá comprar mais um pouco.

> **Lúcifer:** Engraçadinha.

Rio comigo mesma. Ele admitir que sou engraçada faz meu coração bater em um ritmo irregular.

> **Lúcifer:** Por favor, me diz onde você está?

> **Eu:** Olha só você falando "por favor". E dizem que cachorro velho não aprende truque novo.

Boa, Zahra. Mencione a diferença de idade entre vocês. Isso deve mantê-lo longe, já que ele é sete anos mais velho.

> **Lúcifer:** Este cachorro velho aqui sabe fazer mais coisas com a língua do que você imagina.

Ele fez uma piada sexual? Meu corpo queima inteiro com a resposta dele, e não consigo entender a mudança em sua personalidade.

Rowan responde de novo antes que eu tenha a chance de superar meu choque.

> **Lúcifer:** O que eu falei foi bem indecente.

> **Eu:** Acho que hackearam seu celular.

> **Lúcifer:** Posso garantir que não, mas não posso dizer o mesmo do meu cérebro. Eu tenho uma tendência a fazer coisas idiotas perto de você.

Rio alto, me sentindo boba demais com essa confissão. Por causa da sua franqueza, dou uma chance para ele.

> **Eu:** Estou na fila do Castelo do Terror.

> **Lúcifer:** Fila?

> **Eu:** Permita-me explicar a você. Uma fila é uma coisa onde pessoas pacientes esperam quando não têm dinheiro para comprar o passe rápido que a sua empresa vende pelo preço de um fígado.

Um olhar na direção da fila vazia de passe rápido me diz que outros visitantes do parque concordam comigo.

> **Lúcifer:** Se oferecerem duzentos dólares pelo seu fígado, fuja.

Rio enquanto jogo o celular na mochila. As duas pessoas da frente puxam conversa comigo. São um casal fofo do Kansas que viajou até aqui para celebrar a lua de mel. Faço algumas perguntas para eles, incluindo suas partes favoritas e menos favoritas do parque. Eles contam o que pensam, e eu anoto na minha caderneta

— Ei. Você não pode furar a fila! — um visitante grita atrás de mim.

Viro e encontro Rowan atravessando a fila sem prestar nenhuma atenção aos gritos dos visitantes.

Como ele chegou aqui tão rápido?

Ele para ao meu lado, nem um pouco esbaforido.

— Hmm. O que você está fazendo aqui? — Ergo os olhos para ele, observando como seu terno e seus sapatos da Gucci ficam ridículos quando comparados com as roupas casuais de nós, humanos.

— Você não estava no galpão.

— É, tirei o dia de folga.

— Foi o que a Jenny disse.

— Por que você estava me procurando? — Tento manter a voz neutra, mas não consigo.

Rowan sorri para mim.

O homem atrás de nós cutuca o ombro dele.

— Com licença. Você não pode furar a fila. Estamos esperando aqui já faz quarenta minutos.

Ele lança um olhar fulminante por sobre o ombro.

— Sou o dono deste lugar.

— Ah, tá. E eu sou o Papai Noel. — O homem puxa a barba branca.

— Pesquisa o nome Rowan Kane no Google. Eu espero. — Rowan bate o sapato no chão.

Há algo na voz de Rowan que faz todos seguirem a sua vontade. É estranhamente fascinante ver enquanto o homem pega o celular e digita na tela.

O olhar zangado do homem desaparece quando a cor se esvai de seu rosto.

— Desculpe, sr. Kane. Não foi minha intenção gritar com você. É que nós detestamos gente que fura fila aqui.

— Tenho certeza de que é o caso de quem não tem dinheiro para comprar um passe rápido — ele responde, com a voz sequíssima.

Meu queixo cai.

— Você não pode falar assim com as pessoas. — Eu me viro, dando as costas para Rowan. Não é de se admirar que todo mundo fuja dele. Ele tem a maturidade emocional de um robô e o charme de um engarrafamento no trânsito.

O casal do Kansas volta a puxar conversa, e eu me concentro neles. O sapato de Rowan bate no chão enquanto ele encara minhas costas. Não estou nem aí se ele der chilique. Por mim, vamos ficar na fila em silêncio.

Rowan suspira tão alto que faz meus ossos tremerem. Qualquer que seja o olhar que ele lança na direção do casal faz com que eles fiquem quietos. Eles se viram e começam a conversar entre si, me ignorando completamente.

Olho por sobre o ombro e o encontro me encarando.

— Pois não?

— Pode me explicar finalmente por que nós estamos nesta fila quando podemos passar na frente de todo mundo?

— Estou vivenciando o parque da perspectiva de um visitante para poder ter ideias para as pessoas que você está tentando atrair.

— Quanta nobreza da sua parte. — Seu nariz se franze. Juro que ele tentou ao máximo não dizer algo ofensivo dessa vez.

— Se você odiou tanto essa ideia, volta para o seu escritório chique. Ninguém pediu para você vir aqui. Aliás, espere. *Por que* você está aqui?

— Eu... — Ele faz uma pausa. — Não sei. — Suas sobrancelhas se franzem.

Seja lá o que esteja rolando no cérebro dele o faz se calar. Nós dois ficamos em silêncio enquanto esperamos, ambos perdidos em pensamentos.

Por que ele está aqui, e por que me deixa boba saber que ele decidiu ficar na fila comigo apesar de detestar a ideia?

Finalmente chegamos à entrada, depois de dez minutos. O Castelo do Terror é uma das atrações clássicas de Dreamland, baseada num castelo mal-assombrado em algum lugar da Inglaterra de um dos filmes da Companhia Kane. Os carrinhos têm formato de meia-lua, com um banco preto que comporta até três pessoas.

Um homem vestindo um terno antigo de três peças nos chama.

— Quantas pessoas no seu grupo?

— Uma — respondo ao mesmo tempo que Rowan diz:

— Duas.

O atendente passa o peso de um pé para o outro.

— Hmm, por favor, agilizem. O carrinho está saindo.

Eu corro e me acomodo no pequeno assento preto. Minha têmpora lateja quando Rowan entra e puxa a alavanca, nos travando juntos no carrinho.

— Por que não me deixa em paz? — digo, com a voz rouca.

— Bem que eu queria saber. — Ele pronuncia as palavras tão baixo que me pergunto se não as imaginei.

Seja como for, sorrio com a ideia de Rowan querer passar mais tempo comigo, mesmo que não saiba o motivo.

Rowan abre as pernas para ficar confortável. Uma coxa musculosa roça na minha, e eu inspiro fundo. Não sei bem o que é mais assustador. Nosso carrinho atravessando a escuridão ou a onda de calor na barriga com a proximidade de Rowan.

Definitivamente Rowan. Eu me ajeito no lugar, ficando mais perto da beira do assento.

— Se chegar mais perto da beirada, você vai cair do carrinho e se machucar. — Ele fala mais alto que os sons mal-assombrados.

— Pensei que você não ligasse.

— Hmm. Talvez eu não esteja sempre cagando e andando.

Meu peito se aperta e eu contenho o sorriso.

O carrinho nos lança em um corredor completamente escuro com risadas maléficas e lamentos de fantasmas ecoando pelas paredes. Maçanetas chacoalham quando outras portas se abrem conforme avançamos em um ritmo lento.

Os olhos de Rowan saltam por toda parte à medida que atravessamos os vários cômodos do castelo. Seus olhos se arregalam quando ele avalia o sótão, onde uma noiva gótica cantarola sobre um caixão.

— Isso é mais medonho do que eu lembrava.

Ergo uma sobrancelha.

— Ah, está com medinho? Quer que eu segure sua mão?

Ele revira os olhos. Acho o movimento tão estranhamente humano vindo dele que acabo rindo por dentro. O canto da boca dele se ergue de novo enquanto ele contém um sorriso, e eu danço mentalmente em comemoração.

— Quando foi a última vez que você andou nisto? — pergunto.

Suas mãos apertam a barra na nossa frente.

— Eu tinha dez.

— Dez?! Faz séculos, então.

— Assim você me faz sentir velho.

Meu corpo todo treme com a risada.

— Desculpa.

— Ainda lembro que Cal chorava toda vez. A reação dele sempre fazia minha mãe dar risada, então a gente insistia para ele vir junto várias vezes.

Inspiro fundo. Nunca o ouvi falar da mãe assim antes.

— Que fofo que vocês faziam isso pela sua mãe.

Ele tosse.

— Duvido que Cal concordasse.

— Qual era o brinquedo favorito dela?

— Todos. — Ele sorri, mas seus olhos estão tristes. Estendo a mão e aperto seu punho tenso. Não sei o que pensei que conseguiria fazer com isso. Tranquilizá-lo? Consolá-lo? Que ideia ridícula. Ele não precisa disso. Tiro a mão, mas Rowan a segura com firmeza na barra. O roçar do seu polegar nos meus dedos faz uma faísca subir pelo meu braço.

Prendo a respiração. Ele recua e solta minha mão.

Nosso carrinho continua a descer devagar para o cemitério mórbido. Estátuas falantes e zumbis voam de um lado para o outro. Um fantasma sai de uma lápide, e Rowan dá um pulo no banco, batendo o peito na barra de segurança na nossa frente. Ela range sob o peso dele, mas não sai do lugar.

Uma gargalhada súbita escapa de mim. Lágrimas se formam nos meus olhos, e não consigo piscar antes que elas escorram.

— Ai, meu Deus. Só essa reação sua já valeu o passeio.

Ele se vira no banco. Seus olhos estão iluminados pelos fantasmas projetados que voam sobre nós.

— Você é do mal.

Uma aranha enorme cai na frente do nosso carrinho e Rowan se encolhe.

— Puta que pariu!

Mais uma risada sai da minha garganta. Nunca o vi falar isso antes, provavelmente porque isso revelaria demais sobre seu estado de espírito.

Seus lábios formam uma linha tensa, mas os olhos continuam brilhantes.

— Devia ter visto a sua cara. Impagável. — Ele balança a cabeça. — Talvez eu tenha me mijado um pouco de tanto rir.

— Encantadora como sempre, Zahra.

Algo na maneira como ele diz a frase me faz sorrir feito uma idiota.

— Nunca vi um adulto reagir assim a um brinquedo infantil. — Seco discretamente o canto dos olhos outra vez.

— Você não é tão fofa quanto todo mundo pensa. Só uma mulher malvada iria ridicularizar um homem por ter medo desse jeito.

— Você acha que eles tiraram fotos? Eu pagaria um preço insano por essa imagem sem pensar duas vezes. — Meu rosto parece que vai rachar ao meio de tão grande que está o meu sorriso.

Ele me encara por alguns segundos antes de se virar para a frente.

O percurso acaba rápido demais. Nosso carrinho avança rumo à saída e a barra se ergue, nos soltando. Rowan sai antes, depois oferece a mão para mim.

Fico olhando para a mão dele, piscando para confirmar que meus olhos não estão me enganando. Ele revira os olhos mais uma vez e pega meu braço, me puxando antes que o carrinho volte a desaparecer na fila. Penso que ele vai soltar, mas ele segura firme enquanto a plataforma nos leva até uma loja que vende produtos do filme do Castelo de Terror.

— Espera! — digo quando Rowan se dirige às portas da frente.

Ele solta minha mão, e eu vou até o balcão de fotos. O atendente me ajuda a encontrar a que estou procurando.

Quando ele abre a imagem e a amplia, perco as estribeiras. Minha voz fica rouca de tanto rir.

— Deleta. — Rowan fala atrás de mim. O calor do seu peito aquece minhas costas.

Ergo a mão para impedir o funcionário.

— Não! Por favor, me deixa comprar primeiro. — Dou uma olhada demorada na foto. Sou o retrato da elegância enquanto Rowan parece dois tons mais pálido com os olhos ameaçando explodir para fora das órbitas. E, mais estranho de tudo, seu braço está colado no meu estômago como se ele estivesse tentando me proteger. A ideia é uma graça, e eu quero a foto para nunca me esquecer desse dia.

Corro para tirar a carteira da bolsa. Antes que eu tenha a chance de contar o dinheiro, Rowan estende uma nota nova para o rapaz por sobre meu ombro. O balconista imprime e embala a foto para mim.

Eu me viro e encaro o rosto inexpressivo de Rowan.

— Por que você pagou por ela?

— Porque eu quis.

Sua resposta tem a intenção de me despistar, mas estou de olho nele. Acho que Rowan gosta mais de mim do que está disposto a demonstrar, até para si mesmo.

CAPÍTULO VINTE E CINCO
Zahra

Saímos da loja com meu presente. Sorrio para o céu e sinto o cheiro de cookies frescos no ar.

Rowan tira uma embalagem de antiácido do bolso. Ele coloca um na boca e passa a mão no peito.

— Queimação? — Empurro os óculos escuros sobre o nariz.

— Sim.

— Que interessante. Sempre pensei que você tivesse feito uma cirurgia para tirar tudo de dentro do seu corpo para evitar problemas

— Eu tentei. Mas o médico não se sentiu à vontade com as baixas taxas de sobrevivência.

— Covardes.

Ele solta uma de suas gargalhadas. O tipo que é tão baixo que é difícil ouvir com todos os gritos e risos de crianças ao redor. O som faz um calor se espalhar pelo meu corpo. Acho impossível ignorar.

Preciso mesmo me afastar de Rowan antes que eu faça alguma idiotice do tipo dar outro beijo nele.

— Então, bom te ver. Preciso ir... sabe? Lugares para ir, brinquedos para ver e tudo mais. — Eu me viro em direção ao próximo item da minha lista.

Sua sombra me segue. Ele me pega pelo ombro e me vira com uma suavidade que alguém como ele não deveria ter. Por que é que, toda vez que esse homem me toca, sinto como se o mundo fosse parar para ver?

Ele solta meu cotovelo com a velocidade de uma lesma, os dedos traçando minha pele enquanto tira a mão.

— Por que mesmo você está fazendo isso?

Baixo os olhos para o chão.

— Estou com um bloqueio criativo.

— E essa é a solução? — Ele olha para o parque ao redor com ar de deboche.

— Por que você aceitou se tornar o diretor se odeia tanto este lugar?

— Não odeio. — Seu nariz se franze.

— Então explica a cara que você está fazendo.

— Não te devo satisfação.

— Se você agir como uma criança, vai ser tratado como uma. Tchau! — Aceno sobre o ombro enquanto saio andando para longe dele.

Ele me segue, cortando a distância sem parar para respirar.

— Eu vou junto.

— Por quê? — resmungo.

— Porque eu te acho interessante.

Rowan é a única pessoa que me chama de interessante e faz meu coração palpitar em resposta. Cedo ao seu pedido porque sou um caso perdido quando o assunto é ele.

Continuamos nossa jornada em direção ao Kanaloa, um brinquedo inspirado em um dos deuses havaianos. Sigo em direção à entrada principal, mas ele me guia para a fila rápida.

— Não temos passe rápido para este. — Tento parar, mas sua mão encontra minha lombar, me empurrando para a frente. O calor se espalha a partir da região que sua palma cobre.

Ele aponta para o próprio rosto.

— Você está olhando para ele.

Bufo.

— Nossa, isso foi muito cafona. Não acredito que saiu da sua boca.

Ele continua em silêncio, mas tenho quase certeza de que a mão nas minhas costas treme com uma risada silenciosa.

— Sabe, isso acaba com a minha intenção de vivenciar Dreamland como uma pessoa normal. Eu gosto de conversar com os visitantes e ouvir as opiniões deles enquanto estou na fila.

Ele ignora meu falatório enquanto atravessamos os longos corredores vazios.

— Por que você quer passar tempo comigo, afinal? — pergunto.

Seu bolso chacoalha de novo enquanto ele pega o vidrinho de antiácido e coloca outro na boca.

— Não pode andar nessa montanha-russa se você tiver problemas cardíacos — provoco.

Ele me lança um olhar tão frio que poderia voltar a congelar o Ártico.

— Eu *não* tenho problema cardíaco. É indigestão.

— Ou um efeito colateral crônico por ser um babaca o tempo todo.
— Pisco.

Ele murmura um resmungo indiscernível.

Saímos na área de espera da montanha-russa. A pedido de Rowan, um atendente nos guia para a frente da fila, onde estão os primeiros assentos da montanha-russa.

Balanço a cabeça e aponto para o fundo.

— É ali que nós queremos sentar.

Rowan ergue uma sobrancelha, mas me segue. Nós nos sentamos no fundo do carrinho. Nossos braços se tocam enquanto os coletes de segurança descem, nos travando.

Fico olhando para a frente enquanto o carrinho começa a subir. A fachada cênica de um vulcão havaiano nos rodeia, e um vapor quente respinga pelo ar, tornando-o propositalmente difícil de ver.

Essa é minha parte favorita. Os estalos vão ficando mais altos e meu coração bate mais rápido enquanto vamos subindo pela lateral do vulcão. Com um último impulso, o carrinho desce pela beirada, caindo diretamente em lava de mentira.

Grito, meu estômago subindo pela garganta enquanto o brinquedo torce e se vira. A máscara áspera de Rowan cai enquanto ele ri, os olhos focados mais em mim do que no percurso. Não sei ao certo o que pensar disso. Com base na sensação em meu peito, talvez eu também precise de um antiácido.

A próxima descida rouba minha atenção, e eu grito enquanto somos lançados de cabeça para baixo em um movimento espiralado. Esse é um dos melhores brinquedos de Dreamland.

Meu coração só para de dar pancadas quando o carrinho da montanha-russa para à frente da estação de desembarque.

Eu me viro para encarar Rowan, querendo saber qual foi sua impressão sobre o brinquedo.

— O que você achou?

— Acho que você estourou meus tímpanos. — Seus olhos estão fixos em mim, escurecendo quando ele lambe o lábio inferior. Sua mão se estende e ajeita minhas ondas desgrenhadas.

Meu coração antes calmo volta a acelerar, batendo ainda mais forte que um minuto antes.

— Eu poderia andar nesse brinquedo sem parar que nunca me cansaria.

Ele ergue uma sobrancelha.

— Sem parar?

— Sim! Não faz você se sentir vivo?

Nosso carrinho entra na estação de desembarque. Rowan torce a mão de um jeito chique, e nossos coletes de segurança continuam no lugar.

— Hmm. O que está acontecendo? — Todos os passageiros saem do carrinho, mas nós continuamos sentados. Rowan faz mais um sinal com a mão, e o carrinho sai de novo, vazio exceto por nós. — Por que nós estamos indo de novo? — falo mais alto do que as engrenagens rangendo.

Ele olha para mim, o rosto inexpressivo.

— Você disse que queria ir de novo.

— Sim, mas não pensei que iria acontecer.

— Bom, aqui estamos nós.

O carrinho avança, voltando a subir o vulcão.

— Por que você está passando tanto tempo comigo? Não tem outras coisas para fazer e pessoas para atormentar?

Ele dá de ombros, evasivo.

— Vai ver eu gosto de te ouvir gritar.

— Você é doido.

Fico surpresa que Rowan não me provoca um ataque cardíaco quando *pisca* para mim. Meu coração dispara, e a pele formiga em resposta.

CAPÍTULO VINTE E SEIS

Rowan

Não sei bem o que eu estava planejando quando encontrei Zahra no parque, mas acompanhá-la nesse dia bizarro era a última coisa que eu tinha em mente. Mesmo assim, aqui estou eu, um espectador indefeso, desesperado para fazer parte da órbita dela de qualquer maneira possível.

Hoje eu estava mais do que disposto a ficar em algumas filas compridas com Zahra porque ela disse que precisava vivenciar o parque como o resto do mundo. Deixei de lado toda a minha dieta comendo junto com ela metade do que se vende em Dreamland. Até concordei em andar pela Casa dos Presidentes, também conhecida como a merda da atração mais chata de Dreamland, tudo porque Zahra queria.

Tudo que faço hoje é pelo sorriso doce e pela gargalhada suave de Zahra. Ela tem o magnetismo do Triângulo das Bermudas, e eu sou um avião perdido desesperado para pousar.

Com o sol se pondo, nosso dia está acabando. A ideia de voltar para o escritório me enche de pavor.

— Rápido! — Zahra grita para mim. Ela corre para a aldeia de Natal de inspiração alemã instalada em um canto do parque para a temporada de festas. Dreamland tira proveito dos entusiastas de Natal assim que o Halloween acaba. Não importa se estamos no primeiro dia de novembro: o parque não perde uma oportunidade de lucrar com o espírito das festas.

Com árvores de Natal gigantes ao redor da praça, é como se os visitantes fossem transportados para outro país.

— Vem! — Ela olha a hora no relógio. — Vamos perder se não apertarmos o passo. — Ela nos guia na direção da praça da cidade. Pego dois copos de chocolate quente de uma das barracas e passo um para ela.

Ela sorri para os pequenos marshmallows nadando no topo do copo.

— Como você sabia que eu gosto de chocolate quente?

— Todo mundo gosta de chocolate quente.

— Eu não devia tomar. A gente comeu basicamente tudo que vendem em Dreamland.

— Se você reclamar do peso, vou arrancar meus olhos com esta colher. — Meus olhos descem pelo seu corpo, admirando o fato de suas roupas caírem nela da melhor maneira possível. Ela tem curvas que eu adoraria memorizar com a ponta da língua e o roçar dos lábios. O sangue corre para o meu pau com a imagem mental de Zahra na minha cama, coberta por nada além de um lençol de seda.

Suas bochechas coram quando ela me pega olhando.

— Meu ex me chamava de gorda.

Meu maxilar se cerra a ponto de doer. Essa é a primeira vez que Zahra menciona algo sobre o ex para mim, e eu preferia não ter ouvido nada sobre ele.

— Imagino que seja por isso que ele é um ex.

— Não. Infelizmente não. Mas eu devia ter tomado isso como um sinal.

— De que ele estava perdendo a visão?

Ela solta um riso triste, e percebo que nunca mais quero ouvir essa versão da sua risada. Uma sensação estranha se agarra ao meu peito, insistindo para fazê-la se sentir melhor.

— Sério, que tipo de idiota reclama sobre uma mulher ter curvas? Cá entre nós, você é gostosa pra caralho.

Suas bochechas se convertem em duas manchas vermelhas.

— Por favor, finja que não falei nada.

— Por quê?

— Porque é errado nós termos esta conversa. Você é meu chefe — ela sussurra as palavras como se alguém pudesse nos ouvir.

Meus molares se apertam.

— Tecnicamente eu não sou *seu* chefe.

— Meu contrato diz o contrário.

— Você trabalha para Jenny, que trabalha para mim.

— Bom, você é chefe da minha chefe, o que significa que eu *definitivamente* não deveria comentar sobre o meu ex com você. Então seja um homem gentil e cale a boca. Obrigada, de nada.

Dou uma risadinha enquanto me abaixo e falo no ouvido dela.

— Gentil é a última coisa que eu quero ser perto de você.

Sua pele se enche de arrepios.

— O que você está fazendo?

— Me divertindo.

— Perdi o começo do apocalipse ou coisa assim?

Abro um pequeno sorriso. Seus olhos se arregalam enquanto ela observa meu rosto.

Ela limpa a garganta, pega meu chocolate quente pela metade e joga os copos fora. Quando volta, suas bochechas perderam o rubor. Sinto falta dele.

— Você fica linda quando está constrangida. Se fosse... — Minha resposta é interrompida pela multidão gritando uma contagem regressiva a partir de dez. — Por que eles estão contando?

Ela sorri enquanto ergue os olhos para mim.

— Você vai ver!

A multidão grita um e o caos irrompe. Crianças gritam ao nosso redor enquanto flocos de neve de espuma caem sobre nós. Os tubos escondidos pela estrutura disparam sobre a multidão e cobrem o cabelo e a roupa de todo mundo com neve de mentira. A música de Natal estoura nas caixas de som, inundando a área de alegria natalina.

Zahra ri enquanto limpo o ombro e ergo a espuma para perto dos meus olhos.

— Que porcaria é essa? Não lembro disto aqui quando era criança. — Meus pais nos traziam a esta mesma vila todo ano, mas não lembro de a neve ser parte do programa.

— Começaram no ano passado!

— Espero que isso não manche. — Um arremedo ridículo de floco de neve pousa no meu nariz.

O sorriso dela se alarga enquanto ela fica na ponta dos pés e o tira.

— Não seja tão desmancha-prazeres.

A espuma chove ao nosso redor, caindo no cabelo escuro e nas roupas dela. Crianças gritam e correm de um lado para o outro enquanto fazem anjos de espuma na grama.

— Essas pessoas agem como se nunca tivessem visto neve na vida.

— É porque alguns de nós nunca viram! — Ela ri com a cabeça erguida para o céu.

— Sério?

— Sim. Quem sabe um dia. — Ela ergue a mão para pegar mais espuma.

Uma criança correndo tromba em Zahra, tirando o equilíbrio dela. Estendo a mão e seguro seus braços antes que ela caia no chão. Outro diabinho rápido tromba nela, mas a puxo junto a mim antes que ele a derrube. Suas mãos acertam meu peito e seus olhos fazem os meus de reféns. Ela se encaixa perfeitamente em meus braços, e fico tentado a mantê-la abrigada ao meu lado, onde posso protegê-la de toda a escuridão no mundo, incluindo eu mesmo.

Não tenho certeza sobre o que está acontecendo comigo, mas sei que estou fascinado por Zahra.

Um fio do cabelo dela voa ao vento, passando pelo seu rosto. Sem pensar, pego o fio e o ajeito atrás de sua orelha. Minha pele vibra com o contato, e envolvo sua bochecha para me manter no momento. Os olhos castanhos dela cintilam, apesar do poente.

Tudo ao nosso redor fica devagar enquanto baixo a cabeça. Ela me encontra no meio do caminho, e nossos lábios se encontram. Estou desejando isso desde nosso primeiro beijo. Nossos corpos se encaixam um no outro como duas peças que faltavam em um quebra-cabeça.

A energia crepita onde nossos lábios se tocam, e me alimento disso com o desespero de um viciado. Zahra inspira fundo. Aproveito a oportunidade para traçar o lábio inferior dela com a língua. Seu corpo estremece enquanto seus dedos apertam o tecido do meu terno.

Minha cabeça fica nebulosa e o barulho à nossa volta desaparece quando Zahra intensifica o beijo. Sua língua provoca a minha enquanto ela envolve os braços no meu pescoço. Ela tem gosto de chocolate com hortelã, e estou desesperado por mais. Como se todos os meus sentidos tivessem sido sobrecarregados, com minha espinha formigando e meus lábios vibrando em busca de mais. Mais disso. Mais dela. Mais de nós.

Beijar Zahra é como chegar ao Paraíso depois de uma eternidade passada no purgatório. Como se eu tivesse passado a maior parte da vida andando a esmo, esperando que ela me mostrasse o caminho de volta à luz. Ela é divina e tem malícia suficiente para fazer um pecador como eu querer rezar em devoção.

Gemo enquanto ela se pressiona contra mim. Minha calça mal consegue disfarçar minha ereção, e Zahra prende o fôlego.

Outra criança grita enquanto tromba em nós e nos separa. Zahra cambaleia, mas recupera o equilíbrio sozinha dessa vez.

Ela sai do meu alcance enquanto ergue os olhos para mim com os lábios inchados semiabertos.

— Então...

— Saia comigo para um encontro. — Dou um passo na direção dela.

— Quê?! — Ela aperta a mão na boca como se o gesto pudesse me impedir de beijá-la novamente.

Será que sou o único afetado pela nossa conexão? *Não é possível.*

— Precisa que eu repita?

— Não! Para as duas perguntas.

— Por quê? — Dou mais um passo para perto dela, sentindo seu cheiro fresco de frutas cítricas misturado ao aroma ensaboado dos flocos de neve de espuma.

— Existe um motivo maior além do fato de que você é meu *chefe*?

— Isso nunca impediu você de fazer o que queria antes.

Ela baixa os olhos para o chão.

— Não importa. Você é a última pessoa que eu deveria querer.

Suas palavras me lançam para o passado – o menino que foi rejeitado até aprender a parar de se importar.

A veia na minha testa lateja.

— Pois é, eu não deveria me sentir atraído por uma mulher insuportável que me deixa à beira da insanidade, mas aqui estamos nós. Você representa tudo que eu odeio em uma pessoa.

Ela se enrijece.

— É isso que você realmente sente sobre mim?

Porra. Eu me expressei completamente mal. Não sei como, mas assisti ao sr. Darcy fazer merda dezessete vezes e ainda assim consegui cair na mesma armadilha.

Seus olhos brilham, me fazendo me sentir pior no mesmo instante.

— Merda. Não foi isso que eu quis dizer. — Envolvo seu ombro, mas ela afasta o braço.

— Quer saber? Esquece. Tudo que eu fiz foi inventar justificativas para o seu comportamento porque eu tinha esperanças de que você fosse um cara decente por baixo de toda essa raiva. Mas na verdade você não passa de um babaca que gosta de deixar todo mundo tão infeliz quanto você é. — O lábio inferior dela treme.

Não. Não pode ser verdade. Isso é algo que meu pai faz, não eu. Sou prático e direto. Existe uma diferença entre ser assim e ser um filho da puta infeliz como meu pai.

Mas o jeito como ela olha para mim me faz reconsiderar isso por um segundo.

Meu peito se aperta.

— Zahra, desculpa. Escuta...

— Não quero suas desculpas. Não significa nada vindo de alguém que não faz a mínima ideia do que é remorso.

Eu me sinto tão idiota quanto o cretino do sr. Darcy.

Agora você está se comparando com os personagens fictícios que ela ama? Você está na merda. Completamente na merda.

Meu estômago revira. Fico tentado a retrucar de um jeito mordaz, mas me contenho. Não quero mais ser *aquele* cara. Aquele que perde a garota antes mesmo de ter uma chance. O cara que se esconde atrás de um pseudônimo e espera pelas mensagens dela porque odeio a solidão devastadora que me atinge toda vez que entro na minha casa vazia.

Não. Daqui em diante, vou escolher ser melhor com ela. Mesmo que eu tenha cometido esse erro, ainda posso continuar tentando.

— Esquece que esse beijo aconteceu. Deus sabe que eu vou esquecer. — Ela se vira e sai andando sem olhar para trás.

Algo sobre a partida dela faz meu coração se apertar a ponto de ser difícil respirar. Pego o frasco de antiácido no bolso interno do blazer, mas encontro a porcaria vazia. Essa é a representação perfeita de como me sinto agora que Zahra se foi.

Nada além de vazio.

* * *

Chamar Zahra para sair daquele modo foi imprudente. Eu me deixei levar pelo momento e foi a primeira coisa que pensei. Foi idiota, ainda mais pensando que ela me vê de uma forma e eu a vejo de uma perspectiva diferente.

Pensei que poderia voltar a fingir ser Scott, mas, depois de beijar Zahra, não consigo. Parece... errado. Como se eu não me encaixasse mais nessa persona porque meu interesse em Zahra evoluiu. Não quero fingir que sou algum fracassado que não tem contato com as pessoas. Não quero mais fingir. Ponto.

Então, começo uma conversa nova como Rowan. De agora em diante, é tudo que ela vai ter de mim.

> **Eu:** Preciso que me encontre na minha sala amanhã às oito da noite.

Solto um suspiro aliviado quando ela finalmente responde, uma hora depois.

> **Zahra:** Ok.

Sua resposta simples me deixa nervoso pelo resto da noite. Ela não é o tipo de pessoa que faz coisas simples, e não gostei de receber essa mensagem monossilábica. Ela nunca faria isso com Scott, mas comigo ela nem se esforça.

Parece que você está com ciúme de você mesmo.

Considero cancelar a reunião duas vezes antes de enfiar o celular em uma gaveta e ignorar as mensagens que Scott recebeu de Zahra. Isso precisa acontecer. Ela vai aceitar meu raciocínio por trás do fingimento. Eu não poderia admitir quem eu era para ela quando é difícil confiar em qualquer pessoa além de mim e dos meus irmãos.

E se ela não me perdoar?

Ela vai. Não tem nada de errado no que eu fiz. Não tenho dúvida de que, se ela tivesse sido criada como eu, faria o mesmo sem pestanejar.

Até parece.

CAPÍTULO VINTE E SETE
Zahra

Jogo os ombros para trás e bato na porta da sala de Rowan. Estou preparada para o que quer que ele possa me falar depois da nossa discussãozinha, embora meu coração esteja preso na garganta desde a mensagem dele ontem.

— Entre.

Abro a porta e encontro Rowan sentado do outro lado da mesa. Sua camisa está enrugada, e as mangas arregaçadas, revelando antebraços fortes. O melhor tipo de veia sexy que enche minha boca d'água, e fico tentada a traçá-las com os lábios.

Paro de me mexer quando olho para o rosto dele.

Rowan está usando óculos. Óculos grossos de aro preto que são de algum super-herói que também trabalha como repórter. Sou pega desprevenida pelo visual. *É... nossa... uau.* Deixa o rosto dele mais severo, destacando todos os ângulos afilados. Quero estender a mão e tocar a sombra escura que cobre seu maxilar.

Isso tudo somado ao visual rústico de quem está trabalhando até tarde. Embora um Rowan barbeado seja atraente, essa versão desgrenhada faz meu sangue correr no ritmo do meu coração errático.

— Sente-se. — Ele aponta para a cadeira vazia do outro lado da mesa.

Obedeço, caindo na cadeira. É difícil manter a elegância quando estou prestes a babar.

Rowan pega uma pasta e a coloca em cima da mesa à sua frente. Seus olhos permanecem focados nos punhos cerrados em cada lado da pasta, e tenho quase certeza de que meu coração vai estourar com o silêncio exasperante.

— O que é isso? — Aponto para a pasta. — Por favor, não me diga que é um termo de confidencialidade ou alguma coisa nefasta assim.

Ele tira os óculos. Sinto falta deles enquanto deslizam pela mesa.

— Não. Nada desse tipo.

— Certo, então...

Ele nem me olha nos olhos.

— Eu trouxe você aqui usando um pretexto falso.

— Desculpa. Quê?

— Escute o que eu tenho para dizer antes de qualquer coisa. — Ele ergue os olhos cautelosos para mim.

— Hmm... beleza?

Ele aperta a pasta, fazendo-a entortar.

— Eu tomei uma decisão alguns meses atrás que teve um impacto que durou mais do que eu pretendia. Embora não tenha sido feita com a mais nobre das intenções na época, em pouco tempo se tornou algo de que gostei.

— Não estou entendendo.

Ele aperta a parte de cima do nariz.

— Não sei como contar isso sem te deixar chateada.

Uma sensação fria percorre minhas veias. Se Rowan tem medo de me chatear, não pode ser coisa boa.

— Bom, tente. — Meus dentes rangem. O sangue correndo pelos meus ouvidos torna uma tarefa quase impossível me concentrar.

Ele solta a pasta e a empurra na minha direção.

— Abra.

Começo a olhar os papéis com um dedo trêmulo. A primeira página é um modelo do meu *mandap* para o casamento hindu. Entro em transe enquanto folheio as páginas de desenhos que pedi para Scott fazer para mim. Há até alguns desenhos que nunca chegaram a entrar nas minhas apresentações porque Scott e eu achamos que seria melhor não.

— Scott mandou para você? — Minha voz estremece. De que outra forma Rowan teria acesso a todas essas imagens?

Ele faz que não.

— Vou levar bronca? Pensei que não tivesse problema trabalhar com ele.

— Não. Você não vai levar bronca.

— Mas como é que você tem esses desenhos?

Ele solta uma expiração pesada.

— Porque o Scott não existe.

Meu peito se aperta a ponto de doer.

— O que você quer dizer?

Seu maxilar se cerra.

— Era eu quem estava conversando com você todo esse tempo.

Depois de todas as horas que passei me sentindo culpada por meus sentimentos crescentes por Rowan e Scott, eles eram a mesma pessoa?

— Está tirando uma com a minha cara? — Balanço a cabeça como se pudesse apagar a verdade.

— Não.

Um gosto ácido sobe pela minha garganta. Engulo em seco, tentando aliviar o nó, mas nada ajuda.

Como Rowan pôde mentir assim? Pensei que ele fosse inofensivo em um sentido meio estranho. Que seu humor corrosivo e suas palavras objetivas significassem que ele era uma pessoa curta e grossa, sem tempo para bobagens.

Ai, Deus. O *timing* impecável de Rowan faz todo o sentido agora. Como quando ele apareceu no meu cubículo se oferecendo para pedir comida para mim depois que contei para Scott que não tinha jantado. Seria preciso horas para revirar todas as minhas lembranças para ligar os pontos, mas não me dou a esse trabalho. Só existe uma conclusão.

Eu estava errada sobre Rowan. Ele é o pior tipo de mentiroso, o tipo de homem que me fez acreditar em uma mentira por meses por causa de um joguinho doentio que queria fazer comigo.

As lágrimas enchem meus olhos, mas pisco para elas secarem. Não tenho o direito de ficar chateada com ninguém além de mim mesma. Foi minha culpa ter trocado mensagens com um desconhecido, pensando que poderia sair dessa ilesa. Confiei em Scott apesar dos sinais de alerta que fui idiota demais para ignorar.

Divirta-se, Claire me disse vezes e mais vezes.

Seja corajosa, Ani entoava como um grito de guerra.

E a troco de quê? Esse sentimento em meu peito com a ideia de perder algo que nunca tive? Que porcaria.

Fecho os olhos como se pudesse bloquear tudo que se desenrola diante de mim.

— Por quê?

Por que você faria isso?

Por que mentir para mim por meses?

Por que fingir que se importava comigo?

Tantas perguntas enchem meu cérebro, mas não consigo encontrar as palavras para atacá-lo.

Ele baixa os olhos para os punhos.

— No começo eu não sabia bem quais eram as suas motivações. Trocar aquelas mensagens era um jeito de confirmar que você não estava conspirando secretamente contra mim depois do nosso primeiro beijo.

Ele está falando sério?!

— Você queria me espionar?

— Não. Não espionar. Eu estava conferindo para garantir que você era de verdade.

Estou passada. Não acredito que ele só conversava comigo porque não tinha certeza se eu causaria um escândalo por causa de nós dois. O pensamento machuca.

Ele continua.

— Mas percebi que fui idiota porque você é realmente essa pessoa de bom coração que queria entreter um cara solitário que nunca viu na vida.

— Um cara que nem existe — retruco.

— Eu sou ele. Juro que nunca menti para você como Scott além do óbvio. E, quando percebi o erro que cometi, não consegui parar. Comecei a ficar ansioso pelas nossas conversas, e sabia que você ficaria magoada...

Ergo a mão e fecho os olhos.

— Para.

Ele nem ouve.

— Eu jamais quis que tudo... saísse do controle assim. Várias vezes eu pensei em admitir a verdade porque queria que você olhasse para mim do mesmo jeito que olhava para o seu maldito telefone.

Nem sei o que isso quer dizer, mas eu é que não vou perguntar.

— Considere o sentimento acabado.

Suas sobrancelhas se franzem.

— Você não pode estar falando sério.

— Jura? O que exatamente você sente por mim?

Ele esfrega o lábio inferior com o polegar.

— Quero passar mais tempo com você.

Empurro a pasta na direção dele.

— Seus sentimentos são irrelevantes. Não ligo para o que você quer porque não estou disposta a nada disso. Foi tudo um erro.

Seu corpo todo se firma sob a camisa, fazendo as veias em seus braços se destacarem.

— Eu pretendia parar de enviar mensagens para você, mas não conseguia encontrar coragem para parar. — A declaração que faz abala minha determinação contra ele.

Respiro fundo algumas vezes e avalio o nível da sua traição.

Não. Ele é bom em mentir e dizer qualquer coisa para me manter na sua mão. Chega.

— Não posso confiar em você quando tudo que você faz é mentir. — Minha voz embarga.

Seus olhos se suavizam um pouco.

— Eu juro que todas as nossas conversas foram de verdade. A pessoa que eu sou com você… é quem eu sou. Você deve me conhecer melhor do que ninguém. — Ele tropeça nas próprias palavras.

— Não dou a mínima. — Balanço a cabeça. Como ele pode esperar que eu confie em qualquer palavra que sai da sua boca?

— Juro que queria contar para você.

— Mas me deixe adivinhar: nunca era a hora certa.

Ele faz que sim.

Solto uma risada aguda.

— Vocês, mentirosos, são todos iguais. É incrível como não importam as circunstâncias, pessoas como você encontram um jeito de justificar as próprias ações com o mesmo motivo clichê. — Lance fez um discurso parecido depois que o flagrei com Tammy, e agora Rowan está repetindo o comportamento. A verdade é que nunca haverá a hora certa para partir o coração de alguém.

Ele pestaneja.

— Entendo que você esteja chateada…

Um barulho estranho escapa pela minha garganta.

— Chateada nem começa a descrever como eu me sinto.

Pensei que tivesse uma chance com Rowan. Pode parecer bobagem agora, mas nós parecíamos ter uma… conexão. E com Scott… passei horas demais me sentindo culpada por beijar Rowan enquanto trocava mensagens com ele.

Pelo menos você sabe a verdade agora. Antes que investisse o coração em uma batalha perdida.

Eu me levanto com as pernas trêmulas e pego minha mochila do chão.

— O que está fazendo? — Ele se levanta mais alto do que eu.

— Estou indo embora. Acabamos por aqui.

— É isso? Eu mereço uma oportunidade de me explicar e me desculpar com você.

Balanço a cabeça.

— Está falando sério? Você não merece nada além de um oi por educação quando passarmos um pelo outro no corredor.

— Você vai jogar meses de amizade no lixo por causa disso? Estou abrindo o jogo agora, sendo que nem precisava. Isso não vale nada?

Ele acha mesmo que ser honesto é algum tipo de façanha? Fico olhando para a cara dele, sem entender como poderia esperar algo próximo de parabéns.

Ele é um homem que consegue tudo que quer. Você deve ser a primeira pessoa que se atreve a lhe dar um não.

— Nunca fomos amigos, para começo de conversa. Você fez questão disso quando decidiu mentir para mim como Scott enquanto manipulava minha atração pelo Rowan. — Solto uma risada amargurada. — Talvez o motivo de ter amigos não tenha nada a ver com ser desajeitado ou querer se proteger das outras pessoas. É porque você é cético demais em relação a tudo e todos. Quem iria querer se abrir para alguém assim? Eu é que não.

Ele se encolhe, e eu me sinto péssima no mesmo instante. Essa não sou eu. Não sou o tipo de pessoa que magoa os outros de propósito.

Suspiro, tentando recuperar o controle apesar da raiva.

— Talvez um dia você se abra para a ideia de mostrar ao mundo o seu verdadeiro eu, em vez de se esconder atrás dessa máscara de indiferença. A vida é curta demais para esconder quem você é por medo de se machucar. Assim como é curta demais para dar uma segunda chance a alguém como você.

Eu nunca tinha visto Rowan se encolher antes, e magoá-lo dessa forma me deixa enjoada. Não quero machucá-lo apesar de tudo que ele fez, mas não vou mais me calar. Passei tempo demais me segurando por medo de me impor. Foi o que eu fiz quando Lance roubou minha ideia e quando deixei que Regina me tratasse mal à vontade.

Agora chega.

Saio sem nem olhar para trás.

* * *

Bato a porta do quarto e caio na cama bufando.

Claire coloca a cabeça para dentro. Um lado do cabelo dela ainda está cacheado enquanto o outro está liso como um botton.

— O que aconteceu?

Eu me sento.

— Lembra do Scott?

— Como esquecer *Scott*? — Ela diz o nome dele em tom cantarolado.

— Bom, eu pretendo. Quero fingir que ele nunca existiu, afinal ele nunca existiu mesmo. — Minha voz embarga.

— Do que você está falando? Ele era um vovô, no fim das contas? Tive um pressentimento depois daquela vez que ele citou *Casablanca*.

— Não. Bem que eu queria que fosse esse o problema. Seria uma alternativa muito mais fácil.

Ela se senta na cama e cruza as pernas.

— O que aconteceu?

Meu lábio inferior treme.

— Descobri que *Scott* é na verdade Rowan.

Seu queixo cai antes de ela voltar a fechar a boca.

— Ah. Nossa. Por essa eu não esperava.

Baixo a cabeça entre as mãos.

— Nem eu.

— Como você descobriu?

Conto todos os detalhes que sei até agora. Claire escuta com atenção, interrompendo apenas para pedir explicações quando está confusa.

Ela entrelaça as mãos.

— Bom, não é a pior notícia do mundo.

— Como você pode dizer isso? Ele mentiu! — Pego um travesseiro e o aperto junto ao peito.

— Claro. Não estou justificando. Mas pelo menos você não tem mais que se sentir culpada por estar interessada nos dois.

— É porque não estou mais interessada em nenhum.

— Bom, merda. Claro que não. Ele cagou feio.

— Eu pensei... Ele parecia... quero dizer... — Não consigo encontrar as palavras para descrever como me sinto. Outro dia mesmo eu estava me perguntando se Rowan poderia ser alguém por quem eu me apaixonaria. Mas, depois dessa, não sei como ele espera que eu o perdoe. Porque, se ele consegue mentir na cara dura por meses, quem diz que não vai mentir sempre que for conveniente? Fui tonta demais para não o questionar, para começo de conversa.

Um mentiroso é um mentiroso, não importa que desculpa ele dê. E, para ser sincera, não consigo imaginar nada que valha me enganar por tanto tempo como ele me enganou.

CAPÍTULO VINTE E OITO
Rowan

Eu sou cético? Sim.

Mas covarde? De jeito nenhum.

Vou provar isso para Zahra. Estou disposto a assumir o risco de ser rejeitado se isso mostrar para ela que não preciso me esconder atrás de uma máscara. A pessoa que eu era perto dela é o mesmo cara que sou hoje, e vou garantir que ela não tenha motivos para duvidar de mim. Ela é a primeira pessoa por quem derrubo algumas das minhas muralhas. Nem meus irmãos me conhecem como ela, então eu é que não vou embora só porque ela me desafiou.

Suspiro. Hoje não correu nem de longe como o planejado. A maneira como Zahra reagiu à minha identidade secreta não foi nada ideal. Posso ter sido otimista demais em relação ao possível resultado, achando que ela me perdoaria porque entendia de onde eu vinha. Mas não tive a chance de explicar meu passado e por que estava hesitante no começo. E, para ser sincero, há uma parte de mim que se pergunta se vale a pena me expor assim apesar do risco de Zahra não me perdoar.

Preciso me recompor e planejar o que fazer agora. Em vez de trabalhar até tarde, encerro o dia e vou para casa para malhar, tomar um banho e comer alguma coisa rápida. Quando deito na cama, é meia-noite e quinze.

Pego o celular e dou uma olhada nos e-mails. A rotina típica em que entrei à noite parece mais vazia do que o normal. Eu me acostumei com as mensagens incessantes de Zahra e nossas conversas antes de dormir sobre tudo e mais um pouco.

Coloco o celular na mesa de cabeceira e ligo a TV no noticiário, torcendo para me entediar até pegar no sono.

O celular vibra, fazendo meu coração bater mais rápido em resposta. Será que Zahra se arrependeu do que disse no meu escritório?

Pego o celular da mesa de cabeceira. Um peso aperta meu peito com a mensagem do grupo que tenho com meus irmãos.

Declan: Nosso pai também recebeu uma carta. É oficial.

Cal responde com uma série de palavrões.

Merda. Tive um pressentimento de que ele havia recebido algo, portanto a notícia não me surpreende tanto quanto deveria. Estou mais curioso sobre o que a carta disse porque a relação do meu pai com o vovô era tensa desde a morte da minha mãe. O único motivo por que meu pai assumiu como CEO depois do acidente do vovô foi Declan ainda ser jovem demais, segundo o testamento do vovô.

Eu: Você descobriu o que diz nela?

Declan: Sem novidades ainda. É melhor ficarmos atentos a tudo que ele fizer que considerarmos diferente do normal.

Cal: Quer a lista curta ou a longa?

Declan: Vocês se falaram?

Cal: Ele me ligou semana passada do nada.

Eu: O que ele disse?

Cal: Perguntou se eu precisava de ajuda. Logo eu.

Cal: Queria saber a quem eu devo agradecer por aquela conversa constrangedora. Jim, Jack ou Johnnie?

Declan: Eu avisei o que ia acontecer se você saísse do controle de novo.

Isso de novo não. Declan já forçou Cal a entrar na reabilitação durante a faculdade. Esse foi o gatilho que levou a relação já fraca deles ao limite. Declan pode ter feito isso por amor ao nosso irmão, mas Cal nunca superou.

> **Eu:** Ele perguntou alguma coisa sobre a sua carta?

Vai ver ele estava tentando se aproveitar de Cal porque achou que conseguiria tirar as melhores respostas dele. Eles sempre tiveram a melhor relação de nós três.

> **Cal:** Não. Acho que ele não sabe sobre as nossas.

> **Declan:** Vamos manter assim.

Que bom. Um obstáculo a menos em meu caminho. A ideia de voltar para Chicago normalmente alivia meu desconforto, mas agora só piora minha dor de estômago. Pela primeira vez não parece mais uma escolha fácil, e não sei o que pensar disso.

* * *

Minha primeira ideia para chamar a atenção de Zahra é usando o seu amor pela comida. Funcionou no passado, então posso testar minha teoria na prática.

Eu a encontro bem onde a quero – em sua baia, sem nenhum dos criadores ao nosso redor.

Ela encara o computador antes de digitar em um documento em branco.

Deixo o saco de papel sobre sua mesa.

— Eu trouxe um jantar de desculpas.

Ela empurra o saco para o canto da mesa sem se dar ao trabalho de tirar os olhos da tela.

— Não estou interessada.

Ela continua a clicar no computador. Ranjo os dentes, sem saber como chamar a atenção dela se ela não quer nem olhar na minha cara. A comida deveria causar algum efeito, especialmente se ela estivesse com fome. Mas isso funcionaria apenas se ela realmente quisesse minha companhia.

— Que tal cupcakes de desculpa que eu mesmo fiz? Ani me deu a receita. — Tiro o pote de plástico do saco e o coloco mais perto dela.

Tá, tudo bem. Ani os fez sob minha supervisão, mas dá na mesma.

Ela olha para mim. Seus olhos se fixam na minha cara.

— Você está aqui por motivos relacionados a trabalho?

Franzo a testa diante da frieza de seu tom.

— Não.

— Então saia. Não quero falar com você.

Merda. Essa versão de Zahra é nova. Acho que é pior do que como ela reagiu depois que fiz aqueles comentários idiotas sobre seu programa de mentoria.

— Ao menos me dê uma chance de explicar. Não fiz as coisas do jeito certo da primeira vez, mas tenho um motivo.

— Não existe motivo bom o suficiente no mundo. — Ela se levanta, pega o saco de comida e o enfia em meus braços. Ela enfia o pote de cupcakes em cima da comida chinesa, olhando com cuidado para não estragar a cobertura. Não mereço essa gentileza, mas ela me dá mesmo assim porque é uma pessoa boa pra caramba.

Fiz merda – não só nas minhas atitudes, mas na minha maneira de pensar.

Odeio a encarada que ela me lança. Estou mais interessado em fazê-la sorrir, e me sinto especialmente bosta por ser o motivo da sua raiva.

Se ao menos eu tivesse confessado antes...

— Zahra, eu não devia ter mentido sobre Scott. Eu o usei como uma maneira de...

Minha voz é interrompida por ela guardando as coisas na mochila e desligando o computador.

— Aonde você vai?

Ela nem se dá ao trabalho de olhar para mim.

— Vou para casa. Talvez você devesse fazer o mesmo.

Quero dizer que minha casa é apenas mais um lugar vazio que me faz me sentir triste. Mas não tenho a chance de falar uma palavra enquanto ela sai do cubículo, me deixando parado com um saco cheio de comida intocada e esse vazio dentro do peito.

* * *

— Então digamos que alguém hipoteticamente tenha magoado a sua irmã.

— Ah, não. — Ani bate a mão na cabeça.

Ajeito minha posição no banco para olhar melhor para ela.

— Que foi?

— Foi *você* que magoou minha irmã?

— Não. — *Sim*. Mas como ela sabe disso?

— Eu sabia que ela estava chateada! — Ani se levanta do banco com um salto e começa a andar de um lado para o outro.

Eu me eriço.

— Como assim?

— Porque ela cancelou o nosso jantar. Ela só deixa de ver a família quando está triste ou doente.

Merda. Essa é a última coisa que eu queria.

— Fiz besteira.

Ani revira os olhos.

— Percebi.

— Como eu posso consertar?

— Depende do que você fez.

Vou mesmo confessar meus problemas para Ani a fim de entender melhor a irmã dela?

Sim, acho que vou.

— Então, tudo começou com uma ideia ruim. — Começo a explicar todas as decisões que tomei até este ponto em relação a Zahra. Quanto mais relembro, pior me sinto. As expressões faciais de Ani não ajudam.

— Quê? Fala alguma coisa.

Ela encolhe os ombros.

— Ela gostava muito do Scott. Ouvi quando ela falava dele com a Claire.

Eu enrijeço.

— Me ajuda a ter uma ideia sobre como reconquistá-la e eu fico devendo qualquer coisa para você.

— Qualquer coisa?

Faço que sim.

Ani ajeita o cabelo atrás da orelha.

— Sei não. Se ela acha que você é como Lance, ela pode nunca te dar outra chance.

Não vou nem considerar essa opção.

— Certo. É justo. Mas, se você fosse eu, o que faria?

— Fácil. Dê um motivo para ela confiar em você. Um motivo muito bom. — Ani me responde como se fosse a ideia mais simples do mundo.

Tirando o fato de que não faço ideia de como fazer alguém confiar em mim. Nunca tive motivo para fazer isso.

— Como eu faço isso? Ela não acredita em nada do que eu digo.

— Você é um cara esperto. Dá seus pulos.

* * *

Olho dentro da baia de Zahra. Se ela sente meu olhar sobre ela, ignora. A única coisa que me faz perceber que minha presença a incomoda é a testa levemente franzida.

Entro na zona proibida e me sento na ponta da sua mesa. Os olhos dela se estreitam para o papel. O botton de hoje parece algo vindo dos anos setenta, com o texto estiloso *flower power* cercado por flores. Combina com a camiseta vintage de inspiração retrô e a calça boca de sino. Nunca tinha visto Zahra combinar a roupa com o botton antes, mas é fofo.

— Precisamos conversar.

A única resposta dela é o enrugar das páginas sob os dedos tensos. O silêncio cresce entre nós até um nível desconfortável.

— É considerado falta de educação ignorar seu chefe.

O maxilar dela se cerra.

Olho para o papel que ela tem em mãos e leio o título. *De jeito nenhum.*

Tiro o formulário das mãos dela.

Ela gira na cadeira e me encara.

— Devolve.

— Não.

Suas narinas se alargam.

— Você está agindo como uma criança.

Estou? Já não estou nem aí enquanto rasgo o papel em quatro partes. Ela me encara como se eu tivesse enlouquecido. E, sinceramente, talvez eu tenha, mas ela não pode estar considerando seriamente essa alternativa. Não vou permitir isso.

— Você não vai se demitir. — Jogo o formulário de demissão na lixeira embaixo da mesa dela. Como sou um filho da mãe, faço questão de roçar os dedos no corpo dela. Embora sua pele esteja bloqueada por uma calça jeans, sua inspiração suave me diz outra coisa.

Qualquer que seja o momento, lugar ou circunstância, Zahra se sente atraída por mim. Nada que ela diga ou faça vai me convencer do contrário. Embora eu possa ter feito bobagem, cansei de dar tempo para ela pensar.

Ela cruza os braços.

— Você não pode me obrigar a ficar aqui.

— Eu poderia.

Ela me encara, boquiaberta.

— Não. As coisas estão ficando complicadas demais.

— Então *des*complique.

— Não posso simplesmente desligar meus sentimentos e seguir a vida como se nada tivesse acontecido. — Ela gesticula entre nós com a testa levemente franzida.

— Eu não queria magoar você. — A ideia faz meu coração se apertar de maneira desconfortável no peito.

— Você mentiu sobre quem era por *meses*. Eu me sentia culpada por estar interessada em dois caras diferentes enquanto você sabia o tempo todo quem eu era. Foi cruel. — Sua voz embarga.

Meu corpo todo responde à maneira como seus olhos brilham com lágrimas por cair. Sua reação é muito mais do que estou preparado para enfrentar. Não sei nada sobre como lidar com as emoções de outra pessoa, muito menos quando sou a causa de toda a mágoa.

Estendo o braço para pegar a mão dela, querendo romper seu exterior frio. Ela inspira fundo e rola a cadeira para o mais longe que consegue.

A rejeição dela machuca mais do que eu gostaria de admitir. Odeio a distância entre nós. Não passamos meses nos conhecendo para ela se afastar dessa forma.

— Me dá uma chance de me explicar. Se não estiver convencida de que eu estou arrependido — minha voz baixa por força do hábito —, não vou mais incomodar você sobre isso. Vou deixar você se demitir.

— Sério? — Seu rosto todo se ilumina.

Seu entusiasmo apenas me estimula a provar que ela está errada.

— Com verbas rescisórias e tudo.

Ela assente.

— Certo. Uma tentativa. Estou falando sério.

O entusiasmo dela é quase ofensivo. Quando falei para ela que tinha uma veia competitiva, era verdade. Ela não vai sair dessa. Só preciso descobrir como fazer com que ela fique.

— Perfeito. — Estendo a mão para selar o acordo.

Zahra pega minha mão estendida. Minha pele faísca com a mesma sensação de sempre que ela toca em mim. Traço os dedos delicados dela com o polegar antes de soltar. Ela tenta esconder o calafrio e não consegue.

— Vejo você hoje à noite. — Não posso deixar que ela construa muralhas mais altas. Dar mais tempo só aumentaria o ceticismo dela sobre minhas intenções. Posso gostar de um desafio, mas não sou bobo.

— Hoje à noite?! — ela exclama.

Coloco as mãos no bolso para não cometer nenhuma loucura, do tipo tocar nela.

— Primeira regra dos negócios: sempre discuta os termos antes de concordar.

CAPÍTULO VINTE E NOVE
Zahra

A casa é precisamente algo que eu esperaria que Brady Kane construísse para si. O pórtico adorável que envolve a construção toda parece vazio, mas bem cuidado, com um balanço e uma série de cadeiras de balanço movendo-se suavemente ao vento. É uma casa construída para uma família, e consigo imaginar que ele tenha passado muitos anos com a dele aqui.

Subo os degraus. Minha mão paira sobre a campainha, mas estou hesitante em apertar o botão.

É melhor ir rápido e acabar logo com isso. Aperto a campainha e espero. A porta de madeira range ao abrir menos de um minuto depois, e sou atingida por uma versão de Rowan que ainda não tinha visto. Pisco duas vezes para confirmar que ele está usando uma calça de moletom e uma camiseta. Está com um par de óculos novos, dessa vez com aro de casco de tartaruga.

Meus olhos passam pelos contornos do seu corpo antes de pousar nos pés descalços. Todo o seu visual parece uma tática de guerra completamente injusta contra meu coração acelerado. *É... Ele está... Argh!*

Franzo a testa.

— Oi.

Ele faz questão de dar uma olhada no meu corpo. Não sei como, mas ele faz minha calça boca de sino e minha camiseta vintage parecerem indecentes.

Ele abre mais a porta, me dando espaço para entrar. Não o suficiente, porque seu corpo continua no meio do batente, obrigando nossas peles a roçarem.

Ele me guia na direção de uma sala mal iluminada para uma família de cinquenta. O sofá imenso me faz pensar em uma nuvem em que eu gostaria de mergulhar, enquanto o tapete é tão felpudo que dá para tirar um cochilo nele.

Ele aponta para uma almofada no chão.

— Isso está parecendo demais um encontro — murmuro.

— Não seja cabeça-dura. Eu sei que você está com fome.

Olho feio para ele, odiando que esteja certo. Eu me sento na almofada e cruzo as pernas. Ele pega a sacola, tira as caixas de cartolina e me serve um prato do meu pad thai favorito. Meu coração idiota me trai, apertando-se ao menor sinal da atenção de Rowan aos detalhes.

Controle-se. É só um jantar.

Endireito a coluna.

— Bom. Vamos ouvir seu pedido de desculpas.

— Coma primeiro.

Reviro os olhos com seu comando e mantenho as mãos sobre o colo. Ele suspira.

— Coma, por favor. Não quero que esfrie.

A sombra de um sorriso perpassa meus lábios com seu pedido. Só obedeço porque estou morrendo de fome. Rowan dá uma garfada em sua comida com toda a elegância que eu esperaria da realeza americana. Se ao menos eu ficasse tão bonita enquanto como.

Nós dois fazemos nossa refeição em silêncio. Odeio tanto que acabo falando, porque não aguento mais.

— Então você gosta de desenhar?

O garfo dele cai sobre o prato.

Olha se não sou a rainha das conversas casuais? Sorrio para meu prato, porque deixar Rowan sem graça se tornou meu novo passatempo favorito hoje.

Ele pega o garfo e enrola um pouco de macarrão.

— Eu adorava desenhar.

— Por que parou?

Os ombros de Rowan ficam tensos antes de ele soltar uma respiração trêmula.

— Por que a maioria das pessoas deixa de fazer as coisas que ama?

Eu me identifico com essa pergunta. Depois de tudo que Lance fez, parei de querer criar qualquer coisa. Pausei meus sonhos porque parecia mais fácil do que enfrentar a dor de sua traição. O caminho de menor resistência incluía desligar as coisas que eu amava porque tinha medo demais das consequências.

Pelo menos até Rowan me tirar da minha zona de conforto. E por isso tenho uma dívida com ele. Isso não torna as escolhas dele certas, mas me deixa um pouco mais complacente. Porque, se ele não desse uma chance à minha proposta embriagada, eu não teria finalmente me libertado do resto de mágoa que me prendia.

A única pessoa que tem poder sobre mim sou eu mesma. Não Lance. Não meus erros do passado. E definitivamente não o medo.

Puxo uma linha solta da calça jeans.

— Não estou perguntando sobre as pessoas. Estou perguntando sobre você.

— Você não vai facilitar as coisas para mim, vai?

— Se pedir desculpas fosse fácil, todo mundo pediria.

Ele ajeita os óculos de um jeito que faz minhas coxas se pressionarem uma na outra para conter a sensação latejante. Tenho certeza de que ele só os colocou para me provocar.

— Meu avô me fez gostar de desenhar desde muito pequeno.

Fico em silêncio e espero, sem querer assustá-lo.

— Ele sempre teve uma coisa especial comigo e os meus irmãos, e desenhar virou o nosso lance. Eu era o único da família além dele que tinha dom para a arte, então acho que ele gostava de ter esse tipo de conexão comigo.

— Que fofo.

Seus lábios se pressionam em uma linha fina.

— O laço que eu tinha com meu avô era diferente do que eu tinha com meu pai. E acho que isso frustrava meu pai. Ele nunca foi ligado à arte, e isso era tudo que eu queria fazer quando era criança. Era como se ele não soubesse como criar uma relação comigo de um jeito que não envolvesse jogar uma bola para mim. — Os olhos dele parecem distantes, como se imaginasse uma vida em outro tempo. — Não me lembro dos meus pais discutindo, mas, quando discutiam, normalmente tinha a ver comigo. — Ele se endireita na cadeira. — Meu pai ficava bravo porque não sabia como criar um laço comigo, então minha mãe chorava. Ficou especialmente ruim depois que ela adoeceu. Acho que ela ficava com receio de que eu e meu pai nunca fôssemos próximos e ela não estivesse lá para ajudar.

Meu peito todo dói com a expressão no rosto de Rowan.

— Câncer, não é?

Ele engole em seco enquanto assente.

— Sinto muito. — Pego a mão dele e dou um aperto tranquilizador.

Ele limpa a garganta e baixa os olhos para o prato.

— Esse foi o começo da minha relação tumultuada com meu pai. Depois de um tempo, abandonei o desenho e troquei por atividades mais condizentes com o que era esperado de mim.

Quero implorar para ele me contar todas as histórias porque estou louca para descobrir mais sobre o homem sentado à minha frente. Rowan deve ter passado anos com emoções reprimidas. A maneira como fala da mãe, a dor rompendo sua face impassível, corta meu coração.

— O que fez você querer parar?

— É... complicado.

Penso que ele vai se segurar, mas ele continua.

— Ele pode não ter me mandado parar com todas as letras, mas fez questão de me tirar todo o prazer de desenhar. Sempre que eu participava de alguma exposição, ele não aparecia, então eu tinha que ver os pais de todos os alunos comemorarem enquanto eu ficava lá sozinho. Chegou a um ponto em que eu não quis mais participar, por mais que meu avô tentasse. Então teve uma vez em que ele encontrou todos os cartões antigos que eu tinha desenhado para minha mãe enquanto ela estava no hospital... — Sua voz embarga. — Ele os destruiu só porque estava a fim. Eram algumas das últimas lembranças que eu tinha dela, e elas se foram depois de uma bebedeira.

— Bebedeira?

Uma veia no maxilar dele lateja.

— Esquece que eu falei essa parte.

Mas não consigo. Quero voltar no tempo e proteger Rowan.

— Tudo bem se você não conseguir falar sobre isso. — Estendo o braço e coloco a palma da mão sobre seu punho cerrado.

— Eu devo isso a você, no fim. — Ele abre a mão, me dando espaço para entrelaçar seus dedos.

Dou um aperto na mão dele antes de recuar.

— Não vou usar um pedido de desculpas como um jeito de arrancar informações de você. É decisão sua compartilhar seu passado.

Ele olha para mim. Como se seus olhos estivessem medindo minha alma, avaliando se encontra algum sinal de mentira.

— Está falando sério?

— Claro. Mas você vai me contar o que te fez querer voltar a desenhar? Se estiver tudo bem falar.

Ele faz que sim.

— Porque os seus desenhos eram terríveis, e eu senti um desejo muito forte de te ajudar.

— Você voltou a desenhar por *mim*?

— Sim — ele murmura.

Sorrio e assinto.

— Ah, uau. Por quê?

— Você quase chorou na sua primeira apresentação.

— *E?* — Esse é o mesmo homem que me falou que estava cagando e andando. Ele querer me ajudar sem nem me conhecer de verdade... não faz sentido.

— No começo eu só queria ajudar você porque achei que seria vantajoso para mim. Você tem o tipo de talento que eu estava buscando para renovar o parque e garantir que... — Ele pisca duas vezes, parando no meio da frase.

— Garantir que o quê?

— Garantir que eu deixaria meu avô feliz. — Ele franze a testa. Será que ele detesta a ideia de precisar do apoio de alguém?

— Entendo. É muita pressão envolvida nesse projeto.

— Você nem faz ideia — ele resmunga baixo.

— Por que você não contratou outra pessoa para me ajudar?

— Eu considerei isso, mas não quis.

— Por quê?

— Porque o meu bom senso me escapou.

— Ou porque você gostava de mim. — Me esforço ao máximo para não sorrir, mas falho miseravelmente.

— De jeito nenhum. Acho você estranhamente irritante e simpática demais ao mesmo tempo.

Eu me debruço sobre a mesa de centro e dou um empurrão no ombro dele.

— Ei! Não existe isso de ser simpática demais.

— Existe no lugar de onde eu venho.

— E de onde você vem?

Seus olhos refletem tanta repulsa que me enche de náusea.

— Um lugar onde as pessoas sorriem demais ou falam de um jeito doce porque têm todas as intenções de usar isso contra mim. É por esse motivo que eu sou cético, para começar.

— Parece horrível.

— Tenho certeza de que você ficaria horrorizada se soubesse o tipo de gente que espreita pelos portões perolados do parque. Dreamland realmente é uma fantasia. É como se todo este bendito lugar fosse intocado pelo mundo real.

— Me fala com o que você teve que lidar, então. Me ajuda a entender por que você é do jeito que é.

Seus punhos se cerram sobre a mesa de centro.

— Quer mesmo saber?

Faço que sim.

— Tá. Mas não é nada bonito.

— A verdade nunca é.

Ele pestaneja para mim. Seus olhos descem do meu rosto para seus punhos cerrados, e ele os abre e fecha repetidas vezes.

Rowan suspira depois do que parece um minuto de silêncio.

— Meu primeiro gostinho da escória da Terra começou na faculdade, quando uma menina aleatória me chamou para o dormitório dela depois de uma festa.

Meu apetite se transforma em náusea ao pensar nele com outra pessoa.

— Antes, eu tive que lidar com as idiotices normais de adolescente... por exemplo, pessoas me usando para viajar de jatinho particular ou ir para Cabo.

— Ah, sim, coisas *normais*.

Ele abre um sorriso tristíssimo antes de o fechar.

— Bom, no lugar de onde eu vim, as pessoas me usaram a vida inteira, mas nunca tinha sido nada ilegal até eu virar adulto. A faculdade abriu meus olhos. Perdi a virgindade enquanto era filmado sem saber com uma câmera escondida. Meu pai pagou muita grana para varrer esse problema para debaixo do tapete antes que a garota fosse à imprensa com o vídeo.

A comida começa a não me fazer bem com essa confissão.

— Está falando sério? Que horror! Por que vocês pagaram para ela? Era ela quem estava errada.

— Porque eu não queria correr o risco. Um vídeo como aquele poderia ser devastador se caísse na mídia, então nós pagamos para ela ficar quieta e entregar o material.

Não consigo fazer nada além de ficar olhando para a cara dele. Ele solta um riso amargurado. Nunca ouvi esse som antes, e espero não ouvir de novo, porque me gela até os ossos.

— Essa foi só a minha primeira experiência. A faculdade foi cheia de merda, mas ainda foi tranquila comparada com a vida adulta.

— Ai, Deus. Tem coisas piores do que chantagem? — Sério, pensei que o dinheiro trouxesse segurança, mas na realidade ele só complica a vida.

Ele faz que sim.

— Já lidei com tudo. Mulheres furando camisinhas com alfinetes quando acharam que eu não estava olhando. Alguém tentando colocar droga no meu drinque em um bar. Teve uma ve...

Balanço a mão.

— Você fala sobre essas coisas como se elas não te incomodassem.

Ele franze a testa.

— Porque eu cheguei a um ponto na vida em que aprendi a esperar isso das outras pessoas. Você não pode se incomodar com uma coisa que espera que aconteça.

— Pensei que esse tipo de coisa só acontecesse em filmes. — Não sei o que me deixa pior: a ideia de Rowan com outra mulher ou uma mulher tentando armar de propósito para ter um bebê com ele.

— Essa é só a ponta do iceberg. Cada situação foi uma lição para mim: um jeito de provar que os meus irmãos estavam certos e que tudo era uma bosta.

Meus lábios se abrem.

— Como você sobreviveu crescendo em um lugar assim?

— Ou você cede à vontade dos monstros ou se torna presa fácil.

Pisco duas vezes, esperando o fim da piada, mas o maxilar de Rowan continua fechado.

— Foi por isso que você mentiu? Porque está muito acostumado a pessoas fazendo isso com você?

Aí está. A verdade exposta bem à nossa frente, esperando a confirmação dele.

— Eu fiz isso porque pensei que se justificasse. Eu não tinha motivo nenhum para confiar em você, e nunca imaginei que sentiria tudo isso.

— Sentiria o quê?

Ele ergue os óculos e esfrega os olhos.

— Estou prestes a fazer merda.

Solto uma expiração trêmula.

— Bom, então se esforce para não fazer.

Ele empurra o prato para longe.

— Meu motivo inicial para falar com você foi egoísta e cruel. Eu estava interessado em descobrir o tipo de pessoa que você era. Sinceramente achei que você fosse uma fraude, e queria provar que estava certo.

Suas palavras *machucam*. Pensei que as intenções dele poderiam ser equivocadas mas boas, porém essa alternativa é a pior possível.

— Sinto muito por alguém como você, que cresceu cercado por tantas pessoas cruéis. De verdade.

Seu lábio superior se curva.

— Há um motivo para nós vivermos com o lema de que o dinheiro vale mais do que a moral.

— Existem duas formas de ser rico na vida, e uma delas não tem nada a ver com a conta bancária.

— Eu vejo isso agora. Vejo isso em *você*.

Meu coração acelera, batendo mais forte contra o esterno como se quisesse dizer a Rowan que também está ouvindo.

Seus olhos continuam fixos nos meus.

— Eu pensei que você iria extorquir dinheiro de mim depois daquele beijo. Uma parte de mim ficou querendo isso, pelo menos para provar que você era tão egoísta quanto o resto de nós. Como você poderia não arrancar dinheiro de mim se eu te assediei daquele jeito? Houve momentos em que pensei que você tentaria alguma coisa mais só para agravar o problema.

— Isso é triste, Rowan. Eu te falei que não ia fazer isso.

— Não tenho um bom histórico com confiança.

— É, estou vendo. — E isso me deixa triste pra caramba.

Entrei aqui esperando não cair em nada que Rowan dissesse porque achava que nada seria bom o suficiente. Mas essa realidade... é trágica. O tipo de vida que ele levou até este momento é um gerador de ansiedade. Sempre vou preferir ser pobre e feliz a rica e infeliz.

— Você provou que eu estava errado toda vez que falou comigo. Você nem sabia quem eu era e estava disposta a me fazer sentir que eu importava para alguém.

Toda a minha determinação desmorona diante de mim como um castelo de cartas.

— Eu ficava orgulhoso em fazer os seus desenhos. Ficava feliz em ver você feliz. — Sua voz embarga, e sinto o som entrar direto em meu coração.

Seus olhos encontram os meus.

— Quanto mais tempo eu passava conhecendo você, mais confirmava minha suspeita mais profunda de um jeito completamente diferente. Você é muito mais do que transparece... e de um jeito que torna você preciosa.

Preciosa? Não se atreva a chorar, Zahra.

— Você é altruísta, atenciosa e disposta a fazer de tudo para ajudar as pessoas ao seu redor. Você dá aula particular de graça, e leva pão e cookies para um velho rabugento. E a parte egoísta de mim queria roubar um pedaço seu para mim. Você me fazia lembrar de como era não me sentir tão solitário o tempo todo, e eu não queria perder isso.

Como é que posso responder a isso? Não tenho essa chance, porque Rowan continua falando.

— Não dei valor à sua bondade, e abusei da sua confiança. Então, por isso, me desculpe.

Pisco para conter as lágrimas.

— O que fez você querer confessar?

— Eu não conseguia continuar fingindo depois do dia que nós passamos em Dreamland. Fiquei viciado na maneira como você fazia eu me sentir, a ponto de não conseguir encontrar um jeito de dizer quem eu era de verdade. Eu tinha medo e não queria que acabasse. Então, em vez de me entregar, encontrei formas de passar tempo com você sendo Rowan enquanto me esforçava para roubar o resto da sua atenção como Scott. Foi uma ideia idiota. Foi injusto da minha parte, mas não me arrependo de nada além de ter machucado você.

Lágrimas brotam nos meus olhos, enchendo meus canais lacrimais. Nunca ouvi Rowan falar tanto, e percebo que é uma pena. A maneira como ele fala... é bonita. Não do jeito superficial, mas de um jeito que me deixa orgulhosa de ser quem sou. De um jeito que me faz pensar que ele se importa com minha alma mais do que tudo.

Ele pode ter mentido, mas suas intenções por trás de continuar a fantasia são tão tristes que quero chorar por ele. Que tipo de pessoa é tão solitária que se prestaria ao papel de mandar mensagens para alguém usando um pseudônimo?

O tipo desesperado para ser amado.

Minha garganta se aperta.

— E o programa de parceria?

Ele grunhe.

— Nossa. Vou parecer um maluco.

Os cantos dos meus lábios se erguem.

— Talvez eu goste do seu tipo de maluquice.

E estou falando a verdade. Qualquer coisa é melhor do que o exterior gelado que Rowan exibe para o mundo.

— Fui eu que roubei todos os papéis exceto um, porque não queria que ninguém tivesse o seu número.

Fico boquiaberta.

— Você o quê? — Puta merda. Até onde isso tudo foi?

Ele tira os óculos e esfrega a mão no rosto.

— Quando você me flagrou, eu estava bravo comigo mesmo por me sentir tão idiota, e descontei em você. Mas daí, quando apareci na reunião, percebi o que você estava tentando fazer por pessoas como a sua irmã. Fui até lá pela primeira vez por motivos puramente egoístas, mas continuei porque gosto da Ani. Ela me faz rir e é um doce, assim como você.

Meus cílios ficam úmidos por lágrimas não derramadas. Nenhum homem comum roubaria todos os papéis com meu telefone a menos que se importasse. E a maneira como ele fala sobre Ani... É tão simples, mas significa tudo para mim. É tudo que eu queria com Lance, mas me foi negado.

Meu coração bate forte como se quisesse escapar pela garganta.

Rowan gosta de mim.

E ele odeia isso.

Meu pequeno sorriso se alarga.

— Por que você está sorrindo? Não ouviu nada do que eu falei?

— Você gosta de mim — digo sem pensar.

— Não. Eu tolero você mais do que a maioria das pessoas. É por isso que quero sair com você.

A risada que escapa de mim faz Rowan recuar.

— Você acha isso engraçado?

— Um pouco. Mas é fofo.

Ele suspira.

Minha ficha cai.

— Você não gosta da ideia de gostar de mim.

— Não posso prometer que não vou fazer besteira de novo. Estou aprendendo ao longo do caminho, mas tem alguma coisa em você que me faz feliz de um jeito que eu nunca senti antes. Então, se quiser se demitir, eu entendo, mas vá sabendo que nunca quis machucar você nem te fazer de palhaça. — Ele me encara, me fazendo sentir exposta de uma maneira totalmente nova.

Ele se importa com você. Ele se importa muito, de verdade.

— Acho que uma parte de mim quer não gostar de você por ser desconfiada, mas outra parte não consegue não se identificar.

Ele não se mexe nem respira.

— O que você quer dizer? Você confia em todo mundo.

Solto um riso triste. Depois de tudo que ele confessou, é justo que eu conte minha história.

— Meu namorado na época partiu meu coração e minha confiança no dia em que o peguei com outra. Ele... nossa. É uma coisa que eu nunca vou conseguir desver. — Tentei eliminar a lembrança do meu cérebro, mas algumas partes ainda ficam. — E, como só um golpe na minha vida não foi suficiente, Lance, esse meu ex, destruiu uma parte do meu coração que nunca vou recuperar.

— O que ele fez? — Sua voz era baixa, exprimindo o mesmo tipo de letalidade que os olhos.

Desvio o rosto, sem conseguir encarar seu olhar.

— Ele roubou minha proposta para a Terra Nebulosa, impressionou os criadores e usou o bônus para comprar um anel de noivado para a amante. — As palavras saem da minha boca em um ímpeto, soando desajeitadas e não ensaiadas.

Ele se debruça sobre a mesa, segura meu queixo com delicadeza e volta minha cabeça para olhar para ele.

— Embora eu sinta muito por ele ter magoado você, não sinto por ter te deixado livre.

Abro um sorriso vacilante.

— Você é sempre tão egoísta?

Os olhos dele brilham.

— Com você, sim.

Balanço a cabeça.

Ele ajeita meu cabelo atrás da orelha antes de traçar meus brincos com o dedo. Sinto um calafrio, e meus pelos se arrepiam por toda a pele.

— Posso ser muitas coisas, mas não sou infiel. E, embora eu tenha mentido para você sobre tudo antes, não vou mentir de novo. Isso eu posso prometer.

Engulo em seco, lutando contra a tensão na garganta.

— Então é isso? Eu devo acreditar na sua palavra e torcer para dar tudo certo?

— Não. Eu sei melhor do que ninguém que palavras não querem dizer nada.

— Então o quê?

Ele se inclina e dá um beijo levíssimo em meus lábios.

— Vou provar para você.

— Como?

Os olhos dele brilham de um jeito que nunca vi antes.

— Prefere que eu mostre ou fale? — Seu tom rouco faz minha pele se encher de uma nova onda de arrepios.

E o sorriso no rosto dele? Absoluta e definitivamente sacana.

Mas a maneira como ele se aproxima de mim de joelhos?

Eu aceitaria qualquer coisa só por essa atitude.

CAPÍTULO TRINTA
Rowan

O perfume de Zahra me envolve como um afrodisíaco. Eu me sento na frente dela antes de a puxar para meu colo. A lateral do corpo dela fica encostada em meu peito, dando espaço para ela sair se quiser.

— O que vai ser? — Ajeito o cabelo dela atrás da orelha antes de cochichar. — Mostrar ou falar?

Estou tendo uma experiência extracorpórea em que quero fazer algo por mim que desafie minha lógica habitual. Que não exija uma lista, uma análise de risco ou pensamentos em excesso. Quero ser livre, ao menos por alguns meses, enquanto estou aqui.

Coloco a língua para fora, sentindo o gosto da pele dela antes de recuar.

Ela inspira e se recosta em mim.

— Mostrar. Sou sempre a favor de mostrar.

Rio baixo. Volto os lábios para o pescoço dela para esconder a maneira como minhas bochechas queimam.

— Não vai ter volta depois disso.

— Acho que não existe hora melhor do que agora. — Ela se vira para mim e dá um beijo suave em meus lábios. Coloca a língua para fora, traçando o contorno dos meus lábios. Algo dentro de mim se quebra. Meses de ansiedade se soltam, e boto tudo para fora. Nossos lábios se fundem um no outro enquanto nos beijamos como nunca.

Minha cabeça trava uma guerra contra o corpo todo, me alertando para ficar longe da onda de sentimentos que disparam dentro de mim. Beijar Zahra é como sentir o gosto do veneno mais doce.

Zahra se contorce e coloca as pernas ao meu redor, empurrando o ventre coberto pela calça jeans contra meu pau, que vai crescendo. O atrito do seu corpo na minha calça de moletom me fez arfar em sua boca.

O mundo todo se desfaz enquanto nos provocamos, mordiscamos, beijamos. Duas línguas duelando uma contra a outra em busca de dominação. Zahra puxa meu cabelo atrás do pescoço, adicionando um toque de dor. Tomo isso como uma permissão para colocar as mãos na sua bunda e apertar, fazendo-a gemer na minha boca. Zahra força meu pescoço para o lado, proporcionando a ela o ângulo perfeito para beijar a base do meu pescoço.

Meu toque começa a explorar conforme ela ganha a coragem de fazer o que quiser com meu corpo. Sua língua se solta e degusta minha pele sensível. Jogo a cabeça para trás e gemo, o que só encoraja o atrevimento dela. Zahra roça o corpo contra meu membro duro. Não consigo impedir meus olhos de revirarem.

Zahra beija com uma ferocidade que quero igualar. Como se pressentisse o tipo de homem que mantive preso por anos e quisesse libertá-lo. Em vez de me entregar ao medo e recuar, trago seus lábios de volta aos meus e liberto a parte de mim que mantive escondida do mundo.

O calor explode pela minha espinha enquanto ela se esfrega no meu pau no melhor tipo de ritmo. Gemo em sua boca, e ela engole esse som como se ele nunca nem tivesse existido.

Eu me afasto com a respiração ofegante.

— Se quiser parar, a hora é agora.

Ela pisca, confusa.

— Quê?

— Se não quiser continuar…

Seus lábios se batem contra os meus, eliminando qualquer outra dúvida. Com suas pernas ainda ao redor de mim, eu me levanto com as pernas trêmulas. Ela ri e me segura com mais firmeza, fazendo meu pau latejar enquanto subo a escada para meu quarto. Cada degrau é uma luta enquanto seus lábios fazem todo tipo de coisa com meu pescoço.

Jogo Zahra na minha cama. Ela solta uma respiração audível que se transforma em um gemido enquanto me ajoelho e me livro rapidamente da sua calça jeans.

Seu olhar queima enquanto ela se apoia nos cotovelos.

Dou um beijo delicado na parte interna da sua coxa antes de tirar sua calcinha.

— Curtindo o show?

— Eu gosto de ver você implorando de joelhos.

— Eu não imploro.

— A prática leva à perfeição.

Aceito seu desafio. Abro suas pernas e vou dando beijinhos por suas coxas antes de devorá-la como um homem faminto. Sua excitação cobre minha língua, e meus olhos reviram. O gemido dela se equipara ao meu. Passo a ponta da língua em uma linha reta da entrada de sua vagina até o clitóris. Sou recompensado por um grito silencioso e suas costas se arqueando na cama.

Não deixo que nenhuma parte de Zahra fique sem ser tocada ou fodida. Minha língua marca seu centro, mostrando a ela exatamente quem manda. Suas pernas tremem em meus ombros. Eu a deixo no limite do orgasmo antes que ela tenha a chance de explodir. Ela geme e puxa meu cabelo sem dó. Simplesmente sorrio antes de passar a língua da entrada até o clitóris, dando uma boa chupada.

Eu pensava que as risadas de Zahra eram viciantes, mas os gemidos ofegantes que ela solta são inebriantes pra caralho. É algo que eu poderia ouvir pelo resto da vida e nunca ficar entediado ou cansado. Enfio um dedo e gemo, encontrando-a molhada para mim. Suas costas se arqueiam na cama, e paro para observar. Ela se inquieta sob meu olhar, e recompenso seu palavrão murmurado com um segundo dedo.

Me enche de uma satisfação profunda saber que essa versão de Zahra é toda minha. Não há dinheiro, fama ou poder que possa tirá-la de mim. Sou eu que ela está desesperada para ter entre as pernas. É meu nome que ela grita para o teto enquanto enfio um terceiro dedo dentro dela.

Ela é toda minha.

Por enquanto.

Deixo a sensação de lado e mudo o ritmo, metendo os dedos nela mais rápido enquanto meus lábios envolvem seu clitóris e o chupam.

Um calor desce pela minha espinha quando Zahra desaba na minha frente. Só paro meu tormento quando os gemidos dela se transformam em arquejos pesados. Dou um beijo suave em sua coxa antes de me levantar com as pernas trêmulas.

— Atendi suas expectativas?

— Eu não conseguiria soletrar a palavra *expectativas*, que dirá definir agora.

Rio enquanto me debruço sobre ela e me apoio nos cotovelos.

— Você tem a melhor risada. — Ela passa a mão nas minhas costas, fazendo outro calafrio descer pelo meu corpo. Os lábios dela se pressionam contra os meus. Sinto outro arrepio enquanto ela passa a língua pelos meus lábios, sentindo o gosto da sua excitação.

Pego a barra de sua blusa e a tiro. O sutiã não dura muito depois de ficar no caminho entre minha língua e seus seios. Meus lábios traçam um caminho de um a outro, chupando o suficiente para deixar uma marca depois. Ela me transforma num maldito animal.

Tudo que eu quero é dar prazer a ela. Fazê-la agarrar os lençóis querendo mais.

Seus dedos se estendem e traçam o contorno do meu membro. Pego os dois punhos dela e os prendo atrás da cabeça.

— Esta noite não é sobre mim.

Estou falando sério. Não a chamei para transar, mas estar com ela na minha cama é um bônus.

Ela faz beicinho.

— Não quer minha ajuda com esse problema aí?

— Você precisa me levar para jantar primeiro.

— Minha boceta não conta?

— *Porra*.

Suas pernas me envolvem de novo, e ela puxa meu quadril de maneira que minha ereção protegida se pressiona contra seu calor. Ela aproveita meu choque e solta as mãos das minhas.

— Para de ser nobre. Não combina com você. — A palma da sua mão traça o elástico da minha calça de moletom. Ela a puxa para o chão, junto com minha cueca boxer. Minha camiseta encontra um fim parecido no chão.

— Não posso oferecer nada mais que uma coisa casual.

Ela para, inclinando a cabeça para mim.

— Tudo bem.

Sério? Pensei que ela hesitaria, no mínimo.

— Estou falando sério.

Ela revira os olhos.

— Tenho certeza que sim. Agora pare de ser clichê e continue com o show.

Minha expressão fica predatória.

As mãos de Zahra passam pelo meu peito, traçando as bordas do músculo.

— Isso é injusto.

— Você não vai reclamar daqui a alguns minutos. — Levo a mão à mesa de cabeceira e tiro uma camisinha de um pacote de emergência que peguei do jato particular da família na semana passada. Ela tira a embalagem de papel-alumínio dourado das minhas mãos antes de traçar a veia na lateral do meu pau com o indicador. Cravo as unhas nas palmas das mãos.

Ela me provoca um pouco mais antes de colocar a camisinha em mim. Não sei como, mas tudo que ela faz é sensual, e estou desesperado para experimentar mais.

— Só para esclarecer: quer que eu grite o seu nome ou o de Scott quando você me comer?

Eu a empurro contra a cama, e ela ri enquanto o ar sai dos seus pulmões.

— Não se atreva.

Os dedos dos pés dela se curvam na minha frente. *Diabinha.*

— Estou avisando: se você fizer isso, pode não conseguir voltar andando para casa amanhã. — Traço a boceta dela com o polegar. Enfio dois dedos dentro dela e, quando tiro, vejo que ainda está molhadinha.

— Andar é superestimado mesmo. — Os olhos dela encontram meus dedos cintilantes enquanto os levo à boca e lambo o brilho deles.

Sua respiração arfa e seus olhos se arregalam. Quero recriar essa expressão quando estiver arrancando o oxigênio dos pulmões dela de tanto a foder.

Os olhos de Zahra continuam hipnotizados enquanto encaixo meu membro e o enfio devagar dentro dela. Suas pernas envolvem meu quadril, me prendendo.

Como se algum dia eu fosse deixar o paraíso que acabei de encontrar.

Ela estremece enquanto recuo para enfiar um pouco mais dentro dela. Suas costas se arqueiam enquanto repito o movimento, só que dessa vez ganhando mais alguns centímetros. Sua vagina aperta meu pau. Cada estocada me leva mais perto de estar enfiado dentro dela. Os calcanhares dela apertam minha bunda, me puxando para junto de seu corpo.

— Me fode de uma vez — ela diz, com a voz rouca.

Um calafrio desce pela minha espinha com o comando, e enfio uma última vez até o talo. As costas dela se arqueiam, revelando os seios completamente para mim. Eu me inclino e passo a língua em seu mamilo.

Zahra gemendo é uma harmonia doce em meus ouvidos.

Sorrio encostado a sua pele.

— Tenho uma última pergunta.

Ela grunhe para mim, e eu acho isso sexy pra cacete.

Eu me levanto, traçando a curva do seu corpo antes de dar um aperto na bunda dela. Tiro o pau alguns centímetros antes de enfiar com tudo dentro dela. O suspiro que ela solta me faz sorrir.

— Ainda quer aquela fita métrica? Eu posso procurar uma agora e resolver a dúvida.

— Não precisa. Tenho quase certeza de que estou conseguindo sentir na garganta.

Um fogo se espalha pela minha pele enquanto aumento o ritmo. O suor escorre em nossos corpos quando encontramos um ritmo constante. Somos duas pessoas perdidas na harmonia de nossas respirações profundas, escravas dos toques eróticos um do outro.

Meto nela vezes e mais vezes. Ela treme a cada estocada, e sinto prazer em observar os seios dela balançarem toda bendita vez. Nunca vi nada tão lindo quanto ela no auge da paixão. A tensão que só parece acontecer quando ela está por perto se acumula a ponto de doer. Enfio e tiro como se tivesse perdido a cabeça, o que não está muito longe da verdade. Mergulho na sensação dela e me delicio com cada som que ela faz.

Nenhuma área da minha pele sai ilesa. Suas unhas se cravam nas minhas costas e ela morde as partes mais sensíveis do meu pescoço todo. Ela é mais selvagem do que eu poderia ter imaginado, e quero testar seus limites.

No fim das contas, eu estava certo. A Senhorita Esfuziante tem, sim, um lado oculto. Só que nunca esperei que fosse esse... A mulher que ela é no quarto é tudo que eu poderia querer e mais.

Se é essa a sensação de estar com alguém que é pura luz do sol, estou disposto a me queimar. Toda. Maldita. Vez.

O segundo orgasmo dela me leva ao clímax, e, quando me dou conta, estou mergulhando em queda livre junto com ela na escuridão.

CAPÍTULO TRINTA E UM
Zahra

Não tem mais volta.

Certo, bom, já não tinha mais volta no momento em que Rowan me fez gozar pela primeira vez hoje. Mas a ficha cai para valer quando ele tira o pau já amolecendo de dentro de mim e joga a camisinha fora.

Fico completamente imprestável depois que Rowan me fode até a beira da inconsciência. O que quer que eu tenha pensado que ele mantivesse preso sob sua fachada fria não chega aos pés desta noite.

Não. É como se Rowan tivesse botado fogo em meu corpo com querosene. Foi... *uau*. Acho que perdi alguns neurônios valiosos por falta de oxigênio.

Fico? Vou embora? Estou em um verdadeiro impasse sobre o que fazer em seguida.

Vá embora. Mantenha o lance casual, como prometido.

Eu me levanto da cama com um resmungo e pego minha blusa do chão. *Agora cadê meu sutiã?*

— O que você está fazendo? — a voz dele estala.

— Me vestindo? — digo com a voz rouca, escondendo o corpo como se ele já não tivesse visto tudo.

Minhas bochechas coram enquanto seus olhos descem do meu rosto até as pontas das unhas rosa do pé.

Sob a luz fraca do quarto, consigo avaliar as curvas e os contornos da obra-prima de Deus. Acho que solto um leve resmungo, mas não sei ao certo. Rowan limpa a garganta, claramente escondendo um riso baixo.

— Então...

Não seja grudenta. Aja com naturalidade.

Como agir com naturalidade quando não se faz ideia do que está acontecendo? Volto à missão de buscar minhas roupas desaparecidas. O sutiã está pendurado de qualquer jeito no abajur, e dou um pulo para o pegar.

— Você está indo embora? — Suas sobrancelhas se franzem. Não sei como, mas ele está com minha calcinha na mão. Estou disposta a me despedir dela se ele curtir esse tipo de coisa. Para ser sincera, estou aberta a tudo que me livre dessa vergonha.

— Hmm. Não é isso que você quer?

— O que te deu essa impressão?

— Então... hmm. Sabe... — Minha ideia brilhante se despedaça quando ele cerra o maxilar.

— Você quer ir embora. — Uma afirmação em vez de uma pergunta.

É... mágoa na voz dele?

Não. Não pode ser.

Ou pode?

Argh. Acho que Rowan acabou com meu bom senso durante a foda hoje.

— Quer que eu fique? — pergunto de uma vez.

Ele leva vinte segundos para responder. *Sim, eu contei*. Era isso ou me derreter sob o olhar cauteloso de Rowan.

— Eu não ia desgostar se você ficasse.

Rio.

— Ai, Deus. Você usa dupla negação. Isso estava destinado ao fracasso desde o começo.

O sorriso que ele abre é meu sorriso favorito de Rowan – o tipo que é tão pequeno que não quero piscar para perder.

— Fiz de propósito.

— Claro que fez. — Reviro os olhos.

Ele tira a blusa das minhas mãos e joga o sutiã para trás do ombro.

Bom, então. Acho que a questão foi resolvida.

Ele me joga de volta na cama antes de puxar o edredom sobre nossos corpos nus. Já fiquei abraçadinha antes, mas, com Rowan, parece mais íntimo. Ainda mais quando ele coloca um braço ao meu redor porque se revela ser um verdadeiro grude.

As surpresas não param de vir hoje. Não sei se meu coração dá conta da tensão.

Rowan pega o controle e escolhe o aplicativo de streaming.

— Qual versão de *Orgulho e preconceito* está a fim de ver hoje?

— Acho que estou no clima de um filme de terror.

— Romance não é considerado um subgênero?

Belisco a costela dele, fazendo-o rir.

— Agora você está tentando ser engraçadinho.

— Tentando? Pelo que me lembro, você me acha bastante engraçado. — Ele se empertiga para se exibir, abrindo seus dentes brancos perolados que ameaçam me cegar.

— Descobri o segredo para fazer você sorrir!

— Qual?

— Orgasmos! Por que não pensei nisso antes?!

A risada que ele solta é diferente de todas que já ouvi antes. Sua cabeça bate no travesseiro e todo o seu peito treme com o som.

Eu gosto muito, muito *mesmo*.

E agora sei que isso é muito, *muito* ruim.

Mas acabo pensando em todos os jeitos de fazer acontecer de novo.

Ele balança o controle remoto na minha frente.

— Escolha ou eu escolho por você.

Decido que agora é um bom teste para ver se *Scott* realmente era sincero sobre as coisas que disse. Afinal, vai ver ele mentiu sobre ter assistido a todas as dezessete versões de *Orgulho e preconceito* para fins científicos.

— Estou no clima de um Matthew MacFadyen hoje.

Bem à moda de Rowan, ele escolhe o certo, provando que é tão doido que assistiu mesmo a todos os filmes. A única coisa que não sei direito é seu motivo para ter feito isso.

Há uma pequena voz irracional na minha cabeça que quer ver mais na situação, mas ela perde para a voz mais forte que diz para aproveitar o momento e deixar todas as expectativas de lado.

* * *

Minha caminhada de volta é prolongada pelo fato de a casa dos Kane ficar a dez minutos a pé do meu apartamento. Rowan se ofereceu para me levar de carro, mas simplesmente revirei os olhos e me despedi com um beijo intenso.

Eu poderia ter deixado que ele me trouxesse. Havia uma parte profunda de mim que estava louca por esse tipo de atenção. Mas eu precisava de certa distância e de uma caminhada para esvaziar a mente depois de uma noite de sexo intenso e, pior, conversas boas. Odeio admitir, mas ainda estou hesitante sobre as intenções de Rowan. Sair com alguém como ele parece um jogo perigoso.

No fim, assistimos ao filme inteiro antes de entrar em um debate acalorado sobre classicismo e a divisão entre os ricos e pobres. Rowan tentou me dar aula sobre os problemas da classe alta e eu tentei apresentar um soco na cara dele.

Certo, brincadeira. Violência nunca é a resposta. Embora eu tenha, sim, ameaçado uma agressão física na forma de negar sexo, o que só me rendeu um orgasmo negado até eu pedir desculpas.

Rowan joga sujo. Está aí uma coisa que aprendi, além do tamanho do pau dele.

Então, basicamente, não faço ideia do que estou fazendo com Rowan, mas talvez isso seja uma coisa boa. Sempre fui o tipo de menina de *rótulos,* e isso não funcionou muito bem a meu favor. Durante o percurso de dez minutos de volta para casa, consolido minha mentalidade positiva. Sou totalmente a favor de manter as coisas casuais por enquanto. Depois de estar em um relacionamento longo que foi de zero a cem, estou disposta a ir devagar e deixar a relação crescer por conta própria. Embora seja arriscado, sei que Rowan se importa, então não há motivos para me preocupar.

Uso minha chave e destranco a porta da frente.

— Claire?

O apartamento está em silêncio, exceto por alguns barulhos vindos do quarto de Claire. Sou inteligente o bastante para não abrir a porta dela sempre que escuto John Legend cantando. Dou muito valor à minha visão para queimar os olhos.

Entro no meu quarto, tomo um banho e deito na cama com um sorriso. A voz doce de John Legend vai desaparecendo no fundo enquanto pego no sono.

* * *

Acordo com cheiro de bacon frito e Claire cantando uma música do Journey fora de tom. Meu estômago ronca, exigindo ser alimentado depois da noite longa.

Encontro Claire na cozinha, cozinhando e cantarolando com a espátula.

— Quem te deixou nesse bom humor?

Claire se sobressalta. Ela abaixa o volume da caixinha de som.

— Zahra! Você está em casa! Não te ouvi chegar.

— É porque você estava um pouco ocupada.

Claire fica vermelha.

— Tenho uma coisa para contar.

— Eu também. — Sorrio.

— Você primeiro — dissemos ao mesmo tempo antes de dar risada.

O sorriso dela é contagiante.

— Conheci uma pessoa!

— Conta mais.

— Bom, lembra aquela sous chef do The Royal Chateau?

— Como esquecer Sua Real Rabugice?

Ela ri enquanto pega dois pratos de café da manhã que vai servir de almoço.

— Então, ela pediu desculpas.

— Quê?! Como?

— Nós nos encontramos no mercado. Foi como num filme.

— Como assim?

— Então, eu a vi e entrei em pânico. Bati com o carrinho sem querer em uma banca cheia de laranjas, e elas saíram rolando com a pancada. Foi sem dúvida a coisa mais constrangedora que já aconteceu comigo em público.

— Não pode ser. Lembra aquela vez que nós estávamos no jogo de futebol...

Claire se encolhe.

— Foi pior. Ela acabou escorregando em uma laranja e caiu.

— E aí?

— Ela deu risada sozinha depois que eu fiz uma piada péssima com: "Vocês estão caindo de maduras".

Ergo a cabeça para trás e rio. Claire continua, contando o resto da história que envolveu um gerente bravo, uma van de paramédicos desnecessária e um encontro romântico.

Sinceramente, não faço ideia de como ela ainda está em pé depois das últimas vinte e quatro horas.

Eu me ofereço para lavar os pratos enquanto Claire se senta diante do balcão.

— Me conta tudo!

Começo com minha história, explicando tudo que Rowan revelou ontem à noite e como acabamos na cama juntos.

— Então, por favor, me fala que o corpo de Rowan não é só para mostrar.

— Ele é um cara que prefere agir. — Sorrio comigo mesma com a piada interna.

Claire gargalha.

— Ótimo. Que bom que agora ele pode usar aquela língua para o bem em vez do mal. É um passo na direção certa.

Eu me limito a rir comigo mesma.

— Então ele virou seu pau amigo? — Eu me empertigo com sua escolha de palavras. — Tá. Não. — Ela para e pensa. — Que tal amigos com benefícios?

Balanço a cabeça.

— Nós não conversamos sobre rótulos.

— Tolice a minha. Como você poderia, com o pau dele na sua garganta? Minha esponja cai na água ensaboada quando perco o controle.

— Claire!

Ela ergue as mãos.

— Quê?! Foi você que lançou essa.

— Não definimos o que nós somos porque não existe nós. Pelo menos não nesse sentido da palavra. Somos apenas Zahra e Rowan. Duas pessoas se divertindo.

Suas sobrancelhas se franzem, e o rosto dela assume um tom sério que quase nunca vejo.

— Não quero que você se machuque. Relacionamentos casuais não são a sua praia.

— Talvez o meu problema seja esse. Com Lance, mergulhei de cabeça em uma relação. Estou querendo ir com calma.

— Bom, odeio desapontar, mas você passou por um farol vermelho a trezentos por hora.

Uma risada escapa de mim.

— É só sexo.

— Sei, e ele é *só* o cara com quem você trocava mensagens toda noite antes de dormir.

Suspiro.

— É errado seguir a maré e não nos colocar em uma caixinha tão cedo?

— É claro que não — ela responde. — Só quero que você tome cuidado e não quero que coloque o seu coração na mão de alguém que não pretende retribuir.

— Vamos manter as coisas casuais por enquanto.

O plano parece bom e infalível – a maneira perfeita de proteger meu coração ao mesmo tempo que me divirto um pouco.

Assim espero.

CAPÍTULO TRINTA E DOIS
Zahra

Chego ao trabalho na segunda-feira quase achando que alguém vai chamar minha atenção por ter transado com Rowan. É ridículo, mas estou agindo como se tivesse um Post-It amarelo na cara anunciando que rolou um rala e rola com meu chefe. Nem me importaria se eles soubessem. Dreamland não tem uma regra contra relacionamentos. Embora sejam desencorajados para indivíduos que trabalham no mesmo ambiente, não são proibidos.

Sem mencionar que Rowan nunca deixaria algo como isso atrapalhar suas decisões. E a ideia dele me dando tratamento preferencial me faz querer trabalhar mais para mostrar do que eu sou capaz. Para mostrar a mim mesma e aos outros que não importa quem eu sou se as minhas ideias falam por si. Pelo menos é o que eu quero.

Sim, mesmo depois de traçar uma estratégia, a segunda é um verdadeiro fiasco graças ao meu nervosismo. Rowan nem premiou o galpão com sua presença ainda e já estou desmoronando. De manhã, quebrei o bule de café da sala de convivência quando me perguntaram como foi meu fim de semana. E depois, quando mencionaram o nome de Rowan no banheiro, acabei derrubando o celular na privada.

Esta última não foi exatamente culpa minha. Duas meninas da equipe Alfa estavam falando sobre Rowan de um jeito bastante indecente enquanto lavavam as mãos. O celular escorregou diretamente da minha mão para seu túmulo molhado.

É seguro dizer que, quando Rowan entra no meu cubículo, todo tranquilinho, à tarde, estou exausta. Absoluta e definitivamente farta com o dia.

— Você não respondeu minhas mensagens.

— Oi para você também. — Tiro os olhos da tela do computador.

— Você não respondeu minhas mensagens. — A voz dele está mais cortante do que o normal, e fico tentada a sondar o motivo de ele se preocupar por eu não responder suas mensagens.

— Sentiu minha falta? — Bato os cílios.

— Não. — Ele responde rápido demais.

Sorrio.

— Não tem problema admitir seus sentimentos. Eu espero. — Eu me viro na cadeira e olho para ele.

— Assim como você me fez esperar o dia todo por uma confirmação.

Hm?

— Confirmação?

— Sim. Vou te levar para jantar amanhã.

Rio baixo.

— Você não acha que deveria me perguntar primeiro?

— Não faço perguntas cujas respostas eu já sei.

— Nós precisamos trabalhar na sua educação. Ela é bem precária.

Ele entra no meu espaço e se agacha para sussurrar no meu ouvido.

— Você não estava reclamando sobre gentileza na outra noite.

— É claro que não. Toda mulher quer um cavalheiro na rua e um animal na cama — sussurro para que meus colegas de corredor não escutem.

Seus olhos brilham enquanto ele faz uma reverência.

— Perdoe meu erro, então. Você me daria a honra de me agraciar com sua presença amanhã para um jantar picante e algumas bebidas?

— Ênfase em pica? — Ergo a sobrancelha.

Rowan baixa a cabeça e ri enquanto eu também rio. Eu me aqueço dos pés à cabeça ao ver seus olhos se iluminarem e seus lábios continuarem permanentemente erguidos.

O que torna meu comentário seguinte muito mais difícil.

— Não posso sair com você amanhã. Vamos ter uma reunião de equipe para discutir algumas pontas soltas sobre propostas anteriores.

— Que bom que você tem uma vantagem com seu chefe.

— De jeito nenhum! Isso é abuso de poder.

— De que adianta ter todo esse poder se eu não posso usar?

Fico olhando para ele.

— Vou fingir que você não disse isso.

— Finja o que quiser. Não vai mudar o resultado.

— Mas...

Ele ergue uma sobrancelha.

— Ou você manda uma mensagem para a Jenny ou eu mando.

Olho feio para ele.

— Seu autoritarismo está perdendo o charme.

Ele se inclina, dando um beijo bem de leve na minha bochecha.

— Vamos testar essa teoria em algumas circunstâncias, então. Só para garantir.

— Você é sempre tão meticuloso em tudo que faz.

Ele sorri *de orelha a orelha*.

— Te vejo amanhã à noite. — Ele se afasta, levando sua colônia e seus feromônios viciantes consigo. — E responda minhas mensagens de agora em diante.

— Respondo assim que arranjar um celular novo. — Aponto para um pote cheio de arroz.

— Será que eu quero mesmo saber?

Sorrio.

— Provavelmente não.

Mesmo depois que Rowan sai, não consigo parar de sorrir.

Porque vou jantar amanhã com Rowan Ainda-Não-Sei-o-Que-o-G--Significa Kane.

* * *

O poder tem muitas faces. Hoje, o meu é demonstrado pela cara que Rowan faz quando saio do meu apartamento.

— Você parece... uma princesa. — Ele esfrega o queixo.

Sorrio enquanto passo a mão na parte de baixo do meu vestido amarelo, apertando o tule bufante. Minha mãe o fez para mim depois que elogiei um vestido parecido de uma celebridade. Em minha pele marrom, o material me faz lembrar os primeiros raios da manhã.

O olhar de Rowan se torna letal. Seus olhos alternam do meu corselete para a saia esvoaçante.

Enquanto ele olha para mim, eu o encaro de volta. De todos os ternos dele, esse é de longe o meu preferido. Não sei se ele sabe disso. A maneira como o tecido azul real cai em sua pele me faz querer convidá-lo para dentro do meu apartamento e esquecer todos os planos para o jantar.

Nossos olhos se encontram. Ele solta um palavrão quando vê a expressão estampada em meu rosto. Em vez de ouvir minha sugestão, pega minha mão e me leva embora, murmurando baixinho o tempo todo.

* * *

— Garfield.

A mão de Rowan na minha coxa se flexiona.

— Nossa, não. — Ele não para de me tocar desde que entrei em seu Rolls-Royce. Aparentemente, pessoas como os Kane atingem um nível de riqueza em que nem têm mais que dirigir os próprios carros. No começo, achei ridículo. Mas essa liberdade dá a Rowan o poder de ficar passando a mão na minha coxa. Apesar da quantidade absurda de camadas, seus dedos fazem chamas de calor subirem pela minha coxa a cada movimento provocante.

Desço os olhos para a lista de nomes que salvei depois de tentar descobrir qual diabos era o nome do meio de Rowan. Depois de pesquisar pela internet toda, e alguns sites suspeitos que pediam muito dinheiro para descobrir os podres de alguém, eu me contentei com uma lista de nomes de bebê de um site.

Mas já li vinte nomes e risquei todos.

— Gary.

Seu peito treme com uma risada silenciosa.

— Não.

— Gertrude.

— Esse é um nome de mulher.

Encolho os ombros.

— Sua mãe podia ser moderna.

Droga. Não pretendia falar dela. Os Kane são como uma caixa-forte em todos os assuntos relacionados à mãe de Rowan. A única coisa que o público em geral sabe é que ela morreu depois de uma longa e terrível luta contra o câncer.

Ele aperta minha coxa como se quisesse me tranquilizar.

— Minha mãe tinha muitas qualidades, mas nem ela era *tão* moderna assim. Graças a Deus.

— Hmm. Certo! Que tal Glen?

— Você nunca vai adivinhar, então é melhor desistir.

Olho nos olhos dele e faço biquinho.

— Eu não desisto fácil.

Ele passa o polegar no meu lábio, fazendo o calor escorrer pela minha espinha.

— É por isso que vou recompensar você com a história de como ganhei meu nome do meio. Mas você precisa jurar segredo.

Estendo o mindinho para ele.

Ele empurra minha mão antes de se inclinar para a frente, envolvendo minha bochecha com a mão calejada.

— Um beijo por um segredo.

— Nunca ouvi falar dessa brincadeira. — Sorrio.

— É porque é exclusivamente nossa.

O calor percorre meu peito com a ideia de termos uma brincadeira só nossa.

— Já gostei desse jogo.

Sua mão envolve minha nuca e me puxa para a frente. Seus lábios pressionam os meus, suaves no começo antes de se entregar a uma voracidade ardente. O calor se espalha pela minha pele enquanto Rowan marca meus lábios com sua língua, traçando um desenho que sinto até o coração.

Ele me beija até eu estar esbaforida e ofegante. Seus olhos perdem o brilho ao passarem do meu rosto para o vidro atrás de mim.

Odeio vê-lo assim.

— Posso parar de tentar adivinhar. Não precisa contar.

Ele abana a cabeça.

— Nós fizemos um acordo. — O suspiro resignado que ele solta não alivia toda a tensão de seu corpo. — Eu não falo muito sobre a minha mãe.

Estendo o braço e aperto sua mão. Ele a segura como se fosse uma boia, mal disfarçando o tremor na mão enquanto aperta até meus dedos ficarem brancos.

— Algumas das lembranças são confusas porque eu era muito pequeno, mas a coisa de que eu mais me lembro sobre a minha mãe era que ela amava o rei Arthur.

— Não acredito! Ela era fã de história?

Ele me lança um olhar incisivo. Suspiro e dou mais um selinho em troca do seu próximo segredo. Eu me afasto, mas ele me puxa de volta junto ao peito e intensifica o beijo. Como se precisasse da coragem extra para falar de qualquer coisa relacionada à mãe.

Ele pode não estar buscando amor, mas talvez esteja buscando se curar do passado.

Talvez eu possa ajudar. Já passei por isso.

Ele me solta antes de respirar fundo algumas vezes.

— Minha mãe era obcecada por história e por narrativas que beiravam a fantasia. Na verdade, foi assim que ela e meu pai se conheceram.

Ele faz uma pausa, como se não soubesse ao certo se deve continuar.

— Me conta mais. Por favor? — Dou um beijo na bochecha dele.

— Ela trabalhava na monitoria da universidade em que os dois estudaram. Meu pai entrou no prédio para buscar um amigo cujo carro estava na oficina. Ela estava trabalhando no balcão e perguntou se ele precisava de ajuda.

— E?

— Meu pai era um aluno nota dez que frequentou um semestre inteiro de sessões de monitoria para uma matéria que ele nem cursava.

— *Não*! — Rio até ficar rouca. A história dos pais dele talvez seja melhor que a dos meus; não que eu vá admitir isso para eles.

— É verdade. Minha mãe até revisou os trabalhos e lições de mentira que ele fez sobre o rei Arthur e seus cavaleiros.

— Estou vendo que mentir é um traço da família Kane.

Ele sorri.

— Fazemos de tudo para conseguir o que queremos.

— Implacáveis. Todos vocês — provoco.

Ele ri baixo.

— O que o seu pai contava sobre isso tudo? E como ele fez sua mãe aceitar sair com ele depois de fingir por tanto tempo? — Preciso ouvir mais, pelo menos para alimentar a romântica incorrigível dentro de mim.

— Não lembro. — Os lábios de Rowan se apertam em uma linha fina, e sua mão que segura a minha fica tensa.

A temperatura no carro despenca, combinando com a energia que emana de Rowan. Sinto uma dor no peito pelo seu pai. Apesar de ouvir tudo sobre suas decisões empresariais questionáveis, consigo sentir empatia por uma pessoa que perdeu a esposa. Ainda mais um homem que estava disposto a frequentar sessões de monitoria por nenhum motivo além de passar tempo com a mulher de quem gostava.

E consigo sentir ainda mais empatia pelos filhos que sofreram com esse luto.

Aperto a mão dele.

— Então qual é a relação entre essa história e o seu nome do meio?

— Minha mãe batizou os filhos em homenagem aos cavaleiros da Távola Redonda.

— É uma grande responsabilidade para herdar. Eles não encontraram o santo graal ou coisa assim?

— Coisa assim. — O canto da sua boca se ergue de novo e a tensão sai dele como um sopro de ar. — Para mim é tranquilo. É o Declan que tem que se apresentar como Declan Lancelot Kane pelo resto da vida.

Uma risada impiedosa me escapa com a ideia de o irmão mais velho de Rowan ter que carregar esse tipo de cruz pelo resto da vida. *Lancelot? Sério?*

— E você? Sr. R. G. Kane?

— Galahad — ele resmunga baixo, atraindo minha atenção para o levíssimo tom rosado em suas bochechas.

— Ah. Que fofo.

— Só existe espaço para um mentiroso aqui, e não é você.

Empurro o ombro dele.

— Estou falando sério! A história por trás torna muito mais especial.

Seu corpo fica tenso.

— Se você contar para alguém, vou ter que...

— Tá, tá. Me demitir. Já saquei.

— Vou ter que *te foder*. Mas, se tiver interesse em brincar de *role play* com a outra hipótese, eu teria o maior prazer em aceitar.

— Você fez uma piada de cunho sexual?! Estou completamente escandalizada. — Falo com um sotaque sulista enquanto abano o rosto.

Ele chacoalha a cabeça, como se eu fosse a pessoa mais incrivelmente maluca que já conheceu. Certo, estou supondo, mas me parece um palpite plausível.

Estendo a mão.

— Temos um acordo.

CAPÍTULO TRINTA E TRÊS
Rowan

— Não é tarde demais para voltar para casa. — Zahra usa o cardápio para bloquear o lado esquerdo do rosto.

Quando fiz a reserva no melhor restaurante de Orlando, não pensei que ela reclamaria assim que nos sentássemos. Desde que a hostess nos trouxe à nossa mesa no fundo do restaurante há dez minutos, Zahra está vermelha e incapaz de ficar parada. Pensei que vinho ajudaria com o nervosismo de primeiro encontro, mas ela já virou uma taça inteira.

Será que ela tem medo de ser vista em público comigo? Duvido muito que algum paparazzi que se preze rondaria as ruas da Flórida Central em busca de celebridades.

Franzo a testa, baixando o cardápio dela.

— É chique demais?

— Não... quer dizer, sim! Quer dizer, olha esse cardápio. — Ela volta a erguer o cardápio, balançando-o para mim enquanto protege nossos rostos agora. — Qualquer lugar sem preços e com muitas palavras em francês é um alerta vermelho para minha conta bancária.

— Você não vai pagar — falo com a voz seca.

— É, bom, seria presunçoso da minha parte imaginar que a gente pagaria meio a meio.

— Meio a meio. — Engasgo. — O que deu em você?

— Nada. — Ela morde o lábio. Sua pele vai de rosa a vermelha, revelando sua incapacidade de mentir sobre qualquer coisa.

— Você sempre fica tão nervosa em um primeiro encontro?

Ela franze a testa.

— Não estou nervosa.

— Você bebeu uma taça de duzentos dólares de vinho em dez minutos.

Seu rosto fica pálido.

— Duzentos. Dólares?! — ela diz entre um sussurro e um grito. — Por que você pagaria tanto em um monte de uvas velhas?

Não consigo conter a risada. Quase não dá para ouvir com as pessoas que nos cercam.

Os olhos dela passam de mim para a outra mesa à nossa frente, onde um homem loiro e uma mulher estão sentados.

— Você conhece aquelas pessoas?

Ela se sobressalta na cadeira.

— Quem?

Eu a encaro.

Seus ombros se curvam enquanto ela escorrega alguns centímetros na cadeira.

— Sim.

— Quem são eles?

— O loiro com as mãos pequenas e a testa gigante é Lance.

Você só pode estar de sacanagem comigo. Logo aqui? Isso nunca aconteceria em Chicago. Há pessoas demais para encontrar por acaso alguém que odeio.

Eu culpo a falta de restaurantes aqui como os que eu frequentava na minha cidade.

Talvez eu possa construir um no terreno de Dreamland para evitar que isso aconteça de novo.

De novo? Você não vai ficar aqui depois da votação.

Pego a taça de vinho e dou um gole demorado para conter o enjoo.

Seus olhos se voltam para a mesa maldita no centro do salão.

Franzo a testa.

— Você quer voltar com ele?

De onde foi que saiu essa merda de pergunta?

— Quê?! — Sua voz chama a atenção de alguns vizinhos. — Nossa, não.

— Então esquece esse cara.

— Falar é fácil. Ele está aqui com *ela*. Odeio ver os dois porque me faz lembrar... — Sua voz se perde.

De como ele a magoou, completo na minha cabeça.

Odeio ver Zahra tão chateada. Ela normalmente tem mais positividade em um dedo do que um maldito esquadrão inteiro de líderes de torcida do Super Bowl. Sua angústia me deixa agitado. Como se eu quisesse resolver o sentimento dela, mas não fizesse ideia de como, ainda mais porque não sei nada sobre como lidar com ex-namorados.

— Vamos fazer um jogo.

Que merda você está fazendo?

Ela se empertiga, finalmente soltando o cardápio e me dando toda a sua atenção.

— Você está cheio dos jogos hoje.

— Você preferiria nadar pelada no oceano ou correr pelada por Dreamland no meio da noite?

— Odeio correr, mas odeio mais tubarões, então definitivamente correr pelada por Dreamland.

Sorrio.

— Safadinha. Você pode ser pega.

— Que bom que eu conheço o chefe — ela provoca.

A maneira como ela sorri faz meu coração parar. É estranho – como se meu corpo todo não conseguisse evitar entrar em curto-circuito sempre que estou perto dela. Desde a pele se coçando, um aperto no peito ou um impulso bizarro de beijá-la, estou batalhando contra uma tonelada de sensações. Às vezes, todas de uma vez.

— Sua vez. — Pego a mão dela, traçando seus dedos com o polegar. Seu fôlego sempre se perde quando faço isso, então essa está rapidamente se tornando minha nova maneira de tocar nela em público.

— Você preferiria nunca mais ler um livro ou nunca conseguir olhar o mercado de ações?

— Me atingindo onde mais dói. — Passo a mão livre no coração.

Ela sorri.

— O fato de que você teve que pensar me magoa.

Abro um sorriso irônico para ela.

— Eu teria que desistir dos livros. Desculpa.

— Bom, foi divertido enquanto durou. — Ela puxa a mão com ar provocador antes que eu a aperte de novo.

— Você disse que eu nunca poderia *ler* um livro. Audiolivros não contam.

Sua boca se abre.

— Você... isso é. Você não pode roubar desse jeito!

— Tudo na vida depende da semântica.

— Sair com um executivo é um saco.

Quero arrancar seu beicinho com um beijo.

— Imagino que seja diferente das pessoas maravilhosas que você conheceu nos aplicativos de relacionamento. E o eletricista filhinho da mamãe?

Ela aponta o dedo para mim.

— Fique você sabendo que o Chip era um homem muito legal.

— Que levou a mãe junto no encontro.

— Eu achei fofo.

— Ela perguntou se você tinha um monitor de fertilidade. — Dou um gole do meu vinho.

Zahra ergue a cabeça e ri alto para o teto. Fazê-la rir me enche da sensação mais profunda de orgulho, sabendo que posso tornar o dia dela melhor de alguma forma.

Uma nova constatação me atinge com força. Pela primeira vez em um encontro, estou me divertindo. Não há nenhuma segunda intenção nem conversas frias sobre trabalho e negócios. Estou interessado de verdade em ouvir qualquer coisa que saia da boca de Zahra, e tudo é ampliado quando a faço rir.

Parte de mim deseja poder ser como ela de maneira que eu pudesse viver com liberdade e deixar para trás questões passadas que ressurgem nos piores momentos. Não é possível para alguém como eu. Me tornei enrijecido pela vida, então estar com Zahra é revigorante.

Estou ciente de que estou jogando um jogo perigoso com Zahra ao ficar no limite entre encontros e algo mais. Não posso querer muito mais, com meu prazo e meus objetivos finais. Pelo menos não com meu futuro em Chicago e o dela cimentado nos alicerces de Dreamland.

Mas podemos aproveitar o presente e viver o hoje. Isso eu posso prometer.

Zahra balança a mão na frente do meu rosto.

— Sua vez.

Balanço a cabeça e retomo a conversa. Zahra e eu alternamos, com ela escolhendo as perguntas mais absurdas para eu decidir. Não sei de onde ela tira ideias como esquiar de boxer ou andar de jet ski pelo oceano todo, mas sua imaginação é infinita.

Foi por isso que você a contratou.

Passamos o jantar inteiro no nosso joguinho, entrando em diferentes conversas dependendo do tipo de resposta que damos.

Zahra considera a próxima série de perguntas malucas quando Lance chega perto de nós. Ele nos encara, os olhos alternando entre mim e Zahra. Ela nem o notou ainda, imersa demais em sua própria mente.

Mantenho os olhos fixos nos dele enquanto ergo a mão de Zahra aos lábios e dou um beijo em seus dedos. Ela inspira e suas bochechas assumem o tom mais bonito de rosa para mim. Lance fica boquiaberto, fazendo-o parecer um tomate amassado com um tufo de cabelo loiro. Ele é absolutamente mediano em todos os sentidos da palavra – desde a camisa da Brooks Brothers à calça cáqui amarfanhada. Tenho certeza de que consigo encontrar uma dezena como ele no shopping mais vagabundo da cidade.

Coloco a mão de Zahra de volta à mesa e me levanto. Lance tem que inclinar a cabeça para trás para me encarar.

Aboto o paletó antes de dizer:

— Lance Baker. Ouvi falar muito sobre você.

Ele se empertiga como um pavão.

— Sr. Kane. Pensei em parar para dizer oi. Eu e Zahra nos conhecemos faz tempo.

Meu sangue se inflama, pulsando a cada respiração. Lance estende a mão, e fico apenas olhando para ele com toda a repulsa que sinto.

— Ela me contou sobre sua proposta da Terra Nebulosa.

Ele baixa a mão ao lado do corpo como um vira-lata rejeitado.

— Ah, sim. Fiquei em choque quando minha proposta foi aceita.

Meu punho coça para conhecer a cara dele. Esse bostinha acha que consegue sair impune depois de roubar a ideia de Zahra? Eu me dou conta de que ele acredita que Zahra manteve silêncio sobre a coisa toda. Que filho da puta. Deve achar que ela é boazinha demais para dedurá-lo, e, como nunca foi pego, não tem motivo para se preocupar.

Foda-se ele. Vou me vingar em nome de Zahra.

— Ah, Lance. Oi. Estranho ver você aqui. — A voz de Zahra é dura.

— Estou comemorando meu aniversário de namoro.

Mantenho o rosto inexpressivo apesar do impulso de falar para ele ir se foder.

O corpo todo de Zahra fica tenso.

— Não é considerado de mau gosto comemorar o dia em que você começou um caso?

Os olhos de Lance se arregalam. As bochechas já vermelhas dele assumem um tom arroxeado.

O calor invade meu peito com a espinha ereta e o olhar ferrenho de Zahra. Me deixa... orgulhoso dela. Da maneira como ela consegue enfrentar os outros como faz comigo.

Eu a puxo para meu lado. Fico tentado a escondê-la pelo resto da vida, protegendo-a de idiotas como Lance que abusaram da dádiva que ela é.

A onda de possessividade me atinge do nada. Eu deveria ficar surpreso, mas não me choco. Sempre fui territorialista com tudo. Brinquedos. Dinheiro. Negócios. E agora... uma mulher. Embora a ideia seja nova, a sensação não é.

Lance volta a atenção para mim.

— Sr. Kane. Desculpe interromper. Não sabia que você e Zahra estavam no meio de uma reunião de negócios hoje.

— Não estamos — respondo, com a voz seca.

Zahra estremece enquanto traço o braço dela com o dedo. Os olhos de Lance acompanham o movimento antes de parar na minha mão, que aperta a cintura dela em um gesto íntimo.

— Bom, desculpe interromper esse... encontro.

— Por que interrompeu, então? — retruco, mantendo a voz fria.

Sua boca se abre e se fecha novamente. Não me dou ao trabalho de esperar até seus neurônios limitados inventarem alguma desculpa patética.

Faço sinal para chamar a recepcionista. Ela vem e se coloca entre mim e Lance.

— Sr. Kane. Posso ajudar em alguma coisa? — Ela mantém o tom leve e profissional.

— Gostaria de enviar uma garrafa de Dom Pérignon para a mesa desse homem, por minha conta.

Ela sorri.

— Claro. Que ocasião estamos celebrando?

— A promoção dele.

A recepcionista desaparece com um sorriso enorme no rosto.

O corpo de Zahra fica rígido ao meu lado. Acaricio o quadril dela, brincando com a faixa de renda através do tecido do seu vestido. Seu corpo se funde ao meu, embora Lance nos encare descaradamente.

— Promoção? — ele grasna.

— Fiquei sabendo que você é um funcionário dedicado de Dreamland há anos.

Ele assente com um sorriso. Seus olhos passam de mim para Zahra, e fico tentado a protegê-la do olhar dele. A maneira como ele olha para ela me faz pensar que acredita que ela falou bem dele para mim.

Ele é um desperdício tão grande de bom oxigênio.

Estou completamente tomado pela repugnância.

— Você vai ser transferido oficialmente para Dreamland Xangai para trabalhar com os criadores de lá. A partir de agora.

Todo o sangue se esvai do rosto dele.

— Xangai? *China*?

— Parece que você tem dois motivos para comemorar hoje. Parabéns.

Ele balbucia mais alguma coisa. Seu desconforto me faz querer sorrir, mas me contenho. Há apenas uma pessoa que merece meu estoque limitado, e definitivamente não é esse degenerado.

Baixo os olhos para Zahra, mas já a encontro me encarando. Um levíssimo sorriso agracia seus lábios, mas seus olhos me dizem tudo. Ela se levanta na ponta dos pés e dá um beijinho na minha bochecha.

Seus lábios chegam ao meu ouvido.

— Você vai se dar bem hoje. — O hálito quente dela faz minha nuca esquentar, e de repente estou muito interessado em cair fora daqui.

Danem-se os encontros em restaurantes. Eles são extremamente superestimados e limitantes. Não sei o que eu tinha na cabeça ao trazer Zahra para um se ela é o tipo de pessoa que gosta de se sentar no chão e se empanturrar de comida de delivery a dois.

Dou um aperto no quadril de Zahra em resposta.

— Parabéns por Xangai. Você deve estar muito orgulhoso das suas conquistas, Lance. — Ela dá ao ex um último tchauzinho por sobre o ombro antes de voltar à cadeira.

Uma pequena parte de mim se rejubila com o fato de que ela não abre um sorriso para ele. Seus sorrisos são todos meus; ele que se foda.

Lance olha para ela, boquiaberto. O jeito como a encara me faz querer dar um soco no seu nariz torto.

Aperto a mão no ombro tenso de Lance e me aproximo, o gesto parecendo amigável para qualquer pessoa.

— Há um motivo pelo qual homens como você magoam mulheres como Zahra. Não tem nada a ver com ela e tudo a ver com o que você não tem. — Paro um momento para olhar para ele de cima a baixo, sem me dar ao trabalho de esconder a repulsa em meus olhos.

Todo o sangue se esvai do rosto dele, e ele se encolhe. Tenho uma satisfação completamente diferente por afetá-lo dessa forma. Sei que é só uma fração do desconforto que Zahra deve sentir na presença dele, mas fico feliz em proporcionar isso.

Dou um último tapinha no ombro dele antes de lhe dar as costas.

Zahra já está sentada. Seus olhos arregalados alternam entre mim e o corpo de Lance se afastando.

— Você vai mesmo mandá-lo para Xangai?

— Isso é ele quem decide. — Puxo a cadeira e me sento.

— Em que sentido?

— Ele pode ir para Xangai ou pedir demissão. Para mim não importa, desde que ele caia fora da minha propriedade.

Ela pega minha mão.

— Por que você faria uma coisa dessas? — Dou de ombros. — Você gosta mesmo de mim. — Ela pisca os cílios longos.

— Já falei isso para você antes. — Abro um leve sorriso para ela, o que só a deixa radiante como o bendito sol.

Ela pega o cardápio de sobremesas no centro da mesa.

— Atitudes falam mais do que palavras.

— E o que as minhas atitudes falam? — Eu me inclino e pego a ponta do seu cabelo, puxando-a na minha direção, de maneira que nossas bocas fiquem a poucos centímetros de distância.

— Que você se importa mais do que demonstra.

Corto a distância entre nós e a beijo.

— Não vai desejando coisas que não podem acontecer.

Os cantos dos olhos dela se suavizam, refletindo uma emoção que eu ainda não tinha visto nela.

— Tudo bem. Vou sonhar grande o bastante por nós dois.

O calor estranho que percorre minhas veias é rapidamente apagado por um frio. É minha maior preocupação em uma única frase.

CAPÍTULO TRINTA E QUATRO
Zahra

Lance vai se mudar para a China. Tudo porque Rowan quis me fazer feliz e me ajudar a superar o passado. Embora ele possa não ter falado com essas palavras, suas ações deixaram isso extremamente claro.

Se Rowan está tentando manter a relação casual, está fazendo um péssimo trabalho. Sério, o cara está *tentando* me fazer me apaixonar por ele? Porque, se continuar com esse tipo de demonstração de afeto, não vou sobreviver. Já estou entrando em território perigoso.

Assim que o motorista fecha a porta traseira do carro, pulo em cima de Rowan. Com a divisória erguida, eu me sinto ousada. Imprudente. Um pouco inebriada com a ideia de Rowan me defendendo de Lance.

É sexy. Ele é sexy. Toda a situação é sexy.

Ergo o vestido e me sento no colo de Rowan. Sua mão encontra meu quadril, roçando meu ventre contra o zíper dele. Ele engole meu gemido com os lábios.

Beijá-lo é como uma brisa que não quero perder. Como se o mundo ficasse mais brilhante com ele, e quero correr atrás desse sentimento até o fim do mundo. Nossas línguas se colidem, se acariciando, se testando, empurrando.

— Não é seguro — ele murmura entre um beijo e outro.

Pego seu cinto de segurança e o afivelo, o que o faz dar risada.

— Lá vai você.

Ele me puxa para junto dele.

— Não estava reclamando sobre mim.

— Você está pensando demais nas coisas. — Traço a linha do seu zíper, sentindo-o endurecer sob meu toque. Sua mão em meu quadril aperta.

Ele tira o cinto de segurança com um resmungo antes de abrir o cinto e a calça. Pensei que Rowan na cama fosse sexy, mas ele sentado com a calça no meio da coxa com o pau duro à mostra no banco de trás de um carro é devastador. Porque, embaixo daqueles ternos caros, tem um homem que é *assim*. Para *mim*.

Meus joelhos descem para o chão. O olhar de Rowan me segue enquanto traço a veia grossa ao longo da sua vara. Sua respiração fica mais pesada enquanto troco a mão pela língua. Hesito a princípio, sentindo o leve gosto da sua excitação misturado a algum tipo de sabonete viciante.

Envolvo suas bolas com a mão livre e aperto. Seu quadril avança. Sua excitação cobre minha língua e eu me delicio, alternando entre chupadas fundas e longas passadas da língua.

As mãos de Rowan se cravam em meu cabelo, seu desespero crescendo enquanto meu ritmo muda. Sou viciada no homem que Rowan se torna comigo entre quatro paredes, tão diferente da sua versão quieta e retraída do dia a dia. Porque, quando as muralhas caem, ele é voraz. Sedento. Tão egoísta durante o sexo quanto é em uma sala de reunião.

Isso não deveria me excitar tanto, mas sou um caso perdido para nosso desejo quando o assunto é ele.

Rowan está rapidamente se tornando minha droga favorita. Sua respiração pesada. Nossa batalha pelo controle. A maneira como ele geme meu nome como se fosse uma bênção e um palavrão.

Seu corpo todo estremece quando dou uma última puxada com a boca. Ele solta um silvo de ar quando o solto e volto a subir em seu colo.

Ele pisca voltado para o teto com o olhar turvo.

— Isso é muito indecente para um carro.

— Ainda nem chegamos na melhor parte.

Um leve sorriso agracia seus lábios.

— Vai me mostrar ou falar?

— Mostrar. Sempre mostrar. — Traço alguns beijos de seus lábios para o pescoço.

Suas mãos sobem pelo meu vestido, desaparecendo sob as camadas de tecido.

— Você é tão deslumbrante que dói te olhar por muito tempo. — Ele se inclina e beija o ponto no meu pescoço que tira meu fôlego.

Meu corpo todo se aquece com sua confissão. Talvez porque eu saiba que Rowan não é o tipo de homem que faz elogios insignificantes ou usa palavras floreadas. Tudo que ele diz tem significado, e ele me chamou de *deslumbrante*.

Meus olhos coçam com as emoções que se agitam no peito. Rowan faz meus pensamentos desaparecerem quando puxa minha calcinha pela coxa. Tudo com ele parece intensificado, desde o toque dos dedos calejados em minha pele até o hálito quente me provocando arrepios.

Eu me apoio nos joelhos, dando espaço para ele tirar minha calcinha. Ele a joga no banco enquanto desce o bojo do meu corselete, libertando meu peito. Seus lábios me prendem, e jogo a cabeça para trás com a sensação. A maneira como sua língua me provoca me deixa louca.

Ele geme quando deslizo meu ventre exposto em seu pau rígido. Meu corpo todo pulsa de desejo, e o calor me preenche com a sensação aveludada dele contra mim. Deslizo para trás e para a frente mais uma vez, tirando outro gemido de Rowan. Ele chama meu nome, mas não é nada além de um sussurro rouco sob sua respiração tensa.

Transformei um deus rico em um pedinte. Uma onda de poder me atravessa, me levando à beira da insanidade. Provoco a cabeça de seu membro e recebo um suspiro entrecortado. Seus dedos apertam meu quadril com força suficiente para machucar.

Nossos olhos se encontram. A escuridão flamejante em seu olhar alimenta o calor que se espalha pelo meu ventre, transformando uma faísca em fogo.

— Você ainda não merece o meu pau. — Ele me levanta o suficiente para colocar a mão entre nós.

Meu rosto todo se inflama. Sua mão mergulha dentro de mim, tirando meu controle da situação. Meu corpo se aperta ao redor de seu único dedo, e tenho um sobressalto quando ele acrescenta outro. Sua mão livre envolve meu cabelo e puxa, deixando meu pescoço exposto aos seus lábios e meu corpo arqueado à sua disposição.

— Eu estava certo desde o começo. — Seu riso grave faz outro zumbido de energia descer pela minha espinha. — Você, Zahra Gulian, não passa de uma fraude. Uma manipuladora que se esconde atrás de sorrisos doces e palavras gentis enquanto esconde o monstro aí dentro. — Sua voz áspera faz algo diabólico com meu ventre. Ele leva a língua do meu pescoço para meu mamilo antes de raspar os dentes na pele sensível.

Um calafrio atravessa meu corpo, deixando os pelos arrepiados onde ele passa.

— Mas eu vejo você. — Seu toque é agressivo. Como se ele dançasse pela linha tênue entre raiva e tesão. É viciante saber que o deixo louco a ponto de perder toda aparência de autocontrole. Ninguém além de mim sabe o tipo de animal que espreita sob sua pele, e acho esse segredo bastante inebriante.

Meu corpo estremece enquanto sou consumida pelo desejo.

Ele chupa meu pescoço, deixando um hematoma por onde passa. Sua língua traça a curva, e eu exclamo.

— E eu quero você. — Dois dedos se transformam em três, afundando enquanto seus lábios possuem todos os centímetros de pele exposta. A pressão em meu corpo cresce até ficar insuportável. Arranho sua camisa, sem conseguir trespassar sua pele com minhas marcas. — Você me deixa louco — ele murmura encostado aos pelos arrepiados em meu pescoço. Ele tira os dedos antes de os enfiar de novo. — Selvagem. — Ofego. — Descontrolado. — Mais um ataque agressivo de seus dedos. — Imprudente a ponto de te foder no banco de trás com o motorista a um metro de distância, separado por uma divisória de plástico que não é feita para bloquear seus gritos.

O desejo desesperado de gozar me inunda. Rebolo o quadril e cavalgo em seus dedos, correndo atrás do fogo que cresce na base da minha espinha.

— Acho que você gosta da ideia de outras pessoas me ouvindo foder você até sua voz ficar rouca. — Ele tira a mão.

Sinto a falta deles, e a energia em meu corpo se transforma em nada além de um zumbido surdo.

— Talvez eu goste que *me* ouçam foder *você*.

Ele sorri de um jeito que o faz parecer dez anos mais novo. Toco no sorriso dele para confirmar que não estou imaginando coisas.

Ele pega a carteira e tira uma camisinha. Eu chamaria a atenção dele por ser um clichê, mas imagino que seja importante para ele se sentir no controle das pequenas coisas depois de tudo por que passou. O barulho da embalagem contrabalança nossa respiração pesada. Seus movimentos súbitos chacoalham meu corpo fraco, me deixando mole em suas mãos.

Ele me ergue, revelando seu pau revestido. Uma mão me segura enquanto ele usa a outra para traçar minha abertura. O movimento é gentil e reverente antes de ele me puxar para baixo em seu membro. Perco o fôlego com a sensação súbita de plenitude. Meu corpo todo paralisa com o ardor, e jogo a cabeça para trás. Ele beija meu pescoço suavemente em um pedido de desculpas tácito. Seu polegar encontra meu clitóris, fazendo meu corpo tenso relaxar.

— Mostra o quanto você quer. — Ele bate na minha bunda antes de me puxar para trás. Roça o lábio inferior, traçando aquela sombra de um sorriso.

Filho da puta. Ele vai me fazer me esforçar.

Uso os ombros dele como suporte enquanto me levanto, levando minha saia junto. Ele baixa os olhos para nossos corpos colados onde seu pau ainda está meio dentro de mim. Seus olhos não se desviam enquanto ele lambe os lábios e encara.

Volto a descer, fazendo-o estremecer enquanto meu corpo envolve seu pau.

— Eu posso ser uma fraude, mas você não passa de um mentiroso lindo. Um homem disposto a fazer de tudo para conseguir o que quer. Egoísta. — Subo para descer com tudo outra vez, criando um ritmo que condiz com nossas respirações pesadas. — Controlador. — Rebolo o quadril, o que o faz revirar os olhos. — Um homem furioso com sorrisos secretos e risadas doces e um coração de ouro que esconde do mundo. — Meus lábios encontram seu pescoço e mordiscam a pele.

Ele é minha nuvem escura de tempestade no meio de uma seca – uma beleza subestimada que me faz sentir tão viva quanto o sol ou as estrelas.

Seus dedos tremem em meu quadril enquanto ele solta outro gemido.

— Acho que você odeia o quanto me quer. Porque, para se importar comigo, precisa admitir que tem um coração. — Dou um beijo delicado em seus lábios. — Então, pode contar aquelas mesmas mentirinhas para você. Seu segredo está seguro comigo.

Cavalgo nele, tirando todos os gemidos de seus lábios. Estou obcecada por provocá-lo. Toda vez que subo, vou até a ponta, fazendo inspirar fundo antes de descer com tudo.

Os olhos de Rowan ficam completamente escuros quando suas mãos que seguram meu quadril apertam com mais força. Algo dentro dele explode. Ele assume o controle, seus braços tensionando sob o tecido da camisa enquanto me levantam antes de me puxar para baixo de novo.

Perco o fôlego a cada estocada agressiva. O prazer sobe pela minha espinha. Minha pele arde a cada roçada da pele de Rowan. Como se alguém encostasse uma chama em mim a cada carícia.

Os movimentos de Rowan vão ficando desleixados conforme ele perde o controle. Pontos pretos enchem minha visão antes de estrelas estourarem, ganhando vida atrás dos meus olhos fechados. Meu corpo estremece enquanto o prazer me percorre.

O corpo todo de Rowan treme quando ele goza. Não paro de mexer o quadril até estarmos os dois ofegantes e moles. Minha cabeça cai sobre o ombro, e a exaustão consome a adrenalina que resta em meu sistema.

Rowan sobe e desce a mão pela minha espinha. Meus olhos se fecham enquanto tento regular a respiração e a frequência cardíaca. O embalo da sua mão me leva à inconsciência, apesar do seu membro amolecendo ainda dentro de mim.

Devo estar meio alucinada pelo orgasmo, porque Rowan sussurra algo consigo mesmo que devo ter sonhado.

— Se eu tivesse um coração para dar, ele seria todo seu. De graça.

Minha coluna formiga, e isso não tem nada a ver com a mão dele que desce pelas minhas costas. Quero falar que ele tem um coração, mas as palavras ficam presas na garganta. Então, em vez disso, absorvo todo tipo de afeto que Rowan está disposto a dar.

CAPÍTULO TRINTA E CINCO
Zahra

Rowan aparece depois da nossa reunião semanal de sexta com o sorriso mais irritantemente arrogante estampado no rosto.

— Pode voltar a não sorrir? Não é justo. — Desligo meu computador.

Seu sorriso se alarga.

— Mas eu gosto de ver você se contorcer.

Enfio o laptop na mochila.

— Escroto.

Ele se recosta na parede do cubículo e enfia as mãos nos bolsos.

— Se está tentando me fazer brochar, está fazendo isso do jeito errado.

Penso no nosso primeiro beijo e em como ele gostou do xingamento daquela vez.

— O que você está fazendo aqui? — digo com a voz rouca.

— Queria avisar você que nós vamos ter um encontro amanhã.

— Certo... — Tento manter a calma, mas por dentro estou me derretendo. Rowan está definitivamente deixando suas intenções óbvias, e estou curtindo muito. É revigorante não ter que correr atrás dele para ter um encontro.

— Depois que nós jantarmos com a sua família — ele fala com determinação.

— Você está gozando com a minha cara?!

— Talvez mais tarde. — Ele dá uma piscadinha.

Aperto a lateral da minha mesa para não cair da cadeira.

— Não pisque assim.

— Por quê?

— Porque meus ovários podem implodir e isso seria uma pena.

Ele ri baixo.

— Ani me convidou depois da nossa última reunião.

— Aquela ardilosinha... — Não estou pronta para apresentar Rowan para minha família.

— É fofo como ela só fala bem de você.

Argh. Como posso ficar brava com Ani por isso?

Suspiro.

— Não sei se você está pronto para a minha família.

— Por favor. Preciso ouvir tudo sobre o casamento dos seus pais em Vegas. O amor deles por Elvis é profundo.

— Não estimule aqueles dois. Eles vão botar um disco antigo e encher você de histórias.

— Ani mencionou que eles têm um vídeo de você tocando ukulele na sala. Pode me considerar bastante interessado em ver esse filme caseiro.

Resmungo enquanto bato a cabeça na mesa e ergo o dedo do meio no ar.

* * *

— Que gracinha você — minha mãe se derrete por Rowan assim que ele atravessa a porta com uma garrafa de vinho que parece chique.

O corpo dele fica paralisado no batente.

— Bem-vindo. — Meu pai estende a mão.

Rowan a aperta e cumprimenta todo mundo, incluindo Claire, que o encara de cima a baixo antes de dar de ombros como se não estivesse impressionada.

— Você veio! — Ani praticamente pula em cima de Rowan, dando um grande abraço nele.

Todos olham para eles. Os olhos da minha mãe brilham enquanto aperta as mãos no peito.

Meu pai vira a cabeça em minha direção e aprova com a cabeça.

— Já gosto mais dele do que de Lance.

— Pai! — resmungo.

Se Rowan escuta, ele finge que não.

— Vamos comer! — minha mãe entoa. Claire se oferece para servir o prato favorito do meu pai para todos.

Rowan se senta perto de mim e, no mesmo instante, a sala de jantar dos meus pais parece ter sido feita para uma casa de bonecas.

— Já experimentou comida armênia antes?

Ele faz que não.

— Você é fresco com comida?

Ele revira os olhos.

— Eu como qualquer coisa, menos caviar.

Rio comigo mesma.

— Ótimo! Então se prepare para ser impressionado. Minha mãe pode ser da Europa, mas aprendeu todas as receitas armênias favoritas do meu pai.

Pego um talher e começo a provar. Claire prepara a receita de vez em quando, mas nada se compara à comida da minha mãe.

— Então, sr. Kane, está gostando de Dreamland? — Meu pai dá um gole do vinho que Rowan trouxe.

Ele olha para mim.

— Estou começando a gostar.

Meu rosto todo se derrete sob o olhar de Rowan.

Ele dá um aperto na minha coxa antes de voltar a olhar para meu pai.

— E, por favor, me chame de Rowan.

Minha mãe sorri.

— Zahra nos contou tudo sobre o projeto em que você está trabalhando. É muito legal que queira celebrar o aniversário do parque.

O punho de Rowan se cerra no meu colo.

— É o que meu avô queria.

— Ele era um grande homem — meu pai diz.

Rowan concorda com a cabeça.

— Que bom que as pessoas tinham consideração por ele. — Há uma leve hesitação em sua voz.

Aperto o punho dele e abro seus dedos antes de entrelaçar os nossos.

— Não precisa ficar nervoso — sussurro baixo.

— Sou péssimo pra jogar conversa fora — ele sussurra.

Só me resta rir e aproveitar o show. Rowan tímido é uma mudança bem-vinda em relação ao jeito como ele é com todo mundo no escritório.

— Está gostando da Flórida ou gostava mais de Chicago? — minha mãe pergunta.

— É... quente.

Todos na mesa dão risada, e a tensão se dissipa do corpo de Rowan.

— Deve ser bem diferente de Chicago. A gente sempre quis visitar. — Meu pai assente.

— Mas faz anos que não viajamos — Ani intervém finalmente.

— Por que não? — Rowan olha para minha irmã com a testa franzida.

— Ah. — O sorriso dela se fecha.

Puta merda. Ninguém quer contar essa para ele.

A temperatura na sala despenca significativamente. A mão de Rowan aperta a minha com mais força, como se tivesse medo de soltar.

— Porque não temos como bancar uma viagem nem se quiséssemos — Claire responde, com a voz neutra.

— Certo. — A voz de Rowan soa tensa aos meus ouvidos.

Minha mãe, bendita seja, muda de assunto e consegue salvar o jantar. Rowan parece mais retraído que o normal, o que quer dizer alguma coisa. Acho que meus pais não notam, porque só ouviram histórias sobre Rowan, mas eu noto. Sou atormentada por uma náusea pelo resto do jantar, o que dificulta comer meu prato favorito.

Rowan olha feio para mim enquanto reviro a comida no prato como uma criança. Ao contrário de mim, ele devora tudo e pede para repetir, o que só deixa minha mãe mais feliz.

Meu pai dá um tapinha no ombro de Rowan antes de dar um abraço nele. Eu daria risada se já não estivesse com os nervos à flor da pele, vendo Rowan ficar duro como uma tábua durante toda a interação.

Rowan destrava o carro e abre a porta para mim. Paraliso, sem conseguir entrar antes de aliviar o clima.

— Desculpa — falo sem pensar.

Sua mão segurando a porta fica mais tensa.

— Por que você pediria desculpas?

— Porque você já estava nervoso para falar, e então aquela conversa aconteceu.

Seu maxilar se cerra.

— Não é culpa sua que eu seja um escroto, Zahra.

Eu me enrijeço

— Não fale de si mesmo assim.

— Pensei que você desse valor à verdade.

Meu queixo cai.

— É a realidade da situação. Eu tomo decisões empresariais que afetam a vida das pessoas para melhor ou para pior. Essa é a verdade. — Ele ergue os olhos para o céu escuro e sem estrelas.

— Mas você pode mudar. Ninguém está forçando você a escolher um lado ou outro.

Ele solta uma risada amarga.

— Administrar uma empresa é difícil.

— Ser humano também.

Ele suspira e aperta minha mão de novo, entrelaçando os dedos mais uma vez.

— Não sei nada sobre como é ser humano.

— Não tem problema. Vou te ensinar tudo que eu sei. — Sorrio enquanto me sento no banco do passageiro.

— É exatamente disso que eu tenho medo — ele murmura baixo.

Desafio aceito.

CAPÍTULO TRINTA E SEIS
Zahra

Três batidas soam na porta.

— Ele chegou! — Ani nem se importa em pausar a série enquanto pega minha bolsa e a joga nos meus braços.

— Ele quem?

— Rowan!

Meu coração acelera, saindo de um ritmo constante para um errático.

— Ah, foi mal. E *como* você sabe disso?

— Ele queria surpreender você para o encontro. — Ani entra no meu quarto.

Encontro?! Estou usando uma Levi's velha manchada de tinta e um moletom do Chicago Bulls dos anos noventa. Minha escolha de roupas mal serve para o mercadinho, que dirá para um *encontro*.

— Que tipo de encontro? — grito.

— O tipo em que Rowan leva você para mostrar a surpresa dele. — O grito de Ani é abafado pela distância.

Certo... uau, beleza. Agora sou a favor de surpresas.

— Rápido. Você é muito lenta. — Ani sai do meu quarto com a maior mala que tenho.

— Vou me mudar para algum lugar?

Ela ri baixo.

— Não, bobinha. Rowan pediu para eu colocar algumas roupas suas na mala.

— Roupas? Para quê?

Ela sorri.

— Combinei de não dizer mais nada.

— Como foi que você entrou no meu apartamento e fez uma mala?

— Claire. — O sorrisão dela é contagiante.

— Até onde vai essa surpresa? — Sopro uma mecha de cabelo da frente do rosto enquanto pego a alça da mala.

Ani ri.

— Vai valer a pena.

Minhas mãos ficam escorregadias enquanto tento segurar a mala. Não sei ao certo o que Rowan planejou, mas uma mala desse tamanho parece um exagero.

— Não se preocupe com nada. Coloquei na mala até as suas roupas sensuais. — Ani dá uma piscadinha.

Minhas bochechas coram.

— Ai, meu Deus. Não acredito que você fez isso! Como as encontrou?

— Uma irmã nunca revela os seus segredos. Divirta-se! — Ani corre para meu banheiro e se tranca lá.

— Claire já vai chegar para preparar o seu jantar.

— Tchau, mãe! Para de se preocupar comigo!

Abro a porta e encontro Rowan encostado no batente com as mãos no bolso.

— Bom ver você por aqui.

— Oi. — Ele me abre um pequeno sorriso.

Quase me derreto no capacho quando ele se inclina e dá um beijo bem de leve na minha testa. Um zumbido começa na minha cabeça e desce até os pés.

Ele recua, levando seu aroma viciante consigo. Sua mão segura a alça da mala.

— É melhor irmos. Temos um voo para pegar.

— Voo? — *Que merda é essa?*

* * *

Minha vida se transformou em um dia de princesa de Dreamland em menos de uma hora. Mas, em vez de um príncipe em um cavalo branco, acabei com Rowan – o tipo perfeito de herói de moral duvidosa sobre o qual adoro ler.

— Aqui estamos nós. — Ele aperta minha coxa com a mão enorme.

— Vamos passar em algum lugar antes do voo? — Olho pela janela, examinando a área, que definitivamente não é o aeroporto de Orlando.

Um leve sorriso perpassa os lábios de Rowan como se eu tivesse dito algo fofo. Alguém abre um portão, e o motorista guia o Ghost para *dentro* da pista. Encaro o jatinho preto esguio estacionado no pavimento como se essa fosse uma saída casual de sexta.

— Você está de brincadeira comigo?
— Eu não brinco.
— Mentiroso.

Sou recompensada por outro leve sorriso.

Aponto para o avião.

— Quando você disse que tínhamos um voo para pegar, pensei que queria dizer um comercial.

— Nossa, não.

— Ah, sim. Porque minipretzels e bebês chorando são um horror.

Ele concorda com a cabeça e dá outro aperto tranquilizador na minha coxa.

— Que bom. Você me entende.

Quanto mais tempo passo com Rowan, mais me dou conta de que ele não é só muita areia para o meu caminhãozinho – ele é de outro mundo.

— Vamos pegar um avião particular?
— Sim.

Murmuro um obrigada quando o motorista dele abre a porta. Fico parada encarando o tapete vermelho embaixo de mim.

Rowan sai do banco e dá a volta no carro.

— Com medo de se viciar nesse estilo de vida?

— Essa é a última coisa que eu tenho em mente. — Dou um passo hesitante em direção ao tapete vermelho. Acho que nunca vi nenhum a não ser na TV. Meus tênis parecem deslocados enquanto pisam no tecido fofo e meu jeans simples manchado de tinta parece completamente ridículo.

Ele abotoa o paletó enquanto olha por sobre o ombro. Sua sobrancelha desce enquanto ele me observa.

— Qual é o problema?

Aponto entre mim e ele.

— Você parece que saiu de um catálogo da Tom Ford enquanto eu pareço alguém que revirou o cesto de promoções de um brechó. — Aponto para meu moletom desbotado. — Este moletom não é nem do Michael Jordan porque não tinha essa opção na loja.

O canto do lábio dele se ergue.

— Eu gosto do seu estilo. — Seus dedos descem pelo meu corpo. Suas mãos se encaixam nos bolsos traseiros da minha calça jeans e me puxam na direção dele.

— Também gosto do meu estilo, mas não combina muito com um jatinho particular.

— Quem disse?

— Eu!

— Como você saberia se nunca esteve em um antes?

Praguejo olhando o céu. *Saco. Por que ele sempre tem um bom argumento?*

— Você sabe ser muito irritante às vezes!

Rowan beija minha testa como se eu devesse ser recompensada por ficar bonita quando sinto raiva.

— É melhor irmos porque não queremos nos atrasar. — Ele tira a mão dos meus bolsos antes de colocar uma na minha lombar. Com uma suavidade de que passei a gostar, ele nos guia pela escada para dentro da cabine particular do jatinho.

Não sei como eu imaginava que fosse o interior dos jatinhos particulares, mas definitivamente não era assim. A ponta do meu tênis tropeça no carpete preto, e grito enquanto perco o equilíbrio. O braço de Rowan se estende e pega meu braço, me endireitando antes que eu caia de cara.

— Graciosa como sempre, Zahra. — Ele ri baixo.

Ele deixa meu corpo em uma poltrona enorme que poderia comportar três de mim em um voo normal. Acaricio o couro bege para confirmar que não é um sonho.

Ele se senta na poltrona à minha frente.

— Por que essa cara?

— Nada.

— Você está incomodada.

Minhas bochechas ardem. Eu deveria estar grata por fazer uma viagem em vez de estar surtando por pequenas coisas.

— Não. Estou bem.

Ele traça meu lábio inferior com o polegar.

— Acho que você deve ser a única pessoa que eu conheço que fica intimidada pelo meu dinheiro e não quer nada a ver com ele.

— Deve ser bem diferente em relação à maioria, que se intimida só pela sua personalidade. — Meu comentário ácido é retribuído por um riso baixo de Rowan. O som aquece meu peito todo.

Seus olhos se iluminam quando abro um sorriso para ele.

— Gosto da maneira como você me faz me sentir.

— E como é?

— Como uma pessoa de verdade.

Reviro os olhos.

— Se esse é seu critério, é daqui para cima, então.

Ele ri de novo e, dessa vez, também dou risada.

* * *

Certo, não vou admitir isso para Rowan, mas sair com um bilionário tem lá suas vantagens.

Vantagem um: pegar um voo aleatório para *Nova York* porque ele acha que seria um bom lugar para a gente ter um encontro.

Vantagem dois: visitar Nova York!

Mal consigo conter meu entusiasmo quando o jatinho pousa na pista. No momento em que Rowan me contou sobre nosso destino, eu o enchi de perguntas sobre a cidade e quis saber com que frequência ele vem aqui.

— Nunca vi alguém tão animado por estar em Nova York.

— Está de brincadeira? É um sonho realizado!

— Segura essa afirmação até descer do avião. Tenho quase certeza de que só o cheiro vai convencer você do contrário.

— Que tipo de pessoa odeia Nova York?

— O mesmo tipo que ama Chicago.

— Retire o que disse! — Eu me inclino e bato no ombro dele.

Ele sorri.

— Não. Não até você vir comigo para Chicago e confirmar o que eu já sei.

Tenho quase certeza de que meu coração vai explodir com a ideia de Rowan. Planejar o futuro só acrescenta mais uma camada para nosso relacionamento *casual mas nem tanto*.

— As pessoas não podem simplesmente sair voando para onde querem quando dá na telha.

Ele inclina a cabeça.

— Por que não?

— Porque nós temos empregos e responsabilidades.

— Deixa que eu me entendo com a sua chefe.

Balanço a cabeça, fingindo indignação, mas meu coração acelera.

Nossa conversa é interrompida cedo demais pelo piloto anunciando que é seguro tirar o cinto de segurança.

O comissário de bordo abre a porta da cabine e tudo que vejo é branco.

— Neve! Neve de verdade! — Desço dois degraus por vez e pego um punhado de neve cintilante.

Rowan para ao meu lado.

— Tivemos sorte.

— Sorte? Por quê?

Os olhos dele continuam fixados no meu sorriso.

— Não costuma ter neve nesta época do ano, mas aconteceu uma nevasca um dia desses.

— Se isso não é destino, não sei o que é. — Atiro a neve no ar e a observo cair ao meu redor como pó.

Fecho os olhos e dou risada, e, quando os abro, encontro Rowan me encarando.

A tripulação é rápida com nossa bagagem, e, antes que eu me dê conta, Rowan me guiou para o banco de trás de uma limusine. Ele aperta minha mão e traça círculos preguiçosos com o polegar. Cada giro faz um raio de energia subir pelo meu braço.

Fico olhando pela janela o tempo todo, contemplando as luzes brilhantes e a quantidade infinita de gente. Me faz lembrar das multidões de Dreamland, só que mais agressivas. Como se as pessoas tivessem mais o que fazer, então todos precisam sair da sua frente.

Amo muito isso tudo.

Entramos no estacionamento de um arranha-céu coberto de vidro e aço.

— É *aqui* que você mora? — Estico o pescoço para trás, observando como o arranha-céu toca uma nuvem. Uma nuvem de verdade!

Ele encolhe os ombros.

— Às vezes. É uma das minhas casas.

— Uma?!

Ele dá de ombros.

— Como é ter mais dinheiro do que Deus?

— Solitário. — Sua palavra carrega peso suficiente para envenenar o ar ao nosso redor.

Fico tentada a colocar os braços em volta dele para dar um abraço. Não consigo imaginar como é desolador estar cercado por tanta fortuna que as pessoas param de tratar você como uma pessoa de verdade. Depois da confissão de Rowan, prometo a mim mesma que vou parar de encarar tudo como se pudesse desaparecer a qualquer segundo.

— Certo. Vou agir com naturalidade daqui em diante e fingir que nada disso me choca.

— Não faça isso. Eu... é divertido ver as coisas da sua perspectiva.

Divertido?! Quem diria que esse homem poderia sentir tanta alegria? Fico tão fascinada por essa admissão que levo um segundo para compreender o resto da sua frase.

Ele gosta de ver as coisas da minha perspectiva. Meu peito se aperta, me traindo. Droga. Eu deveria ter dado ouvidos a Claire. Não há como manter a relação casual sem desenvolvermos sentimentos mais intensos além de gostar um do outro. Mas por que ele me perseguiria como Scott e Rowan se não estivesse interessado em dar um passo além?

Não acho que ele esteja me usando em troca de sexo. Não haveria motivo para me trazer até Nova York se esse fosse o caso.

A mão de Rowan encontra minha lombar de novo enquanto ele nos guia por um saguão extravagante com milhares de pedras preciosas penduradas do teto. Ele não precisa apertar nenhum botão nos elevadores. Como se usasse a força do pensamento, as portas se abrem, revelando uma cabine reluzente de espelhos.

Entramos e as portas se fecham atrás de nós. Sua mão continua na minha lombar. Fico tentada a dar um passo para longe e recuperar o fôlego, mas o cheiro dele é bom demais. O ar se adensa ao nosso redor enquanto ele me encara.

— Este é um encontro e tanto.

— Faça-me o favor. Ainda nem chegamos nessa parte da noite.

— Fique sabendo que está criando um nível inatingível para os homens do futuro. Nunca mais vou aceitar encontros no cinema depois disso.

Boa, Zahra. Mencione homens do futuro para afastá-lo.

— Isso é porque você prefere cinemas ao ar livre mesmo.

Ele pega minha mão e me puxa para mais perto. Baixa a cabeça e fecha os olhos enquanto se aproxima. Meus olhos se fecham quando seus lábios encontram os meus. Eu o seguro enquanto sua língua traça meu lábio inferior, pedindo com delicadeza para abri-los. Minha cabeça fica pesada enquanto o corpo treme sob sua atenção.

O apito e o barulho das portas se abrindo interrompem nosso beijo. A mão de Rowan aperta a minha. Ele não solta enquanto nos guia para uma cobertura que poderia fazer qualquer arquiteto salivar sobre os assoalhos de madeira.

— Espero que você saiba que eu talvez nunca saia deste lugar. — Caminho diretamente para a janela enorme de pé-direito duplo com uma vista panorâmica para toda a cidade.

Um dos seus braços me envolve, mexendo na barra da minha blusa enquanto a outra vira minha cabeça para olhar por sobre o ombro.

— Você trocaria Dreamland por esta cidade?

Solto um riso baixo.

— Não. Eu amo Dreamland. Poderia passar o resto da vida lá e nunca ficaria entediada.

Ele olha para mim com uma expressão estranha que não consigo identificar.

— Sério? Por quê?

— Minha família toda mora lá. Seria loucura desistir disso por alguma cidade aleatória.

— Hmm. — Sua mão afaga o pedaço exposto de pele no meu estômago.

— Você está feliz por trocar Nova York por Dreamland? — Eu não deveria sondar, mas estou curiosa demais.

— Nunca pensei que poderia me sentir feliz em Dreamland de novo, mas agora não tenho certeza.

Sorrio.

— Sério?

— Talvez eu tenha conhecido a única pessoa que torna aquele lugar suportável. — Seu olhar permanece focado unicamente no meu rosto.

Sua resposta deixa minha respiração toda trêmula e minhas pernas bambas. Um frio esperançoso toma conta da minha barriga, provando o quanto estou me apaixonando.

CAPÍTULO TRINTA E SETE
Zahra

Eu deveria saber que a coisa tinha ficado séria no momento em que Rowan me pediu para desfazer a mala.

Eu me ajoelho no assoalho de madeira, abro o zíper da mala e a escancaro.

— Bom, isso explica a mala enorme.

Metade está cheia das minhas roupas normais, enquanto a outra parte está cheia com todos os meus romances da regência escritos por Juliana de La Rosa. *O duque que me seduziu* está guardado com segurança na parte de cima, com as correias de proteção impedindo que todos os livros escorreguem.

Saio correndo do quarto para encontrar Rowan, mas dou de cara no peito dele.

Ele ri enquanto me ajeita.

— Por que todos os meus livros da De La Rosa estão na minha mala? — Pressiono a mão contra meu coração acelerado.

— Porque essa romancista famosa está autografando livros em Nova York hoje, e por acaso nós temos ingressos para o evento. — Ele tira os dois bilhetes do bolso de trás e os balança na minha frente.

Meu queixo cai. Dou um pulo e os pego da mão dele.

— Não creio! — Jogo os braços ao redor do seu pescoço. O movimento súbito o desequilibra, e ele coloca a mão na parede antes que nós dois tropecemos.

— Você gostou. — Ele ri baixo no meu ouvido. Seu hálito quente faz minha pele se encher de arrepios.

Solto o pescoço dele e trago meus braços de volta à minha bolha pessoal.

— Se eu gostei? Eu *amei*! Como você conseguiu ingressos assim, em cima da hora?

Ele limpa a garganta.

— Tenho meus contatos.

— Tá, *agora* estou impressionada com sua riqueza.

* * *

Não acredito que Juliana de La Rosa está a dez metros de mim. As luzes douradas da livraria brilham sobre ela como uma auréola, e fico tentada a correr diretamente para seus braços. Em vez disso, ajo com naturalidade, só porque Rowan segura minha mão como se tivesse medo de que eu pudesse desaparecer ou ser presa por perseguição.

Surpreendentemente, Rowan não reclama quando entramos na fila junto com todos os outros amantes de livros. É o completo oposto de nós nas filas de Dreamland. Dessa vez, ele sorri enquanto observo o ambiente. Ele segura meus livros como se fossem um tesouro nacional, e tenho quase certeza de que eu o encheria de beijos se não fosse pelas pessoas ao nosso redor.

Comento sobre a bolsa da mulher na minha frente e acabamos virando amigas no mesmo instante. Katie e eu comparamos nossa lista de namorados literários e discutimos o que achamos que vai acontecer no fim da temporada de *O duque que me seduziu*. Rowan até oferece sua análise da série, o que deixa Katie a dois suspiros de desmaiar.

Quando Rowan se afasta para ir ao banheiro, ela me pergunta se ele tem algum irmão solteiro que ela possa conhecer. Fico na defensiva, mas Katie dá risada e não parece fazer ideia de quem está perto dela.

A fila anda a passos de formiga. Quando chegamos à frente, Katie e eu já fizemos amizade com sua vizinha e com a minha, transformando nossa dupla em um quarteto. Rowan leva tudo numa boa, e me sinto culpada por passar nosso encontro surtando com outras nerds de literatura.

— Sua vez. — Ele aponta com a palma da mão para o ar em volta de Juliana.

— Oi! Sou uma grande fã. — Estendo a mão trêmula.

As rugas ao redor dos olhos castanhos de Juliana se apertam quando ela tira os olhos da mesa para olhar para mim. Ela usa um look extremamente ridículo que parece ter saído diretamente de um catálogo de pin-ups, e me apaixono por ela no mesmo instante. Seu cabelo grisalho está preso em um rabo de cavalo perfeito, e a franja balança sobre a testa enrugada. É exatamente uma coisa que eu esperaria dos programas a que minha mãe adora assistir.

— Ora, ora. Que bonitona você é! — Juliana se levanta e aperta minhas bochechas em um gesto de avó.

Ai, meu Deus, Juliana está tocando em mim!

Seria estranho se eu pedisse para Rowan tirar uma foto?

É, provavelmente. Contenho o impulso e inspiro fundo o perfume forte da minha autora favorita.

O sorriso de Juliana se destaca em contraste com seus lábios vermelhos.

— Rowan, você não me disse que a sua namorada era linda como uma flor.

Rowan? Ela conhece Rowan?! Por que ele não falou nada?

E espera... NAMORADA?!

Ele limpa a garganta.

— Zahra não é minha namorada.

Sinto um frio muito gelado na barriga.

Os olhos dela se voltam para os meus.

— Bom, minha filha, você precisa prender esse homem imediatamente.

Eu a ignoro porque – como assim? – ela *conhece* Rowan.

— Não fazia ideia de que você conhecia Rowan!

Estou sonhando?

Rowan deve ler minha mente ou algo assim, porque belisca meu braço por mim.

— Ei!

Ele encolhe os ombros. Sorrio como uma idiota porque isso me faz lembrar de quando nos conhecemos. *Ele se lembra mesmo de tudo.*

Juliana dá um tapinha na bochecha de Rowan como uma mãe faria.

— Ele organizou este evento todo para você porque disse que você era minha maior fã.

Sinto o salão girar.

— Está falando sério?! — Eu me viro e ergo os olhos para ele. — Como?

— Ah, você não contou para ela — Juliana diz.

— Você planejou tudo isso? — Fico olhando para o homem que organizou um evento literário inteiro para mim.

— Não. Eu tive ajuda.

Juliana gargalha.

— Minha querida, sem ele eu estaria com a bunda em uma espreguiçadeira em algum lugar do Havaí agora celebrando o lançamento do meu livro novo.

— Mas você está aqui? *Por mim?*

— Vale a pena ter amigos em cargos importantes, não é? — Ela pisca. — A empresa dele transformou meus livros na série que você adora.

— A *empresa* dele?! — Não sei como estou em pé com o tanto de tapetes que ela está puxando de debaixo de mim.

Como pude ser tão idiota? Rowan já comentou da empresa de streaming dele, mas só agora liguei os pontos.

— Scott nunca precisou da minha senha para ver tv. Precisou?

Ele tem a audácia de dar de ombros.

— Não.

— Então por que usou?

— Por que mais, querida? O amor nos leva a fazer coisas bobas — Juliana intervém.

— Ah, não. A gente só está...

— Aproveitando o dia — ele completa por mim.

Retruco.

— Exato! Um dia de cada vez. — Aceno para Juliana como se isso explicasse todos os segundos complicados da minha relação com Rowan.

Juliana balança o dedo para nós.

— Me avisem quem parar de acreditar primeiro nessa mentira.

Reviro os olhos. Afinal, ela é uma autora de livros românticos. É óbvio que vai acreditar que todos os casais estão destinados a serem felizes para sempre. Não sou contra essa ideia, mas eu é que não vou criar muitas expectativas tão cedo. Embora essa sessão de autógrafos tenha me levado a questionar qual pode ser o próximo passo que vamos dar juntos.

Rowan coloca meus livros em cima da mesa.

— Por que você usou minha conta, então, se literalmente criou a plataforma toda?

— Queria ver quais eram seus interesses.

Fico tentada a chorar, porque isso é fofo demais. Por meses, pensei que ele mal gostasse de mim, e lá estava ele vendo streaming na minha conta para sentir uma conexão.

Coloco meus braços ao redor dele e lhe dou o melhor abraço. Ele beija o topo da minha cabeça.

— Bom, vamos lá. Tenho umas outras cem pessoas para ver depois de vocês dois. — Juliana me chama à frente. Ela autografa todos os meus livros com seu nome e uma mensagem breve. As pessoas atrás de nós resmungam sobre o tempo que ela demora comigo, mas ela é tão cheia de vida e não para de me dar atenção. Eu só quero absorver tudo.

Rowan praticamente me arrasta na direção da entrada da livraria como se eu fosse uma criança quando Juliana precisa seguir em frente.

Atravessamos as portas para sair e damos de cara com neve de verdade.

— Está nevando!

— Acho que vai nevar mais alguns centímetros à noite. Que tempo maluco. — Ele franze a testa.

Dou risada enquanto saio correndo para a calçada coberta de neve e giro em um círculo, tentando apanhar os flocos com a língua feito uma criança.

— Vai devagar para não beijar a calçada.

As palavras saem da boca dele um segundo tarde demais. Meus tênis patinam em um pedaço escorregadio, e estendo os braços, mas não tem nada onde me segurar.

Rowan corre e me pega com um tipo de velocidade sobre-humana, mas suas botas sofrem o mesmo destino na calçada gelada. Nós dois caímos com os braços e pernas enroscados na sacola de plástico cheia dos meus livros autografados. Rowan se vira para me proteger e acaba caindo de costas. Eu o acompanho, batendo de cara no peito dele. Ele solta um suspiro alto. Sua outra mão ainda segura a sacola, protegendo todos os livros de caírem e acertarem a calçada úmida.

— Ai. — Esfrego a testa, que não sobreviveu à luta contra os músculos dele. — Você está bem?

— Me pergunta amanhã, quando meus pulmões voltarem a funcionar.

Baixo a testa no peito dele e dou risada até o ar frio queimar meus pulmões. Ele me envolve em seus braços e, juntos, rolamos de rir em uma calçada suja coberta de neve.

Melhor encontro, impossível.

CAPÍTULO TRINTA E OITO
Rowan

Acho que não me saí tão mal. Zahra ficou com um sorrisão permanente estampado na cara quando descobriu sobre o evento literário. Meu único erro foi não pedir para Juliana jurar segredo sobre o motivo por trás do evento.

Não quero que Zahra veja coisa onde não tem. Mas parte de mim já se questiona se não é tarde demais, pela maneira como ela sorri para mim como se eu a fizesse feliz de verdade.

Meu motorista nos deixa de volta na cobertura.

Essa viagem de elevador é diferente da última, com Zahra entreabrindo os livros como se quisesse confirmar que não tem nenhuma mancha de água neles depois do nosso tombo. Ela já fez isso duas vezes, mas entendo que queira proteger suas novas posses valiosas.

Entramos no apartamento, e Zahra vai correndo guardar os livros de volta na mala e tomar um banho. Faço o mesmo, vestindo um jeans e uma camiseta com um logo desbotado de Dreamland.

— Então, qual é o plano? — Ela desce a escada em um conjunto de moletom. O tecido contorna cada curva do corpo dela, e acho difícil ser um homem decente e desviar os olhos. Mas estou longe de ser decoroso quando o assunto é Zahra, então aproveito o momento para admirar o corpo dela.

Ela vira e olha para mim.

— Você vai fazer um buraco nas minhas roupas se continuar me encarando desse jeito.

— Tira a roupa, então. Problema resolvido. — Eu a pego pelo quadril e a puxo para perto.

Ela coloca a mão no meu peito, logo acima do coração, que acelera ao sentir o toque dela.

O estômago de Zahra solta o protesto mais alto da história. Ela dá um tapinha na barriga.

— Que constrangedor.

Eu me recrimino por não ter pensado nessas coisas. Não comemos nada desde o almoço rápido no avião.

Eu a solto e vou até a gaveta cheia de cardápios de delivery.

— Escolhe você.

Ela folheia os panfletos e minicardápios antes de pegar um de pizza.

— Não é isso que eles comem em Nova York? — Ela ergue um ombro.

— Você escolhe isso quando poderia pedir comida da Ruth's Chris?

— Quem é Ruth Chris?

— Pode ser pizza mesmo. — Eu digo com um suspiro.

O jantar chega uma hora depois, e arrumo tudo na mesa de centro. Nós nos acomodamos no tapete na frente da lareira enorme no meio da sala. Nunca gostei de comer à mesa de jantar. Me faz lembrar de quando minha mãe era viva, quando meu pai chegava em casa sóbrio para comermos como uma família.

— Então você comentou que esta é uma das suas propriedades. Quantas exatamente você tem? — Ela dá uma mordida na pizza.

Faço as contas na cabeça.

— Vinte e oito.

— Está falando sério?

— Sim.

Suas bochechas perdem um pouco da cor.

— Certo. Uau. Qual é sua favorita?

Mordo minha pizza para me dar tempo para considerar a pergunta dela.

— Sinceramente, não tenho.

Ela fica boquiaberta.

— Você não sente que nenhuma delas é o seu lar?

— Lar é onde quer que precisem de mim para o trabalho.

Ela fica boquiaberta.

— Eu prefiro alguns climas a outros. Por exemplo, Chicago é melhor no verão, mas meu pau vira picolé no inverno.

— E Dreamland?

Piso em ovos com a pergunta.

— Dreamland é diferente.

— Em que sentido?

— Tenho muitas lembranças negativas de lá.

Suas sobrancelhas se franzem.

— Ah. É surpreendente que você tenha virado diretor, então.

— Eu estava interessado em aumentar o nível do parque. Era melhor para mim superar as questões que me prendiam ao passado.

Tecnicamente, não é mentira. Mas o sorriso dela é como um soco no estômago.

Você não tem escolha além de esconder a verdade dela. Está perto demais de colocar tudo em risco agora.

Ela sorri.

— Você se sente melhor sobre estar lá agora?

— Conheci uma pessoa que torna tolerável o meu tempo lá.

O rubor que se espalha pelas bochechas dela faz meu estômago revirar. Fica até difícil comer.

— Tolerável? Vou ter que me esforçar mais.

Ela já faz mais do que o suficiente. Limpo a garganta.

— Chega de perguntas sobre mim. Estou curioso sobre uma coisa.

— O quê?

— Me conta sobre os bottons.

Toda a sua linguagem corporal muda com essa única pergunta.

— Não é uma história bonita. — Ela olha para a vista atrás de mim.

— Não foi isso que eu pedi. — Pego a mão dela, como ela faz comigo toda vez que preciso falar sobre algo difícil.

Seu corpo relaxa, e ela solta o ar.

— O primeiro dia em que fiz terapia foi o mesmo dia em que ganhei meu primeiro botton.

Eu nunca poderia imaginar alguém como Zahra fazendo terapia. Meu pai me falava que era uma coisa para pessoas fracas, que eram tão patéticas que precisavam de outra pessoa para resolver seus problemas.

— Você fazia terapia? Por quê?

— Porque eu percebi que não poderia melhorar sem me esforçar.

— Mas você é... — Empaco em busca das palavras perfeitas.

Sua risada é triste.

— O quê? Simpática? Feliz? Sorridente?

— Então, sim. — Não é assim que funciona? Por que alguém feliz faria terapia?

Ela baixa os olhos.

— Todo mundo tem momentos ruins. E, para mim, eu... aconteceu... — Ela solta um suspiro pesado.

Zahra atormentada? Isso é novo.

— Uns dois anos atrás, entrei em uma depressão profunda. — Ela olha fixamente para as mãos.

Fico olhando para a cara dela.

— Quê?

Suas bochechas ficam vermelhas.

— É verdade. Eu não sabia na época, mas foi Claire quem me falou oficialmente que eu precisava de ajuda. Ela até me ajudou a procurar um terapeuta e me falou para tentar falar com alguém sobre como eu me sentia.

— Eu... não sei o que dizer.

Ela funga.

— Nem sei por que estou chorando agora. — Ela seca as bochechas úmidas furiosamente.

Enxugo uma lágrima que ela deixou escapar.

— Estou num momento melhor agora. Mas... nossa. Quando Lance partiu meu coração, eu quase não conseguia sair da cama. Gastei todos os meus dias de folga do ano porque não estava dormindo bem, e até levantar era difícil. Mal estava comendo. E os pensamentos... — Sua voz embarga, e juro que sinto um soco no peito. — Eu me odiava muito. Passei meses me culpando. Afinal, eu devia ser muito burra para não perceber que estava sendo traída. Eu me sentia usada e ridícula.

— Você é muitas coisas incríveis, e ridícula não é uma delas. — Meu sangue ferve com a ideia de ela pensar qualquer coisa negativa sobre si mesma.

Ela funga de novo.

— Agora eu sei disso. Mas na época me sentia muito fraca. Porque nada que eu fizesse conseguia impedir aquele sentimento de desesperança que tomou conta. Eu tentava. Nossa, tentava muito, porque nunca soube como era ser alguma coisa além de feliz. Só que, por mais que eu me esforçasse para botar um sorriso no rosto, pior eu ficava. Depois de um tempo, cheguei a um ponto assustador em que não sabia se a vida valia a pena. — Ela baixa os olhos para as mãos trêmulas. — Eu... eu nunca pensei que seria o tipo de pessoa que acharia que seria melhor desistir. Sinto vergonha por ter considerado isso.

Fico tentado a encontrar Lance e a socar o rosto dele para ele sentir uma fração da dor que Zahra sofreu. Alguém tão doce não precisaria de um botton de ponto e vírgula[1] se não fosse por ele.

— Essa sou eu agora. Mas quem eu era antes, quando tudo aconteceu... eu era só um casco. Esqueci de acreditar em mim mesma quando mais importava.

A dor em sua voz me engasga, tornando minha respiração difícil. Seus olhos, sempre expressivos, revelam toda a dor que ela sentiu por causa daquele babaca.

Vou até o lado dela da mesa e a puxo para meu colo. Ela afunda o rosto na minha camisa, apertando o tecido como se precisasse se segurar em alguma coisa.

Já senti muitas coisas diferentes na vida, mas Zahra buscando consolo em mim me desperta algo novo. Não consigo descrever. Me faz sentir necessário. Protetor. Vingativo em relação a todos que a magoaram.

Gosto muito dela. Nossa relação está evoluindo devagar de uma coisa casual para algo maior, e não sou completamente contrário a isso.

Eu a aperto com força em meu peito.

— Foi Claire quem começou minha coleção de bottons depois da primeira sessão de terapia. Ela me comprou um do Iggy, o alienígena, que viu na Etsy, mas, em vez de ele mostrando três dedos em sinal de paz, estava mostrando o dedo do meio para todo mundo. Era um *vai se foder* simbólico para Lance.

Balanço a cabeça com um sorriso.

— É uma violação ilegal de marca registrada.

— Me processe. — Ela sorri.

Sorrio em resposta.

— Como você passou de um botton para uma mochila cheia deles?

— Claire assumiu a missão de encontrar para mim os bottons mais absurdos toda semana. Sempre que eu voltava da minha sessão semanal, ela me mostrava. Agora ela me compra dois por ano, um no meu aniversário e um no Natal.

— Ela é uma boa amiga.

---

1. O símbolo de ponto e vírgula é utilizado como uma referência à luta contra a depressão e à prevenção ao suicídio.

— A melhor. Eu tenho sorte de tê-la na minha vida. Como colega de apartamento e como melhor amiga.

Eu a aperto com mais força, como se pudesse aliviar parte da dor.

— Mas agora você está melhor? — Tento esconder a preocupação na voz, mas parte dela transparece.

Ela faz que sim.

— Com certeza.

— Se isso serve de consolo, ele nunca mereceu você.

E você merece?

— Obrigada. — Sua voz é um sussurro, muito baixo e inseguro.

— Desculpe perguntar, mas por que você usa os bottons todo dia, então?

— Como um lembrete e uma promessa para mim mesma de que, não importa o quanto a vida fique difícil, vou continuar me esforçando. — Seu sorriso lacrimejante faz meu peito todo se apertar a ponto de ser difícil respirar.

Pego uma mecha do cabelo dela e a ajeito atrás da orelha.

— Você é ridiculamente incrível.

— Porque eu uso bottons fantásticos?

— Porque você é você.

Encosto os lábios nos dela. É um beijo suave, sem a intenção de excitar ou provocar. Nem sei ao certo qual é a intenção, mas sei que parece certo.

Ela suspira e faz uma coisa estranha acontecer em meu peito. Como se eu fosse capaz de deixá-la contente.

Encosto a testa na dela.

— Espero um dia ser forte como você. Quem sabe falar sobre algumas coisas que pesam em cima de mim.

Ela inspira fundo.

— Forte como eu?

Faço que sim. Minha garganta se aperta como se quisesse me impedir de revelar segredos.

Não faça isso. Se abrir esse tipo de ferida, vai estar pedindo para ela cutucar suas fraquezas.

Mas e se ela não for como *ele*? Zahra é boa, amorosa e tudo de melhor no mundo. Ela não é nada como meu pai. Ela não vai me julgar. Não. Porque ela realmente gosta de *mim* – ao contrário dele.

Um babaca que não se importa em fazer os outros chorarem, implorarem ou empobrecerem. Alguém que escolhe a si mesmo sempre porque, se eu não me protegesse, ninguém me protegeria.

— Eu... fui muito afetado pela morte da minha mãe.

O rosto todo de Zahra muda. Seu sorriso se fecha e seus olhos se suavizam. Fico tentado a parar. Apagar essa expressão e nunca mais comentar o assunto.

Mas ela me surpreende.

— Um beijo por um segredo?

Faço que sim, sem conseguir dizer uma palavra. Ela encosta os lábios nos meus. A sensação do corpo dela contra o meu me faz querer avançar. Dominar. Possuir. Fazer com que ela se lembre de quem eu sou, independentemente das minhas fraquezas ocultas disfarçadas de segredos.

Domino os lábios dela, marcando-a com minha língua. Mostrando a ela que ainda sou o homem de quem ela gosta, por mais que eu diga algo que me torne menor.

Não seja idiota. Ela não pensaria isso.

Ela recua e envolve minha bochecha.

— Meu segredo.

Suspiro. Vou mesmo contar isso para ela? Será que *consigo* contar? Essa parte do meu passado está trancada a sete chaves, submersa em algum lugar profundo nos abismos das minhas lembranças mais sombrias.

Ela me envolve em seus braços e pernas. Seu calor entra em minha pele, trazendo de volta certo calor às minhas veias geladas.

Solto uma expiração tensa.

— Meu pai era um menino solitário que tinha acesso a tudo que o dinheiro poderia comprar. Jatinhos particulares. Barcos. Empregados em tempo integral. Mas nada disso importava depois que minha mãe surgiu na vida dele. Eles são... eram a coisa mais próxima do amor verdadeiro. Pelo menos é o que me falam, porque eu era muito novo para me lembrar deles juntos. Mas o Declan sempre disse que tudo que minha mãe queria meu pai dava.

Zahra recua.

— Que triste.

Merda.

— Não sinta pena do meu pai. Ele é um escroto.

— Sinto pena de *todos* vocês.

Limpo a garganta arranhada.

— Meus pais adoravam Dreamland tanto quanto meu avô... até tudo mudar.

— Quando sua mãe ficou doente?

Faço que sim.

— Sinto muito. Nenhuma criança deveria perder a mãe tão cedo. — A mão dela se estende e pega a minha. Abro o punho, deixando nossos dedos se entrelaçarem. Esse gesto simples não deveria significar tanta coisa, mas segurar a mão de Zahra é como me segurar em uma boia. Como se eu pudesse me agarrar nela para não ser arrastado para os cantos mais sombrios da minha mente.

— Uma das últimas lembranças que tenho com ela foi em Dreamland.

Zahra assente, seus olhos refletindo certa compreensão.

— Minha mãe era tudo para nós. E as poucas lembranças boas que tenho dos meus pais juntos incluíam ele fazendo de tudo por ela. Se minha mãe sorrisse para uma coisa, meu pai encontrava um jeito de possuir mais daquilo. Se ela chorasse por causa de alguma coisa, meu pai ficava decidido a demolir aquela coisa.

Zahra me abre um sorriso vacilante.

— Ele me parece um homem apaixonado.

— Paixão. Uma palavra tão simples para algo tão devastador.

— Nada de bom pode ser dado de graça. — Sua mão aperta a minha com ainda mais força, interrompendo todo e qualquer fluxo sanguíneo. Não sei pelo bem de quem ela faz isso, mas fico grato pela carícia do seu polegar em meus dedos.

— Meu pai nunca foi o mesmo depois que ela morreu, e nós também não. — Meus olhos se fixam na lareira ao nosso lado em vez do rosto de Zahra porque não posso aceitar a compaixão dela. Porque não a mereço. O monstro egoísta que me tornei nas últimas duas décadas é muito diferente do menino de quem ela tem pena.

Contemplo as chamas dançantes.

— Meu pai nos tratava mal porque acho que tinha *medo*. Porque cuidar de nós sozinho significava aceitar que minha mãe estava morta de verdade, e ele não estava pronto para aceitar isso. Ele nos abandonou quando mais precisávamos dele e se tornou alguém que nenhum de nós reconhecia. Então, em vez de perder a mãe, perdemos os dois. A mãe para o câncer, e o pai para os vícios. — Minha voz embarga. — Nós o protegemos porque pensamos que ele ficaria melhor. Pensando agora, éramos muito novos para entender. Deveríamos ter contado para alguém dos problemas dele. Mas ele escondia muito bem o alcoolismo. Nosso avô desconfiava, claro, mas nós protegemos o nosso pai. Não por lealdade a ele, mas talvez à nossa mãe? Sei lá.

— Vocês eram *crianças*.

— Mas talvez, se tivéssemos conseguido que ele recebesse logo a ajuda de que precisava, pudéssemos ter impedido os anos de dor que vieram depois. — Fecho os olhos, com medo de que Zahra note as lágrimas se acumulando neles.

Homem não chora.
Você sempre foi fraco.
Patético.

Todas as lembranças enchem minha cabeça de uma vez.

— A dor nos testa de maneiras diferentes.

Concordo com um movimento de cabeça.

— Acho que ele destruía o que todos os outros amavam porque não conseguia suportar ter perdido a única pessoa no mundo que importava para ele.

— E o que você acha que ele destruiu em você?

— A única coisa em que eu era bom. Meus irmãos tinham os esportes, ou os gibis, ou os clubes. Mas eu? Eu era o esquisitão. O artista decepcionante que falava muito e sonhava alto demais.

Zahra pressiona bem os lábios, embora eu consiga ver umas cem perguntas em seus olhos.

Expiro.

— Cheguei a um ponto em que comecei a me odiar. Tudo que eu queria era fazer meu pai feliz, mas, em vez disso, eu provava vezes e mais vezes por que eu fracassava. Porque eu era o mais fraco dos filhos dele. Porque era melhor que minha mãe nunca visse o menino patético que eu era.

Uma lágrima escorre pelo rosto de Zahra.

— Você não pode acreditar nisso.

Olhe você fazendo Zahra chorar. Sempre a mesma decepção.

Expulso esse pensamento.

— Eu... não sei. Mas eu mudei. Aconteceu uma mudança de mentalidade depois que... — Me contenho para não revelar demais. — Eu me retraí. Aprendi tudo que podia com meus irmãos e parei de me importar com qualquer coisa além de provar que meu pai estava errado. Passei todos os dias provando por que eu não era uma decepção.

— À custa do que você amava?

— Era um preço a se pagar pela paz. Pensei que nunca mais voltaria a desenhar...

— Até ver meus desenhos horríveis.

Concordo com um pequeno sorriso.

— Porque, mesmo não sabendo na época, eu queria que você *me* visse.

CAPÍTULO TRINTA E NOVE
Zahra

Quero beijar Rowan até seus lábios incharem e o brilho triste de seus olhos ser substituído por tesão. Parte de mim quer voltar no tempo e proteger aquele garotinho que não queria nada além de sonhar, desenhar e ser quem ele era sem ser atacado por isso. Eu faria de tudo para protegê-lo das palavras horríveis do pai – um resultado do sofrimento que abatia tanto o pai quanto os filhos.

Aperto os braços ao redor do seu corpo. Seu aroma de brisa oceânica me banha quando sua cabeça pousa na curva do meu pescoço. Ele solta um suspiro trêmulo.

Não sei o que é isso, mas parece *certo*.

Seu coração bate forte em um ritmo irregular.

— Não contei isso para você sentir pena de mim.

— Então por quê?

— Porque... — Sua voz se perde.

Dou o tempo de que ele claramente precisa. Não fazemos nada além de ficar aqui, juntos, nos banhando no conforto da presença um do outro.

— Você... porque... — O fogo esconde a maior parte do vermelho de seu rosto, mas noto seu olhar apavorado.

Encosto os lábios nos seus, deixando um levíssimo beijo.

— Porque o quê?

Seu coração bate mais forte contra meu peito, a batida ficando assustadoramente rápida.

— Porque eu gosto de você. É assustador pra caramba, porque você me faz sentir *tudo*. E eu sei que vou desapontar você. Que não posso prometer muita coisa, mas às vezes acho que poderia. Se eu me esforçasse. Se eu encontrasse uma maneira de fazer as coisas do jeito certo.

Meu coração inteiro ameaça se desintegrar pelo calor que se espalha em meu corpo. É a coisa mais próxima de uma confissão de amor que eu poderia receber dele. E é um sinal de esperança.

De que ele pode estar nessa em busca de mais do que uma foda casual e uma amizade com alguém que o trata como um cara normal. Que ele pode estar mesmo disposto a fazer as coisas do jeito certo se decidir se esforçar.

Eu me ajoelho e dou um beijo nos lábios de Rowan. É para ser um beijo de consolo, mas ele não me solta. Uma das suas mãos envolve meu rabo de cavalo e puxa enquanto a outra aperta meu quadril e intensifica o beijo. Gemo, dando a ele mais acesso à minha boca. Nossas línguas se digladiam, e o sangue lateja do meu coração errático para meus ouvidos.

Os lábios de Rowan não se afastam dos meus enquanto ele me guia com jeitinho de maneira que minhas costas encostem no tapete felpudo. Ele me beija como se quisesse me marcar com sua língua. Como se precisasse garantir que eu não o esqueça. Eu não teria como esquecê-lo. Nem em cem anos ou um milhão de beijos depois. Há algo na nossa conexão que me faz cambalear querendo mais.

Minha cabeça fica zonza enquanto ele traça os contornos do meu corpo com a ponta dos dedos. Deixo seus lábios e me aposso da área do seu pescoço, sugando a pele até deixar marcas.

Ele geme enquanto recua. Com os lábios sedentos, ele ergue a barra do meu moletom.

— Hmm. Por essa eu não esperava. — Sua voz rouca corta minha respiração ofegante.

Todo o sangue sobe para as minhas bochechas.

— Ani colocou na mala.

— Sério? Assim você machuca meu ego. Pensei que tivesse escolhido só para mim. — Ele passa um dedo sobre a estampa horrorosa de rosquinhas. Tenho quase certeza de que esse sutiã não vê a luz do dia desde que eu estava no ensino médio. Pró: ele deixa meus seios fantásticos. Contra: me deixa ridícula. Só me resta torcer para que ele esteja tão desesperado que não leia o "Quer minha rosquinha?" escrito na bunda. Acho que não conseguiria viver com essa.

— Vai ficar me encarando a noite toda ou continuar com o show?

Seu olhar permanece no meu peito.

— Estou gostando da vista.

— Eu gostaria mais da minha se o seu rosto estivesse no meio das minhas pernas.

Seus lábios acertam os meus. Ele nos vira de lado antes que eu consiga recuperar o fôlego. Uma de suas mãos solta meu sutiã, enquanto a outra é rápida em tirar meu moletom. Ele leva menos de um momento para me deixar de topless à sua espera.

Ele se levanta, me levando junto. A área que implora por ele se pressiona contra sua ereção, e nós gememos juntos. Suas mãos são ávidas, passando pela minha pele, criando arrepios onde quer que fiquem.

Minha cabeça gira quando as costas voltam a encostar no tapete. Não consigo evitar. Nossos lábios se separam enquanto solto uma gargalhada.

— Se você está rindo, é porque tem algum problema aqui.

— Não consigo evitar! Onde você aprendeu a se mexer desse jeito? — Outra risadinha escapa de mim. Calo a boca quando seu corpo desliza sobre o meu.

Não recebo nenhum aviso. Nada além de uma descarga nervosa quando sua boca encosta no meu seio. Sua língua gira, me provocando até eu estar gemendo e me debatendo embaixo dele. Tudo que consigo fazer para me firmar é apertar seu cabelo e puxar.

Rowan é um homem com uma atenção impecável aos detalhes. A boca pode estar ocupada, mas isso não impede as mãos de traçar meu outro mamilo com um toque levíssimo. Não é nada além da sombra de uma carícia, fazendo minha pele arder por ele. Sinto meu corpo todo como se ele tivesse me encharcado de fluido de isqueiro e botado fogo em mim.

Resmungo, frustrada, e a boca de Rowan se solta com um estalo. As chamas da lareira dançam por seu rosto, lançando uma luz dourada sobre ele.

— A paciência é uma virtude.

— É, a castidade também, mas nem por isso eu pratico.

O canto da boca dele se ergue.

— Estou tentando ser um cavalheiro. As preliminares são importantes.

— Você me comeu num carro faz umas duas semanas. A licença de cavalheiro foi revogada.

Ele ri. É um som intenso e profundo, grave o bastante para fazer os dedos dos meus pés se curvarem.

— Fica aí. — Ele se levanta, exibindo seu volume impressionante pressionado contra o zíper da calça jeans. Abre o botão e o zíper parcialmente enquanto vai até a cozinha. Gavetas são abertas e fechadas antes de ele voltar e jogar algumas camisinhas no tapete.

Ele puxa a camiseta por sobre a cabeça, e eu fico boquiaberta. Quero traçar a língua por seus músculos ondulantes, memorizando as curvas e arestas sólidas. Sua calça encontra o mesmo destino no chão, deixando-o sem nada além de uma boxer justa. Minha boca se enche d'água com o contorno do seu pau.

Engatinho até ele e traço seu volume com a palma da mão. Ele joga a cabeça para trás enquanto seus dedos puxam a raiz do meu cabelo. Descubro sua ereção e traço a extensão dela com a ponta da língua. Isso me garante um gemido e uma puxada de dor na escápula.

— Prove o quanto me quer.

Algo nas palavras dele ressoa em meu peito. Depois de tudo que ele compartilhou, suas palavras parecem importantes. Como se ele achasse que eu o veria como alguém menor porque passou a vida sendo subvalorizado.

Faço uma anotação mental de o apreciar. Mostrar que nada do que ele diga pode me afastar. Eu gosto do homem que ninguém mais conhece. Eu até acho que o *amo*.

Minhas bochechas ardem enquanto o coloco na boca, um centímetro de cada vez. Ele vai enfiando o membro na minha boca, e meu clitóris lateja em resposta. Ele controla meu corpo como faz com uma sala de reunião – com absoluta confiança e um domínio letal que acho inebriante.

E eu *amo* isso pra caralho.

Ele enfia mais, e a ponta das suas unhas raspa meu couro cabeludo. Meu gemido sai abafado, mas traz sua atenção de volta para mim.

Ele acaricia minhas bochechas com a ponta dos dedos.

— Não sei o que eu amo mais. O jeito como você sorri para mim sem preocupação ou o jeito como fica com os lábios inchados em volta do meu pau.

Ele *ama* o meu *sorriso*.

Meu corpo todo ganha vida, e volto a assumir o controle. Uso as mãos para metê-lo ainda mais na garganta, e o gemido que ele solta me faz querer devorá-lo até ele ceder o controle.

Roço os dentes na pele suave, e seu quadril se move para a frente. Todo domínio que Rowan tinha sobre a situação se perde, e seu demônio é liberado. Ele me fode como se me odiasse. Como se eu despertasse todos aqueles sentimentos que ele não consegue suportar.

Amo muito isso tudo. Inclusive, quero mais. Mais dele e mais disso.

Mal noto as pontadinhas de dor quando seus dedos puxam meu cabelo. Ele me usa, marcando minha língua com seu pré-gozo a cada estocada.

Nossos olhos se encontram, e a ferocidade em seu olhar faz outra corrente de energia descer pela minha espinha. Envolvo suas bolas, e todos os músculos de seu corpo *tremem*.

— Não se atreva a engolir. — Ele enfia e tira da minha boca vezes e mais vezes. Sua vara brilha, e meus olhos quase reviram para o fundo da cabeça.

Ele geme ao mesmo tempo que seus jatos de porra quente acertam o fundo da minha garganta. É tanta que estou convencida de que vou engasgar, mas respiro fundo e obedeço seu pedido.

Ele tira o pau.

— Abre. — Sua boca traça meu lábio inferior, ardendo com o misto da minha saliva com a porra dele.

Olho no fundo dos seus olhos enquanto mostro o que ele quer.

— Caralho. — Seu olhar *queima*. — Engula tudo.

Minha garganta ondula enquanto sigo seu comando.

Ele me joga no tapete e me deita de costas. Seus lábios voltam aos meus, devorando-os. Ele aperta o elástico da minha calça de moletom e da minha calcinha ao mesmo tempo, afastando-se dos meus lábios só para voltar a eles. O fogo lança uma luz dourada sobre ele.

— Você é perfeita. — Ele traça a pele sensível do interior da minha coxa, me fazendo sentir reverenciada. Especial. *Amada*. Nunca me senti tão bonita em toda a minha vida.

Ele engatinha sobre mim. Uma de suas mãos desce pelo meu corpo enquanto seus lábios encontram os meus de novo. Ele me beija até eu ficar ofegante. Até o sangue voltar para o seu pau e o pré-gozo escorrer pelo meu estômago, deixando uma trilha da sua excitação.

Aperto sua ereção crescente, e ele estremece sobre mim. Rowan não deixa uma parte da minha pele sem tocar ou beijar. É como se quisesse memorizar meus contornos com os lábios. Sua cabeça vira para o lado quando traço o polegar na gota de pré-gozo e a uso para ajudar a mão a deslizar com mais facilidade pelo seu membro.

Rowan desce mais um pouco até sua boca encontrar a área que está desesperada por ele. Eu me sobressalto quando ele passa a língua pela minha pele. Faíscas se espalham como fogos de artifício por ela, e minhas mãos agarram suas mechas de cabelo densas. Ele ri baixo contra mim, criando a melhor vibração em meu clitóris. Tenho uma experiência fora do corpo quando Rowan me deixa à beira do prazer. Eu o arranho, tentando encontrar algo para me segurar à Terra.

Seus lábios encontram meu clitóris e ele chupa ao mesmo tempo que um de seus dedos entra em mim. Não tenho trégua enquanto Rowan enfia outro. Meu mundo todo brilha em tons intensos. Cores estouram atrás dos meus olhos quando explodo ao redor dele. Ele segue meu orgasmo com um beijo, abafando meus gemidos como se os quisesse possuir.

Estou tremendo quando volto da brisa. Ele desliza o polegar pelo meu gozo antes de tocar meu lábio inferior.

— Sinta o gosto do quanto você me quer.

Coloco a língua para fora, lambendo o lábio antes de provocar a ponta do polegar dele.

Seus olhos ficam predatórios quando ele me vira e me coloca de joelhos, mudando nossa direção de modo que fico de frente para o horizonte da cidade. Não sei bem para onde olhar. Para ele ajoelhado atrás de mim ou para as luzes brilhando à minha frente.

O rasgo revelador da embalagem enche o silêncio. O calor se acumula em meu ventre. As palmas das minhas mãos apertam o tapete grosso, e eu respiro fundo algumas vezes.

O corpo de Rowan se pressiona contra minhas costas, me envolvendo em seu calor. Seu hálito quente deixa meus nervos em frenesi quando ele encosta a ponta em mim.

Ele beija a base da minha espinha.

— Você não deveria ter me feito sorrir ou dar risada. — Ele mordisca o comecinho da minha orelha antes de contornar meus brincos com o dedo. — Não deveria ter entrado na minha pele como um veneno sem antídoto. — Ele desliza apenas a pontinha dentro de mim. Recuo, mas ele se move também, me fazendo de refém. — E não deveria ter me feito querer mais.

O calor brota em meu peito. Ofego quando ele enfia o membro em mim com uma única metida. Meu corpo arde com a intrusão, e lágrimas queimam em meus olhos.

— Mas agora é tarde demais. — Ele alisa meu cabelo antes de enrolá-lo na mão como uma corda.

Ele puxa.

— Você é minha.

Meus braços tremem, mal conseguindo me segurar. Suas palavras se debatem em meu coração. Rowan pode não falar muito normalmente, mas hoje ele não para. Cada palavra entra em minha alma, colando os cacos que Lance deixou.

Sua mão aperta meu cabelo com mais força.

— Fale. — Ele mete com tanta força que escorrego no tapete, queimando meus joelhos.

Só consigo responder com um gemido quando ele sai de mim para fazer a mesma coisa de novo.

— Fale que você é minha. — Ele sai até a pontinha, me deixando com uma sensação de vazio.

— Sou sua — grito. Sou recompensada com outro movimento violento do seu quadril, mas dessa vez ele acerta meu ponto G.

A pressão cresce dentro de mim. O formigamento começa na ponta da espinha e chega até os dedos dos pés. Uma das mãos de Rowan aperta meu quadril, enquanto a outra puxa meu cabelo, me forçando a olhar para ele por sobre o ombro. A paisagem à nossa frente não é nada comparada à imagem de Rowan perdendo o controle enquanto mete em mim sem parar. Entro em transe, apertando o tapete, embora tudo que eu queira seja cravar os dedos na pele dele e nunca soltar.

Faíscas coisa nenhuma. Juntos, somos um inferno ardente tão abrasador que tenho medo de entrar em combustão se tocar nele. Faz sentido, considerando que me apaixonar por Rowan é como brincar com fogo. Um movimento em falso pode me consumir. Me destruir. Me transformar em nada além de cinzas atrás dele.

Mas quero correr o risco de me apaixonar mesmo assim, na esperança de criarmos algo bonito juntos. Como um diamante que nasce sob pressão, com falhas que nos tornam deslumbrantes. Quero esse tipo de amor com Rowan. O tipo tão inflamado quanto um incêndio selvagem e tão duradouro quanto uma pedra preciosa.

Uma das mãos que apertam meu quadril passa para o clitóris. Seu polegar aperta a pele sensível, me levando ao clímax. Rowan me segura enquanto mergulha na escuridão depois de mim.

Ele é perfeito. Nós somos perfeitos. Tudo é tão perfeito que tenho medo de falar isso em voz alta. É mais do que tesão, mas me recuso a ser a primeira a admitir. Por mais tentada que esteja.

CAPÍTULO QUARENTA
Rowan

A mão de Zahra estremece na minha.

— Vai me falar para onde estamos indo?

— Se eu falasse não seria mais uma surpresa.

Ela ajeita o cachecol sobre o rosto. Seu corpo todo treme, apesar de eu ter emprestado meu único casaco para ela porque Ani só colocou uma jaqueta jeans na mala.

Os dois pompons em cima da sua touca balançam enquanto ela me segue pela rua movimentada.

— Essa surpresa inclui alguma coisa quente para beber? Quase não estou conseguindo sentir os dedos dos meus pés.

— É porque esses tênis não foram feitos para este clima.

— Acho que a minha irmã não fazia ideia de como fica frio aqui. — Ela esfrega as mãos enluvadas uma na outra.

Eu deveria ter comprado roupas de frio melhores para ela enquanto estamos aqui. Ela está tremendo feito vara verde e tenho medo de que saia voando na próxima rajada de vento.

— Você não está preparada para um inverno de Chicago se acha que isto é frio.

— Não sabia que eu teria que esperar um inverno de Chicago algum dia. Bato em um dos pompons dela.

— Você é minha acompanhante para o baile de gala de Réveillon.

— Que tipo de pessoa egoísta dá um baile de gala no Réveillon? As pessoas não gostam de passar essa data com a família?

— Claro, se elas tiverem noventa anos e estiverem em uma casa de repouso. — Aperto a mão dela e atravesso a rua com ela. Apesar de sua jaqueta néon, tenho medo de ela se perder na contramão, porque fica impressionada demais com as luzes e as pessoas.

— Você nunca pede em vez de mandar? Primeiro era ir para Nova York. Agora é um baile de gala no Ano-Novo. Eu tenho alguma escolha quando o assunto é você?

— Claro. Hoje você pode decidir como quer transar primeiro. — Sorrio. Sinto os músculos do meu rosto mais relaxados dessa vez quando finalmente me acostumo a esse tipo de gesto.

Ela bate em meu braço com a ponta do cachecol.

— Que generoso da sua parte.

— Vem. Estamos quase lá. Só mais uma rua.

Chegamos ao Rockefeller Center. Uma multidão cerca a árvore enorme brilhando com luzes multicoloridas.

Zahra ergue o pescoço para ver a árvore de vinte e três metros de altura.

— Uau. Ela humilha a árvore de Dreamland!

Fico tentado a tornar a próxima árvore de Dreamland tão gigantesca quanto essa só para fazê-la feliz.

Coloco o braço ao redor dela e a puxo para o meu lado.

— O que acha?

— Essa é a coisa mais próxima que nós temos de mágica. Sério, como eles encontraram uma árvore tão grande? No Polo Norte?

Engasgo com uma gargalhada.

— Mais provável que em algum lugar de Connecticut.

— Assim você estraga a magia. — Zahra ergue os olhos para as luzes enquanto a observo. Nunca dei bola para tradições bestas como visitar a árvore de Rockefeller, mas ver Zahra sorrir enquanto experimenta coisas novas revive uma parte quebrada de mim. Faz com que eu queira encontrar outras coisas que possam deslumbrá-la, ao menos para recriar o mesmo tipo de expressão de fascínio em seu rosto.

Estou ferrado. Perdendo a cabeça completamente.

Seus olhos se iluminam como a maldita árvore enquanto ela se vira e olha para a pista de patinação atrás de nós.

— Então, seria muito difícil convencer você a patinar no gelo agora?

Eu não saberia patinar no gelo nem se minha vida dependesse disso. Enquanto Declan e Cal humilhavam em suas equipes de hóquei amador, eu preferia passatempos mais criativos. Tenho mais chance de lascar um dente do que de transar esta noite, mas não me importo.

— Apresente a sua proposta.

Ela revira os olhos.

— Tudo é um negócio para você.

Aperto o nariz vermelho dela.

— Você aprende rápido.

Seu sorriso brilha tanto quanto a estrela no alto da árvore.

É. Estou muito ferrado.

* * *

— Tem mais uma coisa que eu quero fazer. — Zahra aperta minha mão.

Flocos de neve caem ao nosso redor, cobrindo nossos casacos e toucas.

— Patinar no gelo não foi o suficiente para você?

Ela faz que não.

— Podemos dar uma volta no Central Park? *Por favor*?

— Perdi toda a sensibilidade dos joelhos para baixo faz meia hora. — Sopro uma expiração para provar meu argumento. O ar esfumaçado desaparece noite adentro.

— Isso é porque você passou mais tempo de quatro do que patinando de verdade.

Meus pulmões ardem de tanto rir. O calor que se espalha em meu peito combate o ar gelado.

Ela puxa minha mão na direção errada.

— Vamos. É uma caminhada rápida. Eu vi no Google.

— Não.

— Não seja chato. — Seu beicinho, embora fofo, não faz absolutamente nada comigo.

— Estou indiferente à sua expressão.

— Por favor? Tem uma última coisinha que quero fazer. — Seu lábio inferior treme. Os cílios vibram, coletando flocos de neve.

Minha determinação se desfaz. Envolvo sua bochecha irritada pelo vento. O sorriso dela cresce quando passo o polegar de um lado para o outro da sua pele congelada.

Saco. Meus culhões oficialmente viraram prisioneiros de guerra.

— Tá. Mas só quinze minutos. Seu nariz está prestes a sair do corpo. — Dou um peteleco na ponta vermelha.

Zahra sorri. Por esse sorriso, eu faria praticamente qualquer coisa.

* * *

Fui bobo de pensar que quinze minutos era tempo suficiente. Nunca que eu conseguiria arrastar Zahra para fora do parque sem que ela esperneasse e chorasse. A coisinha que ela queria fazer virou duas, depois três. Então, antes que eu me desse conta, comecei a fazer um boneco de neve no meio do Central Park depois de dar um passeio ridículo de trenó em volta do lugar.

— Você achou os botões? — Zahra solta um suspiro fraco. Ela deixa três galhos perto das minhas botas.

Coloco as três pedrinhas que revirei centímetros de neve para encontrar.

— Isso! Perfeito. — Zahra olha para as pedras como se fossem diamantes.

Nunca na vida eu teria considerado que montar um boneco de neve seria tão divertido. Ver Zahra experimentar a neve pela primeira vez é como ser uma criancinha na manhã de Natal. Nunca senti tanta alegria assim antes. Pelo menos não quando eu era uma criancinha.

Quero roubar outras primeiras vezes de Zahra. Qualquer coisa para recriar *aquele* sorriso que ela tem quando olha para uma pilha de pedras e um boneco de neve torto. Quero possuir seu sorriso tanto quanto quero possuir todas as outras partes dela.

Ela ri enquanto rola a cabeça do boneco de neve de um lado para o outro, tornando a bola maior a cada passada.

— Tem certeza de que tem vinte e três anos? — provoco.

— Ah, poxa. A coisa mais próxima que eu já tive de um boneco de neve foi um feito de areia. Me deixa viver um pouco.

— Lembre-se desse momento quando estiver de cama com um prato de canja de galinha por uns dias.

— Quem liga? Estamos vivendo o agora.

— Isso é ótimo e tal até eu perder nove dos meus dez dedos por congelamento.

— Ah, coitadinho. — Ela pega minha mão de luva e beija cada dedo.

— Sei de uma coisa mais embaixo que precisa de um beijinho quente também.

Uma risada escapa dela. Chego perto e dou um beijo delicado na curva do seu pescoço, também tentado demais pela sua pele exposta.

Seus olhos se aquecem quando ela se recompõe.

— Vamos lá, Jack Frost. Estamos quase acabando. — Ela passa uma mão enluvada no meu zíper, fazendo meu pau ganhar vida.

Zahra tem esse tipo de poder sobre mim. Alguns toques dela, e ele está pronto para o combate.

* * *

— Caralho, onde você estava? Você andou me ignorando — Declan resmunga assim que atendo sua ligação.

— Estava ocupado. — Tranco a porta do escritório para o caso de Zahra sair do chuveiro antes do que eu previ.

— Ocupado fazendo o quê, exatamente? Marcando eventos literários em Nova York por nenhum motivo além de estar perdendo a cabeça?

Minha mão aperta o celular.

— Como você descobriu isso?

— Eu sei de tudo que acontece na empresa, incluindo o fato de que você tirou uma folga pela primeira vez em anos. O que é que está rolando?

— É uma longa história.

— Me conta a versão resumida.

Eu me sento na cadeira de couro.

— É esse o verdadeiro motivo por trás da sua ligação?

— Não, mas eu quero saber por que você está agindo que nem um babaca tão poucas semanas antes da votação.

— Decidi passar um final de semana fazendo algo de que eu gostava.

— Me poupe da desculpa esfarrapada sobre Nova York.

— Não preciso dar desculpa nenhuma para você. Você não é meu carcereiro.

— Não, mas sou eu que vou enfiar um pouco de bom senso em você quando está na cara que você perdeu a cabeça por um rabo de saia.

Que porra? Ele sabe sobre Zahra?

— Alguém te falou alguma coisa?

— Tenho olhos e ouvidos em todos os lugares, Rowan.

— Para de se intrometer na minha vida. Se eu quisesse te contar o que estava fazendo, eu contaria.

— Não, não contaria. Você nunca conta.

Rio baixo.

Ele suspira como se estivesse carregando o peso do mundo nos ombros.

— Estou preocupado com você.

Reviro os olhos.

— Não fique. — Nem adianta falar isso. Declan pode se fazer de durão, mas sei que tem boas intenções. O instinto protetor foi instaurado nele desde muito cedo.

— Não gosto da ideia de uma mulher manipulando você a tirar folga tão perto da votação. É suspeito.

Meu maxilar se cerra.

— Não vejo como isso seria possível se a ideia foi minha.

— Você gosta mesmo dela? — Ele ri com ironia.

— É tão difícil assim de acreditar?

— E pensar que eu considerava você meu irmão mais inteligente. Que decepção.

Meus molares rangem.

— Declan, tenho mais o que fazer, então vá direto ao ponto ou vou desligar.

— As cartas foram enviadas para o comitê de votação escolhido pelo vovô.

Merda. Esse é o último estresse de que eu preciso.

— Alguma informação sobre quem ele escolheu?

— Não, mas você precisa colocar a cabeça no lugar porque estamos todos dependendo da sua apresentação.

— Estou me preparando faz meses. Duvido que eu não ganhe essa votação.

— Ótimo. Depois que conseguir os votos de aprovação, você vai passar um mês fazendo a transição do próximo diretor para o cargo e ele vai assumir o projeto, então.

— Eu estava pensando que, enquanto você estiver resolvendo tudo com a sua parte da carta, posso ficar aqui e supervisionar pessoalmente o projeto. — A ideia escapa da minha boca. Se eu ficar em Dreamland, vai me dar tempo para resolver meus sentimentos por Zahra sem sacrificar nada no processo.

Se der errado, volto para Chicago, como planejado.

E se não der?

O silêncio do outro lado da linha faz minha nuca se arrepiar.

— Achei que você estivesse brincando. — Ele fala depois de um minuto.

— Não. De que adianta eu voltar se você ainda não tiver se casado?

— Você vai me representar e assumir parte do meu cargo de CFO para eu poder me concentrar em encontrar minha futura esposa.

Meus dentes rangem.

— Me dê mais seis meses como diretor. Vai ser menos confuso para os funcionários ter um diretor por um ano inteiro.

— Desde quando você se importa em confundir os funcionários?

— É meu trabalho me importar.

O riso baixo de Declan atravessa o fone.

— Não. Seu trabalho é terminar o que precisa e voltar para Chicago depois da votação.

— Vovô disse que eu tenho que ser diretor por *pelo menos* seis meses. Mas ele nunca falou quando eu tenho que ir embora.

— Eu sei muito bem o que o vovô disse. Isso não muda o resultado para você. Já escolhi o próximo diretor e ele vai entrar em contato com a sua secretária depois da votação.

— Você ainda não é o CEO. Não pode me obrigar a voltar com um estalar de dedos.

— Vamos jogar a real. O único motivo por que você está interessado em ficar lá é uma mulher. Você nem gosta de Dreamland, então pare com a palhaçada.

Minhas unhas se cravam na palma da mão.

— Não. Não é verdade. Eu gosto sim desse trabalho.

Ele suspira de um jeito que me faz lembrar de quando éramos crianças e eu implorava para ele me deixar comer a sobremesa antes do jantar.

— Rowan, se você gosta mesmo de ser o diretor, pode voltar para Dreamland depois que eu garantir o meu cargo de CEO. Até lá, nós vamos resolver tudo com as nossas cartas antes de você sair por aí mudando os planos.

Merda. Ponho a ligação no viva-voz e passo as mãos no cabelo.

Como vou escolher entre meu irmão e Zahra? Minha aflição com a decisão é ridícula depois de tudo que Declan fez por mim a vida inteira.

Odeio que meu irmão esteja certo. Odeio saber que devo isso a ele, apesar dos meus sentimentos por Zahra. Declan sempre esteve do meu lado quando meu pai estava bêbado ou ausente. Foi ele quem me ensinou a andar de bicicleta, assim como era ele quem ficava acordado até tarde me ajudando com a lição de casa apesar de ter a dele para fazer. Caramba, ele sacrificou uma formação em uma das melhores universidades do país para ficar em Chicago e cuidar de mim e Cal. Em certos sentidos, ele se tornou uma figura paterna quando eu não tinha nenhuma.

Tudo que sinto é uma dor na barriga com a ideia de escolhê-lo no lugar de Zahra. Nada sobre voltar para Chicago parece fácil, muito menos agora.

Era você quem queria só uma coisa casual com Zahra. Supere.

Solto um suspiro pesado.

— Está bem.

Penso que vou ter algum tipo de alívio quando concordo com seu plano, mas, em vez disso, sinto um peso no peito. Porque, para agradar meu irmão, vou magoar a única pessoa com quem aprendi a me importar.

CAPÍTULO QUARENTA E UM
Zahra

— Você não pode ir trabalhar desse jeito. — Claire usa uma pinça para jogar minha caixa de lenços vazia no lixo.

Depois que cheguei do aeroporto, meu estado foi se deteriorando aos poucos. Começou com uma exaustão e acabou comigo agarrada à caixa de lenços a noite toda enquanto dormia. Fui trabalhar ontem, mas acabei tendo que passar metade do dia em casa porque todo mundo ficava me encarando sempre que eu assoava o nariz.

Rowan estava certo, afinal. Peguei sim um resfriado porque fui teimosa demais.

Cubro a boca com o cotovelo enquanto solto outra tosse úmida.

— Tenho que ir. Não falta muito tempo para o prazo final do projeto.

— Um dia de folga não vai fazer tanta diferença.

— Mas eu preciso...

Ela balança a cabeça.

— Mas coisa nenhuma. Fiz uma canja ontem à noite depois de ouvir você tossir o pulmão pra fora.

Aperto a mão na cabeça latejante.

— Obrigada.

— É o mínimo que eu poderia fazer. Você está com cara de defunto.

— Estou me sentindo um defunto mesmo. — Minha risada se transforma em um acesso de tosse interminável. A cada respiração, meus pulmões ardem em protesto.

Claire me traz outro copo d'água antes de sair para o trabalho.

Pego o celular e mando um e-mail de desculpas para Jenny. Ela responde em alguns minutos me desejando melhoras e falando para eu não me preocupar tanto.

Abro a conversa com Rowan. Ele anda meio estranho desde a nossa última noite em Nova York. Não sei se é o estresse do trabalho ou talvez o fato de que precise de um pouco de distância depois de passarmos tanto tempo juntos. Torço muito para que não seja a segunda opção.

Eu: Acho que fiquei meio doente.

Rowan: Eu avisei que o Central Park não era uma boa ideia.

Eu me encolho. Não deve ter sido a decisão mais inteligente ficar na rua no frio, mas as lembranças supervaleram a pena.

Eu: Mas foi tão divertido.

Rowan: Drogas também são. Não quer dizer que as pessoas devam usar.

Eu: Como você sabe?

Rowan: ...

Eu: Tenho a impressão de que você é engraçado quando fica chapado.

Rowan: Não vou confirmar nem negar.

Eu: O tipo criativo?

Rowan: Zahra. Chega.

Argh. Ele está sem graça hoje.

Rowan: Precisa de algum remédio?

Eu: Acho que sei qual é a cura.

Rowan: Remédios contra tosse suficientes para derrubar um elefante?

Eu: Quase, mas não. Assistir ao próximo episódio daquele documentário de true crime que começamos no fim de semana.

Rowan: Minha casa. Hoje. Seis horas.

Eu: Vai sair mais cedo do trabalho?

Rowan: Acho que estou a fim de tirar um tempo de folga mesmo. Jet lag e tal.

Jet lag? Ah, tá! A gente ficou no mesmo fuso horário e ele sabe disso.

Eu: Fique à vontade pra admitir quando quiser que está começando a gostar de mim.

Rowan: Falou a pessoa que está sob efeito de excesso de remédios contra a tosse.

Sorrio. Esse é o homem que eu conheço e amo.

Amo? Puta merda. Será que posso mesmo amar Rowan?

Como não? Ele é atencioso, reservado e tão fofo comigo que esqueço completamente que ele odeia a população geral. Ele me deixa maluca no melhor sentido e faz meu coração bater mais forte sempre que estamos no mesmo ambiente.

Ah, sim. Estou apaixonada por Rowan Kane.

A verdadeira dúvida é: será que ele também me ama?

* * *

— Vamos, Zahra. Você precisa comer alguma coisa. — A voz de Rowan soa muito distante, como se ele estivesse em um tipo diferente de frequência de rádio.

Tiro seu braço do meu ombro e afundo mais em seus lençóis sedosos. Não faço ideia de há quanto tempo estou usando sua casa como enfermaria. Só sei que a cama dele é cem vezes melhor do que a minha e não quero sair dela nunca mais.

Tenho quase certeza de que meus seios nasais ocupam três quartos do meu cérebro a esta altura, e minha narina esquerda não sente oxigênio novo desde ontem, quando Rowan me buscou no apartamento.

— *Zahra.* — Ele me vira para a beirada.

— Vai embora — murmuro.

Ele põe dois dedos na minha testa. Minha cabeça lateja em resposta, e eu pisco. Abro os olhos e encontro uma versão consternada de Rowan. Nunca o vi assim antes. Seu cabelo está desarrumado e ele está com olheiras.

Toco sua barba rala.

— Você precisa se barbear. — Minha voz grasna antes de eu soltar uma tosse úmida.

Eca. Que nojo.

— Você dormiu durante o café, o almoço e... — Ele olha a hora no relógio. — O jantar. Está na hora de botar uma comida para dentro antes que desmaie. — O raro tom agudo na sua voz faz minha cabeça latejar mais.

— *Shh.* Fale baixo. — Levo um dedo aos lábios dele. — Me acorde daqui a... — Minha frase é interrompida pela tentativa do meu corpo de expulsar um dos pulmões pela garganta.

— Toma. Beba um gole d'água. *Por favor.* — Sua voz embarga. Ele praticamente enfia o canudo de metal na minha boca.

Dou um gole.

— Feliz agora?

Ele franze a testa.

— Não.

— Parece que estou morrendo.

Sua mão na minha canela se aperta.

— Não seja dramática. Você está resfriada.

É *preocupação* que escuto na voz dele.

— Tá. — Viro de lado e fico de costas para ele.

— Vou levantar daqui a uma hora. Juro.

— Vou ligar para um médico vir dar uma olhada em você.

— Os médicos ainda atendem em casa?

— Pelo preço certo.

Tusso de novo, mas dessa vez não para. Meu peito treme tamanha é a intensidade. Há uma dor cortante aguda nos meus pulmões, e preciso de toda a minha energia para respirar.

Sua mão acariciando meu cabelo paralisa.

— Merda. Já volto.

Rowan me dá um beijo na testa antes de tirar o celular do bolso e sair do quarto. Seus murmúrios atravessam a porta, mas é preciso esforço demais para ouvir a conversa.

Fecho os olhos e me entrego à escuridão que me puxa para baixo.

* * *

Acordo com alguém abrindo minhas pálpebras e apontando uma lanterna para minha cara. Tento me afastar, mas acabo me apoiando nos cotovelos trêmulos.

— Ela está doente já faz três dias.

— Três dias?! — Eu me arrependo do grito agudo assim que ele sai da minha boca. A cabeça e os pulmões respondem, se rebelando contra mim uma tosse de cada vez. A pulsação se intensifica quanto mais eu tusso.

— Em minha opinião profissional, ela precisa ser levada para o hospital.

— Hospital? — Rowan e eu falamos ao mesmo tempo. Ele praticamente cospe a palavra.

Olho para ele. Ele parece quase tão mal quanto me sinto, com uma barba rala de dias no rosto. As bolsas embaixo dos seus olhos se destacam ainda mais agora, porque eles estão muito vermelhos. Parece que ele vai tombar a qualquer segundo.

Meu peito se aperta por um motivo completamente diferente da doença.

O médico se levanta e arruma sua maleta.

— Ela está muito desidratada e precisa de cuidados médicos adequados.

— Mais alguma coisa que você sugere?

— Com base nos sintomas que você descreveu e no que eu vi e ouvi, deve ser algum tipo de pneumonia viral. Os tecidos dela estão cobertos de muco verde e ela está com febre. Se não for levada para o hospital hoje, vai acabar numa ambulância logo mais.

Pneumonia? Merda. Não. Essa parece assustadora. A única pessoa que eu conheço que pegou pneumonia foi um amigo dos meus pais e ele não sobreviveu.

Quero chorar, mas acho que não tenho água suficiente no corpo para produzir lágrimas. Suei tudo no segundo dia.

Enquanto Rowan leva o médico até a porta, eu me sento e procuro o celular. Eu deveria ligar para os meus pais e avisar que estou muito doente. Mas não consigo encontrar o aparelho em lugar nenhum entre os lençóis, nem na mesa de cabeceira.

Será que deixei no banheiro? Saio da cama e me levanto com as pernas trêmulas. Minha caminhada até o banheiro drena toda minha energia, e o quarto gira.

Seguro a maçaneta para me estabilizar e abrir a porta. Minhas pernas cedem ao mesmo tempo, e tudo que vejo é preto.

CAPÍTULO QUARENTA E DOIS
Rowan

Eu me despeço do médico e fecho a porta de casa.

Pneumonia? Como é que Zahra passou de fazer anjos de neve no Central Park menos de uma semana atrás para um caso grave de pneumonia? Ela foi de fungar a ficar de cama mais rápido do que já vi alguém piorar.

Algo batendo no chão faz o teto vibrar.

— Zahra? — Subo correndo as escadas e abro a porta do quarto na ponta do corredor. Meu pulso lateja em um ritmo terrivelmente rápido enquanto entro no quarto. Os lençóis estão uma bagunça, sem a mulher gravemente doente que deveria estar dormindo.

Meus olhos se voltam para a porta do banheiro.

— Merda! — Não penso. Não respiro. Não faço nada além de correr na direção das duas pernas cor de bronze que saem do batente. Meus joelhos batem no mármore ao lado de uma pequena poça de sangue. — Zahra? Zahra! Você está bem? — Minha voz embarga.

Puxo seu corpo inerte para meus braços. Com uma mão trêmula, tiro o cabelo da frente do rosto dela. Está pálida. Pálida *demais*. Como se a vida tivesse conseguido se esvair dela nos cinco minutos em que levei o médico até a porta. Tenho quase certeza de que um pedaço do meu coração congelado se estilhaça.

Ela não responde, e seus olhos se fecham. Seu peito sobe e desce em respirações rasas, e eu expiro devagar, aliviado por ela estar respirando. Um fio de sangue escorre de um corte feio no alto da testa dela.

Tomo cuidado para não a sacudir enquanto pego o celular do bolso e digito o número de emergência. Eles fazem perguntas demais, e fico sem saber o que responder exceto que eles precisam chegar rápido.

— Zahra. — Pego uma toalha de mão a um braço de distância e a pressiono na ferida da testa dela.

Ela não se encolhe. Não pisca. Não faz nada além de estar apagada em meus braços, sem nada que a torne quem ela é.

Seu sorriso. Sua risada. Suas bochechas constantemente coradas sempre que estou por perto.

Meu peito se aperta.

— Zahra! — Aperto seu corpo junto ao meu, torcendo para que algo a acorde, mas só recebo o silêncio em resposta. Suas expirações suaves são a única coisa que me impede de perder o controle. — Zahra. Acorda! — Uma gota pousa na testa dela. Olho para o teto, mas não encontro nenhum vazamento. Outra gota cai em seu rosto, pingando junto com o fio de sangue.

Levo um segundo para me dar conta de que a água está vindo de mim. Minhas lágrimas.

Sempre chorando feito uma garotinha. A voz enrolada do meu pai se infiltra em meu ouvido.

— Vamos, Zahra. Acorda. — Chacoalho o corpo dela.

Ela geme enquanto leva a mão à cabeça, mas a tiro do caminho.

— Graças a Deus, porra. — Não consigo entender nenhuma das coisas sem nexo que saem de sua boca. É um misto de palavras incoerentes que só aumentam minha preocupação de que ela tenha machucado a cabeça na queda. Nada faz sentido, e fico com receio de ter agravado a lesão quando a chacoalhei. — Merda! — Solto a toalha e a aperto com mais força junto ao peito.

Será que a machuquei? No meu desespero, não pensei. Não considerei as consequências de mover seu corpo. Reagi e perdi o controle, mais uma vez.

Seu sangue escorre em minha camisa, viscoso e pegajoso. Meu corpo todo treme enquanto a seguro.

Que merda eu tinha na cabeça para chacoalhar o corpo dela daquele jeito? Ela já está com uma lesão na cabeça.

Maldição. Esse é o problema. Não estou pensando. Permiti que minhas emoções inúteis me dominassem.

Ela arfa, transformando uma tosse em um acesso de tosse.

O som das sirenes se aproxima. Só então as lágrimas param de cair.

* * *

Nunca andei de ambulância antes, mas minha pele fica permanentemente suada durante todo o caminho enquanto os paramédicos tentam estabilizar a condição de Zahra. Ela está um pouco coerente, respondendo a algumas perguntas com os olhos fechados.

Zahra se enrijece enquanto enfaixam a testa dela. Os bipes do monitor ficam mais erráticos, um ritmo destacado que combina com meu coração.

A dor dela me faz querer me revoltar. Quebrar tudo e gritar, porque sinto que é tudo culpa minha. Eu não devia tê-la deixado sozinha enquanto ela estava apenas meio lúcida. Caramba, se eu tivesse dito não a metade das merdas que nós fizemos em Nova York, talvez nem estivéssemos nesta situação.

Será que era assim que meu pai se sentia quando minha mãe era levada às pressas para o hospital o tempo todo? Esse desespero ardente de fazer alguma coisa e a incapacidade de resolver nada?

O pensamento bate fundo demais. Como pude ser tão idiota? Eu me tornei espontaneamente como meu pai, cedendo a cada capricho de uma mulher até eles tomarem conta de todos os meus pensamentos e influenciarem minhas ações. Mudei minha agenda, tirei noites de folga para participar de eventos de mentoria e fui viajar quando deveria estar trabalhando. Porra. Eu estava até disposto a abrir mão do meu futuro como CFO para ficar com ela em Dreamland.

Qual é meu problema?

A verdade é que fiquei mole e facilmente influenciável por ela. E a troco de quê? De me sujeitar espontaneamente a essa sensação de impotência?

Foda-se. Sinto um desprezo absoluto por tudo que está causando estrago na minha cabeça e no meu coração. Se eu nunca voltasse a sentir, me consideraria eternamente grato.

É por isso que eu deveria ter dado ouvidos ao meu instinto quando conheci Zahra. Havia algo nela que me alertou para ficar longe, mas não prestei atenção suficiente.

Um tremor perpassa meu corpo, mas a adrenalina que ainda me percorre não me deixa me entregar à exaustão.

As portas se abrem e sou empurrado para fora do caminho enquanto tiram Zahra e a levam para a Sala de Emergência. Sinto que estou tendo uma experiência fora do corpo enquanto atravesso as portas corrediças. Sou atingido por um cheiro desagradável de produtos antissépticos.

Estou no piloto automático, sem notar a enfermeira que chama minha atenção.

— Você é parente? — Ela cutuca meu ombro de novo, me trazendo de sabe lá onde minha mente está vagando.

— Quê?

— Parente ou amigo? — Ela suga os lábios.

— Noivo. — Já vi séries de TV suficientes para saber como essas coisas funcionam.

Ela me dá uma olhada rápida como se pudesse detectar minha mentira, mas, por incrível que pareça, assente com a cabeça.

— Certo. Vem comigo. — Ela me guia para a sala de espera. O piso de linóleo descascado e a luz fluorescente piscando no canto aumentam o aperto no meu peito. Há algumas pessoas sentadas em cantos diferentes da sala.

Minhas mãos tremem. Não vou a um hospital desde o acidente do meu avô. E, antes disso, na morte da minha mãe. Hospitais e eu temos um péssimo histórico e um baixo índice de sucesso. E, agora, é um lugar onde meu presente e meu passado colidem.

A enfermeira começa a sair, mas eu a chamo.

— Quero que a minha noiva seja colocada em um quarto particular — digo sem pensar.

Ela baixa os olhos para a prancheta.

— Quando ela estiver estabilizada, isso vai depender do seguro-saúde dela. Ela está no seu plano?

Meu maxilar se cerra. Não faço ideia do tipo de seguro que Zahra tem, que dirá se permite quartos particulares.

Conhecendo os planos de seguro que os seus funcionários têm, você realmente espera algo mais?

Meu egoísmo tem o hábito de se voltar contra mim. E o pior é que isso só está começando.

CAPÍTULO QUARENTA E TRÊS

Zahra

— Ani, pode desligar o alarme?

Bipe. Bipe. Bipe.

— *Ani.*

O mesmo bipe incessante continua. Abro os olhos e dou de cara com um monitor cardíaco. Eu me sento de supetão na cama, e meu peito arde em protesto.

Olho para a intravenosa enfiada na pele da minha mão esquerda enquanto tento repassar as lembranças. A última coisa de que me lembro é ir à casa de Rowan para assistir TV na cama.

Então como eu vim parar aqui? Meus dedos tocam o tubo transparente que vai até o nariz. Sigo a linha com os olhos, pousando em um tanque de oxigênio.

— Ela acordou. — A voz rouca de Rowan me faz virar a cabeça na direção do som.

Ele desliga o celular e o guarda no bolso. A expressão em seu rosto faz um calafrio perpassar minha pele. Me faz lembrar de como ele me olhava antes de tudo mudar entre nós, e eu odeio isso.

— Não se mexa. — Ele se levanta e dá um passo na direção da cama.

— O que está acontecendo? — digo, rouca. Cada palavra exige uma tonelada de esforço que tenho dificuldade para produzir.

Ele enche um pequeno copo de plástico e o passa para mim.

— Você está no hospital.

Dou um gole na água antes de falar.

— Essa parte eu entendi. Mas como eu vim parar aqui?

Seus lábios continuam em uma linha fina. Ele parece desgrenhado e cansado de uma maneira como nunca o vi, com uma barba de dias e olheiras. Fico olhando para a camiseta enrugada da loja de presentes do hospital.

Tudo nele está errado.

Aliso a coberta em cima de mim.

— Você está bem?

— Vou ficar. — Ele afirma, com uma determinação absoluta. Quero acreditar, mas ele nem consegue me olhar nos olhos.

Arrepios explodem em meus braços.

— Quer me contar por que eu estou aqui?

Parece que um minuto se passa até ele finalmente olhar para mim.

— Você estava desidratada, sangrando pela cabeça e abusando da sorte. Você deve agradecer por estar nesta cama em vez do necrotério.

— Necrotério? Isso é drástico para alguns pontos e um resfriado. — Minhas sobrancelhas se franzem, e sou tomada por uma dor aguda no topo da cabeça. Toco o ferimento. Meus dedos pairam sobre um Band-Aid gigante.

Seu maxilar se cerra.

— Não toque. Com a sua sorte, você vai estourar um ponto e sangrar na camisola nova. — Ele tira minha mão com uma delicadeza que não condiz com seu tom.

— Por que eu levei pontos?

Ele acaricia minha bochecha com o polegar.

— Encontrei você desmaiada no meu banheiro depois que bateu a cabeça no chão.

— Ai, meu Deus. — Meus pulmões ardem, tornando difícil respirar normalmente. Eu me encolho com a sensação ardente.

— O que está doendo?

— A verdadeira pergunta é o que não está doendo. — Balanço a cabeça e me arrependo.

— Não faz isso.

Esfrego os olhos.

— Não acredito que vim parar aqui.

Ele se empertiga.

— O médico disse que você vai voltar para casa no fim de semana.

— Que dia é hoje?

— Sexta.

— Sexta?! — Acabo tossindo depois do meu rompante.

Como já é sexta? O último dia de que me lembro inteiro foi segunda, quando tive que faltar porque estava doente.

— Você entrou e saiu da febre e depois machucou a cabeça.

— Há quantos dias estou aqui?

— Dois. Querem que você fique em observação antes de deixarem você voltar para casa.

Esfrego os olhos.

— Parece tudo muito caro.

Suas narinas se alargam.

— A única coisa com a qual você precisa se preocupar é ficar melhor.

— É fácil para você dizer. Não consigo bancar nenhum tipo de franquia que inclua oxigênio e internação. — Eu me mexo na cama, mas Rowan coloca a mão no meu ombro, me impedindo.

A escuridão perpassa seu rosto.

— Está tudo pago.

Meu orgulho se encolhe com a ideia de ser tão financeiramente insegura que ele precise cobrir minhas despesas médicas.

— Não sei como recompensar você.

Seu maxilar inteiro se cerra.

— Não preciso do seu dinheiro.

— Está tudo bem? — Minha voz é um sussurro rouco.

Ele solta uma expiração profunda.

— Que bom que você está mais coerente.

Essa não foi uma resposta à minha pergunta, mas tenho medo de perguntar mais. Ele se tensiona quando pega minha mão.

— Sinto muito que tenha precisado passar por tudo isso. Não consigo imaginar como foi assustador para você.

A veia em sua testa lateja.

— Fiquei *apavorado*, Zahra. Encontrei você quase sem respirar, com a cabeça sangrando muito. E, quando consegui te acordar, você não estava falando coisa com coisa. Pensei que você tivesse sofrido uma *lesão cerebral* permanente. — Sua voz embarga. — Os minutos antes da ambulância chegar à minha casa foram os mais assustadores da minha vida e eu não podia fazer nada para resolver. — O jeito como sua voz embarga faz meu coração se despedaçar por ele.

— Desculpa. Nem lembro de ter ido ao banheiro.

— Pare de pedir desculpas. Você fica ridícula assim. — Ele solta minha mão e vira as costas para mim. Suas costas tremem enquanto ele solta uma expiração profunda.

— Tirando o incrível?

Sua expiração pesada é a única resposta que recebo.

Respiro fundo para me acalmar, mas acabo arfando.

— Tem certeza de que está bem?

— Pare de se preocupar comigo e poupe sua energia para o que importa.

Você importa, quero dizer. Mas as palavras ficam presas na minha garganta, contidas por essa preocupação de que há algo errado entre nós.

O monitor de frequência cardíaca revela meu nervosismo.

Rowan se vira e olha feio para a máquina. Seu maxilar se cerra e a veia em sua têmpora ressurge.

— Estou falando sério, Zahra. Relaxe.

— Você vai ficar enquanto eu durmo? — Eu me sinto patética por perguntar.

Ele continua em silêncio.

Ácido se revira em meu estômago e sobe pela minha garganta. O que aconteceu enquanto eu estava repousando? É como se o homem com quem passei o fim de semana todo em Nova York tivesse desaparecido, substituído por essa versão fria que me faz lembrar de como Rowan era quando o conheci, o que dói mais do que eu gostaria de admitir.

Ele aperta minha mão antes de se sentar à minha frente.

— Vou ficar.

Abro um pequeno sorriso que ele retribui com um sorriso forçado.

Os bipes da máquina preenchem o silêncio. Cada respiração sobrecarrega minha energia, e perco a batalha com a consciência. A escuridão me devora, com preocupações e tudo.

CAPÍTULO QUARENTA E QUATRO
Zahra

— Uno! — Ani ergue os braços no ar, exibindo um coringa. Pela maneira como Rowan joga a pilha de cartas na mesa, ele perdeu também.

Por mais que eu adore que Rowan passe tempo com minha irmã, sua intenção é clara. Ele a está usando como intermediária para evitar conversar comigo. Sempre que minha família vem me visitar, ele mergulha em conversa fiada. É muito suspeito, mas estou cansada demais para conversar com ele sempre que estamos a sós.

O silêncio acaba hoje. Nunca vou melhorar de verdade se ficar preocupada com nossa relação.

Apesar da maneira como meu peito se aperta com ele me ignorando, não consigo não sorrir com a forma como ele trata minha irmã. Nunca pensei que ele criaria um laço com ela durante seu tempo como mentor dela. O laço entre eles é especial de verdade, e faz meus olhos se encherem de lágrimas.

Rowan é perfeito. Eu duvidava que existisse um homem como ele. Era para ser uma coisa casual, mas evoluiu para muito mais. Desde ele tirar folga do trabalho para ficar comigo no hospital até planejar todo um evento literário só para me deixar feliz, suas ações exclamam *mais*.

Se ao menos eu conseguisse descobrir o que o está incomodando, porque seu comportamento evasivo só está piorando meu estresse.

A enfermeira entra no quarto e examina meus sinais vitais. Ela faz algumas perguntas e escreve informações no quadro branco na frente da cama.

— O médico deve passar em breve para examinar você. Você está respondendo bem aos antibióticos, o que significa que talvez consiga ter alta hoje à noite. — Ela sorri e sai do quarto.

O calor que se espalha em meu peito é rapidamente substituído por um arrepio. O maxilar de Rowan se cerra enquanto ele encara a porta fechada.

O celular de Ani faz um ruído. Ela baixa os olhos para a tela antes de sorrir para mim.

— Preciso ir. JP está esperando no estacionamento com a mãe dele. — Ela sorri para Rowan antes de me dar um beijo no topo da cabeça.

— Divirta-se! — grito antes de tossir.

Ani abana a cabeça.

— Nojenta.

Mostro a língua.

Ani sorri para Rowan ao se despedir, e ele sorri em resposta. Eu não deveria sentir inveja de como ele é doce com ela, mas estou privada do carinho dele desde que fui internada.

Coloco as mãos trêmulas embaixo da coberta para esconder como ele me faz me sentir.

— Está tudo bem? De verdade?

Seu sorriso tenso não reflete em seus olhos.

— Vai ficar.

O que isso quer dizer? Quero prendê-lo até ele me dar uma resposta honesta.

— Você ainda está mal pelo que aconteceu na sua casa?

Ele faz um barulho no fundo da garganta.

— Não.

— Então o que está rolando? Me fala alguma coisa mais do que meia dúzia de palavras truncadas. Aconteceu alguma coisa, e, a menos que você se abra comigo, não tenho como resolver. — Minha voz embarga, revelando o quanto estou exausta de verdade.

Seus olhos se suavizam.

— Não tem nada para resolver. Você precisa se concentrar em melhorar, e não em nós.

— Ainda existe um nós? — Faço a pergunta que estou evitando desde que acordei neste lugar.

Ele engole em seco e seus olhos se voltam para a janela.

— Eu… você… — Ele tropeça nas palavras.

Ai, Deus. Ele está hesitando? Ele nunca *hesita.*

— Preciso que você me diga o que está te incomodando. Agora. — Estou dando um ultimato. Chega de respostas enigmáticas e meias verdades. Seja lá o que Rowan quer dizer, sou crescidinha. Consigo dar conta dele e de coisa pior.

— Nós podemos falar disso quando você estiver em cas…

— Deixa de papo furado, Rowan. Qual é o seu problema?

Suas sobrancelhas se erguem com meu tom.

— Quer saber qual é meu problema?

Faço que sim.

— *Você*. Toda essa maldita situação. — Ele ergue os braços na minha direção.

Meus músculos travam.

— O que você quer dizer?

— Era para ser uma coisa casual. Uma coisa *divertida*. Isto está longe de ser algo que eu quero ou preciso na minha vida. Tenho uma empresa para administrar, um parque para supervisionar e um monte de merda para resolver. Tem gente dependendo de mim, e estou preso aqui esperando que você fique bem porque me sinto responsável.

Eu me encolho.

Ele continua como se não estivesse acertando uma marreta no meu coração.

— Nunca pedi para representar o papel de namorado atencioso. Esse não é o homem que eu sou.

Meus pulmões protestam contra a inspiração súbita.

— Você... você não pode estar falando sério.

Temos uma conexão, por mais que ele se esforce em negar. Claro, embora possamos não ter nenhum rótulo oficial, temos sim algo especial.

Ele limpa a garganta.

— Ficar com você e ter alguns encontros era para ser um jeito de passar o tempo em Dreamland.

— *Passar o tempo*. — Como ele ousa minimizar o que temos dessa forma?

Ele fecha os olhos.

— Perdi de vista o que é importante.

E você não é. Ele não precisa dizer, mas está estampado na cara dele. Pequenas fissuras no meu coração se espalham, estralando a cada palavra dolorosa que ele empunha como uma faca invisível.

— Nunca tiro folga, nem mesmo no Natal. Mas me senti obrigado porque você se machucou na minha casa. Até adiei reuniões importantes e ignorei um monte de documentos porque...

— Porque o quê? — *Fale que você se importa. Fale que me quer mesmo assim. Fale que pode estar com medo, mas que certas coisas na vida valem o risco. Fale qualquer coisa menos esse silêncio.*

Ele fica parado, olhando para mim com uma cara parecida com as que ele faz durante as apresentações entediantes. Nunca me senti tão insignificante – nem mesmo quando Lance me largou. Pensei de verdade que Rowan e eu tivéssemos algo especial. O tipo de conexão eterna que passei a vida toda desejando.

Estava redondamente enganada.

Solto uma risada amarga.

— Não sei o que é mais patético: o fato de você negar o quanto se importa comigo ou o fato de eu estar surpresa com tudo isso.

Somente os bipes da máquina preenchem o silêncio entre nós, coincidindo com a batida rápida do meu coração.

Balanço a cabeça.

— O problema não é o trabalho. E definitivamente não é estarmos passando de uma coisa casual para algo mais, o que é culpa sua porque você não parava de fazer coisas que mostravam que se importava. Você me fez acreditar em uma fantasia. Você me fez querer *mais*.

O olhar vazio dele faz outro calafrio descer pela minha espinha.

— Eu sempre quis manter as coisas casuais. Foi isso que nós combinamos.

— Bom, você fez um péssimo trabalho. Você não tinha que *representar* o papel de namorado atencioso porque já estava agindo como um!

Ele dá um passo para trás diante do meu acesso de raiva.

Respirar dói, mas não estou nem aí.

— Todas as decisões que você tomou até este ponto aconteceram porque você *se importa*. Porque, no fundo, acho que me ama, embora tenha medo demais para admitir. — Minha voz embarga e eu solto um chiado porque meus pulmões se recusam a cooperar.

— O amor nunca foi uma opção. Se eu te levei a pensar o contrário, peço desculpas. Jamais quis que você pensasse isso porque vou me mudar para Chicago em breve.

É como se ele tivesse me dado um tapa.

— Quê?

Ele volta a olhar fixamente pela janela.

— Um novo diretor vai assumir Dreamland no fim de janeiro.

Se eu não estivesse conectada a uma máquina de oxigênio, não sei bem se conseguiria respirar sozinha.

— Você... — digo com a voz rouca. — Você sabia disso esse tempo todo em que nós estávamos juntos?

Não. Ele não podia ter sabido. Tenho certeza de que teria dito algo. E seu plano de renovação de aniversário. Não entendo por que ele desperdiçaria meses de seu tempo em um projeto dessa escala a troco de nada.

— Sim.

— Você considerou ficar mais tempo... — *Por nós?*

Rowan parte meu coração de novo quando balança a cabeça.

— Sempre tive a intenção de voltar.

Você é uma idiota, Zahra. Ele estava escondendo isso de você desde o primeiro dia. Fungo, tentando conter as lágrimas que ameaçam sair.

— Não foi isso que eu perguntei, e você sabe disso. Pare de fazer seus jogos mentais e me fale a verdade.

Seu maxilar se cerra.

— Meus sentimentos pessoais sobre o assunto são irrelevantes.

Olho para minhas mãos trêmulas.

— Por que você vai se mudar? — *Por que está desistindo de nós por medo?*

— Meu futuro está em Chicago.

Sinto como se Rowan pegasse meu coração com sua mão fria e o arrancasse do peito.

— Se é o que você diz. — Minha voz embarga.

Nossa. Como pude me permitir me apaixonar por Rowan mesmo sabendo no fundo o tipo de homem que ele era?

Os músculos no seu maxilar ficam mais pronunciados.

— Eu me arrependo de ter magoado você. Isso tudo foi um erro.

Um erro. Acho que uma faca no coração seria menos cruel do que essa conversa. Fui eu que cometi um erro. Pensei muitas coisas esperançosas, mas, acima de tudo, pensei que Rowan me amasse o suficiente para enfrentar os demônios que o retraíam. Mas não estamos em um conto de fadas. A mudança não acontece magicamente porque alguém jogou um pó de pirlimpimpim no ar ou fez um pedido a uma estrela cadente.

Não. Não é assim que as coisas funcionam. As pessoas precisam se esforçar para mudar, e, embora eu tenha feito isso, Rowan não fez. Ele é medroso demais. Egoísta demais. Consumido pela gana de ter *mais*, sem nem saber mais do que ele quer. Pensei que ele quisesse mais de mim, mas alimentei um faz de conta.

— Sinto muito por magoar você. — Sua voz se transforma em um sussurro.

O nó na garganta ganha vida, bloqueando minha capacidade de respirar.

— E sinto muito por ter pensado que você era melhor do que o homem cruel e egoísta que todos dizem que você é.

Ele se empertiga. É o primeiro sinal de uma emoção verdadeira e visceral que vejo nele hoje.

Ele desvia os olhos e assente.

— Entendi.

Uma lágrima me trai, escorrendo pela bochecha. Eu a enxugo.

— Vou encontrar um jeito de te pagar, porque não quero ter mais nada a ver com você ou o seu dinheiro de novo. Nem que eu leve a vida toda para quitar este maldito quarto, eu vou pagar.

Ele engole em seco.

— Não quero...

Eu o interrompo antes que ele tenha a chance de cravar ainda mais as garras em meu coração.

— Estou me sentindo cansada de repente.

Ele assente.

— Claro. Eu não tinha a intenção de incomodar você enquanto está assim.

Não digo nada.

— Quer que eu fique até os seus pais voltarem? — Ele olha para a poltrona mais perto da minha cama.

— Não. Prefiro ficar sozinha, mas obrigada por tudo. — Minha voz é fria e distante, combinando perfeitamente com ele.

— Mas...

É imaturo, mas dou as costas para ele e para a porta. Não quero falar mais. Estou com medo de perder o controle na frente dele. Lágrimas escorrem pelo meu rosto, criando uma mancha úmida no travesseiro.

Rowan solta uma expiração profunda. Seus passos ecoam o ritmo do monitor cardíaco.

Eu me sobressalto quando sua mão acaricia meu cabelo.

Ele encosta os lábios no topo da minha cabeça.

— Você merece o mundo e mais.

A porta do meu quarto se fecha, me deixando sem nada além dos bipes da máquina e dos soluços dolorosos para me fazer companhia.

CAPÍTULO QUARENTA E CINCO
Rowan

Saio do quarto de Zahra com a garganta apertada e uma sensação ardente no peito. Magoá-la era a última coisa que eu queria, mas é necessário. Amá-la não é uma opção. Há muita coisa em jogo para mim, e não tenho flexibilidade suficiente para tê-la e ter o estilo de vida que busquei a vida inteira. Garantir minhas ações da empresa precisa vir em primeiro lugar. Se não por mim, pelos meus irmãos.

Zahra pode não concordar, mas é melhor assim. Nunca tivemos um futuro além de dois meses, e teria sido cruel para nós dois continuar correndo atrás de uma coisa que tinha data para terminar. Não me dei conta de como meus sentimentos estavam evoluindo até a encontrar sangrando no meu banheiro. Partir o coração dela foi inevitável. Mas achei o *timing* menos cruel do que continuar com ela por querer mais tempo antes de abandonar Dreamland de vez.

Foi a escolha certa, por mais difícil que seja agora. Se as decisões difíceis fossem fáceis, todos tomariam. É esse tipo de decisão que me torna bom no meu trabalho.

É o que digo a mim mesmo enquanto saio do hospital, apesar da sensação pesada nos pulmões.

* * *

Pela quarta vez hoje, viro o corpo e tento encontrar uma posição confortável. Faz três dias desde o hospital, e devo ter dormido umas dez horas ao todo.

Pego o celular da mesa de cabeceira e olho a hora.

Três da manhã, caralho.

Se eu não conseguir ter uma noite inteira de descanso, vou estar sem energia até o fim da semana. E, com a votação chegando, não tenho tempo para essa merda.

Pego um travesseiro e o aperto junto ao peito. Ainda tem o perfume de Zahra, e me sinto idiota quando o aproximo do rosto e dou mais uma fungada.

O aperto no peito volta com ainda mais força.

Foi você quem quis isso. Pense no seu objetivo.

Mas de que adianta um objetivo se não me sinto feliz quando está tudo decidido?

Meu sangue se aquece nas veias, e atiro o travesseiro do outro lado do quarto. Ele cai com um baque suave perto da porta. Em vez de me sentir aliviado, sinto como se alguém estivesse apertando minha garganta.

Nada faz essa sensação incômoda passar. Todas as minhas táticas de racionalização fracassam, e só me resta ficar encarando o teto, me questionando se fiz a escolha certa. Definitivamente, parece que não.

Não mesmo.

* * *

Pensei que poderia conseguir informações com Ani sobre a recuperação de Zahra, mas ela está me ignorando. Nenhuma mensagem que mandei foi respondida. Estou enlouquecendo um pouco, porque Zahra tirou uma semana de folga depois que recebeu alta do hospital.

Só quero saber se ela está se sentindo melhor. Mas Ani não apareceu no nosso local de encontro habitual ontem à noite, e acabei comendo meu pretzel e o dela. O efeito cascata das minhas ações está começando a me atingir como um tsunami.

Recorro a perseguir minha parceira no ambiente de trabalho dela porque odeio o fato de que ela está brava comigo. Se fosse outra pessoa, eu não me importaria. Mas passei a gostar mais e mais de Ani durante meu tempo em Dreamland.

— Ei. — Cutuco o ombro dela.

Ela fica tensa antes de se virar.

— Oi. Posso ajudar a escolher algum doce, senhor?

— Qual é, Ani? — Finjo que as palavras dela não me incomodam.

Sua testa franzida aumenta a tensão nos meus ombros.

— Não quero falar com você.

— Uma pena. Sou seu chefe.

Ela faz um barulho indignado quando pego o ombro dela de leve e a guio para a sala dos fundos vazia da loja de doces.

— Desembucha. — Ela bate o pé.

O aperto em meu peito fica mais forte quando ela me lança um olhar duro que nunca vi antes.

— Pensei que nós fôssemos amigos. — Ani e eu construímos um laço nos últimos meses, e não quero que ela se afaste de mim. Passei a gostar dela como amigo. A ideia de ela não conversar mais comigo me deixa mais triste do que eu gostaria de admitir.

Ela balança a cabeça.

— Isso foi antes de você magoar minha irmã.

— E daí? Não somos mais amigos?

— Não.

— Você não pode estar falando sério.

Ela fecha a cara.

— Zahra é minha melhor amiga, e você a fez *chorar*.

A inspiração que dou queima meus olhos.

— Sua irmã e eu estamos...

— Terminados. Ela me contou. — O lábio inferior de Ani estremece.

— Não queria machucar você também.

— Eu te ajudei a magoá-la. Com as abóboras, e Nova York. — Seus olhos brilham com lágrimas não derramadas.

Merda. Ani se sente responsável pelos meus atos? Jamais quis que ela carregasse o fardo das minhas decisões.

— Nada disso é culpa sua. — Coloco a mão no ombro dela e aperto.

— Não. É sua, porque você é um bebezão que não consegue admitir que gosta dela.

Não consigo conter minha risada triste.

— Se a vida fosse tão simples assim.

— Você me falou que desculpas são para perdedores.

Caramba. Nunca pensei que ela usaria meu conselho de mentoria contra mim. Eu tinha dito as mesmas palavras no contexto de ela tentar sair do apartamento dos pais e se tornar independente.

Pode parecer uma desculpa para ela, mas tenho meus motivos.

Ela suspira.

— Obrigada por me ajudar a me sentir melhor com a mudança.

Ela está realmente tentando me esnobar agora?

— Ani...

— Você não é mais meu amigo nem parceiro. Estou fora. — Ela solta uma respiração pesada.

Sua rejeição machuca. Eu gostava de verdade de passar tempo com ela. Nós nos identificamos por muitas coisas, desde ser o irmão caçula a nosso amor por sorvete de pistache.

O fato de ela não conseguir nem me olhar nos olhos piora meu humor sombrio.

— Ani! — Alguém abre a porta.

— Preciso ir. Feliz Natal adiantado, Rowan. — Ela me dá um aceno meia-boca antes de escapar da sala.

Fico com uma sensação vazia que não consigo deixar de lado, por mais que me esforce.

*** * ***

O silêncio me recebe quando entro em casa. Depois de me encontrar com Ani, meu dia foi de ruim a uma verdadeira bosta. Nada conseguia impedir minha mente de voltar a pensar em Zahra. Cheguei a ceder e mandar uma mensagem para ela, mas fui ignorado. Era para ser uma conversa simples para aliviar a pressão crescente dentro de mim, mas Zahra nem se deu ao trabalho de responder como estava se sentindo.

Coloco uma roupa de exercício e vou dar uma corrida punitiva ao redor da propriedade. A batida dos pés na calçada ajuda a aliviar parte da tensão dos músculos, mas não é o suficiente para acalmar minha mente.

Quando corro na direção da entrada de cascalho de casa, minha respiração está irregular, quase dolorosa.

Meus olhos pousam no maldito balanço. Aquele que nunca encontrei tempo para desmontar poque estava ocupado demais.

Ou covarde demais.

Meus molares rangem. Bato os pés pela casa e vou até a garagem onde meu avô guardava algumas ferramentas e sua parafusadeira velha. Estou decidido a desmontar aquele balanço maldito.

O mesmo balanço em que minha mãe lia contos de fadas para nós. Onde ela e meu pai ficavam abraçados enquanto meus irmãos e eu corríamos pelo quintal. E o lugar onde ela deu seu último suspiro, com meu pai agarrado ao seu corpo crivado pelo câncer enquanto chorávamos todos juntos.

Odeio essa merda de balanço mais do que tudo no mundo. Não há nada que eu queira mais do que tirar os parafusos e jogar essa porcaria toda numa fogueira.

Ligo o fio na parede com a mão instável. Um teste para provar que a parafusadeira ainda funciona, e pego uma cadeira de dentro da casa para me dar a altura para chegar aos parafusos de cima.

Minha mão treme quando aperto a ponta da máquina no primeiro parafuso. Todos os músculos do meu braço resmungam em protesto enquanto aperto o botão. O parafuso gira e gira até cair bem no banco do balanço.

Um já foi. Só faltam três.

Desço da cadeira e a levo para o outro lado. Reassumindo minha posição, alinho a parafusadeira ao próximo parafuso. Fico paralisado com as letras gravadas na madeira acima da minha cabeça.

Minha visão se anuvia ao observar a anotação. É torta, como se tivesse sido feita com uma faca afiada, mas a caligrafia é inegavelmente da minha mãe.

Meus pequenos cavaleiros,
Amem com todo o coração e mostrem bondade em todas as suas ações.
– Mamãe

Toco as palavras com o dedo trêmulo. Faz anos que não escuto essa frase, e ela me atinge como um soco no estômago. Minha mãe vivia de acordo com essas palavras em todas as suas ações. Ela as dizia para nós toda manhã antes da escola e as sussurrava para nós toda noite antes de dormir. As palavras cravam as garras em mim, despedaçando todas as justificativas pela decisão que tomei.

Será que minha mãe teria orgulho do homem que sou agora? Parte de mim gostaria de acreditar que sim, mas outra parte sabe que fiz muitas coisas erradas na vida porque é assim que sou. Não fui criado com o tipo de valor que minha mãe pregava – pelo menos não depois que ela se foi.

Entendo que não trabalho para deixar todos felizes, mas existe uma diferença entre ser experiente em negócios e ser desnecessariamente cruel. Escolhi a última opção diversas vezes sem sentir porcaria nenhuma porque era a escolha fácil. Cortar o seguro-saúde de melhor qualidade foi um truque de merda para fazer meu pai me permitir participar das reuniões de diretoria. Ele queria que eu fizesse por merecer antes de me dar um lugar à mesa, então decidi partir para cima. Assim como foi simples votar contra o aumento do salário mínimo e ampliar nossa margem de lucro. Eu estava disposto a pensar primeiro na empresa enquanto provava que eu tinha o que era preciso para levantar minha própria empresa de streaming com o dinheiro Kane.

Escolhi a mim mesmo todas as malditas vezes porque era *fácil*.

Mostrem bondade em todas as suas ações.

É uma piada hesitar com essas palavras. Tudo que fiz foi à custa dos outros, enquanto tudo que minha mãe fazia era baseado em amor e compaixão. Eu me esqueci que ela era assim. Eu me *fiz* esquecer porque acho que, no fundo, não queria me lembrar da mulher que ela era. Porque eu sabia que ela estaria desapontada comigo. Minhas atitudes ao longo dos anos não tiveram nada de bondoso, movidas por ganância e raiva. Demonstrei pouca piedade, que dirá *amor*.

Seja lá qual foi o filho que minha mãe criou, morreu junto com ela, e não sinto nada além de vergonha.

Uma onda de remorso me atinge de uma vez. Deixo a parafusadeira de lado, me sento na cadeira e me permito confrontar o monstro que me tornei em detrimento dos valores mais importantes da minha mãe.

* * *

Passo na baia de Zahra, na esperança de encontrá-la em seu primeiro dia de volta depois da licença médica. Entro no espaço, e a encontro desenhando algo em um... tablet? É da mesma marca do meu. Seja lá o que ela esteja desenhando na tela minúscula, está sendo espelhado no monitor sobre a mesa e, sinceramente, até que não está tão ruim.

— É para ser uma cadeira de rodas?

Ela salta na cadeira, deixando a caneta *touch screen* de plástico cair no chão.

Eu me abaixo ao mesmo tempo que ela, e nossas cabeças colidem uma contra a outra. Ela silva enquanto eu me encolho.

Nossos olhares se encontram. Minha mão roça a dela antes de soltar a caneta. Ela inspira fundo, e eu sorrio por dentro.

Fico feliz que um pouco de sua cor tenha voltado, embora ela pareça ter perdido um pouco de peso. Franzo a testa pela maneira como suas bochechas estão encovadas.

Suas sobrancelhas se franzem quando ela fecha a cara.

— O que deseja, sr. Kane?

Sr. Kane? Meu maxilar se cerra para impedir que a língua cometa alguma idiotice.

Ela ergue a sobrancelha, em uma provocação silenciosa.

— Eu precisava falar com você.

Ela continua em silêncio. *Estou vendo que ela não vai facilitar as coisas para mim.*

— Eu vim para... — *Para quê? Confessar como me sinto no meio de um dia agitado de trabalho?*

— Pois não?

— Para perguntar se você poderia passar em casa hoje à noite.

Seu queixo cai.

— Você está de brincadeira.

Merda. Ela pensa que estou dando em cima dela? É por isso que não falo sobre sentimentos.

— Não... droga. Não me expressei bem. Quero conversar com você. *Só* conversar.

— É, mas eu não quero conversar com você. — Ela se vira para o pequeno tablet e mexe em seu desenho.

Pisco para o computador. Cai a ficha de que ela está criando o próprio desenho em vez de trabalhando comigo.

Porque ela não precisa mais de você. Não sei ao certo por que a ideia aperta minha garganta. Sinto que estou sendo substituído e esquecido pela única pessoa que me via de verdade. A pessoa que acreditava em mim e me apoiava quando tinha todos os motivos para me desprezar pelo que eu representava.

— Zahra, me escute. Não consigo dormir. Não consigo comer. Estou preso em um estado constante de náusea e azia, não importa o que eu coma.

— Parece que você é capaz de ter sentimentos, afinal. — Ela fecha a cara.

— *Sim*. Está feliz? Eu me *sinto* um bosta, desde que larguei você naquele maldito quarto de hospital, sabendo plenamente que você estava chorando por minha culpa.

— Não. Não estou feliz que você esteja mal. Pelo contrário, quero que você fique feliz com suas escolhas. — Ela fala em um tom tão neutro, como se eu não tivesse partido seu coração.

— Por quê? — *Por que você tem que ser tão altruísta o tempo todo?*

— Porque eu quero que você reflita sobre suas escolhas e saiba que elas valeram a pena, no fim.

Só que muitas das minhas decisões não parecem valer a pena, embora tenham parecido valer no momento. Quero dizer isso e muito mais se ela me der a chance.

— Me dê uma chance de me explicar. Andei... pensando sobre tudo. E cometi um erro. Eu não devia ter largado você por medo. Você estava certa. Mas quero tentar de novo. Com você. — Meu discurso é travado e sem jeito, mas é sincero.

Ela solta um suspiro resignado, e meu coração se aperta.

— Não. Não vou cair nessa de novo. Eu te dei uma chance e você estragou tudo.

— Mas...

— Sem mas. E se você mudar de ideia de novo? Não vou correr esse risco. Já passei por muita coisa e, sinceramente, mereço mais do que qualquer coisa que você possa me oferecer com a sua insegurança.

Fico embasbacado, olhando para ela.

Suas costas se tensionam.

— Preciso voltar para o trabalho. Tenho um prazo a cumprir.

— Eu posso ajudar você com isso. Sem compromisso. — Dou mais uma olhada no desenho.

Diga sim e me dê uma chance.

— Acho que você já fez o suficiente. — Ela vira a cadeira, dando as costas para mim.

Está me dispensando. Nunca me senti tão... péssimo. Há um inchaço desconfortável no meu peito e um aperto na garganta que se intensificam quanto mais olho para as costas de Zahra.

Ela está realmente farta de mim, e é tudo culpa minha.

CAPÍTULO QUARENTA E SEIS
Zahra

Saboreio o meu copo refrescante de suco de laranja. Demorei uma semana inteira depois de voltar do hospital para recuperar o paladar. Embora estivesse ficando um pouco doidinha de tanto repouso, fiquei grata pelo tempo longe de Rowan e da equipe de criadores. Eu não sabia ao certo se teria forças para estar no mesmo ambiente que ele sem chorar ou gritar.

Ontem foi um bom teste da minha força, e passei com mérito. Consegui me manter forte e encarar o rosto abatido de Rowan sem ceder ao seu pedido.

— Essa foi parar na minha pilha de cartas. — Claire deixa um envelope na frente do meu prato.

— É de duas semanas atrás! — Aponto para a data.

Ela encolhe os ombros.

— Eu sei, desculpa. Prometo me organizar mais na semana que vem. Rio sem dor hoje.

— Você sempre fala isso! — grito para as costas dela.

Ela ri baixo enquanto volta para seu quarto bagunçado.

Meus dedos passam pelo meu nome escrito em letra cursiva com uma caneta-tinteiro antiga. O remetente é Companhia Kane.

Que estranho. Pego uma faca da cozinha e corto a parte de cima.

Meus dedos tremem ao tirar uma folha de papel dobrada. Abro e meu queixo cai.

Brady Kane me enviou uma carta! Está datada de antes do acidente, por volta da época em que estávamos trabalhando nos toques finais da Terra Nebulosa.

Querida Zahra,

Peço desculpas de antemão se minhas palavras estiverem embaralhadas. É difícil resumir minha gratidão, mas vou tentar, ao menos porque você merece saber o impacto que teve na minha vida. Mesmo um velho como eu consegue aprender alguns truques novos, ou ao menos ser lembrado dos truques antigos que se esqueceu há tempos.

Gratidão? Do bendito Brady Kane?! Sou eu que deveria ser grata por ele dedicar um tempo a trabalhar comigo por um mês inteiro.

Antes de me deparar com sua proposta, eu estava em um lugar sombrio. Eu me sentia perdido e inseguro sobre mim pela primeira vez em muitos anos. Mas então você entrou em minha sala com um sorriso enorme e toda aquela imaginação represada esperando para ser explorada. Fiquei imediatamente impressionado com sua mente afiada e seu coração honesto. Levei um tempo para entender por que sentia um vínculo com você, mas entendi que é porque você me lembra de mim mesmo quando era mais novo. De alguém ainda intocado pelo dinheiro, pela fama e pelas expectativas que enfraquecem até as mentes mais criativas.

Meu peito se aperta, e minha respiração fica agitada a cada frase. Isso não tem nada a ver com os efeitos residuais da doença e tem tudo a ver com os sentimentos fervilhando dentro de mim com a confissão de Brady.

Sei que você aspira a se tornar uma criadora algum dia. Quando se sentir finalmente merecedora (seja lá o que isso quer dizer — eu me virei bem com uma formação em uma faculdade barata e você também consegue), quero ajudar você a realizar esse sonho. Então, onde quer que esteja e o que quer que esteja fazendo, saiba que sempre terá um trabalho de criadora em Dreamland se quiser. Basta entrar em contato com minha antiga secretária, Martha, e ela vai preparar um contrato para você. Sem precisar de entrevista.

Lágrimas brotam em meus olhos. Brady deu um apoio infinito ao meu sonho, embora eu vivesse dizendo não a ele. Acho que ele ficaria orgulhoso se soubesse dos avanços que fiz nos últimos meses.

Tenho um favorzinho a pedir em troca. Como parte do meu testamento, pedi que meu neto se tornasse o diretor de Dreamland por seis meses e criasse um projeto especial com a intenção de melhorar o parque.

Ele o quê?! Aperto a carta com força.

Selecionei você pessoalmente para participar como membra votante do meu comitê. Você terá que aprovar ou rejeitar os planos de Rowan.

Eu?! Puta que pariu. Será que Rowan sabia todo esse tempo que eu estaria nesse comitê? O ácido do meu estômago me faz querer vomitar na privada mais próxima, mas respiro fundo algumas vezes antes de continuar lendo.

Você me lembrou do motivo de ter criado Dreamland. Sua paixão pelo parque é algo que perdi ao longo do caminho, e suas ideias especiais alimentaram um entusiasmo em mim que estava perdido fazia tempo. Por isso, sei que você é a pessoa certa para me ajudar uma última vez. Pode parecer um pedido grande, mas você é uma das pessoas que quero que faça parte da mudança de que Dreamland precisa. Então, por favor, faça parte do meu comitê e vote pelo futuro do parque.

Minhas mãos tremem enquanto leio o resto da carta de Brady Kane discutindo semântica e agenda. Depois de relê-la duas vezes, ela escapa dos meus dedos e cai no chão.

Será que Rowan sabia esse tempo todo que o avô queria que eu votasse no projeto em que ele passou meses trabalhando? Por que outro motivo ele me contrataria – uma pessoa que ele disse que não era importante o suficiente para alguém sentir falta?

Não. Não pode ser. Pode? Ele não tinha como saber.

Mas por que outro motivo ele contrataria alguém como você, com suas qualificações limitadas, que criticou o brinquedo mais caro de Dreamland?

Ele tem uma série infinita de criadores que poderia ter contratado para garantir que Dreamland estivesse nas melhores mãos para ganhar a votação. Seu argumento por trás de fingir ser Scott parecia razoável, mas agora estou me perguntando se não foi outro truque para investigar e ver se eu admitiria que faço parte do comitê de votação. E se todo o discurso dele ontem na minha baia foi uma forma de me acalmar para não ferrar com ele?

A cada pergunta, minhas dúvidas se fortalecem.

E se tudo sobre nós sempre foi uma mentira?

* * *

Claire tira o travesseiro da minha cara e o abraça junto ao corpo enquanto se senta.

— Qual é o problema?

— O fato de Rowan ter nascido.

— Pensei que tivéssemos proibido o nome dele neste apartamento!

— Isso foi antes de eu receber uma carta de Brady Kane que desmascarou o neto.

Os olhos de Claire se arregalam.

— QUÊ?!

As palavras saem atropeladas da minha boca enquanto compartilho a história sobre a votação e todas as teorias que tenho. Conto até sobre o fato de Rowan tentar me convidar para a casa dele depois de tudo, o que só aumenta minhas desconfianças.

Claire consegue controlar suas emoções até eu terminar. Ela salta do sofá e pega o celular no quarto. Eu a observo andar de um lado para o outro enquanto digita na tela, com as bochechas vermelhas e o cabelo espetado.

— Aquele bosta, imprestável... — Ela aperta a tela do celular com a cara amarrada.

— O que está fazendo?

— Estou tentando calcular quanto tempo alguém consegue sobreviver à perda de sangue depois de ser castrado.

Ergo a cabeça e rio.

— Agressão física nunca é a resposta.

— Ai, Zahra. Chega a ser fofa a inocência com que você vê o mundo.

— Em que sentido?

— Parece que nunca te contaram que Papai Noel não existe.

Fico boquiaberta, fingindo choque.

— *Quê?!* Papai Noel não existe?

Claire revira um pouco os olhos.

— Tonta.

— Sério. Sua resposta a tudo é cortar, mutilar e matar. Esse não é o tipo de solução que estou buscando aqui.

— Só porque você não consegue bancar um bom advogado depois. Nós duas acabamos rindo com isso.

Eu a cutuco com o pé.

— Sério. Castração?

— É o que dizem. Aja como um escroto, perca seu escroto.

Um riso alto me escapa.

— Ninguém fala isso!

— Então talvez esteja na hora de as pessoas falarem. Aquele filho da puta pensa mesmo que pode manipular você dessa forma? Inacreditável! Ele não tem consciência?

Meu corpo todo dói com esse pensamento.

— Não sei. — Suspiro. Houve um momento em que pensei que ele tivesse, mas não dá mais para saber. Embora ele parecesse sincero quando passou no meu cubículo, não tenho como ter certeza sobre quem é o verdadeiro Rowan.

CAPÍTULO QUARENTA E SETE
Rowan

Entro na reunião de criadores antes das férias de fim de ano. Enquanto os funcionários vão tirar folga, vou trabalhar dia e noite para finalizar minha apresentação para o conselho.

Jenny está na frente da sala, e todos me cumprimentam com a cabeça enquanto me sento. Observo a sala, procurando a única mulher que não sai da minha cabeça. O lugar habitual de Zahra está ocupado por outro criador.

Uma pressão aperta meu peito, deixando minha respiração irregular. Jenny não fala nada sobre a ausência de Zahra.

O primeiro criador apresenta uma ideia razoável que nunca vai sair da reunião de hoje. Já a vetei na minha cabeça.

A porta se abre atrás de mim. Eu me viro e encontro Zahra entrando em silêncio, sem sua mochila barulhenta. O atraso dela me faz lembrar de quando nos conhecemos. A sombra de um sorriso puxa meus lábios antes de eles se fecharem.

Seus olhos perpassam a sala antes de pousarem na única cadeira vazia, bem ao meu lado. Se fica irritada pela disposição de lugares, ela não demonstra. Puxa a cadeira e se senta. Todas as células do meu corpo disparam enquanto inspiro seu leve perfume.

Na medida em que os apresentadores se levantam, Zahra fica tensa enquanto ignora minha presença. Isso me irrita mais do que eu gostaria de admitir.

Quando é a vez de Zahra se apresentar, estou inquieto na cadeira e me esforçando para pensar em qualquer coisa menos nela.

Ela se levanta e limpa a garganta.

Fico rígido no meu lugar, observando-a em busca de algum sinal de doença. Ela dá um gole de água antes de assumir o pódio.

— Hoje vou apresentar algo um pouco diferente. Não é exatamente sobre um brinquedo, então entendo se não for aceito como uma opção para o projeto do sr. Kane. — Ela nem se dá ao trabalho de olhar na minha direção enquanto fala sobre mim, o que só aumenta a tensão em meu peito. — Estou interessada em tornar Dreamland mais inclusiva para nossos visitantes. Como funcionária do salão, conheci muitas crianças que enfrentavam os desafios mais difíceis da vida. Comecei a prestar atenção e a anotar suas preocupações. Depois de anos de trabalho, cheguei a uma conclusão. Como irmã de uma pessoa com desafios semelhantes, entendo as principais reclamações dos visitantes, embora minha irmã seja o tipo de pessoa que me recriminaria por reclamar.

Alguns criadores riem. Estou fascinado por ela e pela confiança que ela demonstra. É uma mudança completa da mulher que não se sentia digna de ser uma criadora.

— Dreamland não é feita apenas para os mais privilegiados, que conseguem comprar passes rápidos, ingressos de centenas de dólares e comidas e bebidas superfaturadas. É feito para pessoas sem deficiência. Para as crianças que nasceram com uma vantagem. Então, minha ideia é mudar os próprios fundamentos do parque e a maneira como vemos nossos visitantes.

Tudo que consigo fazer é contemplar em silêncio enquanto ela passa por vários slides tratando de diferentes ideias. Desde fantasias para cadeiras de rodas a horas sensoriais para crianças com autismo, Zahra atende às demandas de crianças e adultos que costumam ser negligenciados em Dreamland. Ela apresenta todo o conteúdo com um grande sorriso no rosto. Quanto mais ela fala, mais forte fica o desejo em meu peito.

Quero levá-la para longe de todos e dizer como tenho orgulho dela. E confessar que sinto muito sobre tudo que fiz e disse.

Porque me importo com ela.

Porque quero estar com ela apesar de todos os obstáculos.

E porque quero ser o homem de quem minha mãe teria orgulho, e quero fazer isso ao lado de Zahra.

Eu me empertigo na cadeira, querendo chamar a atenção dela. Fazê-la virar aquele sorriso em minha direção para ela ver como estou orgulhoso da sua ideia. Mas ela não olha para mim. Nem se dá ao trabalho de se voltar em minha direção. É como se eu nem existisse. Faço perguntas para tentar fazê-la me encarar, mas ela responde com tranquilidade, com o olhar fixo voltado para a frente na direção de todos.

Se notam algo de errado, ninguém demonstra.

A cada oportunidade ignorada, a sensação em meu peito se intensifica. O ardor só aumenta quando Jenny se levanta e dá um abraço em Zahra.

— Trabalho incrível, Zahra. Você vai fazer coisas muito grandes um dia. Tenho certeza. É uma pena que não teremos você aqui depois das férias de fim de ano.

Pisco algumas vezes.

— Como é que é?

Jenny endireita a coluna.

— Ah, desculpe, sr. Kane. Achei que o senhor não gostaria de se manter atualizado sobre essas coisas.

Eu a ignoro e olho para Zahra. Pela primeira vez, os olhos dela encontram os meus, mas estão desprovidos de qualquer emoção.

Detesto isso com todas as fibras do meu ser.

— Você vai se demitir?

— Dei meu aviso prévio de duas semanas para Jenny na terça.

Faço as contas. Se ela o entregou há alguns dias, e a semana seguinte são as férias de fim de ano, ela não vai voltar. A constatação cai como uma rocha no meu estômago.

Ela me encara, inexpressiva.

— Hoje é seu último dia? — retruco.

Jenny decide fazer a pacifista.

— Todos vamos sentir muita falta dela.

Ela não se demitiu assim que voltou da licença médica, então o que mudou? Fico em silêncio, refletindo sobre os possíveis motivos para Zahra dar seu aviso prévio. Jenny aperta as mãos dela e deseja boas festas a todos.

Todos os funcionários vão até ela, alternando entre abraços e toques de mão enquanto se despedem.

Merda. Não. Não era para isso acontecer.

Por que você achou que ela ficaria depois do que você fez? O que você provou para ela além do fato de que é um filho da puta egoísta que escolhe a si mesmo toda maldita vez?

— Todos estão dispensados, exceto a srta. Gulian. — Dou um passo para perto do pódio, querendo deixar Zahra contra a parede.

O corpo dela paralisa. Nossos olhares se encontram quando paro na sua linha direta de visão.

Os criadores passam como se eu não estivesse queimando um buraco no rosto de Zahra. Todos me desejam Feliz Natal antes de saírem da sala, entusiasmados por serem liberados mais cedo.

Fico entre o pódio e a porta, sem deixar opção a ela além de passar por cima de mim.

— Você não pode se demitir.

— Tanto posso como já me demiti.

Meus punhos se cerram ao lado do corpo.

— Mas nós temos um acordo.

Ela encolhe os ombros.

— Hoje foi o último dia das nossas apresentações, de qualquer modo. Não está mais em nossas mãos.

— Haverá outras ideias que precisam da contribuição dos criadores.

Ela ergue a cabeça.

— Isso não é mais da minha conta.

— Zahra...

Ela levanta a mão, me impedindo.

— Por que você me contratou?

Não hesito.

— Porque você é boa no que faz. Hoje é um perfeito exemplo de como você é talentosa. Imagine o que mais você poderia fazer se...

Consigo ver as muralhas dela caindo uma a uma. Todo o seu comportamento muda, desde os ombros afundando até os olhos se anuviando.

— Por que não me deixou em paz? — Sua voz embarga. — Por que teve que manipular meus sentimentos?

Inspiro fundo.

— Como assim?

Ela desvia os olhos, escondendo de mim as lágrimas neles.

— Você me contratou como criadora porque queria que eu me envolvesse emocionalmente no projeto antes da votação do seu avô?

Votação? Nem fodendo.

— Votação?

Seus punhos delicados se cerram.

— Fui escolhida para o comitê de Brady, mas tenho certeza de que você já sabia disso. Não é?

Zahra está no comitê? Deve ser algum tipo de piada cósmica de mau gosto. De todas as pessoas que meu avô poderia ter escolhido, tinha que ser logo *ela*?

Todas as peças se encaixam. Na minha carta, ele havia mencionado que conheceu alguém em Dreamland que o ajudou a se dar conta de seus erros. Não sei como não pensei antes que era Zahra. Meu avô não era o tipo de pessoa que se encontrava com funcionários aleatórios, mas discutiu a Terra Nebulosa com ela. Ele até a ajudou a refazer o projeto. A maldita anotação dele no arquivo dela era a maior pista de todas, e eu a ignorei completamente.

Merda. E a maneira como ela olha para mim – como se não me reconhecesse. Arrebenta meu maldito coração.

Fiz merda. Das grandes.

— Alguma coisa foi de verdade? — Sua voz embarga.

— É claro que foi. — Estendo a mão para envolver a bochecha dela, mas ela dá um passo para trás.

Dói muito.

— Eu nunca soube que você seria escolhida para a votação — digo.

— Ah, tá, e eu devo acreditar em alguma coisa que sai da sua boca? Tudo que você fez foi mentir ou dizer meias verdades desde que nos conhecemos. — Sua risada soa tão vazia e diferente dela que faz meu peito doer.

Em vez de pedir para Zahra ficar em Dreamland e trabalhar para mim, agora preciso convencê-la de que nunca soube que esse era o plano dele.

Boa sorte.

— Você precisa acreditar em mim. Eu sabia que haveria uma votação, até aí é verdade, mas não fazia ideia de quem o meu avô escolheria.

Ela balança a cabeça.

— Não importa o que você diga. Não confio em você.

Pego a mão dela e a coloco no meu peito. O calor da palma da sua mão aumenta a chama que se espalha em mim.

— Juro que não estou mentindo. Eu sei que posso ter escondido algumas verdades e mentido para você no passado — ela se empertiga com as minhas palavras —, mas nunca usaria você para uma coisa como a votação. Não sou tão ruim assim.

Ela arranca a mão da minha.

— Aí é que está, Rowan. Acho que você *pensa* que não é tão ruim assim, mas, por tudo que eu vi, não tenho motivo para crer que você não é egoísta. Você escolhe pensar em uma pessoa e apenas em uma pessoa, e essa pessoa é você.

Suas palavras me dilaceram, tornando difícil respirar. Ela olha para mim com a expressão franzida, e já vi esse tipo de olhar muitas vezes nos olhos do meu pai para defini-lo como repulsa. Dói muito mais dessa vez, sabendo que vem de Zahra.

Ela dá a volta por mim para pegar seus pertences.

— Estou me demitindo porque não tenho mais interesse em trabalhar para você ou sua empresa. Quero trabalhar em um lugar que faça diferença real na vida das pessoas porque se importa, e a sua empresa não é assim.

Ela sai da sala sem me deixar nada além do cheiro de seu perfume e a lembrança dos seus olhos lacrimejantes me encarando com puro ódio.

CAPÍTULO QUARENTA E OITO
Rowan

Eu devia ir para casa depois de pousar em Chicago, mas falo para o motorista me levar para a casa do meu pai. Depois de tudo que aconteceu após a apresentação de Zahra, tem algo me incomodando. Levei o voo inteiro para entender que tenho assuntos pendentes para resolver antes de seguir em frente.

A pressão de estar à altura do objetivo inatingível de provar que meu pai estava errado envenenou toda a minha vida. Durante anos, desejei que ele reconhecesse meu valor sendo que ele não conseguia tirar os olhos da própria infelicidade. Mas agora chega. Vou deixar para trás aquele menino que queria ser visto pela pessoa errada.

Aperto a campainha com um dedo enluvado. Meu pai leva alguns minutos para abrir a porta de sua casa nos arredores da cidade.

Seus olhos se arregalam atrás dos óculos.

— Rowan. Entre. — Ele abre a porta.

Paro um momento para observá-lo. Os olhos parecem claros e sóbrios, e o hálito não tem o cheiro inconfundível de uísque que passei a associar a seus surtos embriagados.

Acho que ele está sóbrio o bastante para ter esta conversa.

Ergo a mão.

— Não é necessário. Tenho algumas perguntas para fazer.

Suas sobrancelhas se franzem, mas ele assente mesmo assim.

— Certo.

— Você acha que minha mãe teria orgulho do homem que você se tornou desde que ela morreu?

Meu pai fica boquiaberto. Acho que nunca o vi tão surpreso. A cor se esvai de seu rosto já pálido, deixando-o com uma aparência fantasmagórica.

Uma rajada de vento forte sopra em nossa direção, tirando-o dos seus pensamentos.

— Não. Acho que não. — Sua cabeça se baixa.

— Por que você mudou?

— Porque eu era um homem raivoso e patético que queria afundar todos no meu luto para que eles sentissem a dor que eu sentia.

Eu o encaro, surpreso por sua resposta simples. De todas as respostas que considerei, as palavras que ele disse nunca passaram pela minha cabeça.

Ele suspira como se essa conversa estivesse esgotando toda a sua energia.

— Mais alguma pergunta?

— Você se arrepende de ter se apaixonado pela minha mãe?

— De jeito nenhum.

Eu poderia ter jurado que ele diria sim. Como ele pode não se arrepender depois de toda a dor pela qual claramente passou?

— Por que não?

— Você vai aprender que as melhores recompensas vêm com as maiores consequências. Porque nada que é grandioso é dado de graça. — Ele fecha os olhos.

Se um homem como ele faria tudo aquilo de novo, isso é tudo que eu precisava ouvir. Porque, se ele reviveria décadas de luto sabendo que daria no mesmo resultado, tem alguma coisa no amor que deve valer a dor.

Cometi um erro imenso com base em uma grande mentira que contei a mim mesmo ano após ano. Passei a vida pensando que o amor deixa as pessoas impotentes, e deixa mesmo. Meu pai é prova viva disso. O amor deixa, sim, as pessoas indefesas, mas só porque elas aceitam isso de boa vontade. Porque amar outra pessoa significa confiar nela o suficiente para não abusar do poder que ela exerce sobre você.

Apesar do que Zahra sente por mim, eu confio nela. Confio meu coração e meu futuro a ela. Não há mais nenhuma lista de prós e contras no mundo capaz de me manter longe dela.

Eu sei o que preciso fazer. A decisão vem fácil, aliviando parte da pressão que pesa como uma bigorna sobre meu peito.

Inclino a cabeça.

— Era o que eu precisava saber. — Dou as costas e deixo meu pai embasbacado atrás de mim, finalmente abandonando o último peso que me impedia de seguir em frente com a minha vida.

Agora preciso dar a notícia aos meus irmãos.

* * *

Declan dá mais uma garfada no purê de batata, como se eu não tivesse falado para ele que não vou voltar para Chicago depois da votação.

— Não.

Meus punhos continuam escondidos embaixo da mesa de jantar.

— Não pedi sua permissão.

Cal volta a cabeça de um para o outro.

— Vamos mesmo brigar no Natal?

Eu o ignoro.

— Eu não vou voltar.

— Certo. Acho que aconteceu. — Cal pega sua bebida e a ergue em minha direção em solidariedade. — Finalmente chegou a sua vez de ser o problemático da família. Bem-vindo ao clube. — Ele dá um grande gole.

Declan olha feio para Cal antes de se voltar para mim.

— Já discutimos isso em detalhes.

— Não importa o que nós decidimos antes. As coisas mudam, e não vou abandonar o cargo de diretor, então arranje um CFO novo.

O músculo no maxilar de Declan se tensiona.

— Por que você preferiria ser o diretor de um *parque temático* a se tornar o CFO de uma das maiores empresas do mundo?

— Porque eu conheci uma pessoa especial e não vou desistir dela por um maldito trabalho burocrático a milhares de quilômetros dela, onde eu seria infeliz.

Declan parece ficar sem palavras.

— Puta merda — Cal sussurra. — Está falando sério?

Faço que sim com a cabeça.

Cal pisca duas vezes antes de voltar a falar.

— O que você anda escondendo?

— Nada em que eu queira você metendo o nariz, seu brocha.

— Agora eu *definitivamente* preciso visitar Dreamland. Nosso irmãozinho está escondendo alguns grandes segredos de nós. — Cal cutuca Declan com um sorriso.

Declan empurra Cal.

— Só é considerado segredo se eu não fizer ideia.

Cal encara Declan.

— Você sabia disso esse tempo todo e não me contou?!

— Ele tirou férias. Só isso já era motivo de alarme. Tente usar alguns dos poucos neurônios que ainda tem, Callahan.

— Vai se foder. — Ele olha feio para Declan antes de voltar o rosto em minha direção. — Odeio ser deixado de fora.

Declan volta a concentrar a irritação em mim.

— Você está fazendo isso tudo por causa de uma garota?

— Não. Estou fazendo isso porque gosto de quem me esforço para ser quando estou *com* aquela garota.

— Caramba. Rowan pode não falar muito, mas quando fala... — Cal faz um gesto como um beijo de chef. — É um poeta.

Declan abana a cabeça, claramente não sentindo o mesmo que Cal.

— Você perdeu a cabeça completamente.

Encolho os ombros.

— Talvez. Mas pelo menos é divertido.

Cal dá risada.

— Você vai me implorar pelo cargo de CFO daqui a seis meses. — Declan cruza os braços.

Abano a cabeça.

— Não vou.

Cal dá um tapinha no ombro de Declan com um sorriso.

— Ânimo, meu bem. Eu consigo dar uma mãozinha e ajudar você com suas responsabilidades até encontrar um novo substituto.

— O trabalho exige mais habilidades matemáticas do que somar dois mais dois.

— Acho que o meu cerebrozinho dá conta. — Cal aponta para a têmpora. Ele pode ter distúrbio de déficit de atenção e hiperatividade, mas tem o QI mais alto de todos nós. Se ao menos ele tivesse o empenho de se aplicar.

Levanto a voz.

— Sabe, Iris poderia ajudar você com parte da carga de trabalho. Vocês trabalham bem juntos, e ela definitivamente poderia dar conta de algumas das suas tarefas enquanto você procura uma esposa.

Declan coça o queixo.

— Talvez. Vou ter que pensar.

— Rowan, a gente deveria ser contra Iris trabalhar mais horas. — Cal suspira. — A pobrezinha deve ter se esquecido como é o sol com todas as horas que Declan a faz trabalhar.

Não dou a mínima para Iris ou o horário dela desde que eu consiga o que quero. Embora eu possa estar interessado em mudar alguns dos meus velhos hábitos, nunca vou parar de ser ganancioso quando o assunto é Zahra. Ela sempre vai ser a exceção a qualquer regra e a única pessoa por quem estou disposto a ferrar com o mundo. Porque, se ela não estiver feliz, vou destruir o que quer que tenha tirado seu sorriso, mesmo que seja eu.

* * *

Aperto a sacola plástica com força enquanto bato na porta do apartamento de Zahra. Depois que meu jatinho ficou no chão por uma hora a mais hoje por causa do tráfego do dia de Natal, não consegui chegar tão cedo quanto queria. Mas estou aqui agora e pronto para falar com Zahra. Como está tudo resolvido com o cargo de diretor, posso usar isso como uma carta na manga para mostrar minhas boas intenções.

Não quero que ela saia de Dreamland por minha causa. Quero trabalhar com ela, lado a lado, e fazer deste lugar tudo que ela sonhou.

Claire abre a porta com a testa franzida.

— O que você quer?

— Zahra está em casa?

— É Natal.

— Mas você está aqui, e ela não deixaria você sozinha em um feriado.

Os olhos dela se estreitam, e sei que a peguei.

— Ela não quer falar com você.

— Vou deixar que ela decida isso — respondo, com o tom inexpressivo.

Ela cruza os braços.

— Por que você está aqui, afinal?

— Porque eu preciso falar com ela. É importante.

Ela ergue a sobrancelha.

— No *Natal*?

— Claire? Quem é? — Zahra aparece e fica paralisada no vestíbulo.

Dou uma boa olhada nela. Seu cabelo está preso em um coque bagunçado que quero soltar, e seu corpo está escondido atrás do pijama mais hediondo de Natal. Minhas mãos coçam para agarrá-la, mas continuo recostado ao batente.

— Zahra. — Minha voz sai arranhada.

Ela me ignora.

— Eu cuido disso, Claire.

— Tem certeza? — O olhar de sua amiga vai de Zahra até mim, passando de suave a cortante em um segundo.

Zahra faz que sim com a cabeça e caminha em direção à porta. Claire não se dá ao trabalho de olhar em minha direção enquanto segue pelo corredor na direção do quarto dela.

— O que você quer, Rowan? — Zahra cruza os braços.

— Quero conversar.

— No Natal?

Qual é a dessas duas com o Natal? É só um feriado – mais um inconveniente do que qualquer outra coisa.

Respiro fundo e balanço a sacola na linha de visão dela.

— Eu trouxe uma atividade para convencer você a me dar uma hora para falar.

Seus olhos se arregalam.

— Está falando sério?

Franzo a testa.

— Sim? Pesquisei as melhores estratégias para fazer casinhas de biscoito de gengibre e pensei que poderíamos tentar enquanto você me escuta. Trouxe até palitos de pirulito para funcionar como estabilizadores.

Ela não diz nada.

Qual é. Fale alguma coisa.

— Pensei que poderíamos fazer cobertura caseira, porque a da caixa parece nojenta.

Alguma coisa que digo a tira de seus pensamentos.

— Ai, meu Deus. Você acha mesmo que uma casinha de biscoito de gengibre vai melhorar a situação?

Merda.

— Bom, não. Mas lembro que você comentou que gostava muito, e...

Ela ergue a mão. Seu rosto está todo franzido, como se ela sentisse dor por falar comigo. Sinto um frio perigoso na barriga nauseada. Estou cansado dessa dor no estômago. Ela me faz me sentir terrivelmente patético e a fim de me chafurdar na minha tristeza, e odeio qualquer tipo de autopiedade.

— Rowan, *você* terminou tudo *comigo*. Não podemos simplesmente continuar de onde paramos e fingir que vamos voltar a uma coisa casual.

— Que bom, porque eu não quero mais uma coisa casual.

Seus olhos lacrimejam.

— Você só está fazendo isso por causa da votação.

Solto um suspiro frustrado.

— Não estou fazendo isso por causa de porcaria de votação nenhuma. Se quiser votar contra mim, vote. Até incentivo você a fazer isso, se me der a chance de me explicar.

Sua boca se abre antes de se fechar de novo.

Estendo a mão e coloco uma mecha de seu cabelo atrás da orelha.

— Estou falando sério. Vá em frente e faça o que achar certo. A votação é minha última preocupação agora. Você é mais importante.

Ela baixa a cabeça enquanto respira fundo. Volta a erguer os olhos cheios de lágrimas para mim, e isso me corta o coração.

— Queria poder acreditar em você. De verdade. Mas estou cansada de dar todas as chances do mundo para as pessoas, para depois elas se tocarem de que não valho a pena no fim. Porque eu valho, e ninguém mais vai me convencer do contrário. Nem mesmo você. Não quero ser usada como entretenimento para *passar o tempo*, assim como não quero ser classificada como um *erro*. — Suas palavras estão cobertas de mágoa, e isso só me fode ainda mais por dentro.

Eu me arrependo de ter falado essas coisas. Quando terminei com ela, pensei que estivesse fazendo a coisa certa antes que aquilo saísse do controle. A verdade é que já tinha saído, e fui idiota demais para perceber.

Eu preferia não ter o controle e ainda ter Zahra a sentir isso sem ela. Não posso voltar à maneira como as coisas eram antes de ela entrar na minha vida.

— Feliz Natal, Rowan. — Ela não se dá ao trabalho de esperar minha resposta enquanto fecha a porta na minha cara, me deixando com um sentimento pesado no peito.

* * *

Zahra me ignorando não é nada além de um desafio. Decido que a única maneira de chamar a atenção dela é fazer algo ridículo. E, por ridículo, me refiro a construir a maldita casa de biscoito de gengibre sozinho e mandar uma foto para ela. A estrutura está danificada depois de cair inúmeras vezes, e o telhado não para de escorrer, mas estou empenhado.

Coloco a última jujuba no teto e pego o celular antes que a coisa toda desabe.

Desculpa. Uma das jujubas escorrega do telhado, arruinando a letra *e*. Conserto rápido e tiro uma foto.

Anexo a foto à minha conversa com Zahra e a envio, junto com uma mensagem de *estou com saudade*.

Não sei por que aguardo algum tipo de resposta. Talvez eu tenha sido idiota de esperar que ela tivesse pena de mim por fazer essa porcaria sozinho.

Eu estava errado. Minha mensagem não é respondida, o que só aumenta o sentimento intenso em meu peito toda vez que olho para a casa idiota.

Nenhuma das minhas estratégias está funcionando. Se Zahra pensa mesmo que eu só estava com ela por causa da maldita votação, vou provar que estou aqui para ficar, com ou sem a aprovação dela. Que mudei por causa dela e de todo o sentimento que ela me mostrou ao longo dos meses.

Só me resta torcer para que ela me escolha no fim.

CAPÍTULO QUARENTA E NOVE
Zahra

Hoje é o último dia em que vou ver o rosto lindo e manipulador de Rowan. Essa é a única coisa que me mantém motivada enquanto entro na sala de reunião localizada dentro do conjunto de escritórios na Rua História. Tudo foi coordenado por um funcionário da Kane com um acordo de confidencialidade, incluindo o horário e o lugar.

Sou a primeira do júri a chegar, o que só aumenta meu nervosismo. Tiro um caderno da mochila e começo a desenhar bobagens para manter a mente ocupada.

A porta se abre com um rangido e Martha entra.

— Martha! — Eu me levanto da cadeira e dou um abraço nela. — O sr. Kane pediu para você ajudar na organização?

Ela balança a cabeça.

— Não. O falecido sr. Kane me pediu para estar aqui.

— *Sério?*

Ela exibe suas lindas marcas de expressão.

— Não fique tão surpresa. Trabalhei para aquele homem por décadas. Conheço este parque melhor do que ele, e ele sabia disso.

Minha gargalhada é interrompida por outra abertura da porta. Todo o calor remanescente do abraço de Martha se esvai rapidamente do meu corpo quando Seth Kane entra na sala.

Eita porra. Brady escolheu o pai de Rowan como parte do comitê? Preciso de todo o meu autocontrole para não partir para cima do sr. Kane depois de tudo que descobri sobre ele. Se olhares pudessem matar, ele teria sido eviscerado apenas pelo meu olhar.

Ele nos ignora como se eu e Martha não existíssemos, provavelmente porque, para ele, não existimos. As únicas pessoas dignas de sua atenção são aquelas que têm o mesmo sangue ou o mesmo interesse empresarial que ele. Seu terno elegante e rosto insensível escondem o homem horrível que habita ali embaixo. Fico tentada a dilacerar esse homem vivo que chamava o filho de patético e o fazia se sentir menor por ser *diferente*.

Meus punhos se cerram ao lado da calça jeans.

Martha dá um tapinha na minha mão.

— Calma, calma. Agora não é hora para ter raiva.

Suspiro e respiro fundo algumas vezes.

— Não estou brava.

Ela se aproxima e cochicha.

— Isso demonstra que você ainda se importa com ele. Que bom.

Bom? O que está rolando aqui?

— Não sei do que você está falando.

— Ah, querida. — Ela dá um tapinha leve na minha bochecha. — Juntei as peças quando o sr. Kane me pediu para ligar para Juliana de La Rosa. E, considerando nossa conversa sobre os livros dela, liguei os pontos.

Martha é tão esperta. Nós nos sentamos perto uma da outra enquanto o sr. Kane se senta do outro lado da mesa. Outros dois desconhecidos entram na sala, mas tenho quase certeza de que um deles é o diretor do parque de Xangai.

— Rowan sabia que você estava no comitê?

— Rowan? Nossa, não. Não vejo a hora de ver a reação dele depois.

Fico olhando para a cara dela.

Ela aperta a mão no peito.

— Espera. Você achou que Rowan soubesse que você estava no comitê?

Faço que sim, sem conseguir falar porque meu coração está na garganta. Esse dia vai ser uma sobrecarga de informações.

— Não. Essa é parte da graça da reunião de hoje.

— *Graça?*

— Claro. Brady gostava de um drama. Toda essa palhaçada é o jeito dele de fazer os netos trabalharem para merecer.

— Merecer o quê?

Martha é interrompida pela entrada de Rowan na sala. Ele está ainda mais devastador hoje, em um terno preto elegante e um gravata preta combinando. Seus olhos encontram os meus. É como se todo o ar fosse arrancado dos meus pulmões, e minha cabeça fica zonza.

Sai dessa.

Rowan olha ao redor pelo resto da sala. Todos se levantam e apertam sua mão. Ele cumprimenta cada pessoa pelo nome, e solto um suspiro de alívio por pelo menos ele conhecer seu público-alvo.

Por que você se importa? Ele mentiu para você por essa votação idiota.

Quando chega em mim, ele estende a mão. Eu a aperto, e uma vibração parecida percorre meu corpo, começando pelos dedos antes de se espalhar até os pés.

— Srta. Gulian. Obrigado por estar aqui hoje. — O timbre de sua voz faz coisas terríveis com a parte inferior do meu corpo. Seus olhos se demoram em minhas bochechas coradas, e seu polegar acaricia minha mão antes de soltar.

Limpo a garganta.

— Sr. Kane. — Cumprimento com a cabeça e me sento.

Ele se dirige à frente da sala e liga o projetor. Sua apresentação já está montada, e eu cutuco Martha.

— Você já viu?

Ela tranca os lábios e joga a chave invisível fora.

Rowan se afasta do pódio enquanto segura o controle. Ele faz uma abertura básica, expressa sua gratidão pelo nosso tempo e tudo mais. Seus olhos sempre encontram os meus ao fim de cada frase, como se quisesse minha aprovação.

Ele para no primeiro slide, exibindo uma foto em preto e branco do avô na frente de um castelo pela metade.

— Meu avô me pediu para determinar as fraquezas de Dreamland e criar algo digno de seu legado. A princípio, eu não soube o que poderia fazer que já não tivesse sido feito antes. Dreamland é, em muitos sentidos, perfeita.

Volto a minha atenção de Rowan para seu pai. É óbvio com quem Rowan aprendeu seu ar inexpressivo, porque acho que não vejo nenhuma reação em Seth Kane além de seus olhos piscando.

Pelo menos ele não está franzindo a testa ainda.

— Passei os últimos seis meses trabalhando com os desenvolvedores do parque para traçar um plano de renovação que se destacasse. Os criadores passaram inúmeras horas desenvolvendo novas ideias de brinquedos, conceitos sobre aproveitamento do espaço, acréscimo de carros alegóricos e muito mais. Eu pretendia mostrar esses projetos hoje; inclusive, criei toda uma apresentação centrada na expansão de Dreamland.

O dedo do sr. Kane bate uma vez na mesa antes de parar. *Será esse seu sinal? Se for, o que quer dizer?*

— No último mês, passei um tempo analisando as palavras do meu avô. Cheguei à conclusão de que encontrar fraquezas significa mais do que aumentar a renda ou alocar melhor os fundos.

Ele passa para o próximo slide, um retrato de Brady com toda a equipe de Dreamland na frente do castelo. Se eu estreitar os olhos, consigo me encontrar ainda de aparelho, porque meus pais me levaram às escondidas para a foto quando eu ainda era adolescente.

— Durante o tempo do meu avô em coma, as fraquezas foram sendo lentamente negligenciadas em virtude de nossos pontos fortes. Quanto mais Dreamland crescia, mais fácil era ignorar as questões menores, porque mais dinheiro era sinônimo de mais sucesso. Meu avô escreveu sobre uma pessoa especial que o ajudou a ver seus erros, e tive a sorte de conhecer a mesma pessoa. — Rowan me abre seu sorriso mais discreto.

Ele está falando de mim? Brady Kane se referiu a mim na carta dele? Meu peito se aquece e meu coração ameaça explodir.

— Essa pessoa me mostrou que o dinheiro se torna insignificante quando ignoramos as pessoas que nos ajudam a lucrar. Essas pessoas foram abertamente críticas sobre os problemas de Dreamland, e fiquei intrigado com tais fraquezas. Comecei a entrevistar funcionários de todos os departamentos ao acaso, e o que descobri foi chocante.

O próximo slide é uma imagem de *Ralph.*

— Esse é Ralph. Ele é um mecânico de brinquedos dedicado em Dreamland há cinquenta anos, o que faz dele nosso funcionário mais antigo depois do meu avô. Quando perguntei o que ele achava das mudanças de salário e dos cortes dos benefícios de seguro de Dreamland, ele me disse que isso não importava. Claro que eu achei a resposta bizarra. Dos duzentos funcionários que entrevistei, Ralph foi a única pessoa que disse que *não importava*. Então, naturalmente, perguntei o porquê. E ele me disse que havia descoberto recentemente que tem câncer pancreático de estágio quatro e seu seguro-saúde não consegue cobrir o tipo de tratamento de que ele precisa.

Ralph está com câncer? Meus olhos se enchem de lágrimas, que tento conter. Não consigo e acabo fungando alto. A maneira como Rowan olha para mim me faz me perguntar se ele está me oferecendo seus pêsames em silêncio.

O slide seguinte é um retrato de Brady sorrindo com um braço ao redor de Ralph. Parece que Ralph está consertando um carrinho do primeiro brinquedo de Dreamland.

— Ralph é um dos nossos funcionários mais antigos na Companhia Kane, e nossas... minhas práticas corporativas egoístas o estão impedindo de receber o tratamento adequado contra o câncer. — Ele clica e o slide seguinte aparece, dessa vez com centenas de fotos. — Existem centenas de histórias parecidas, de pessoas se esforçando para trabalhar em dois empregos a funcionários incapazes de custear procedimentos de saúde adequados por causa de finanças limitadas. Ninguém deveria ter que escolher entre sustentar a família ou priorizar suas necessidades médicas.

Ele solta um suspiro fundo.

— Como diretor de Dreamland, quero proteger pessoas como Ralph. Porque, no fim, nossos funcionários são nossa maior força. Sem eles, não haveria uma Dreamland digna do sucesso que nós atingimos. Portanto, estou sugerindo que o ssalário mínimo seja aumentado a níveis condizentes com o que esperamos dos nossos funcionários.

— E que salário por hora você sugere? — Seth Kane ergue a voz.

Isso é parte do procedimento? Podemos todos gritar perguntas aleatórias quando estivermos a fim?

— Um aumento de cinquenta por cento no mínimo.

— É um aumento extremo, considerando que você votou contra a mudança de salário anterior.

Os dois membros do comitê que não conheço se entreolham. Minhas mãos começam a tremer, sem saber o que vai acontecer na sequência.

Martha dá um tapinha no meu joelho e me abre um sorriso tranquilizador.

Espere. Ela sabe sobre a apresentação de Rowan? Porque, se Rowan não sabia que Martha faria parte do comitê, talvez ele tenha ensaiado a apresentação na frente dela.

Rowan não parece nem um pouco abalado pelas perguntas do pai. Ele passa para o próximo slide.

— Com base em pesquisas conduzidas, aumentos de salário são associados a maior rentabilidade. Grandes corporações já assumiram esse compromisso com base em fatos orientados por números. Se nós aumentarmos os salários, vamos aumentar a eficiência, melhorando assim a experiência geral de Dreamland para nossos visitantes.

Seu pai se inclina para a frente.

— Por que nós precisaríamos trabalhar na satisfação dos funcionários se temos um desempenho acima das expectativas a cada trimestre?

O slide seguinte de Rowan inclui uma análise de uma pesquisa de satisfação de visitantes.

— Quando questionei um milhão de visitantes durante meu tempo aqui, mais de setenta e dois por cento disseram que os funcionários de Dreamland representavam um papel central em sua experiência geral. Em outra pergunta, que pediu para que diferenciassem a experiência de Dreamland em relação a parques temáticos concorrentes, sessenta e oito por cento dos visitantes escolheram a experiência com os membros da equipe. Isso significa que, quaisquer que sejam os brinquedos que nós tenhamos, os funcionários fazem a diferença. — O slide passa para uma pesquisa de satisfação dos funcionários.

Lembro de ter preenchido uma, mas não sabia que era para a apresentação de Rowan. Fico paralisada na cadeira enquanto encaro os gráficos de barra e números, tentando entender tudo que estou vendo.

— Por outro lado, mais de cinquenta por cento dos nossos funcionários disseram que procurariam outro emprego nos próximos cinco anos se os salários de Dreamland permanecessem os mesmos. Os motivos dos funcionários para pedirem demissão incluíam interesse em economizar para a aposentadoria, necessidade de pagar creche, desejo de economizar para os fundos de faculdade dos filhos e interesse em receber benefícios melhores, incluindo seguro-saúde.

O pai de Rowan bate o dedo três vezes. Ou ele é um profissional em código Morse ou está demonstrando sua aprovação em silêncio. Como não? Estou dando meu melhor para não ficar encarando Rowan, porque nem sabia que ele estava trabalhando em todas essas coisas. Isso é prova de que ele me *escutou*, tanto como Scott quanto como Rowan. Que pegou tudo que eu tinha a dizer sobre os funcionários e aplicou em sua apresentação.

Meu corpo todo vibra de entusiasmo.

— Ao não aumentar os salários nem melhorar os benefícios da nossa empresa, estamos abrindo mão do nosso maior trunfo. Nossos funcionários são o motivo oculto pelo qual nos diferenciamos de nossos concorrentes, e está na hora de os tratarmos como tal. Portanto, defendo minha decisão de aumentar salários e reinstaurar benefícios para preservar o futuro de Dreamland.

Seu pai pisca.

Martha se empertiga com um sorriso.

— No passado, o senhor mencionou só ter interesse em atuar temporariamente como diretor. O que acontece se nós aprovarmos esses planos e o senhor mudar de ideia de novo em um ano, considerando que foi o senhor quem introduziu os cortes de salários e benefícios?

Caramba, Martha. Segura essas garras. Meus olhos se voltam para Rowan. Espero irritação, mas quase tenho um ataque cardíaco pelo pequeno sorriso de Rowan.

— Mais uma ótima pergunta. Os funcionários serão minha maior prioridade, considerando o fato de que eu pretendo continuar aqui, trabalhando como diretor pelo tempo que eles me quiserem.

Quase caio da cadeira. *Que porra está acontecendo aqui?* O olhar de Rowan arde na minha pele, atraindo meus olhos de volta a ele.

O homem ao lado do pai de Rowan ergue a voz.

— Você não tem mais interesse em se tornar o CFO?

— *Não.*

O mesmo senhor se volta para o companheiro e começa a sussurrar.

O pai de Rowan entrelaça as mãos.

— Por que eu votaria sim e aprovaria os seus planos se posso votar contra e tirar seus vinte e cinco bilhões de dólares?

— Vinte e cinco bilhões de dólares? — digo, rouca.

Acho que vou vomitar.

Martha olha para mim com um sorriso tímido.

— Aqui. Tome um pouco d'água.

Os olhos de Seth Kane se voltam do filho para mim. Ele me encara de uma forma que me faz me sentir dissecada.

Engulo metade do copo de uma vez. A água balança na borda, caindo por toda a mesa.

— O principal motivo do meu interesse em receber minhas ações é porque eu quero reter poder suficiente para fazer as melhores escolhas para os meus funcionários. Dreamland compõe vinte por cento da renda de toda a nossa empresa. Posso ser o tipo de diretor que trabalha para nos levar a novos limites enquanto protejo nossos funcionários. *Quero* ser esse diretor. Como eu disse antes, elaborei inúmeros planos com os criadores que incluem expandir Dreamland para além do nosso parque único. — Ele olha ao redor da sala para cada pessoa. — Tenho os slides prontos para apresentar se precisarem de mais evidências para apoiar sua decisão de aprovar minha mudança. Embora eu tenha interesse em renovar o parque além de tudo que Dreamland já viu antes, minha maior prioridade são os funcionários.

QUÊ?! É assim que reuniões de conselho costumam ser? Quase me arrependo de ter tirado sarro delas quando conheci Rowan, porque isso é *intenso*.

O pai de Rowan ergue a mão.

— Isso não vai mudar minha decisão. — Sua voz é inexpressiva.

Minha alegria se desfaz, substituída por ácido subindo pela garganta. O rosto de Rowan continua neutro, mas a pequena veia sobre seu olho direito se torna mais proeminente.

Será que seu próprio pai votaria não? Depois de tudo *isso*? Sei que ele é desalmado e tudo, mas até ele deve ter ficado um pouco impressionado com o filho.

Se não fosse esquisito, eu me levantaria e aplaudiria de pé.

Os dois homens balançam a cabeça.

Martha ergue a mão enrugada.

— Gostaria de um esclarecimento sobre uma coisa.

O canto do lábio de Rowan se ergue.

— Pois não?

— Estou interessada em saber sobre seus planos para os funcionários com deficiências.

Pela primeira vez durante toda a apresentação a fachada fria de Rowan se parte. Ele encara Martha, que abre um sorriso maroto.

— Pensei que você estivesse do lado dele — cochicho no ouvido dela.

— Eu estou. — Ela dá uma piscadinha. — Falta uma coisa para ele apresentar.

Rowan limpa a garganta e pula vários slides. Fico tonta pelo movimento.

Ele para em um slide que tira meu fôlego. Porque, ao contrário do slide de Ralph, este contém uma foto de Ani. Minha linda irmã grandiosa, que está com o braço ao redor do ombro de JP.

— Esta é Ani. Ela é uma das funcionárias mais jovens, que por acaso vem de uma família de trabalhadores de Dreamland. Acabei sendo parceiro dela em um programa piloto de mentoria. Ela rapidamente me ensinou todo tipo de coisa sobre Dreamland, incluindo nossa falta de diversidade no processo de recrutamento.

Não sei por que meus olhos se enchem de lágrimas, mas se enchem. Uma única lágrima escorre, e Martha, como a idealizadora astuciosa que é, me passa um lenço discretamente. Tenho quase certeza de que ela fez essa pergunta de propósito só para me ver chorar.

— Fiquei confuso porque conheço nossos procedimentos e sei como nos esforçamos para ter diversidade étnica na equipe. Mas então Ani me contou que não há pessoas como ela, pessoas com deficiências, tanto visíveis como invisíveis. Portanto, durante o período em que era para eu ser o mentor de Ani, foi ela quem se tornou minha mentora. Ela me ensinou o que significa ter uma vida como a dela, e comecei a fazer minha pesquisa por conta própria. Então, respondendo sua pergunta, Martha, pretendo expandir nosso processo de contratação para incluir mais pessoas com deficiências. Também gostaria de levar adiante um programa de mentoria integral para atender às demandas delas. Quero que Dreamland seja líder nesse aspecto.

Mais lágrimas escorrem pelo meu rosto. Estou toda atrapalhada, olhando para a foto da minha irmã com JP. Nunca pensei que meu programa piloto levaria a uma mudança como *essa*. Nem em um milhão de anos.

— Esse projeto será abordado em três fases principais, começando pelo novo programa de mentoria. Quando ele estiver completo, vou levar adiante um projeto dos criadores que vai destacar a promessa de Dreamland para a inclusão. Vamos expandir nossas fantasias e suvenires para incluir acessórios para cadeiras de rodas, muletas e próteses a fim de levar em consideração a população de crianças em Dreamland que costuma ser ignorada. Além disso, vamos destacar uma nova promessa de criar a primeira celebração sensorial da história. Essa oportunidade vai dar às crianças do espectro a capacidade de desfrutar de Dreamland.

Limpo o rosto, tentando apagar as lágrimas. Estou chocada que Rowan tenha pegado minha última criação e incluído em sua apresentação. Com tanta coisa em jogo, significa tudo para mim que ele esteja disposto a arriscar seus *vinte e cinco bilhões de dólares*.

Se isso não é mostrar que se importa, não sei o que seria.

— Mais alguma pergunta? — Rowan olha para mim.

Balanço a cabeça, torcendo para que meus olhos demonstrem como estou feliz e orgulhosa.

— Obrigado pelo seu tempo hoje. — Ele desliga o projetor e sai da sala.

Espera, é isso? Ele não fica para a deliberação ou coisa assim?

Um homem aleatório entra com uma maleta. Ele passa a cada um de nós uma folha de papel com nossos nomes e uma caneta.

Tem muito jargão jurídico que tenho que ler três vezes para entender e um quadradinho para ticar perguntando se aprovo as revisões para Dreamland.

Por mais que Rowan tenha me magoado pessoalmente, não há mais dúvida em minha cabeça de que ele é o homem certo para o trabalho. Seria idiota e mesquinho votar contra ele.

E porque você o ama.

Não. Isso não tem nada a ver. Ele provou que merece a chance de mudar Dreamland para melhor, e não sou eu que vou ficar em seu caminho.

* * *

Espero do lado de fora da porta principal da sala de reunião. Todos saem um a um, exceto a pessoa pela qual passei dez minutos aguardando.

O que é que ele poderia estar esperando?

A porta se abre e Seth Kane sai do recinto como se tivesse uma passarela particular em casa. Por um segundo, considero se devo mesmo seguir meu plano.

É, foda-se.

— Sr. Kane? — Cutuco o ombro dele.

— Pois não? — Ele baixa os olhos para mim com a sobrancelha erguida. *Argh.* A maneira como ele me encara tem essa habilidade estranha de me fazer me sentir com cinco centímetros de altura.

— Queria dizer que, embora o senhor possa ser *considerado* um bom homem de negócios, o senhor fez isso à custa de se tornar um pai terrível e verbalmente abusivo. Um dia o senhor vai olhar para sua vida e se arrepender de como tratou seus filhos, e espero que sinta tanta dor quanto causou neles. Então vai se foder e vai pro inferno.

Dou meia-volta e vejo Martha me olhando com um sorrisão e um sinal de joinha. Lembro de mandar um beijo para ela enquanto saio porta afora, usando a outra mão para mostrar o dedo do meio para Seth Kane.

Não há nenhuma outra maneira como eu gostaria de passar meu último dia oficial de trabalho em Dreamland.

CAPÍTULO CINQUENTA
Rowan

Pensei que, assim que saísse da sala de reunião, o pânico me dominaria. Mas, quando me sento em minha sala, esperando que o advogado do vovô finalize a votação, uma estranha sensação de calma toma conta de mim.

Aceitei meu destino, independentemente do que o conselho decidir. Se não receber minhas ações da empresa, ainda posso continuar como diretor. Meus irmãos vão ficar putos, especialmente Declan, por causa das repercussões com meu pai. Eu entendo, mas fiz tudo que era possível para conseguir a vantagem.

Em vez de ir com minha apresentação original com o melhor das ideias das equipes Alfa e Beta, levei minha intuição. Foi uma mudança estressante, mas Martha me ajudou a avançar. E, caramba, nem imaginava que minha secretária teria um dos votos. Não consigo acreditar que ela escondeu isso de mim enquanto me ajudava com a apresentação.

Pelo menos posso garantir que tenho um voto.

E talvez dois.

Zahra pareceu emocionada pela coisa toda, mas eu não guardaria rancor se ela concluísse que não sou digno do cargo ou do poder associado às minhas ações. Embora eu esteja irritado pelo fato de meu pai ter revelado esse segredo, acho que esse foi o jeito dele de me avisar que sabe o que está em jogo. De alguma forma, a carta do vovô para ele deve ter revelado mais do que eu imaginava.

Há uma batida na porta. Martha a abre e coloca a cabeça para dentro.

— Seu pai gostaria de ter uma palavrinha.

— Pode deixar que ele entre. — Melhor acabar logo com isso.

Meu pai entra na minha sala.

— Sente-se.

Ele continua em pé.

— Não pretendo ficar muito.

Ergo uma sobrancelha.

— Está aqui para se vangloriar?

— Não — ele diz. — Quero dizer que estou orgulhoso de você.

Espero a outra metade da frase explicando onde me enganei. O silêncio cresce enquanto me dou conta de que isso é tudo que ele queria dizer.

— Por quê?

Ele me ignora.

— Desejo toda sorte a você na administração deste lugar. Espero você na próxima reunião do conselho, pronto para fazer uma apresentação mais concisa sobre seu plano de orçamento para tudo isso.

Será que realmente ganhei a aprovação dos votantes ou isso é uma piada para me enganar?

— O que você está dizendo?

— Seu avô teria orgulho do homem que você se tornou.

Mais uma mensagem.

Ele sai da minha sala com um aceno de cabeça, me deixando com o olhar fixo no lugar onde ele estava, sem saber como foi que consegui fazer isso.

* * *

O advogado entra no escritório logo depois do meu pai e confirma o que já sei. O comitê aprovou minhas mudanças, e ele vai entrar em contato comigo na semana que vem para discutir minhas finanças. É surreal finalmente deixar tudo isso para trás. Estou ansioso para realmente colocar as coisas em prática em vez de falar sobre elas.

Mando uma mensagem para meus irmãos e aviso que minha parte do plano está completa. Agora cabe a eles garantir a parte deles.

Abro minha conversa com Zahra e escrevo para ela, na esperança de finalmente ter a chance de que preciso para convencê-la de que levo nós dois a sério.

> **Eu:** Pode ir em casa hoje à noite e me escutar?

> **Eu:** Por favor.

Escrevo a segunda mensagem para ganhar pontos a mais.

Sua resposta é instantânea.

Zahra: Sim. Só porque você pediu com educação.

Zahra: Mas não crie muitas esperanças.

Tarde demais. Pela primeira vez em semanas, finalmente sorrio.

* * *

Ando de um lado para o outro do pórtico de entrada. A madeira range sob meus sapatos a cada passo. Um graveto estrala, e ergo os olhos para encontrar Zahra subindo pela entrada com o mesmo vestido branco de horas atrás. As cores do pôr do sol formam o pano de fundo perfeito para ela, e me pego me perdendo em sua beleza.

A única coisa que falta é seu sorriso. Depois de hoje, juro que nunca vou fazê-la sentir nada além de felicidade perto de mim. Embora possa parecer um objetivo impossível, estou mais do que disposto a atingir o inatingível.

Zahra sobe os degraus, mantendo o rosto neutro. Ela avança na direção da porta de entrada, mas eu a guio na direção do balanço que passei a apreciar. Tenho esperança de que ele me dê um pouco de coragem para sobreviver a tudo que estou disposto a revelar.

Agora é um bom momento para me desejar sorte, mãe.

— Então... — Zahra balança de trás para a frente, fazendo o balanço se mover.

— Quando meu avô me mandou para cá como parte do testamento, nunca pensei que encontraria alguém tão especial como você. Era para ser um projeto simples. Mas eu deveria saber que as coisas não correriam de acordo com o planejado quando você caiu no meu colo, quase literalmente. É como se a vida ficasse jogando você no meu caminho vezes e mais vezes na esperança de que eu entendesse o recado. Eu era teimoso demais para entender que você sempre esteve destinada a ser minha, Zahra. E foi por isso que eu cometi erros. Menti sobre quem eu era. Me recusei a confiar em você, embora no fundo eu soubesse que podia. E, acima de tudo, afastei você quando você não fez nada além de abrir o coração para mim sem nenhuma reciprocidade. Não dei valor ao seu amor quando deveria ter cuidado dele. Porque ser amado por você é um presente. Um presente que eu joguei fora porque era idiota e egoísta demais para dar a você esse tipo de poder sobre mim em troca.

Seus olhos se suavizam, e ela coloca minha mão no seu colo.

— Você estava certa quando disse que merecia coisa melhor. Você sempre mereceu e sempre vai merecer. Mas eu me recuso a desistir de você. Não *posso* desistir de você, porque você é a única pessoa neste mundo todo que me faz querer rir, e sou egoísta demais para deixar a melhor coisa da minha vida escapar por causa do meu medo.

Seus olhos se enchem de lágrimas, mas ela pisca para secá-las antes que caiam.

Aperto a mão dela.

— A verdade é que eu tenho pavor de me apaixonar. Mas prefiro confiar meu coração a você e correr o risco de você me magoar a viver mais um dia sem você na minha vida. Quero ser o tipo de homem que merece uma mulher tão bonita, altruísta e boa como você. Posso levar a vida inteira para atingir esse tipo de objetivo, mas, desde que você esteja ao meu lado, seria uma vida que vale a pena.

Seu lábio inferior treme e eu o contorno com o polegar.

— E, embora eu saiba que não mereço você, vou passar todos os dias provando o quanto te amo.

Uma lágrima escapa, e eu a enxugo com o polegar.

— E a mudança para Chicago?

— Foda-se Chicago. Não tem nada que eu queira mais do que ficar aqui com você e construir uma vida juntos.

— Um beijo por um segredo? — Sua voz embarga.

Faço que sim.

Seus lábios encostam nos meus. Suspiro enquanto coloco a mão ao redor do pescoço dela e a puxo para perto. Coloco todos os sentimentos nesse beijo, na esperança de que ela entenda o quanto me importo com ela. Que nunca quero desistir dela.

Ela recua com a respiração esbaforida.

— Eu também te amo, Rowan. E teria o maior prazer em proteger seu coração do mundo, porque você faz com que eu me sinta um pouquinho egoísta também. — Seu sorriso não se iguala a nada no mundo.

Zahra é tudo para mim. Sei disso com todo o meu ser, e minha intuição nunca esteve errada antes. Não há nada no mundo que eu ache mais bonito do que ela. Nem o sol. Nem a lua. Nem toda a galáxia se compara à luz que ela irradia aonde quer que vá.

CAPÍTULO CINQUENTA E UM
Zahra

Os lábios de Rowan só deixam os meus para me carregar pela escada sem cair. Minhas pernas estão em volta do seu quadril durante o caminho inteiro até ele me jogar na cama e tirar todas as minhas roupas.

Ele beija um caminho dos meus lábios até meu quadril, me fazendo me sentir tão bonita que meus olhos lacrimejam. Suas mãos descem pelas minhas coxas. Ele faz questão de me provocar enquanto se movimenta, acariciando minha pele com um toque levíssimo que me deixa sem fôlego.

— Adoro esses barulhinhos que você faz, porque são todos meus. — Seu olhar arde em mim enquanto ele traça a curva dos meus seios com o indicador. Minha pele se arrepia atrás dele, e meu clitóris lateja. — Mas amo especialmente os gemidos que você solta quando eu faço isso. — Ele se ajoelha antes de passar a língua pelo meu centro. Meu quadril se ergue do colchão, e Rowan pressiona a palma no meu estômago, me prendendo. — Pensei que soubesse o significado de ser egoísta, mas então conheci você. Quero possuir você em todos os sentidos que importam. Seu tempo. Seus sorrisos. Seu coração. — O sorriso sacana de Rowan faz um calafrio descer pela minha espinha.

Não há outra palavra para descrever a maneira como ele me venera. Sinto que sou colocada em um altar, com Rowan me enchendo de sua devoção. Ele usa a língua como arma, me deixando amolecida em suas mãos. Meu mundo escurece enquanto fecho os olhos e me perco na sensação da sua língua me matando de foder.

Suas mãos pegam minha bunda e apertam, me fazendo arfar.

— Olhe para mim.

Meus olhos se abrem enquanto o encaro. Ele mantém o olhar fixo no meu enquanto chupa meu clitóris, provando o quanto domina meu corpo e meu coração. Minha cabeça cai para trás por conta própria enquanto reviro os olhos.

Ele recua e comprime o polegar no meu clitóris.

— O que eu falei?

Eu me apoio nos cotovelos e o encaro me devorando. É sensual a maneira como sua boca se movimenta. Nossos olhares se mantêm fixos enquanto ele estoca outro dedo dentro de mim, trazendo mais uma onda de prazer. Ele mete no ritmo da língua. Estou arfando e apertando os lençóis, tentando me manter controlada.

Rowan não gosta disso. Suas ações demonstram, e seus movimentos ficam frenéticos. Ele me quer maluca e suplicante, é o que todas as suas ações agora mostram. Seus dedos ficam implacáveis, provocando meu ponto G como se fosse seu dono. Cedo sob ele, mas sua mão se mantém firme, me pressionando nos lençóis e me obrigando a não fazer nada além de sentir.

Fico dormente enquanto o barulho da fivela do seu cinto preenche o silêncio. Não consigo me mover nem fazer nada.

Rowan vai beijando até voltar a subir pelo meu corpo.

— Eu te amo tanto, Zahra.

É incrível como três palavrinhas podem me fazer sentir tantas borboletas no estômago.

— Você estaria disposta a tentar uma coisa nova comigo?

Pensei que o Rowan alfa fosse sexy, mas tem algo na sua voz hesitante que me faz passar a mão pelas suas costas para me apoiar.

Ele dá um beijo suave nos meus lábios.

— Você confia em mim?

Respiro fundo. Depois de tudo por que passamos, eu não deveria confiar. Podemos ter certo trabalho pela frente, mas sei que Rowan me ama. Ele desistiu do seu futuro em Chicago por mim. Suas ações falam muito, embora ele tenha levado algum tempo para chegar lá.

— Sim. Confio.

— Que bom. Não quero usar camisinha com você.

— Desculpa. Quê? — Eu o encaro. Embora ele saiba que tomo anticoncepcional, nunca pensei que pediria algo assim. Não com seu tipo de histórico com mulheres.

Ele envolve minha bochecha.

— Não quero que haja mais nada entre nós.

Meus olhos se enchem de lágrimas. Eu não deveria chorar, mas é difícil evitar com essas emoções em meu peito.

Depois de ser manipulado e abusado por tantas pessoas, ele está disposto a ceder esse último resto de controle que tem sobre sua vida e confiar em mim.

Faço que sim, sem saber se consigo falar, porque minha garganta está apertada.

Nunca vou esquecer o sorriso que ele me abre. Ele volta a se levantar e me puxa para a beirada da cama com tanta força que me faz gemer. Minhas pernas são colocadas em cima dos seus ombros. Quase me derreto nos lençóis quando ele coloca o beijo mais delicado na parte de dentro da minha coxa.

Rowan alinha seu membro no meu ventre.

— Agora que tenho você, nunca mais vou te deixar ir. — Ele enfia em mim devagar.

Arranho a cama embaixo de mim.

— Não quero que você me deixe.

— É fofo ver você pensar que tem escolha. — Ele enfia mais, tirando meu fôlego. Suas mãos se cravam na minha pele, me segurando enquanto ele mete o resto.

Dessa vez o sexo é diferente. Cada toque é como uma promessa, e cada beijo, um juramento. O ritmo de Rowan é punitivo de um jeito completamente novo – com estocadas lentas.

— Não sei bem o que fiz de certo na vida para merecer o seu amor, mas nada vai me impedir de proteger isso. — Seus lábios encontram os meus e ele me beija com delicadeza. — Vou me esforçar todo dia para garantir que você sempre tenha um motivo para sorrir, mesmo que isso signifique compartilhar seus sorrisos com o resto do mundo. — Ele tira para voltar a enfiar devagar dentro de mim, dessa vez com um pouco mais de desespero. — E vou acabar com qualquer pessoa que ameace a sua felicidade.

Perco a batalha com meus olhos, e as lágrimas escorrem pelas minhas bochechas. Rowan as seca com seus beijos em uma promessa silenciosa.

E, com mais algumas estocadas, caímos juntos como tem que ser.

* * *

Rowan me abraça com firmeza em seu peito. Traço um desenho sem sentido nele, seguindo as linhas de músculos.

— Então, talvez eu tenha dito alguma coisa estranhamente cruel para o seu pai depois da sua apresentação hoje.

— Embora o meu pai seja a última pessoa de quem eu quero falar enquanto estou pelado com você, fiquei curioso demais para deixar essa passar.

Rio enquanto bato em seu peito.

— Então, talvez eu tenha mandado ele se foder.

Rowan explode. Sua gargalhada é pesada e áspera, como se ele não conseguisse colocar oxigênio suficiente nos pulmões.

Sinto um amor profundo por ele, e mal consigo esperar para fazê-lo rir de novo.

— Você precisa me contar toda essa história, do começo ao fim. — Ele arfa.

— Não tem muito a dizer. Martha foi testemunha enquanto eu o recriminava por ser um péssimo pai.

— Você falou isso *em público*?

— Sim? — *Era para ter dito em algum corredor secreto?*

— E o que ele disse?

— Nada.

Rowan pisca.

— Você disse que ele era um péssimo pai e mandou ele se foder e ele não disse *nada*?

— Hmm... era para ele ter dito?

— Já o ouvi demitir funcionários por respirarem do jeito errado.

— Parece um pouco extremo.

— Você não o conhece como eu.

— Graças a Deus. É uma daquelas pequenas bênçãos que ajudam a passar o dia.

Seu peito treme com uma gargalhada silenciosa.

— Nem sei o que pensar disso. Meu pai nunca toleraria esse tipo de fala de ninguém.

Ele pega o celular e manda uma mensagem para os irmãos sobre essa nova atualização.

Passo o dedo em seu peito.

— Vai ver ele já sabia que eu me demiti.

Rowan balança a cabeça.

— Duvido. Não deixei Jenny registrar o seu aviso prévio, então você ainda é considerada uma funcionária em todos os sentidos que importam.

— QUÊ?! — Eu me sento.

Rowan me puxa de volta para baixo e me abraça junto a si.

— Eu não podia deixar você ir embora.

— Você não pode prender meu aviso prévio só porque estava a fim. Isso é ilegal.

Ele dá de ombros.

— Segundo o seu contrato, posso fazer exatamente isso até você fazer uma entrevista de desligamento comigo. É por isso que você sempre deve ler as entrelinhas.

Fico boquiaberta.

— Pensei que eu não fosse especial o suficiente para entrelinhas.

— Você é tão especial para mim que não pretendo deixar ninguém que não seja parente ou mulher chegar perto de você.

Reviro os olhos.

— Você é possessivo demais.

Ele nos vira de modo a ficar em cima do meu corpo. Seu quadril encosta no meu, pressionando seu pau endurecendo contra mim.

— Essa conversa excita você?

Seus lábios descem ao ponto no meu pescoço que ele já marcou com um chupão.

— Não tem por que falar sobre ser possessivo se eu posso demonstrar isso. — Rowan prova exatamente o que significa ser estimada por ele, a noite inteira.

Seu amor é algo em que uma mulher pode se viciar, então é uma coisa boa que eu tenha o resto da eternidade para retribuir.

EPÍLOGO
Zahra

Toda a minha família forma uma linha atrás da enorme fita vermelha. Os irmãos de Rowan, que são tão insuportavelmente bonitos como meu marido, estão ao lado dele.

Rowan me abraça junto ao corpo e beija minha têmpora.

— Está pronta?

Uma câmera solta um flash, capturando o momento. Há muita imprensa aqui para a abertura oficial da Terra Nebulosa. Podemos ter levado três anos para completá-la, mas valeu a pena. No momento em que os visitantes entram no espaço, são imediatamente lançados para um planeta completamente diferente de onde vem Iggy, o alienígena. O brinquedo que Lance apresentou foi atualizado e ainda continua uma atração importante, e aprendi a aceitá-lo. Porque sem aquele pedaço de metal bilionário eu poderia nunca ter conhecido o amor da minha vida.

Imagino que Brady esteja sorrindo para nós hoje.

— Não acredito que isso está acontecendo. Você acha que as pessoas vão gostar?

— Elas seriam loucas se não gostassem. — Rowan me passa a tesoura de prata gigante.

— Você confia uma arma dessas na minha mão?

Assim que ele solta, meus dois braços caem com o peso do metal.

— Certo, talvez não tenha sido minha melhor ideia. — Ele coloca as mãos sobre as minhas e as leva à fita.

— É mais pesada do que parece nos filmes.

Ele solta um riso baixo que só eu consigo ouvir. Mais um flash de câmera em nossa direção.

— Tiraram foto de você sorrindo! — exclamo, fingindo horror.

— Quanto você acha que preciso pagar para ele deletar a imagem?

— Não sei. Todo mundo salva na nuvem agora...

— Vão demorar muito com isso? Quero ir nos brinquedos! — Ani surge atrás de mim.

— Concordo com ela! — Cal exclama do outro lado de Rowan.

— Estamos tendo um momento — Rowan retruca para o irmão.

— Todos já aguentamos três anos dos seus *momentos*. Já escutei alguns com meus próprios ouvidos — Cal responde.

— Ei! Meus pais estão aqui. — Olho feio para Cal.

— Eles estão com inveja — Rowan sussurra no meu ouvido antes de dar um beijo na minha bochecha.

— Não estamos. Vocês dois são um nojo. — Ani faz um barulho de vômito. Ela é tão mentirosa, ainda mais porque JP vive em cima dela feito um polvo.

Claire vem correndo até nós com seu avental de cozinha pela metade e o cabelo desgrenhado.

— Cheguei! — Ela coloca o braço suado em volta de mim antes de assumir um lugar perto de Ani.

— Finalmente — Rowan resmunga baixo.

— Você estava enrolando para Claire chegar?

Não chore, Zahra.

— Claro. Sem ela, você poderia nunca ter enviado aquela proposta bêbada. — Rowan sorri sem esforço, com todo o amor em seus olhos.

Caramba, Zahra. Não chore, senão você vai revelar tudo.

— Obrigada por ser sempre tão atencioso.

— Fiz uma promessa, não fiz? — Ele gira o anel em meu dedo como se para me lembrar de que ainda está lá. Como se eu pudesse me esquecer. Tenho quase certeza de que meu diamante pode ser visto do espaço sideral, porque é muito absurdo.

Meus olhos ficam úmidos, mas pisco as lágrimas restantes antes que escapem.

— Pronto?

Meu marido retribui o sorriso e ergue mais a tesoura.

— Pode cortar, esposa. — Sua voz fica mais grossa, fazendo uma onda de calor descer pela minha espinha.

Ele não para de me chamar assim desde que nos casamos, no último inverno, na neve. E o tempo todo faz uma onda de alguma coisa perpassar meu corpo, me fazendo sentir completamente possuída por ele.

Eu me dirijo à multidão.

— Obrigada por estarem conosco hoje. A Terra Nebulosa é um lugar especial no coração de todos nós porque sabemos como ela era importante para Brady. Embora ele possa não estar aqui hoje, tenho certeza de que está olhando para nós, tão entusiasmado como nós. Iggy era seu personagem favorito, embora ele possa não ter admitido isso em palavras. Brady gostava de seu primeiro desenho porque o representava, um jovem imigrante que sentia ter viajado de um mundo completamente diferente quando chegou aos Estados Unidos. Iggy se tornou uma forma de Brady canalizar sua felicidade, seu entusiasmo e seus medos. Na essência, Iggy é uma extensão de Brady em muitos sentidos, dos valores que Brady queria espalhar com seus filmes. Por isso, estamos muito animados em abrir a Terra Nebulosa para toda Dreamland visitar e amar tanto quanto nós amamos.

Rowan e eu cortamos a fita juntos. Todos gritam ao nosso redor, batendo palmas e comemorando. Algumas crianças correm na direção da entrada enquanto os membros das nossas famílias se misturam.

Alguém tira a tesoura das mãos de Rowan.

— Você fez...

Ani chama o nome de Rowan como tínhamos planejado. Eu sabia que, de todas as pessoas, ele não teria como resistir a responder a ela. Seu carinho pela minha irmã caçula só cresceu ao longo dos anos, e agora uso isso a meu favor.

Minha mãe vem às pressas, trocando meu botton por um novo. Ela me dá uma piscadinha antes de se voltar para meu pai.

Rowan coloca o braço ao redor de mim por trás. Ele beija a curva do meu pescoço antes de me virar para ele para ficarmos frente a frente.

— Estou orgulhoso de você. Foi um discurso incrível.

— Só incrível? Consigo fazer melhor. Vamos chamar os repórteres de novo aqui e fazer uma segunda tomada. — Giro o dedo como ele faz quando quer que algo seja feito.

— Você é maluca, sabia?

— Difícil esquecer se você me lembra disso todos os dias.

Ele envolve minha bochecha com uma mão.

— Adoro ser consistente.

Finalmente, no momento certo, seus olhos passam pelo meu rosto antes de descer para meu corpo. Ele inclina a cabeça e pisca duas vezes.

— O que é isso?

— Quê? — pergunto inocentemente.

— Que botton é esse? — Ele dá um peteleco no botton no meu peito, fazendo-o tremer.

Protejo o pedacinho de metal exibindo um pão dentro de um forninho. Depois que fiz um teste de gravidez no apartamento de Claire há três semanas, ela me surpreendeu com essa pequena joia no meu aniversário.

Pensei que hoje seria o dia perfeito para anunciar isso para Rowan. Porque começamos com a Terra Nebulosa e terminamos aqui, juntos, com nossas famílias, anos depois.

— É meu. — Sorri.

Ele pestaneja, como se seu cérebro precisasse processar todas essas informações.

— Você está grávida? — Sua voz é um sussurro.

Faço que sim. Rowan se esquece de todos ao nosso redor enquanto me beija até meus lábios ficarem inchados e minha cabeça ficar zonza por falta de oxigênio.

Ergo os olhos para meu marido, encontrando suas bochechas riscadas por algumas lágrimas. Como em todas as vezes que ele fez comigo, eu as seco como se nunca tivessem nem existido.

Ele coloca os braços ao redor de mim e beija minha cabeça.

— Você é a melhor coisa que já me aconteceu. Obrigado por me dar a chance de ser o pai que nunca tive, mas sempre quis.

Todo o meu coração se dissolve no peito. Não há nada que eu queira mais do que compartilhar o amor de Rowan com nosso filho. Porque ser amada por ele é ser valorizada e protegida incondicionalmente, e, num mundo como o nosso, isso é um presente. Um presente de que eu nunca soube que precisava, mas sem o qual não conseguiria me imaginar vivendo.

Fim

EPÍLOGO ESTENDIDO
Rowan

— Este aqui, papai! — Ailey joga o livro no meu peito antes de pular na cama. A camisolinha da princesa Cara bufa em volta dela, e o cabelo escuro cai sobre os olhos castanhos. Ela tira as ondas da frente do rosto.

Não preciso nem olhar para o livro para saber qual ela escolheu. É o mesmo que escolhe toda noite antes de dormir.

Eu a cubro antes de me sentar na beira da cama.

— Tem certeza de que não quer escolher um diferente? — Penduro o livro que criei na frente dela.

— Não! Quero ouvir sobre você e a mamãe! — Ela tem o mesmo sorrisão de Zahra, e meu peito fica todo caloroso e apertado quando minha filha sorri desse jeito.

Nunca pensei que um presente que fiz para nossas férias antes de o bebê chegar teria um impacto tão duradouro. Ailey pede que eu leia o livro ilustrado toda semana sem falta, e me enche de orgulho saber que ela ama meu trabalho tanto quanto sua mãe.

— Certo. Mas só uma história. Já passou da sua hora de dormir hoje. — Não quero perder o show de fogos de artifício com Zahra. É nossa tradição noturna assistir no pórtico.

— Prometo!

Foi mais fácil do que pensei. Ela sempre me pede para ler pelo menos três histórias antes de dormir, e eu cedo toda vez. Não consigo dizer não para sua covinha e seus grandes olhos castanhos.

Dou um leve beijo na sua testa antes de abrir o livro na primeira página que desenhei.

— Era uma vez um homem triste que recebeu uma carta do avô.

— E o que aconteceu? — Ailey sorri como se não conhecesse a história inteira do começo ao fim.

Leio as primeiras páginas explicando quem eu era e o que precisava fazer.

O rosto de Ailey se ilumina quando viro a página para um desenho de Zahra abrindo a porta do auditório. Estou desenhado em um canto escuro, olhando para ela como um idiota raivoso.

— É a mamãe! — Ela ri baixo. — Você está bravo com ela.

Rio comigo mesmo.

— Eu ficava mal-humorado quando a mamãe não seguia as regras.

— Bu! Não gosto de regras.

— Você puxou mesmo a sua mãe. — Aperto seu nariz franzido com um sorriso.

Continuo lendo a história. Os olhos de Ailey vão se fechando devagar, mas mais rápido do que eu esperava, provavelmente por causa do nosso longo dia no parque para o aniversário de Ani.

Dou um beijo em Aily no topo da cabeça dela antes de desligar seu abajur e sair do quarto.

Saio para a noite refrescante de janeiro.

— Ela já dormiu? — Minha esposa apaga a luz de leitura antes de fechar o livro.

Tiro o livro do colo dela e o coloco em outra cadeira.

— Pegou no sono antes que eu chegasse na parte favorita dela. — Eu me sento no balanço e a puxo para junto de mim. Ela avança um centímetro para que eu possa colocar o braço ao redor dela e colocar as mãos em sua barriga. Se eu tiver sorte, consigo sentir o rapazinho chutar quando os fogos de artifício dispararem para o show de hoje. Ele sempre fica mais ativo durante eles.

— Talvez seja hora de você fazer uma versão atualizada para ela ler sobre si mesma e o irmãozinho. — Zahra bate na minha mão.

Ajeito o cabelo dela atrás da orelha antes de beijar seu ombro.

— Vou começar a trabalhar nisso amanhã.

— Você mima a nossa filha.

Dou de ombros.

— Não tem nada de errado nisso.

Ela ergue os olhos para mim.

— Sério? Semana passada você fechou o Castelo da Princesa Cara para tomar um chá com a Ailey. Está saindo do controle.

— Foi só por uma hora.

— Em um sábado, no meio da temporada mais movimentada! — Zahra ri, fazendo sua barriga vibrar contra minhas mãos.

— Qual é o problema, se nós somos os donos do parque?

Ela abana a cabeça.

— Escreva o que eu vou te falar. Ela nunca vai encontrar um homem que chegue aos seus pés.

Solto um riso baixo.

— É quase como se esse fosse o objetivo.

Zahra ri até secar os cantos dos olhos.

— Eu devia ter imaginado que você seria assim.

— Ridiculamente incrível? — Inclino o queixo dela para poder beijar seus lábios.

— Não. — Ela sorri contra meus lábios.

— Ridiculamente impossível?

Ela abana a cabeça, e acabo beijando sua bochecha.

— Negativo. Mas quase.

— Ridiculamente apaixonado?

Ela sorri contra meus lábios.

— Isso mesmo.

Beijo Zahra com todo o afeto que sinto por ela. Sou um homem de sorte que se casou com a mulher que conhece todos os meus defeitos e me ama apesar deles. Zahra é minha melhor amiga e meu único amor. A mulher que quero beijar toda manhã e a última pessoa que quero ver antes de fechar os olhos à noite. A mãe dos meus filhos e a pessoa com quem quero ver os fogos de artifício de Dreamland toda noite até ficarmos velhos e grisalhos.

Ela me deu uma segunda chance na vida, e planejo aproveitar ao máximo o tempo com ela. Pelo resto dos meus dias.

OBRIGADA!

Se você gostou de *Amor nas entrelinhas*, por favor deixe uma avaliação!

Qualquer avaliação, ainda que curta, ajuda a espalhar a palavra sobre meus livros para outros leitores.

Entre no meu grupo de leitores do Facebook *Bandini Babes* para saber das novidades sobre o que escrevo e sobre livros em geral.

Escaneie o código para se juntar ao grupo.

AGRADECIMENTOS

Mãe, obrigada por sempre me incentivar a correr atrás dos meus sonhos, mesmo quando eles me dão medo.

Sr. Smith, vou ser grata a você para sempre. Não sei o que eu faria sem você descobrindo falhas em meus enredos enquanto me ensinava sobre corporações e benefícios de seguro-saúde.

Mary, obrigada por ajudar a trazer meus livros à vida. Tenho sorte de ter você não apenas como designer gráfica talentosa, mas também como grande amiga!

Julie, obrigada por sempre estar por perto quando eu mais precisava. Sua amizade e seu apoio são tudo para mim, e sou feliz por dividir essa jornada com você.

Erica, algumas pessoas têm editores, mas eu tenho uma amiga dois em um. Seus áudios me matam de rir, assim como suas mensagens de texto aleatórias. Seu incentivo para correr atrás de alguma coisa nova (não melhor) me ajudou a vencer o medo e a completar este projeto, portanto obrigada!

Becca, sem você, não sei se este exemplar estaria perto do que é agora. Sou muito grata a Erica por nos colocar em contato e a você por me encaixar em sua agenda. Seu apoio e compreensão eram tudo de que eu precisava, e você realmente me desafiou a elevar o nível deste livro. Não vejo a hora de começar o nosso próximo projeto juntas

A minhas leitoras betas da TFP (Brit, Rose/Kylie, Amy, Brittni, Nura), agradeço pela sinceridade, pelo apoio e pela disposição para ler os originais em um tempo tão curto. Vocês são grandes heroínas, e nada disso seria possível sem suas críticas construtivas.

Nura, confie em seus instintos. Sem eles, não haveria uma cena de boliche extensa. ;) Mais do que isso, sou grata a você e a seu entusiasmo infinito pelos meus projetos. Todo escritor precisa de um fã número um, e sou feliz por você ser a minha!

Às minhas equipes, muito obrigada por sempre me apoiarem e promoverem meu trabalho. Significa muito para mim ter leitores como vocês querendo espalhar a palavra sobre meus mundos e seus personagens.

LEIA TAMBÉM

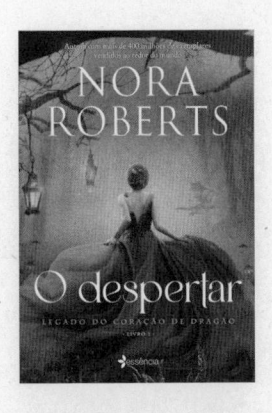

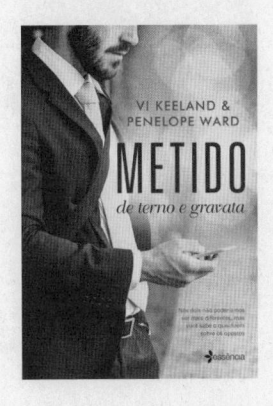

**Acreditamos
nos livros**

Este livro foi composto em Adobe Garamond Pro e
Mr Eaves XL San OT e impresso pela Geográfica para
a Editora Planeta do Brasil em agosto de 2022.